천리를 지키는 산,
조헌

**천리를 지키는 산,
조헌**

초판 발행 2019년 1월 25일

지 은 이 최영찬
발 행 인 최영찬
편　　집 이앤디 기획
펴 낸 곳 도서출판 **활빈당**
등　　록 제409-31200002007-028호
주　　소 경기도 김포시 김포한강9로 11 예미지 410동 405호
전　　화 031)985-3394
Ｆ ａ ｘ 031)985-3397
Ｅ-ｍａｉｌ spido33@naver.com

ＩＳＢＮ 979-11-87085-01-0 04810
979-11-87085-00-3 (세트)

값 10,000원

천리를 지키는 산,
조헌

최 영 찬 지음

활빈당

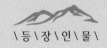

\등\장\인\물\

- **조　　헌** 국방과 민생개혁을 주장하는 학자. 금산에서 순절한 의병장

- **홍 인 걸** 오위장. 조헌과 함께 방첩활동을 한다.

- **김 후 재** 활빈당수. 봉기를 계획하다가 의병으로 나선다.

- **영규대사** 당취승. 조헌과 함께 금산전투에서 순사한다.

- **신 민 철** 비변사 낭청. 일본통으로 당상의 신임이 두텁다.

- **서 기 석** 정체를 알 수 없는 조강포의 객주

- **여　　명** 암호명 톱밥. 서기석의 부하로 여우의 딸.

- **여　　우** 암호명 줄자. 을묘왜변때 일본으로 끌려가서 첩자가 되었다.

- **이 정 민** 과거응시에 매달려 재산을 탕진하는 무능한 양반

- **윤 덕 형** 씨받이 출신으로 주인을 모함해 죽이고 재산을 빼앗은 객주

- **윤 선 각** 덕형의 사촌. 충청도 순찰사

- **노랑머리** 암호명 끌. 서기석의 부하. 서림의 아들

- **홍 천 호** 홍인걸의 조카. 일본에 침투했다 돌아왔으나 피살당함

　* 대패, 먹통, 바우, 참새, 비변사 당상, 여우재 만신, 이성찬, 고바야카와 다카가게

\목\차\

1
하얀 눈 위의 핏방울

음력 정월(正月) 초하루는 조상 차례와 세배로 모두 바쁘다. 하지만 다음 날은 가족들만이 오롯이 즐길 수 있는 시간이었다. 여자들은 방안에 둘러앉아 떡이나 과일을 먹으며 수다를 떨었다. 어린아이들은 눈이 잔뜩 쌓인 길에 몰려나와 팽이 돌리기, 썰매 타기 등을 했다. 그러나 큰 아이들이나 어른들은 씨름이나 연(鳶)싸움으로 명절을 즐겼다. 보름 전에 있었던 지진 때문에 허물어진 초가집이 군데군데 있었으나 사람들은 개의치 않았다.

와, 와, 와

휘날리는 하얀 눈발 가운데 떠오른 연을 보고 함성을 질렀다. 사각 방패연이 많았지만, 가오리 삼각형에 호랑이 얼굴의 둥근 연도 있었다. 갖가지 모양과 색깔의 연이 자태를 뽐내고 있었다. 태극이 그려진 방패연이 뜨자 순식간에 사람들의 눈을 사로잡는다. 위풍당당하다.

"야, 멋진 연인데."

그때 어디선가 붉은 햇살이 사방으로 뻗어 있는 방패연이 날아와 뒤엉켰다.

"태극 연 이겨라! 햇살 연 이겨라!"

아이들은 각기 좋아하는 연을 응원했다. 연은 사기그릇의 조각을 가루로 빻아 연줄에다 단단하게 입힌다. 이 강해진 연줄이 상대의 연줄을 끊어내면 이기는 것이다. 누구 연이 툭 끊어져 저 멀리 사라져 버릴 것인가. 이긴 아이는 환호하며 날뛸 것이고 진 아이는 눈물을 질질 짤 것이다. 태극 연과 햇살 연은 상대의 줄을 끊어내려 안간힘을 쓰고 있었다. 태극 연이 햇살 연에 눌려 끊어질 듯 끊어질 듯 위태로웠다.

"태극 연 이겨라, 태극 연 이겨라!"

이들의 응원은 창덕궁 앞에 있는 비변사(備邊司)까지 들려왔다.

밖에서는 밝게 웃는 사람들의 흥겨운 잔치가 계속되었다. 하지만 조선의 첩보기관 비변사 안은 으스스할 정도로 조용하고 어두컴컴했다. 홍천호는 앞에 앉은 낭청들을 한 명씩 머릿속에 떠올렸다. 하지만 두건으로 얼굴을 가리고 다니기에 사람을 날카롭게 쏘아보는 눈빛만 얼핏 다르게 기억날 뿐이다. 이들의 정식 관명은 비밀차지낭청(秘密次知郎廳)으로 비변랑이라고도 한다. 직위와 이름만 쓰여 있는 둥근 명패를 목에 걸어 그들이 비밀에 싸인 신분임을 드러냈다. 이름도 모두 가명으로 이들에 대해 자세히 아는 사람은 오직 비변사 당상과 같은 낭청들뿐이었다.

홍천호는 임금을 근접 경호하는 갑사(甲士)로 무관의 경력을 쌓아가고 있었다. 어느 날 비변사 최고 책임자인 당상(堂上)의 호출이 있었다. 극비명령을 받았는데 왜역관인 친척에게 배운 일본어 실력이 뛰어났기 때문이다. 그가 비밀리에 일본으로 떠난 지 꼭 반년 만에 비변사로 돌아와서는 곧장 당상을 찾았다. 먹물로 찍은 손도장으로 신원 기록장부와 대조했다. 신분확인이 끝나자 낭청들 앞에 불려 갔다.

"보고서를 제출하면 당상께 전달될 것인데…… 그래, 긴히 할 말이란 무엇인가?"

오른쪽 끝의 낭청이 언짢은 어투로 첫 질문을 던졌다. 그러나 천호의 답은 달랐다.

"당상 어른은 왜 안 오십니까?"

"아침에 궁에 들어가셨으니 곧 오실 것이다."

"그러면 기다리겠습니다."

잠시 침묵이 흘렀다. 왼쪽 끝의 낭청이 입을 열었다.

"우리는 일본의 동정을 살피는 낭청이다. 자네가 일본에 간 것을 어제야 당상께 들었다. 중대한 임무를 수행했겠지만 우리에게 못할 말이 있단 말인가?"

"위중한 사항이라 당상이 오시면 그때 말씀드리겠습니다."

천호는 얼른 이 자리를 뜨고 싶었다. 지금 앞에 있는 낭청 중에 '그자'가 있을 것이다. 그는 자기 배에 찬 전대를 오른손으로 슬며시 만져 보았다. 그 안의 암호문서를 당상에게 넘겨주면 임무는 성공적으로 끝난다. 하지만 '그자'가 앞의 세 낭청 중의 한 사람이라면 지금 입을 열 수 없다.

"알았네, 당상께 사람을 보냈으니 곧 만나 뵙게 될 것이네."

가운데 앉은 낭청이 못마땅한 어조로 말했다. 낭청들 몰래 홍천호를 일본으로 보냈다는 것은 당상이 자신들을 의심한다는 것이다. 귀환한 첩자의 눈빛도 의혹과 불신으로 가득 차 있지 않은가. 하긴 그동안 첩자를 계속 일본에 침투시켰지만 돌아온 자는 아무도 없었다. 불운해서 몇 명은 체포될 수도 있겠지만 한 명도 돌아오지 못했다는 것은 말이 안 된다. 누가 보아도 사전누설 된 것이 분명했다. 가운데 앉았던 낭청이 다모를 불러 홍천호를 뒷방으로 안내하라고 했다. 그가 밖으로 나가자 낭청이 투덜거렸다.

"그 녀석, 낯짝을 보았소? 우리 중에 첩자가 있다는 듯 바라보는 표정을."

두 사람은 아무 대꾸도 하지 않고 흘끔흘끔 서로 바라보았다. 언제부터인가 비변사가 삐걱거리고 있다. 그동안 입 밖에 내지 못했던 불신의 그림자가 뭉게구름처럼 일어났다.

저녁상을 물린 홍천호는 창문을 열었다. 하얀 눈이 소복하게 쌓여있는 마당을 보며 지난 반년을 되돌아보았다. 여름이 막 시작되던 때에 동래에서 밀수선을 타고 대마도로 갔다. 거기서 지금의 규슈지방인 사이카이도의 히젠(肥前)으로 건너갔다. 그리고는 일본 관리로 위장해 나고야 성 축성과 배의 건조 등을 염탐했다.

'망할 놈의 대신 놈들. 일본이 호시탐탐 노리고 있는데 뭔 짓들을 하는 게야?'

천호는 당상의 얼굴을 떠올렸다. 몇 해 동안 조정에서는 일본이 조선을 침략하느니 안 하느니 하며 다툼질하고 있다. 당상은 주화파인 동인이지만 자신의 직책상 일본 지도부의 속셈을 알아내야 했다. 그래서 몇 번이나 첩자를 들여보냈지만 모두 돌아오지 않았다. 그럴 만한 이유가 분명히 있었다. 비변사에 일본과 내통하는 첩자가 침투되어 있었기 때문이다.

짧은 해가 지기 전까지만 해도 밖은 시끄러웠다. 창덕궁 앞에 있는 비변사는 엄숙했지만, 뒷길에서 뛰어노는 아이들은 시끄러웠다. 전쟁이 나면 아이들은 저렇게 웃고 떠들 수 있을까. 연을 날리고 팽이를 칠 수 있을까. 그는 당상의 집으로 가지 않은 것을 후회했다. 비변사로 곧장 가서 당상을 만나 얼른 두더지를 잡아내고 싶었다. 얼굴도 이름도 모르지만, 그자는 다섯 명 낭청 중의 한 명이다. 그자의 내통으로 일본으로 침투한 첩자들이 붙잡혀 처참하게 고문당하고 죽었다. 그뿐이 아니다. 일본을 지배하는 풍신수길(豊臣秀吉)에 적

대감을 품고 조선과 손을 잡으려던 반체제 인사들도 비밀리에 죽임을 당했다. 당상만이 아는 연줄로 '그녀'를 만났기에 홍천호는 목숨도 살고 귀중한 정보도 가져올 수 있었다.

나이 어려서 일본으로 끌려간 그녀는 오십 나이에도 조선말에 능했다. 당시 일본은 전국시대였는데 첩보임무를 맡은 관리에게 팔려간 것은 다행이었다. 같이 붙잡혀간 여자아이들은 모두 매춘부가 되었지만, 영리한 그녀는 조선의 동향을 염탐하는 첩자가 되었다. 홍천호가 살아 돌아올 수 있었던 것은 순전히 그녀 덕분이었다.

'그분에게 이것을 꼭 전해 주세요.'

일본이름 가즈코(和子)인 그녀는 주름진 얼굴에 마냥 눈물을 흘렸다. 그리고는 암호로 쓰고 촛농을 입힌 문서를 건네주었다. 천호는 '그분'의 얼굴을 떠올리자 갑자기 웃음이 나왔다. 조선의 명성 높은 성리학자이고 부러질망정 굽히지 않은 대쪽같은 성품을 가졌다. 그런 이가 어린 시절 여자와 깊은 사랑에 빠졌다는 것이 믿어지지 않았다. 그의 웃음은 잠시였고 곧 근심이 이어졌다.

'비변사 안에 숨어있는 두더지는 누구일까?'

일본을 담당한 다섯 명의 낭청 중에 누구일 것이다. 그녀는 두더지가 비변사 낭청으로 얼굴은 알지만 이름은 모른다고 했다. 가즈코는 첩보망의 암호명이 소나무(松)이며 '목수'가 최고 책임자라고 말했다. 비변사에 침투한 첩자는 불같이 맹렬히 싸우는 동인, 서인 간의 당쟁에 기름을 부었다. 정여립 역모사건까지 크게 부풀려 호남 선비 천여 명이 화를 입는 옥사로 진전시켰다. 일본이 쉽게 침략하기 위해 내부분열을 꾀하고 있다는 것을 밝히려면 그자를 잡아야 한다. 가즈코의 말에 의하면 첩자는 풍신수길을 직접 만나 십만 석을 받는 다이묘(大名)를 약속받고 증표로 금부채까지 하사받았다고 했다.

'사악한 놈들. 왜놈은 은혜를 모르는 짐승이 틀림없어.'

일본의 지배층 대부분은 백제, 신라 등에서 넘어간 인물이라고 들었다. 그들은 한반도에서 권력을 두고 다투다 패하면 이웃한 일본으로 도망쳤다. 그래서인가. 그들 후손 대부분이 조선에 반감을 품었다. 언제 폭발할지 모르는 화산 같았다.

'당상을 먼저 찾아가는 것이 좋지 않았을까?'

집으로 찾아갔어야 했다고 자책했지만 이미 엎질러진 물이다. 점점 어두워지자 자리에 누웠다. 몸이 물먹은 솜처럼 피곤했지만, 잠은 좀처럼 들지 않았다. 당상은 너무 늦게 퇴궐해서 아침이나 되어야 만날 수 있다고 했다. 통신사 황윤길 일행이 일본으로 건너간 지 열 달이 넘었다. 일본은 사신을 맞아놓고 뒤로 히젠에 조선을 침략할 성을 쌓고 있다. 이렇게 앞 다르고 뒤 다른 행동을 하고 있는데 조정은 국방에 대한 대비가 전혀 되어 있지 않다. 대부분 사람은 어렴풋이 일본의 침략을 감지한다. 하지만 애써 전쟁은 일어나지 않을 거라고 스스로 속이고 있었다. 오랜 평화로 무(武)를 경시하는 풍조가 심하고 군역체계가 무너졌다. 다만 한 사람, 김포출신 중봉 조헌만 일본의 침략을 확신하고 있었다. 도끼를 짊어지고 임금에게 일본 침략에 대비해야 한다고 여러 번 상소했다. 하지만 돌아온 것은 전쟁에 미친놈(戰爭狂)이라는 핀잔과 함경도 길주의 귀양 처분이었다. 강직한 조헌은 거기서도 일본에 통신사를 보내지 말라는 상소를 올리지 않았던가. 죄인의 몸으로 임금을 노하게 했다가는 목숨이 열 개라도 부족함에도 말이다.

'하늘이 중봉을 이 땅에 보내 조선을 멸망시키지 않으려는 것인가?'

그는 허리춤을 다시 만져본다. 그녀는 조헌에게 보내는 암호문서가 풍전등화의 조선을 구할 수 있다고 말했다. 나라의 운명이 담긴 이 극비문서는 조헌에게 보내는 연애편지이기도 하다. 이 생각 저 생각하다 스르르 잠이 들었다. 그가 눈을 뜬 것은 꿈 때문이었다.

"어서 일어나요. 저승사자예요, 저승사자!"

그녀가 이처럼 소리치며 흔들어 깨웠다. 눈을 번쩍 떴을 때 밖에서 인기척이 났다. 머리맡에 둔 호신용 단도를 더듬어 집었다. 문이 버럭 열리며 자객이 뛰어들어와 칼로 이불을 쿡 찔렀다. 그러자 벽에 붙어 있던 천호가 냅다 발로 걷어찼다. 억! 하는 소리와 함께 자객이 쓰러지자 밖으로 뛰쳐나와 담장을 넘었다.

획

허연 것이 눈앞에서 번뜩이자 천호는 몸을 돌렸다. 단도를 휘둘렀으나 벽에 부딪쳐 부러지고 말았다. 자객이 놀라 몸을 주춤거렸다. 그 틈을 타서 골목길을 빠져나가려는 순간 또 다른 칼이 불쑥 튀어나와 그의 가슴을 그었다. 엄청난 고통을 느꼈으나 그냥 달렸다. 하얀 눈 위를 맨발로 뛰어가자 자객들이 뒤쫓아왔다.

젠장, 젠장

천호는 당상의 집을 가늠하며 뛰었다. 애당초 당상의 집으로 가지 않은 것이 실수였다. 극심한 통증과 함께 피가 뿜어져 나왔다.

삐~익. 어디선가 호각소리가 들렸다. 궁궐 주변을 순시하는 순라군의 신호가 아니다. 당상의 집으로 가는 길을 차단하는 자객의 신호가 분명했다. 그렇다면 다른 길로 가야 한다. 죽음이 두려운 것이 아니다. 암호문서를 전해야 하기 때문이다.

삐~익. 또 호각 소리가 울려왔다.

천호 앞에 칼을 들고 앞을 가로막는 그림자가 보였다. 천호가 빈손이지만 임금을 호위하는 무사다. 주위를 둘러보니 지진으로 무너진 초가집 지붕 위에 찢어진 방패연이 걸렸다. 햇살 연의 모양이 마치 나고야 성에 휘날리던 일본기 같았다. 얼른 집어 들고 방어태세를 취했다. 자객이 칼을 휘두르고 들어오자 천호가 연을 방패로 이용해 몇 번 막았다. 그러다가 연이 토막이 났다. 그 순간 천호가 손을 뻗어 자객의 상투를 잡았다. 그가 놀라서 당황하자 밀치고 달렸다.

'그래, 그리로 가자.'

당상의 집으로 향하던 천호는 발걸음을 돌렸다. 움직일 때마다 칼 맞은 부위가 벌어지고 하얀 눈 위로 붉은 피가 뚝뚝뚝 떨어졌다. 죽음이 가까워지는 징조였지만 임무는 다해야 했다. 가즈코의 눈물처럼 피가 흘러내렸다.

종2품 오위장 홍인걸(五衛將 洪仁傑)은 야근이 끝나자 경복궁에서 나왔다. 고위관리이기에 여섯 명 구사(丘史)의 호위를 받으며 집으로 돌아왔다. 그는 문관 출신으로 체격은 아담했지만, 궁술로 단련된 강인함이 숨겨져 있다. 자기 전에 뭔가 먹어야겠다고 생각하고 여종을 찾았다. 그때 개가 요란하게 짖었다. 컹컹. 뒤이어 다급한 청지기의 목소리가 들려왔다.

"나으리, 나으리, 어서 나와 보십시오."

인걸이 밖에 나와 보니 대문이 활짝 열려 있었다. 한 남자가 속옷 차림으로 쓰러져 있었다. 급히 나가 청지기가 건네준 등불을 비췄다. 살펴보니 오촌 조카인 홍천호가 아닌가. 깜짝 놀라 흔들어보니 그가 눈을 살포시 뜨고 당숙을 보았다. 천호가 자신의 배에 손을 가져가자 인걸이 바로 눕혔다. 아랫도리까지 피범벅이 되어 있었다.

"그 여자가…… 처, 천리를 지키는 산……"

천호는 여기까지 말하고 가래가 끊겼다. 인걸이 재차 물어보았지만, 이미 숨이 끊겼다. 인걸은 무언가 들어있음 직한 전대를 풀고 하인들에게 명령했다.

"시신을 안으로 모셔라."

청지기가 그의 집에 알릴 것이냐고 물었지만, 고개를 가로저었다. 임금을 호위하는 갑사로 갑자기 행방을 감춘 조카다. 당숙인 자기 집 앞까지 와서 죽은 것은 심상치 않은 일이다. 그는 청지기와 하인들에게 전대에 대해 누구에게도 말하지 말라고 엄명을 내렸다. 속이 벌렁거렸지만 애써 침착해지려고 했다. 하인들이 홍천호의 시신을 번쩍 들어 올렸다.

같은 시각. 자객의 두목인 노랑머리가 부하들과 함께 하얀 눈 위에 떨어진 핏자국을 따라왔다. 그때는 하인들이 홍천호의 시신을 집안으로 옮기던 중이었다.

"한발 늦었구나."

두목은 신음했다. 홍천호가 지니고 있을 비밀보고서를 빼앗지 못한 것이 큰 실수다. 부하들은 지금이라도 뒤쫓아 가서 시신을 뒤져보자고 했다. 하지만 임금의 측근인 오위장의 집에 난입할 수는 없다. 조금 더 시간이 지나면 순라군들이 이곳에 온다. 두목은 부하들과 함께 아직 동트지 않은 새벽어둠 속으로 사라졌다.

홍천호의 시신을 집안으로 들여 마루에 눕혔다. 꽉 쥔 왼손에 몇 가닥 노란색이 섞인 머리칼을 볼 수 있었다. 자객의 것으로 짐작한 인걸이 억지로 손을 펴서 머리칼을 끄집어냈다. 그것을 종이에 싸고 있는데 요란하게 대문을 두드리는 소리가 들렸다. 쾅쾅.

청지기가 문을 열어주니 비변사 낭청과 나졸 그리고 포도청 사람들 십여 명이 서 있었다. 홍인걸을 찾은 낭청은 복면을 하고 있었다.

"저는 비변사의 낭청입니다. 오위장 댁 앞에서 시신이 죽어 있었지요?"

대문 앞에 빨간 피가 흠뻑 젖어 있어 묻지 않아도 될 말이다.

"그렇소, 조카가 칼을 맞고 쓰러진 것을 집안으로 옮겼소이다. 들어와 보시오."

비변사 낭청은 사랑채 마루에 뉘인 홍천호의 시신을 바라보았다. 가슴에 커다란 칼자국이 그어져 있었다. 그 몸으로 이곳까지 온 것이 기적이다. 낭청은 다른 사람을 밖으로 내 보내고 인걸에게 나직하게 물었다.

"오위장님, 조카가 뭔가 남기지 않았습니까? 문서라든가…… 아니면 무슨 말이라도."

인걸은 낭청의 얼굴을 흘끔 보았다. 그리고는 기억을 되살리는 척하더니 대답했다.

"문서 같은 것은 없었소. 말도…… 갈증이 난다고, 물을 달라고 했소."

"그리고요?"

낭청이 바짝 다가와 물었다. 홍인걸은 고개를 가로저었다. 낭청은 이내 실망한 표정을 짓더니 포교를 불렀다. 여러 사람이 들것에 홍천호의 시신을 올려놓고 집을 나갔다. 그들이 가자 청지기와 하인이 청소하느라 오위장 집은 아침부터 부산했다.

밤새 대궐을 지키느라 피곤해 잠자리에 들어야 했다. 하지만 이런 마당에 잠이 오겠는가. 심장이 벌렁거린다. 인걸은 피문은 전대를 펴서 조심스럽게 문서를 끄집어냈다. 펼쳐보니 꼬부랑 글씨가 쓰여 있었다. 얼핏 보기에 언문(한글)이었지만 무슨 내용인지 알 수 없었다. 암호문서로 단정하고 머리카락과 함께 조심스럽게 서류상자에 넣었다. 그는 조카가 마지막으로 남긴 말을 중얼거려 보았다.

'그 여자? 천리를 지키는 산?'

홍인걸은 천호가 남긴 말을 되새겨 보았다. 그 여자는 도대체 누구이고 천리를 지키는 산은 도대체 무엇일까? 불가의 화두처럼 줄곧 끈을 잡고 있다가 문득 조헌을 떠올렸다. 그의 호인 重峯(중봉)에서 重은 千里(천리)로 峯은 멧 山(산)과 만날 逢(봉)으로 파자할 수 있다.

"조헌이라, 조헌."

그는 갑자기 조헌을 떠올린 것이 엉뚱하다는 생각이 들었다. 하지만 김포 감정리에 있는 조헌 생가 뒷산을 중봉산(重峯山)이라 했다. 그 산의 기운을 받고 태어난 사람이 장차 김포에서 남녘 천리의 땅을 지킨다는 예언이 있었다.

이곳을 지나던 행각승이 그런 말을 남겼다고 하지 않는가.

보름 전 음력 12월 17일 지진으로 도성의 집이 흔들렸다. 궁에서 숙직하고 있던 그도 놀라 뛰쳐나갔다. 허술하게 지은 집들은 일부 무너지기도 했다. 떠도는 소문대로 일본의 침략이 다가왔음을 알리는 하늘의 경고일지도 모른다. 그는 다시 생각해 본다. 일본의 침략을 우려하는 선비들이 있지만, 그것을 소리 높여 외치는 이는 오직 조헌뿐이다. 임금의 노여움을 사서 이미 귀양도 여러 번 가고 이제는 목이 잘릴지도 모른다. 그래도 일본의 침략이 머지않았다고 주장하며 대비책을 마련하라고 계속 상소하고 있다.

"맞다, 천리를 지키는 산은 바로 조헌을 말하는 거야."

일본을 정탐하고 돌아온 첩자가 비변사에 침입한 자객의 칼을 맞고 도주하다가 죽었다. 놀라운 일이 아닐 수 없다. 당상의 보고를 받은 임금이 선전관을 보내 샅샅이 조사했다. 하지만 아무것도 밝혀낼 수 없었다. 일본 담당 낭청은 모두 다섯 명이다. 낭청 중에 세 명의 낭청은 일본 해안에 표류했다 돌아온 어부들을 심문하고 숙직했다. 한 명은 출장 중이었고 또 한 명은 신병으로 집에 있었다. 그 외 비변사에 있던 사람 모두를 조사했지만, 누구도 자객을 불러들인 혐의가 없었다. 동래(東萊)에서부터 뒤를 쫓은 자들의 소행으로 결론을 내렸다.

사흘 뒤에 홍인걸은 입궐하기 전에 비변사로 찾아가 당상과 마주 앉았다. 홍인걸은 문서를 받은 사실은 숨기고 천호의 마지막 말을 전했다.

"분명 천리를 지키는 산이라고 했소?"

"그렇소."

당상은 뭔가 말하려다 입을 다물었다.

"다른 사람에게는 말하지 마시오, 절대로."

당상은 한숨을 내쉬고 말을 이었다.

"홍천호가 그 방에 있는지 아는 자가 극히 적은데 어떻게 알고 자객이 들어왔는지 모르겠소. 뒤를 쫓은 자들이 있다 해도 말이오."

비변사 당상은 일찍 퇴궐했더라면 이런 일이 벌어지지 않았을 것이라 자책했다.

"천호가 일본에서 무슨 일을 했기에 그런 것입니까?"

인걸의 물음에 당상은 잠시 머뭇거리다가 짧게 답했다. 첩자가 일본에 들어가자마자 붙잡히는 것은 비변사 안에 이중첩자인 두더지가 잠입했기 때문이다. 그것도 '그녀'가 대마도의 밀수상인을 통해 은밀히 당상에게 알렸기에 비로소 파악한 것이다라고.

"오위장, 지금 한 말은 극비사항이요. 천호가 조카라 말해주는 것이니 절대 발설하면 안 되오."

몇 번이나 다짐했다. 인걸은 천호가 남긴 문서에 대해 말할까 하다가 그만두었다. 당상은 믿을 수 있지만, 그 밑의 사람들은 믿을 수 없기 때문이다.

"조카가 오위장 집 앞에서 죽은 것은 내게 오는 길을 자객이 막았기 때문인 것 같소."

당상은 눈물을 주르르 흘리며 장례를 곧 치르겠다고 말했다. 대화를 마치고 일어서려는 당상에게 인걸이 물었다.

"당상, 묻고 싶은 것이 있소. 혹시 천리를 지키는 산은 중봉 조헌을 말하는 것이 아니오?"

그 말에 당상이 움칫했다.

"내 곰곰이 생각해보니 천호의 마지막 말은 중봉을 파자한 것이 아닌가 하오."

인걸이 당상의 안색을 살피면서 조심스럽게 물었다. 당상이 고개를 끄덕였다.

"그럴 수도 있겠구려. 오위장은 어떻게 조헌을 아시오?"

"김포에 논밭이 좀 있어 드나들며 사귄 지 꽤 오래되오. 중봉을 알게 된 것은 토정 이지함 선생 때문이라오. 두 사람은 사제지간이지요."

"그런 인연이 있었군요. 그러면 중봉과 자주 만나오? 지금 옥천에 있다는데."

당상의 표정에서 심상치 않은 것을 느낄 수 있었다. 역시 예상대로 암호문서는 조헌과 관계가 있다.

"중봉은 일본이라면 원수 같이 여기오. 그런데 왜 천호의 입에서 중봉의 이름이 나왔을까요?"

"천리를 지키는 산이, 꼭 중봉이라고 단정할 수는 없소."

당상은 이리 말했지만, 목소리에서 약간의 떨림이 있었다. 애써 숨기려는 것 같았다.

"천호가 당상을 먼저 찾은 것이 두더지 때문이라면 무언가 증거를 가지고 있는 것 아니겠소?"

"그렇소. 하지만 시신의 몸속에는 아무것도 없었소. 잘 생각해 보시오. 혹시 단서가 될 만한 말을 남겼는지."

"너무나 황당한 일이라 끔찍한 기억밖에 없소."

당상이 한숨을 내 쉬었다.

"문서가 아니면 말이라도 남길 법한데…… 그래야 두더지를 찍어내련만. 나중에라도 무언가 생각나면 찾아오시오. 부탁이오."

당상은 이렇게 말하고 밖으로 나갔다. 인걸은 어깨를 늘어뜨린 그의 뒷모습에 입이 근질거렸다.

"당상!"

당상이 고개를 돌렸다. 인걸은 천호의 처참한 얼굴을 떠올리자 충동이 가라앉았다. 조급해서는 안 된다.

"너무 힘들어 보이오. 좀 쉬셔야겠소."

"고맙소. 그럼."

당상이 나가자 인걸은 한숨을 내쉬고 비변사를 나왔다. 경복궁으로 가는 발길이 천근만근 무거웠다. 조헌을 입에 올리자 당상의 얼굴빛이 변한 것으로 보아 분명 관계가 있다. 그런데 '그녀'가 조헌과 무슨 관련이 있다는 말인가. 조헌의 성격으로 보아 기생일 가능성은 없다. 또 '그녀'는 일본에 있지 않은가. 서로 닿지 않는다.

김포에 소작농이 많은 홍인걸은 중봉 조헌, 토정 이지함과 십오 년 전부터 교분이 있었다. 일찍 부모를 잃고 가난했던 홍인걸은 스승 없이 혼자 공부했다. 어려운 환경에서 독학으로 과거에 합격했기에 개천에서 용 났다는 말을 들었다. 혼인 후에는 살림꾼인 아내 박씨가 길쌈으로 돈을 모았다. 그 돈으로 김포에 약간의 밭을 마련하러 갔을 때 이지함의 말을 들은 것이 행운이었다. 양계로 상당한 부를 축적해 김포에 논밭을 많이 사들였다. 재물 일부를 내놓아 빈민을 위한 무료 한약방을 차렸을 때 통진 현감 조헌과 깊이 사귀게 된 것이다. 하지만 조헌이 귀양을 가는 바람에 만남이 뜸했다. 조헌이 초야에 묻히면서 다시 만나 김포를 위해 여러 가지 사업을 했다. 암호문서의 수신자가 조헌이라고 단정한 홍인걸은 은밀히 옥천으로 하인을 보냈다. 그리고는 나라를 위해 일하다 비참하게 죽은 조카 천호의 집으로 가서 문상했다.

마포 강은 얇게 얼음이 얼어 배들이 다니고 있었다. 날씨가 추워져 꽁꽁 얼면 배는 다니지 못한다. 그때는 장빙업자들이 톱을 들고 얼음을 채취할 것이다. 한 척의 배에서 내린 남자가 휘적휘적 걷더니 어느 주막집으로 들어갔다. 남자를 알아본 주인이 얼른 그를 뒷방으로 데려갔다. 노랑머리가 혼자 국밥을 먹다가 벌떡 일어나 남자를 맞았다.

"앉게. 다행이네."

"톱밥의 공로입니다. 재빨리 정체를 파악하지 못했다면 큰일 날 뻔했습니다."

"홍천호를 칼로 벤 것이 먹통이라며?"

"네. 겁에 질려 벌벌 떨더니…… 매복을 잘했습니다."

노랑머리가 짧게 상황을 설명했지만 홍천호에게 자기 머리를 잡혔다는 말은 안 했다.

"당상이 아주 음흉하군. 그런 꾀를 냈을 줄이야. 난 홍천호가 정여립의 잔당을 잡기 위해 남해의 섬을 뒤지는 줄 알았어."

남자는 홍천호가 일본으로 갔으리라고는 생각하지 못했다. 비변사 당상은 정여립의 잔당이 남해안 섬에 숨었다는 첩보가 입수되었다고 했다. 그래서 비변사에서 여러 명의 비밀 추포관을 뽑았다. 홍천호만 새로운 인물이었다. 선전관도 아닌 갑사를 역적 추포에 침투시키는 것에 의아했다. 지금 생각해보니 일본어를 잘하기에 뽑은 것이었다.

"혹시 어디를 들러 온 것은 아닐까?"

"아닐 것입니다. 동래에서 곧장 말 타고 달려와서 몹시 피곤한 상태였다고 합니다."

노랑머리는 천호가 잠자는 틈을 타서 공격한 것과 결투한 것, 도망쳐서 오위장 홍인걸의 집 앞에서 죽은 과정을 상세하게 말했다.

"그러면 그자의 몸은 뒤져보았나? 일본에서 입수한 것이 있을 텐데."

남자의 물음에 노랑머리가 어색한 표정으로 웃었다. 당상의 집으로 가는 길목을 지켰는데 홍인걸의 집으로 갈 줄 몰랐다고 변명했다. 그러자 남자의 얼굴이 시뻘게지더니 낮은 목소리로 야단쳤다.

"멍청이! 그자의 품 안에 우리 정체를 알리는 문서가 있으면 어떡하려고…… 톱밥의 말로는 분명히 문서가 있어."

노랑머리가 눈을 끔뻑끔뻑하다가 말했다.

"홍인걸이 문서가 없다고 부인하지 않았습니까?"

"그걸 어찌 믿나? 임금이 홍인걸에게 길삼봉을 잡으라고 명령을 내린 것은 그자가 보통내기가 아니라는 거야."

그 말도 맞다. 홍인걸에게 막중한 임무를 부여한 것은 남다른 능력이 있어서다. 남자는 강한 어조로 말했다.

"일이 이렇게 되었으니 할 수 없지. 홍인걸의 뒤를 밟아 수상한 점이 발견되면 말하게. 거추장스러우면 아예 처치해 버릴 테니까."

그제야 안심했다는 듯 노랑머리가 히죽 웃으며 묻는다.

"통신사들은 어찌하고 있답니까? 동인, 서인이 정사와 부사로 나눠 갔으니 몹시 시끄러울 텐데……"

이들 첩자는 일본에서 통신사를 보내라고 했을 때 고니시 유키나가(小西行長)와 대마도주의 농간을 알고 있었다. 즉 풍신수길은 일본의 속국으로 알고 있는 조선을 명나라를 침략할 때 향도로 삼으려 했다. 반대로 일본을 얕보고 있는 조선 임금은 통신사를 보내면 전쟁을 일으키지 않으리라고 착각하고 있었다. 이렇게 다른 생각을 만든 것은 조선통인 고니시 유키나가의 지원을 받는 첩보 조직의 우두머리 '목수'의 농간이다.

마찬가지로 비변사에 침투한 첩자는 동인과 서인이 서로 싸우게 하려고 상대방의 약점을 캐다 알려주곤 했다. 통신사 파견도 조정에서 비변사 낭청들의 의견을 물었을 때 그는 동인, 서인이 나란히 가야 공정한 판결이 내린다고 우겼다. 특히 일본에 대한 편견과 우월감이 강한 김성일이 꼭 가도록 했다. 임금도 학봉 김성일의 학문을 높이 쳤기에 부사로 보낸 것이다. 남자가 흐흐흐 하고 웃었다.

"안에서 새는 바가지 밖에서도 새는 법이지. 개와 고양이 같이 사사건건 의견을 달리하고 있다더군."

그의 말에 의하면 일본인들은 사려 깊은 황윤길보다 거침없이 당당한 김성일을 더 높이 쳐준다고 했다. 그들로서는 자신들의 속셈을 캐내려는 세심한 정사보다 큰 소리 탕탕 치는 부사가 손쉬운 상대이기 때문이다. 이런 것을 알리 없는 김성일은 자신을 두려워하며 굽실거리는 일본인을 더욱 얕본다고 했다.

옥천으로 내려보낸 하인이 돌아왔다. 조헌이 정월 대보름날까지는 김포로 올 것이라는 말을 전했다. 홍인걸은 처음 벼슬길에 들어섰을 때 퇴근하면 '송조명신언행록(宋朝名臣言行錄)'을 읽으면서 관리로서 마음가짐을 바로 하는 데 주력했다. 그러면서도 타고난 천성이 활발해 마당발이라는 별명을 얻을 만큼 당파를 가리지 않고 사람을 사귀었다. 이 때문에 당색이 분명치 않고 흐리멍덩하다는 비난을 받기도 했다. 이에 반해 조헌은 호불호가 분명한 강직한 성격으로 사람도 가려 사귀고 동인들과 사이가 아주 나빴다. 이렇게 정반대의 성격임에도 묘하게 서로 끌려 속마음을 털어놓을 정도로 가까웠다.

김포에 논과 밭이 많고 커다란 양계장까지 가지고 있는 인걸이 그곳을 찾는 것은 자연스러운 일이다. 그래도 그는 조심했다. 수상한 자가 집 주위를 감시하고 외출하면 줄곧 미행하는 것을 눈치챘다. 근무하는 오위 안에서도 주시하는 시선을 느낄 수 있었다. 어떻게 알았는지 홍천호가 당숙인 홍인걸의 대문 앞에서 살해된 시체로 발견된 사실이 널리 퍼졌다.

"이보시오, 홍오위장. 도대체 무슨 일이기에 대문 앞에서 주검이 발견되었다는 말이오?"

"조카라는 홍갑사가 일본에 들어가 첩보활동을 했다는 게 사실이오? 어떻게 조카가 위험한 일본에 건너갔다는 말이오?"

거의 정확한 정보를 가지고 인걸에게 물었지만, 홍천호에 대한 질문을 받을 때마다 모른다고 시치미 떼었다. 다행히 문서에 대해 묻는 사람은 없었다.

집에 돌아오니 청지기가 조심스럽게 말한다.

"나으리, 수상한 자가 얼씬거리고 있습니다."

여종이 시장에 나가니 어떤 사내가 돈을 쥐여주며 물었다 한다. 죽은 홍천호의 몸에서 이상한 것이 나오지 않았느냐고. 여종은 사실을 모르기 때문에 홍인걸이 말한 대로 죽어가며 물만 찾았다고 했다.

"누구일까요? 나으리."

홍인걸은 여종에게 돈까지 주며 묻는 자가 일본의 첩자라고 짐작했다. 한편으로 자신의 말을 믿지 않는 비변사 낭청일 수도 있다고 생각했다.

"모르지. 그 아이에게 약간의 돈을 내어 주고 그자의 얼굴 생김을 기록하게."

인걸은 그자가 불쑥 나타날지 몰라 그리 말한 것이다. 청지기가 밖으로 나가자 문갑에 넣어둔 상자에서 핏자국이 선명한 전대를 꺼냈다. 장사꾼들은 이 전대를 배에 두르고 화폐인 저화(종이돈)나 명나라 은전을 집어넣는다. 홍천호는 돈 대신 암호문서를 넣고 자신의 목숨과 바꾼 것이다. 몇 년 전 아내와 사별하고 제사지내 줄 후손도 남기지 못하고 죽은 조카가 불쌍할 뿐이다.

'왜 천호가 조헌을 찾은 것일까?'

나이나 관직 경력 등 여러 가지로 볼 때 홍천호가 조헌과 교유한 것 같지는 않다. 그렇다면 이것을 건네준 일본의 '그녀'가 조헌을 찾아가라고 했을 것이다. 그는 상자에 전대를 넣고 자물쇠를 채운 다음 문갑에 넣었다.

다음 날 홍인걸은 북촌의 집을 떠나 의금부로 갔다. 길삼봉의 인상서가 완성되었다는 연락이 왔기 때문이다. 인걸은 서인으로 분류되는 데다 송강 정철과 사돈지간이라 집권당인 동인이 볼 때 철천지원수이다. 그러나 평소 모나지 않은 처신을 했다. 임금에게서 길삼봉을 잡으라는 명을 받고 맨 처음 찾은 것이 동인의 영수 서애 유성룡이었다. 정여립을 역모자로 처단하고 무려 천여 명의 선비가 연루된 기축옥사를 지휘한 정철이 밀려나고 동인이 다시 득세했다. 서인은 보복의 칼날이 날아올 것으로 전전긍긍하고 있는데 대담하게도 유성룡을 찾아가 담판을 지었다. 도주한 정여립의 참모 길삼봉을 잡아 최영경을 비롯한 동인의 억울함을 풀어줄 테니 협조해 달라는 것이었다. 최영경은 길삼봉으로 몰려 죽임을 당한 동인계 학자다. 다른 서인이 그랬더라면 대문 안으로 한 발짝도 들어갈 수 없었을 것이다. 하지만 홍인걸이 사돈 정철의 극단적인 행동을 힘써 말렸기에 유성룡은 그의 제안을 받아들였다. 그 후로 서인이 동인에게 의사를 전달하려면 홍인걸이 유성룡을 찾았다. 반대로 동인이 서인에게 타협할 것이 있으면 홍인걸을 통해서 했다. 훌륭한 중재자였기 때문이다. 그러나 이러한 온건한 처세는 극단적 성향의 동인, 서인에게는 못마땅한 것이었다.

"도대체 이 작자는 어디에 숨어 있는 것일까?"

의금부의 기록에는 길삼봉은 교묘한 변장으로 여러 사람의 모습으로 나타났다가 바람처럼 사라져버리는 존재로 적혀있다. 자살한 정여립 이외에 붙잡힌 수괴급 인사들도 길삼봉에 대해 알지 못했다. 그래서 이미 병사한 도둑이라는 소문과 정여립이 의금부의 눈을 속이기 위해 꾸며낸 가공인물일 것이라고 했다. 오위장의 임무를 다하면서 틈틈이 길삼봉을 찾는 것은 고역이었다. 이제 홍천호의 피살사건까지 끼어들었으니 여간 골치 아픈 것이 아니다. 그러나 하얀 눈 위에 핏방울을 남기고 죽은 조카의 임무는 끝내줘야 한다. 비변사안에 숨은 두더지를 잡는 일 말이다.

한참 동안 기록을 보고 있는데 도사(都事)가 화공과 함께 들어왔다. 기다리게 한 것이 미안했는지 어색한 웃음을 지었다. 인상서를 내려놓은 화공은 돌아갔고 도사는 방을 지키고 있는 서기에게 심부름을 시켰다. 둘만의 시간이 필요했기 때문이다. 도사는 경상도 출신으로 동인에 속해 있지만, 홍인걸과는 여러 번 같은 곳에서 벼슬을 살아 형님 아우하며 지내는 사이였다. 홍인걸이 반년 동안 길삼봉을 은밀히 탐색했지만 오리무중이었다. 그래서 임금에게 단독으로는 어렵다고 솔직히 말해 의금부 도움을 허락받았다. 하지만 지금 책상 위에 놓인 길삼봉의 인상서를 보고는 한숨이 절로 나온다.

"조선 천지에 길삼봉이 이렇게 많다는 말인가?"

목판으로 인쇄된 인상서는 무려 십여 장인데 모두 얼굴과 체격이 달랐다. 정여립의 참모 길삼봉을 본 측근들의 심문기록을 바탕으로 화공이 그린 것인데 같은 것이 한 장도 없었다. 새파란 20대 청년에서 40대 장년, 혹은 허리가 꼬부라진 노인이었다는 등 종잡을 수 없었다. 이 때문에 최영경이 정여립과 가까웠다는 이유 하나만으로 길삼봉으로 지목되어 붙잡혀 와서 심한 문초끝에 옥사했다. 열 장의 인상서는 길삼봉이 변장술에 능하다는 것을 말해주고 있을 뿐이다. 체포에 도움이 될 리가 없다. 인걸이 한숨을 내쉬며 말했다.

"연산군 때 그 도둑이 따로 없네."

그 도둑 홍길동도 여덟 명으로 분신했다는 소문이 돌 정도로 신출귀몰했다. 도사가 주위를 쫙 둘러보고는 목소리를 낮춰 말했다.

"길삼봉을 잡을 기회가 왔습니다."

길삼봉의 직속 부하였다는 자가 접근해온 사실을 말했다. 놀라운 일이었다. 기축옥사 이후 길삼봉이 체포되어야 정여립 연루자를 모두 색출할 수 있다고 혈안이 되었다. 상당한 현상금이 걸려 있어 너도나도 의심스러운 자를 밀고한 탓에 붙잡혀 가서 고초를 겪은 이가 하나둘이 아니었다. 도사는 더욱 목소리를 낮추고 말했다. 사흘 전이었다고 한다. 밤늦게 사랑채에서 책을 읽고 있는데 문밖에서 사람 목소리가 들렸다. 자신이 길삼봉의 은거지를 알고 있으니 은자 삼십 냥만 주면 소재를 알려주겠다고 했다.

"그자는 오위장님이 길삼봉을 추포하는 명을 주상에게 받았다는 것을 알고 있었습니다. 전라도에 암행한 것도 알고 있더군요."

몇 달 전 유람하는 선비를 가장하고 정여립의 집을 중심으로 탐문을 벌인 적이 있었다. 별 소득 없이 오히려 적의 눈에 띈 행동이었다는 것을 깨달았다.

"정여립의 행적에 대해 우리만 아는 사실을 말하는 것을 보니 거짓은 아닌 것 같습니다. 방으로 불러들이려 하니 녀석은 다시 오겠다고 하고 감쪽같이 사라졌습니다."

"왜 붙잡지 않았나?"

"문을 열고 보니 집을 지키던 개가 바늘에 찔려서 죽어 있더군요. 이런 자를 어떻게 저 혼자 추적하겠습니까?"

"언제 온다고 했나?"

"내일모레입니다. 은자 삼십 냥을 준비하라고 했는데 제게 그런 거금이 있을 리 없고 의금부 제조에게 알렸다가는 헛일이 되고……"

도사는 말꼬리를 흐렸다.

"알았네, 내가 삼십 냥을 가지고 가겠네. 내가 물어볼 말이 많이 있으니."

홍인걸은 하루 이틀 간격으로 벌어지는 심상치 않은 사건에 속이 울렁거렸다. 무언가 좋은 것이든 나쁜 것이든 변화가 일어나는 시기 같았다. 자신의 운명이 무언가 강한 힘으로 움직이는 것 같았다. 그래도 의심이 풀어지지 않아 묻는다.

"여느 도둑들처럼 그자도 길삼봉으로 사칭하는 것이 아닐까?"

길삼봉은 천안 출신 노비로 알려졌다. 도둑이 된 후에 신출귀몰한 변장으로 오랜 추적에도 잡히지 않았다. 정여립 사건 이후 병사했다는 소문도 있었지만 길삼봉의 명성을 빌려 도둑들이 사칭하는 예도 많았다.

"떠나기 전 그자가 이런 말을 했습니다. 길삼봉은 원래 활빈당수라고요."

"활빈당? 홍길동 도둑 무리의?"

"네, 활빈당은 지금까지도 은밀히 이어져 내려오고 있는데 길삼봉은 그 도둑떼의 우두머리라 합니다. 자신도 활빈당원이었구요."

인걸은 잠시 생각에 잠겼다. 활빈당은 연산군 때 두목인 홍길동이 자수해서 옥에 갇혔다가 행방을 감춘 뒤로 잠잠했으나 그 무리는 남아 있다는 말은 들었다. 그들은 부유한 상인들의 짐을 노릴 뿐 가난한 행상에게는 절대로 손을 대지 않는다고 한다.

"좋네. 활빈당수고 길삼봉이고 간에 그자가 도망친 두목의 소재를 꼭 안다고는 말할 수 없지 않은가? 돈만 빼앗으려는 수작일 수도 있고."

도사가 나직하게 대답했다.

"그렇지 않아도 그 말을 했더니 조강포에서 배를 타고 황해도로 건너가는 것을 분명히 보았다고 합니다."

"조강포? 통진의 포구 말인가?"

"네, 그렇지요. 형님의 전장이 있는 그곳 말입니다. 그자의 말을 들어보면 길삼봉은 황해도 어딘가에 있는 것이 분명합니다. 조강포에 가면 흔적이 있을지도 모릅니다."

"그렇다면 내가 가 봐야겠네. 어차피 갈 일도 있으니."

이때 서기가 돌아오자 홍인걸이 자리에서 일어났다.

"인상서가 도움이 될지 모르겠네. 이것을 가져가도 되겠나?"

"물론이지요, 목판으로 인쇄했으니 길삼봉을 본격적으로 추적하게 되는 겁니다. 하하."

도사가 크게 웃었다. 홍인걸은 길삼봉의 인상서를 두 부씩 챙겨 집으로 돌아갔다. 이틀 후에 홍인걸이 은자 삼십 냥을 가지고 도사의 집으로 갔다. 그러나 밀고자는 다음 날 아침이 될 때까지 나타나지 않았다. 근처 골목에서 한 사내가 칼에 찔려 죽었다는 말만 전해 들었을 뿐이다.

2

수상한 사람들

일주일이 후딱 지나갔다. 홍인걸은 닷새의 말미를 얻어 김포로 향했다. 임금을 측근에서 모시는 오위장으로 자리를 비운 것은 송구스런 일이다. 하지만 평소 근무에 충실했고, 봄이면 휴가를 받아가던 것이 두어 달 빠를 뿐이다. 하인을 시켜 시전(市廛)에서 종이와 붓, 먹 등 문방구류와 자잘한 선물을 샀다. 나귀에 잔뜩 싣고 그것도 넘쳐 하인 두 명에게 짐을 지우고 북촌을 떠났다. 동행한 청지기는 말을 타고 가시라고 했지만, 그냥 걷기로 했다. 짐과 일행이 있으니 말을 타나 걸어가나 걸리는 시간은 같았기 때문이다.

아침에 길을 나섰는데 마포나루에 도착하니 벌써 해가 중천에 떴다. 인걸은 연변에 늘어선 주막에 들어가 국밥을 시켰다. 청지기와 하인들은 봉놋방에서 자기들끼리 국밥을 먹었고 인걸은 안방에서 따로 상을 받았다. 수저를 내려놓고 살짝 문틈으로 밖을 내다보니 집을 나설 때부터 미행하던 자는 보이지 않았다. 밥을 다 먹고 앉아 숭늉을 마시고 있는데 밖이 소란스러웠다. 주막 주인이 밖에서 묻는다.

"나으리, 다 드셨으면 상을 내갈까요?"

"그러시오."

방문을 열고 주인이 들어왔다. 그의 뒤로 분홍색 도포를 입은 키 큰 남자가 보였다. 옷 색깔이나 갓의 크기로 보아 사대부가 아니라 돈 많은 상인으로 보였다. 뒤에 하인 셋이 잔뜩 짐을 지고 서 있었다.

"나으리. 저 손님을 방안에 들였으면 합니다. 밖이 추워서……"

주막 주인은 인걸이 고위 관리인 것을 알고 조심스럽게 묻는다. 허락하자 남자가 방안에 들어와 꾸벅 절하고 말했다.

"신세 좀 지겠십니더."

경상도 사투리였다. 방 한구석에 와서 앉은 남자를 살펴보니 코가 우뚝하니 잘 생겼다. 감암포로 가는 배가 썰물을 타려면 한 시간은 더 있어야 한다. 남자는 밖의 마루에 앉은 하인에게 보따리를 달라고 하곤 열었다. 그 안에는 두툼한 책이 여러 권 들어 있었는데 흘끗 보니 표지에 삼국지통속연의(三國志通俗演義)라고 쓰여 있었다. 그 책은 요즘 들어 시중에서 인기 있는 중국소설이었다. 정식으로 출판되지 않아 너도나도 필사본으로 읽었는데 홍인걸도 꼭 읽고 싶은 책이었다.

"초면에 실례인데 그 책은 혹시 나관중의 삼국지 아니오?"

인걸의 물음에 남자가 고개를 번쩍 들고 환한 표정을 지으며 대답했다.

"이 책, 아십니꺼?"

하며 책을 인걸의 앞으로 밀었다. 오위(五衛)에서도 인기 있는 책으로 너도나도 보고자 하나 구하기가 어려워 포기했다. 그걸 바로 앞에서 보니 부쩍 호기심이 당긴 것이다. 남자가 먼저 인사를 했다.

"인사 올리겠십니더. 조강포 객주 서기석입니더. 본관은 달성 서가입니더."

"그렇소이까? 나는 오위장 홍인걸이라 하오. 전장이 김포에 있어 감암포로 가려고 배를 기다리는 중이오."

상대가 상인인데다 나이 차이도 꽤 나는지라 공대는 하지 않았다. 오위장이라는 말에 서기석(徐基錫)은 눈을 크게 뜨고 황송한 표정을 짓는다.

"귀인을 뵙게 됩니더. 보시지요."

별난 경상도 사투리를 쓰는 기석의 권유에 책을 받았다. 그가 고개를 까딱해 고마움을 표시하고 책을 펴보니 뜻밖에도 인쇄본이었다.

"인쇄본이어서 그런지 눈에 쏙쏙 들어오는구려. 어디서 구할 수 있겠소?"

"그 책은 초판입니다. 활자가 부족해 재판은 몇 달 후에나 나온답니다."

그 말에 자기도 모르게 입맛을 쩍 다셨다. 그러자 객주가 조심스럽게 말한다.

"나으리. 뭐 하시면 빌려 드리겠심니더. 저는 며칠에 걸쳐 다 읽었심니더."

"고마운 말씀이나 폐가 되지 않겠소?"

"아닙니더."

무려 반년의 말미를 주고 삼국지를 빌려 주자, 인걸은 호의에 감사를 표했다. 이렇게 해서 두 사람은 삼국지에 대해 말했다. 인걸은 진수가 쓴 역사서 '삼국지'를 보았기에 실제 역사와 소설 삼국지가 어떤 차이가 있나 의견을 나누었다. 그러다 배 뜨는 시각이 되자 함께 타게 되었다. 배 안에서도 두 사람의 대화는 이어졌다. 배가 양천을 지나 감암포가 멀지 않자 서기석이 아쉬운 표정을 지으며 말했다.

"덕분에 좋은 시간을 보냈심니더. 김포에 가시면 누구를 뵐 것입니꺼?"

"아까 말했듯이 전장이 많고 양계장도 있어 둘러보고 올 것이오. 또 친구도 만나보고."

"중봉 그 어른도 뵙니꺼?"

"중봉?"

느닷없는 말에 홍인걸을 기석을 올려본다. 그의 입에서 중봉 조헌의 이름이 나올 줄은 몰랐기 때문이다. 그러나 이내 태연하게 대답했다.

"글쎄올시다. 옥천에 있다는 말은 들었는데…… 있으면 만나 봐야지. 서객주는 중봉을 아시오?"

인걸의 물음에 기석은 환하게 웃으며 말했다.

"조선 팔도에 중봉을 모르는 이가 있심니꺼?"

그 말은 맞다. 정여립, 정철과 함께 조헌은 직설적이고 과격한 성품으로 조선 팔도에 널리 알려졌다. 그리고 김포 출신이 아닌가. 기석이 포구를 바라보며 상냥하게 말했다.

"나으리, 배가 곧 도착합니더. 서울에서 다시 뵙도록 하겠심니더. 살펴 가시소."

감암포에 홍인걸과 그 일행을 내려놓았다. 배는 다시 북상해 전류포를 들러 조강포로 갈 것이다. 홍인걸은 멀리 떠나는 배를 보고 문득 의심이 구름처럼 뭉게뭉게 일어났다. 되돌아 생각하니 서기석이 주막에 나타난 시각부터 수상한 점이 많았다. 그는 청지기에게 말했다.

"조강포에 사람을 보내 저자의 이력을 알아보게."

말은 객주라 하지만 예사 장사치가 아니다. 삼국지 같은 패관문학도 읽지만, 유교경전도 공부한 사람이 분명했다. 손마디를 보면 무술을 꽤 익힌 몸이다. 사람을 대하는 태도가 상인답지 않게 예절이 있고 한 마디 한 마디가 자로 잰 듯 조리 있다. 고향도 경상도 동래 사람이라지만 사투리 구사가 어색했다. 수상한 자였다.

미리 연락을 받은 감역(監役)이 홍인걸을 마중 나왔다. 맨 처음 찾은 곳은 양계장이었다. 토정 이지함과 함께 김포 일대를 돌아다닐 때였다. 월곶에서 늪지대를 보고는 의미심장한 미소를 지으며 사두라고 했다. 농담처럼 관상에 횡재할 운수가 보인다고 해서 헐값에 샀는데 결국 그 말이 맞았다. 개구리들이 시끄럽게 울던 날 그것을 사료로 해서 닭을 키울 묘안이 떠올랐다. 양계장을 시작했는데 큰 이득을 본 것이다.

수천 마리의 닭들이 모이를 쪼는 모습과 부화한 병아리들이 햇볕을 쬐는 모습이 보였다. 늪지대는 개구리뿐 아니라 나방들이 많아 닭 먹이로 충분했다. 보통 사람이면 무심코 지나칠 것인데 기이한 재주가 있는 토정 이지함의 혜안을 홍인걸이 적극 활용한 것이다. 뒤늦게 들은 말로는 조헌도 알고 있었지만 이(利)를 취하는 것보다 도학을 택하기로 했다고 한다.

"닭이 병들지 않게 외부인들의 출입을 금하도록 하게. 특히 야생 오리가 닭들 틈에 끼지 못하도록 하게. 닭장 청소도 자주 하고."

닭 병이 나돌면 그 일대의 닭을 모두 도살해야 했다. 그러나 홍인걸의 양계장은 철저하게 관리해서 그런 적이 없었다. 인걸은 장부를 가져오라고 해서 직접 주판을 튕기며 손익을 따졌다. 그 당시 사대부들이 돈을 입에 올리고 이익을 따지는 것은 금기였다. 토정 이지함처럼 유별난 인물은 예외지만 사대부가 상업을 하면 모두 비난했다. 그렇지만 남이 개간한 땅을 빼앗거나 상인에게 트집 잡아 돈을 뜯어내는 것도 역시 사대부들이었다. 벼슬아치인 홍인걸이 김포에서 양계업으로 치부한다는 험담이 있었다. 하지만 본래 손이 크고 인심이 후한지라 크게 욕먹지는 않았다.

저녁이 되자 홍인걸은 집으로 돌아왔다. 김포의 집에는 주인 대신 마름이 살고 있지만, 그의 방은 항상 비워져 있었다. 저녁상을 물리고 서기석이 빌려준 삼국지를 펴보았다. 요모조모 살펴보니 손때 묻은 흔적이 없는 것으로 보아 다 읽었다는 것은 거짓말이다. 그러나 의도적으로 접근했다기에는 말하는 것이나 태도가 너무나 자연스러웠다. 고위 벼슬아치에게 호감을 보이기 위해 즉흥적으로 거짓말한 것일 수도 있다. 밤늦게서야 조강포에 갔던 하인이 돌아오자 청지기가 보고한다.

"서가가 조강포에서 객주를 인수받은 것이 작년이라고 합니다. 조강 건너 북쪽 조강리에 큰 집을 짓고 살고 있는데 금광을 발견해서 떼돈을 벌었다고 합니다."

임금의 측근인 홍인걸에게 갖가지 방법으로 접근하는 시전 상인이 많았다. 섣달에는 낯도 코도 모르는 작자들이 선물을 싸들고 찾아와 만나기를 청했다. 오늘처럼 우연을 가장해서 접근하는 예도 많았다. 정경유착을 시도하는 것이었지만 부패 관리가 되지 않기 위해 부를 축적한 그에게는 전혀 통하지 않는 일이었다.

"알았네. 수고했네."

"나으리, 중봉 선생은 내일 찾아뵙나요? 준비할까요?"

"아니야, 내일은 통진 현감과 김포 현감을 방문할 것이고 중봉은 모레나 찾아갈 것이네. 내가 움직이는 동안 미행하는 자가 없나 살펴주게."

홍인걸은 비변사나 그곳에 침투한 일본 첩자가 자신을 의심해 미행 감시할 것도 염두에 두었다. 그는 청지기에게 시전에서 사들인 붓과 먹 등 문방구를 김포 강원으로 보내라고 했다.

조강포에는 쑥갓머리산이 있고 그 산의 꼭대기에는 커다란 쇠통이 놓여있다. 그 안에 장작을 넣어 불을 지피면 지금의 등대 구실을 했다. 밤늦게 서해에서 밀물을 타고 도미와 삼치를 잡은 배가 떼를 이루어 올라온다. 이때 쇠통의 불빛이 이정표가 되어 남쪽 조강포로 안전하게 들어올 수 있다. 조강포의 존위(尊位)를 비롯한 여러 사람이 저마다 손에 횃불을 들고 배가 안전하게 포구에 닿도록 유도하고 있었다. 밤에 다니는 뱃길은 위험해서 잘 다니지 않지만 여러 사정으로 늦어질 때에는 어쩔 수 없었다. 밀물을 타고 쏜살같이 온 배가 무사히 조강포 선착장에 닿았다. 김후재(金厚載)는 지금의 마을이장 역할을 하는 존위로 조강포를 실질적으로 지배하고 있었다. 그는 배가 닿으면 닻을 내려 움직이지 못하게 하고 어부들을 뭍으로 인도하는 일을 했다. 어부들의 숙식을 위해 주막으로 보내는 일도 그의 일이다. 키가 작고 발놀림이 참새같은 사내가 급히 달려와 김후재의 귀에 대고 속삭였다.

"오위장이 미시 끝 무렵에 감암포에 도착했습니다."

"오위장? 홍인걸 말이냐?"

김후재는 홍인걸이 왔다는 말에 등골이 오싹했다. 그가 봄도 아닌데 정초에 불쑥 나타났다는 것에 신경이 곤두서는 것이었다.

"그리고 아까는 누군가 서기석 객주에 대해 묻고 갔다고 합니다."

작년 초에 새로 객주가 된 사람의 뒤를 캐는 것도 의혹이 들었다. 서기석이라는 자가 수상하긴 하다. 아랫사람에게 일을 맡기고 몇 달에 한 번 들르는 정체를 알 수 없는 자다. 하지만 북쪽 조강리에 집을 두고 살고 있어서 그냥 놔두고 있었다.

"서객주는 마포나루에서 우연히 같이 탔던 것 같습니다. 오위장은 지금 양계장에 들렀다가 마름 집으로 가서 묵고 있습니다. 특이한 일은 없습니다만……"

별명이 참새인 조그마한 사내가 목소리를 낮춰 속삭였다.

"오위장의 뒤를 밟는 자가 있었습니다."

눈치가 빠르고 시력이 좋은 참새의 말이니 믿을 수 있다. 오위장의 뒤를 누가, 왜 밟는다는 말인가. 혹시 홍인걸은 조헌을 만나려고 온 것이 아닐까. 며칠 전 옥천에서 김포 큰아들 집으로 올라왔다는 말을 들었다. 의심이 꼬리를 묻다. 그는 조헌의 동태에 대해 물었다.

"조 선비님의 댁을 엿보니 매일 책을 읽는지 방안에만 있었습니다. 가끔 활을 쏘러 나오거나 감바위로 나가 낚시를 하곤 합니다."

그런 일상사라면 아내와 계모가 사는 옥천에서도 충분히 할 수 있는 일이다. 시간을 놓고 볼 때 두 사람이 만나려는 것이 분명하다. 그러면 홍인걸을 미행 감시하는 자는 도대체 누구인가.

"홍인걸이 길삼봉을 잡으러 온 것이라면 우리도 대비해야 한다. 참새! 오늘 밤중으로 용화사로 가서 영규 대사에게 전해라. 당분간 그곳에 머물러 있으라고."

그는 초조했다. 배신자를 아슬아슬하게 붙잡아 처단했는데 홍인걸이 왜 찾아온다는 말인가.

홍인걸이 중봉 조헌(重峯 趙憲)을 만난 것은 이틀 뒤였다. 김포 반도는 두 개의 지역으로 나뉘어 북쪽은 통진, 남쪽은 김포로 되어 있다. 그럼에도 서울 사람들은 한데 묶어 김포라고 부른다. 인걸은 통진과 김포 현감을 차례로 만났다. 그리곤 낙향한 전직 고위 관리들을 두루 찾은 다음에야 김포 감정리 조헌에게 왔다.

그가 집 앞에 왔을 때 점심으로 쑥개떡을 하나 먹은 조헌은 장작을 패고 있었다. 아버지에게 힘든 일을 시키는 것 같아 큰아들 완기가 말렸다. 하지만 조헌은 체력단련이라고 하면서 도끼를 들고 나섰다. 한번 휘두를 때마다 마른 장작이 쩍 소리를 내며 갈라졌다. 홍인걸이 밖에서 지켜보다가 거의 다 마쳤을 즈음 싸리문을 열고 초가집에 들어섰다.

"중봉, 내가 왔소!"

조헌이 장작을 쌓다 뒤돌아보고는 히죽 웃었다. 큰 키에 떡 벌어진 어깨,

턱수염이 진한 조헌은 책만 보는 유약한 선비로 보이지 않는다. 겉모습은 전장을 누비는 무인처럼 강인하게 보이고 성품도 엄중했다. 소인배는 아무리 벼슬이 높고 부귀해도 가까이하지 않았다. 그래도 어진 선비나 아랫사람에게는 부드럽고 다정한 면이 있었다. 손을 털며 말한다.

"내가 오위장의 부름을 받고 김포로 돌아온 것이 사흘 전이오. 눈이 빠지게 기다리다 오랜만에 도끼를 잡으니 다리가 휘청합니다."

"허허허, 천하의 중봉이 다리 힘이 휘청거리다니요. 이제 나이가 드셨나 보오."

"별말씀을. 저보다 네 살 많으신 오위장이 이리 강건한데 어디서 엄살을 피우겠습니까? 자, 안으로 드시지요. 어서요."

조헌이 손을 잡아끌자 홍인걸이 크게 웃으며 안으로 들어갔다. 멀찌감치 숨어서 바라보던 사내가 싸리문 앞에서 기웃거리더니 발길을 돌렸다. 그리고 사내의 뒤를 참새가 밟았다.

조헌의 초가집은 낡고 초라했다. 그는 주로 옥천에 가 있었고 아들 완기가 이 집을 지키고 있었다. 그들이 들어간 방은 어두컴컴해서 대낮이었지만 등잔불을 켜야 했다. 보통 사람들이 보기에 궁상맞았지만, 손님인 인걸이나 주인이나 모두 태연했다. 부(富)는 부(腐)하고 빈(貧)은 빈(彬)하다는 말이 있다. 즉 부유한 것은 썩기 쉽고 가난한 것은 빛이 난다는 말대로 뜻있는 선비들 사회에서는 청빈이 미덕이 된다. 하지만 가난을 무조건 찬양하는 것은 아니다. 조헌의 스승인 토정 이지함은 양반도 상업해야 한다고 역설했다. 명재상 이준경도 벼슬아치가 청렴하게 살려면 재산을 잘 운용해야 한다고 했다. 이렇게 주위에 실질을 숭상하는 이가 많았지만, 조헌은 자기에게 재(財)는 재(災) 즉 재앙이라고 늘 입버릇처럼 말했다. 하긴 조헌을 잡아 죽이려는 소인배가 들끓으니 재물을 모으면 당장 트집잡힐 것이다.

"오랜만에 보게 되어 반갑소. 자당 어른은 안녕하시지요?"

"네, 어머님은 옥천의 산수가 수려해서 무척 마음에 드셔 합니다."

"자당 어른께 드릴 약과와 우황청심원을 가져왔으니 받아 주시오."

"고맙습니다. 번번이."

두 사람의 인사치레가 끝나고 정좌했다. 얼굴이나 보자고 옥천에 사는 사람을 불러올린 것이 아닐 것이다. 홍인걸은 청지기를 불러 보따리를 가져오게 했다. 작은 상자에서 피묻은 전대를 꺼낸 뒤에 펼쳐 보였다.

"이것이 저의 조카 천호가 중봉에게 전달하려던 문서요."

인걸은 일본을 정탐하고 돌아온 홍천호가 자기 집 앞에서 죽어간 과정을 설명했다.

"물론 이것 때문은 아니요. 당릉군이 명나라에서 입수한 정보도 말씀드리려 하오. 명나라 남부에 일본이 조선을 앞세우고 명나라를 공격할 것이라는 소문이 널리 퍼졌다 하오."

"명과 조선을 이간시키는 계책이군요."

"그렇소. 명이 조선을 불신해서 일본이 침범해도 구원병을 보내지 않는다면 쉽게 조선을 짓밟을 수 있다는 계산이오."

조헌의 얼굴빛이 흙빛으로 바뀌었다. 그런 것을 예상하긴 했지만, 명의 병부상서 석성과 아름다운 인연이 있는 당릉군 홍순언을 통해 들으니 근거가 분명한 정보일 것이다. 일본이 샴(태국)과 유구(오키나와)에도 명나라 침공에 동참을 요구했다는 말도 했다.

조헌은 신음했다. 드디어 일본의 침략이 코앞에 다가온 것이다. 홍인걸이 문서를 앞으로 내밀었다.

"조카가 눈 위에 붉은 피를 뿌리며 지키려던 문서입니다. 자!"

홍천호가 죽으면서 남겼던 유언인 '그녀'와 '천리를 지키는 산'을 자신과 연관시키는 것이 억지같이 들렸지만 펼쳐볼 수 밖에 없었다. 언문으로 보이는 글씨였지만 이상하게 써서 알 수가 없었다.

"알 수 없는 글이군요. 왜 이것을 비변사에 넘기지 않으셨습니까? 그곳에는 암호를 해독할 수 있는 서리가 있을 텐데요."

조헌의 말에 인걸이 고개를 가로저었다.

"그럴 수 없지요. 비변사에 간첩이 들어와 있기에 천호가 목숨을 잃었는데 어떻게 그곳에 갑니까?"

"허어, 그렇군요. 정보가 누설될 것이니……"

"무엇인가 짐작되는 것이 없습니까? 중봉에게 이런 문서를 보낼 사람 말입니다. 그 여자라는 말이 마음에 걸립니다."

"글쎄요, 제가 일본과 무슨 끈이 있겠습니까? 혹시 풍신수길을 반대하는 쪽에서 보낸 것이 아닐까요?"

조헌의 말에 인걸이 고개를 끄덕였다.

"아, 그렇군요. 그럴 수 있을 것이오. 조선에서 중봉만이 일본의 침략을 말하고 있으니."

"며칠 계신다고 하니 같이 해독해 보십시다. 그건 그렇고 이참에 조강포에 강원을 세우는 문제를 해결하지요."

조헌의 말에 인걸은 잊고 있었던 일을 기억해 냈다. 김포에 세운 강원이 효과를 얻자 어부들 동네인 조강포에도 강원을 세우자고 말한 사람이 누구였던가. 자신이 말하고는 바쁜 업무로 까마득하게 잊었다. 두 사람의 대화는 암호문서 해독에서 강원설립으로 바뀌었다.

김포는 땅은 비옥하고 삼면이 강과 바다라 쌀도 많고 어족도 풍부해서 인심이 넉넉했다. 게다가 과거에 꼭 응시해야 하는 양반과 달리 평민들은 공부할 필요가 없었다. 물론 어려서 서당에서 양반 자제들과 함께 사자소학부터 시작해 천자문까지 배우긴 한다. 하지만 과거볼 것도 아니니 대개 여기에서 중단한다. 그 뒤로 양반은 과거시험을 위해 계속 공부를 하고 농민은 농사짓고 남는 시간은 오락하던지 술을 마시며 세월을 보냈다.

몇 년 전 김포에 다시 온 조헌은 다른 지역과 비교해 부유함에도 학문의 열기가 뒤떨어진 것이 안타까웠다. 그래서 평민을 위한 강원을 구상하고 비슷한 생각을 하고 있던 홍인걸의 지원을 받아 강원을 설립한 것이다. 평민에게 어려운 한문을 가르치는 것을 시간 낭비로 생각해 율곡 이이가 지은 격몽요결(擊蒙要訣)을 비롯해 논어(論語) 같은 경전을 언문으로 풀어쓴 인쇄물을 교본으로 했다. 그 책도 물론 부유한 홍인걸이 사서 보내 주었다. 강원설립 후 뒤늦게 학문을 접한 평민 중에 과거 응시를 마음에 두고 공부하는 이도 생겼다.

다음 날 아침. 조헌 일행이 조강포에 나타나자 예년에 비교하면 따뜻한 날씨가 갑자기 꽁꽁 얼어붙는 것 같았다. 조헌은 십몇 년 전 통진 현감으로 이곳에 와서 선정을 베풀었다. 임금의 위세도 두려워하지 않고 지부상소를 올린 강골이 아닌가. 그의 곁에 서 있는 단아한 모습의 선비는 임금을 측근에서 경호하는 오위장이다. 권력과 명성이 드높은 사람들이 갑자기 나타나자 김후재와 그의 부하들은 바짝 긴장했다. 그러나 만년 낙방유생으로 뒤에서 손가락질 당하는 이정민이 보이자 위급한 일은 아니라고 판단했다.

존위 김후재가 일행 앞에 모습을 드러냈다.

"조강포의 존위 김후재입니다. 연락을 주시지 않아 급히 찾아뵙습니다."

"김존위, 오랜만이요. 여기 이 분을 알고 계시오?"

조헌이 후재에게 홍인걸을 소개했다. 둘이 인사를 나누자 조헌은 통진 조강포에 강원을 설치하려고 온 것이라고 했다. 조강포 사람들도 조헌이 몇 년 전에 김포 감정리에 강원을 설치한 것을 알고 있다. 그러나 오늘 말을 들어보니 강원을 설치하고 유지하는 비용을 모두 월곶에 양계장이 있는 홍인걸이 낸 것이었다.

"김존위, 이 시각이면 한가할 것이니 최대한 사람들을 모아 주시오."

조헌의 말에 김후재는 부하들을 시켜 아침 뱃일이 끝나 집에 돌아온 사람들을 모이게 했다. 추운 날씨라 포구 곳곳에 화톳불을 피웠다.

"나는 오래전에 토정 이지함 선생을 이곳에 모셔 와서 물때표를 만들게 했소. 바로 저곳에서 토정선생이 두 달을 머무셨지요."

조헌이 손을 들어 쑥갓머리산 아래를 가리켰다. 토정 이지함이 이곳에 초막을 짓고 물의 흐름을 시간대별로 기록해서 밀물과 썰물의 '때'를 기록했다. 이것은 배가 밀물을 타고 쉽게 한강으로 들어가느냐 마느냐를 결정하는 시간이었다. 썰물 때에 배가 마포 쪽을 향하면 한 치도 나아갈 수 없다. 그러나 조강포에서 머물고 있다가 교동도 쪽에서 몰려오는 밀물에 떠밀리면 쉽게 서강을 지나 마포로 갈 수 있다. 그전에는 뱃사람의 경험으로 대략 시간을 맞췄기에 제시간에 맞춰 목적지에 가지 못하는 경우가 많았다. 그러나 물때표가 만들어진 이후에는 배의 움직임이 원활해져서 물품과 여객 운송에 큰 도움이 되었다.

"토정선생이 누구를 위해 꼬박 두 달 동안 초막에 계셨겠소? 이것이 다 조강포 여러분과 뱃사람들을 위한 것이었소. 이제 나와 여기 있는 홍인걸 오위장이 그 뜻을 이어받아 이곳에 강원을 세우기로 했소."

조헌의 말에 조강포 사람들은 서로 얼굴만 멀뚱멀뚱 바라볼 뿐이었다. 자기들이 듣기로는 김포의 강원에서는 양반들이나 아는 한문을 평민들에게 가르친다고 들었다. 하지만 조강포에 모여사는 뱃사람이나 백정, 대장장이 등이 어려운 글을 배워서 무엇에 쓴다는 말인가. 누군가 크게 소리쳤다.

"나으리, 우린 그딴 공부에는 관심이 없습니다. 일하기도 고된데 언제 공자왈 맹자왈 하며 또 그걸 하면 굶주린 배가 부른답니까?"

하하하

조강포 사람들은 일제히 웃었다. 모두 그리 생각하고 있었기 때문이다. 공부는 돈 있고 시간 많거나 벼슬을 탐내는 양반이 하는 것이다. 자신들처럼 천민으로 태어난 사람은 하루하루의 생존이 중요하다. 그러다 행운이 들어 돈을 모으게 된다면 기와집을 짓고 비단옷을 걸치고 맛있는 음식을 먹는다. 그리고는 예쁜 기생이 있는 기방을 수시로 드나드는 것이 이들의 꿈이다. 조헌이 빙그레 웃고 나서 입을 열었다.

"맞소. 당장은 그리하지만, 강원에서 공부하면 여러분의 배를 부르게 하고 등을 따스하게 할 것이오. 토정선생이 물때표를 만들어 여러분은 얼마나 편해졌소? 배가 제때에 들어오고 암초에 걸려 뒤집히는 일도 없어지지 않았소?"

그 말에 조용해졌다. 이곳으로 서울을 옮긴 지 이백 년 동안 아니 그전 고려, 신라 시대에도 조강포 앞으로 배가 지나갔다. 물의 흐름을 역행해 뒤집어지거나 운행에 차질이 빚어지는 일이 많았을 것이다. 천 년, 이천 년 동안 계속 불편을 겪다가 토정 이지함의 두 달 동안의 수고로 해서 모든 것이 좋아지지 않았던가.

"물론 공자님 말씀도 가르치오. 그러나 어려운 한자는 꼭 필요한 것만 가르칠 것이고 성인의 말씀은 언문으로 번역해서 그것으로 공부하게 되오. 이것도 앞으로 조강포를 이끌어갈 여러분의 아들딸에게 중점적으로 가르칠 것이오."

그 말에 사람들은 서로 소곤거렸다. 이런 말은 태어나서 처음 듣는 말이었다.

"여러분이 언문이라고 부르는 훈민정음을 세종대왕님께서 만드신 것은 사대부를 위한 것이 아니라 여러분 같은 백성의 편의를 위해 만드신 것이오."

누군가 크게 소리친다.

"언문도 공부잖아요, 글만 보면 머리가 지끈거려요!"

하하하

사람들이 또 웃었다. 팔다리 놀려 일하는 것은 몰라도 머릿속에 뭔가 집어넣는 것은 뱃사람들 생리에 맞지 않는 것이다. 조헌이 또 빙그레 웃었다.

"세종대왕님께서 말씀하시기를 언문은 슬기로운 자는 아침이 지나기 전에 익힐 수 있고 어리석은 자라도 열흘이면 깨우칠 수 있다고 했소. 여러분은 스스로 어리석다고 생각하오?"

사람들은 또 얼굴을 바라보며 소곤거린다. 주위에 언문을 아는 이가 꽤 많기도 했고 배우고 익히는 것이 쉬운 것을 알고 있기 때문이다.

"여러분에게 글만이 아니라 셈법도 가르칠 것이오. 손가락이나 산가지로 개수를 하나씩 세는 것보다 셈을 알아 장부에 써넣을 줄 알아야 뱃사람도 장사에 나설 수 있는 것이오."

그 말에 사람들은 고개를 끄덕였다. 글이나 셈법을 배우려 해도 누가 가르쳐주는 이가 없었다. 그런 이가 없었기에 아예 공부할 생각을 못했던 것이다. 존위 김후재가 앞으로 나섰다.

"구구절절 옳은 말씀입니다. 우리 무식쟁이들은 언문과 간단한 셈법만 익혀도 큰 도움이 되니 중봉 선생님의 말씀에 따르겠습니다."

하고는 뒤돌아서서 소리쳤다.

"내 말에 틀렸다고 생각하는 사람은 손을 들어보시오."

아무도 나서는 이가 없다. 평생 몸을 놀려 일하고 남는 시간에는 도박이나 술타령을 하던 조강포 사람들이다. 이제 손에 책을 잡는다는 것은 쉽지 않은 일이다. 그러나 말만 존위지 실질적으로 조강포를 휘어잡고 있는 김후재의 말을 어찌 거역할 것인가. 택견의 고수인 그에게 발따귀나 맞지 않으면 다행이다.

"알았소. 이제 중봉 어르신과 오위장 나으리의 높은 뜻을 받들어 강원에서 열심히 공부하겠다는 것으로 알겠소. 이제 돌아가서 아침밥을 드시오."

사람들이 모두 집으로 돌아가자 김후재는 자신의 집으로 조헌 일행을 데리고 갔다. 대장간이 딸려있는 아담한 기와집이었다. 아침 식사를 준비해 놓았기에 모두 자리에 앉았다. 조강포는 밀물을 따라 들어온 바닷물고기와 민물고기가 뒤엉킨 곳으로 어족이 풍부했다. 밥상에 놓인 송어는 철은 지났지만, 아직도 최상의 물고기였다. 조헌이 함박웃음을 지었다.

"허어, 아침부터 호사스런 식사를 하게 되는구려."

밥을 먹고 나서 조헌은 강원 운영방법에 대해 의견을 물었다. 이정민은 조헌과 어릴 적부터 친구이다. 그는 억지로 끌려온 나귀처럼 입을 다물고 멀뚱멀뚱 눈만 굴렸다. 조강포는 농사짓는 곳과 또 다르다. 배를 타고 멀리 떠나는 일이 많다. 시간도 없고 배우는 과목도 가르치는 방법도 달라야 한다. 김후재의 의견대로 우선 아이들에게 언문과 셈을 가르치기로 했다. 홍인걸도 동의하고 건립과 운용비용은 자신이 모두 내겠다고 했다.

"오위장님, 먼젓번에도 강원을 지어 주었는데 너무 과용하시는 것이 아니오?"

조헌이 미안한 표정으로 말하자 홍인걸이 웃으며 대답했다.

"이곳에서 돈을 벌었으니 일부 돌려주는 것은 당연한 일이지요. 우선 강원을 어디에 세울까 하는 문제부터 이야기 하지요."

"얼마 전에 서울로 이사한 객주가 있습니다. 제가 위탁을 받았는데 그 집을 사서 강원으로 하는 것이 어떻겠습니까?"

김후재의 제안에 모두 찬성했다. 홍인걸이 김후재와 따로 이야기하고 싶다고 해서 건넌방에서 마주 앉았다.

"내, 존위에게 부탁할 일이 있소."

"부탁이라면…… 무슨 말씀이신지요."

후재가 의아한 표정을 짓자 인걸이 품 안에서 사각으로 접은 보자기를 꺼내 풀었다. 그 안에는 십여 장의 인상서가 들어 있었다.

"실은 내가 길삼봉을 잡으라는 주상의 어명을 받고 있소. 이 중에 진짜 길삼봉이 있을 것이오."

그 말에 후재는 심장이 멎을 것 같았지만 태연하게 인상서를 펼쳐보았다. 십여 장을 하나씩 펼쳐보는데 손끝이 약간 떨렸다.

"의금부에서 정여립 일당을 문초해 길삼봉의 인상서를 그렸는데 같은 것은 하나도 없소. 예전에 홍길동 도둑이 변신술을 썼다는 말은 들었지만 이렇게 다를 수가 있소? 혹시 인상서와 같은 얼굴을 본 적이 있소?"

존위의 역할이 동네를 관리하는 것도 있지만, 수상한 자들을 관청에 신고하는 의무도 있다. 언뜻 보고 길삼봉이 없자 후재는 곧 마음을 놓고 인상서를 쫘악 펼쳐놓았다.

"글쎄요, 이곳 조강포는 워낙 사람이 많이 드나드는 곳이라서요."

"얼마 전에 입수한 정보로는 길삼봉이 이곳 조강포를 지나 황해도로 건너갔다고 하오. 떠돌이 행각승으로 변장했을지도 모르오."

"스님이요?"

후재가 어깨를 들썩했다. 승려라면 어디든 갈 수 있기에 행상과 함께 주의할 대상이 된다.

"왜 그리 놀라오? 짚이는 것이라도 있소?"

"아, 아닙니다. 이곳은 포구라 스님들이 많이 다니는데 인상서에 나타난 것과 같은 얼굴의 스님은 본 적이 없습니다."

"어쨌든 스님이라고 방심하지 말고 역적 놈을 잡아야 하오."

후재가 조심스럽게 묻는다.

"혹시 활빈당과 연계된 것은 아닐까요?"

"활빈당? 홍길동의 활빈당 말이오? 그건 껍데기만 남은 것 아니오? 의금부 도사의 말에 의하면 화적 패들이 너도나도 활빈당을 지칭하고 있다고 하오. 내가 찾는 것은 그런 하찮은 도적이 아니라 역적 정여립의 참모 길삼봉이란 말이오."

인걸은 활빈당에 대해 알고 있었지만, 짐짓 모른 체했다. 그 말에 후재는 고개를 끄덕이고 맞장구를 쳤다.

"암요, 오위장님 말씀이 맞습니다. 활빈당은 예전에는 있었지만, 지금은 없어졌을 것입니다. 그나저나 길삼봉이라는 자를 빨리 잡아야겠습니다. 주민에게도 보여주고 비슷하게 생긴 자는 모두 추포하겠습니다."

하며 인상서를 자기 쪽으로 잡아당겼다. 홍인걸은 다시 한번 당부하고 자리에서 일어나 강원으로 쓸 집으로 갔다.

조헌도 열 칸의 집을 보고 고개를 끄덕였다.

"좋소, 강원으로 쓰기에 부족함이 없으니 그 객주를 만나 값을 치르겠소. 존위께서 뒤처리해 주시오."

홍인걸은 선뜻 정했다. 그가 부자라서 가능한 일이었다.

조헌 일행이 돌아가자 김후재는 참새를 불러 조강포 내의 부하들을 모두 불렀다. 갑작스러운 소집에 일하다 말고 쫓아왔다. 대장간에서 칼을 벼리던 자, 푸줏간에서 고기를 썰던 자, 소를 잡아 해체하던 자도 뒤처리를 수하에게 맡기고 급히 달려왔다. 김후재는 인상서를 한 장씩 꺼내 보였다.

"여기 길삼봉이 있더냐?"

두목의 얼굴과 인상서를 번갈아 보던 부하들은 그때마다 고개를 가로저었다. 바로 눈앞의 남자 김후재가 길삼봉이었기 때문이다.

"오위장 홍인걸이 길삼봉의 행적을 추적하라고 터무니없는 인상서를 주고 갔다. 그리고 고맙게도 활빈당이 길동선생과 함께 사라지고 화적들이 사칭하고 있는 줄 알고 있다."

그러자 부하들이 일제히 웃었다. 하하하

"하지만 방심하지 말자. 나도 하마터면 정체가 드러날 뻔하지 않았더냐. 이제부터 길삼봉을 잡겠다고 관의 밀대들이 이곳에 들어올 것이니 모두 조심하기 바란다."

자신을 알아본 옛 부하가 의금부 도사와 흥정하고 있는 것을 알고 서둘러 처치한 것이 다행이었다. 일급 수배자인 길삼봉이자 활빈당수인 김후재는 용화사에 숨어 있는 영규(靈圭) 대사를 불러오게 했다. 그리고는 오위장의 뒤를 졸졸 쫓아다니는 자도 붙잡으라고 명령했다.

그토록 찾고 있는 길삼봉이 눈앞에 있다는 것을 알 리 없는 홍인걸은 암호 해독에 매달렸다. 언문이 분명한데 글자가 제대로 꼴을 보이지 않고 있다. 조헌은 처음 보는 것인데도 낯설지가 않아 머리를 쥐어짜다가 문득 떠오르는 것이 있었다.

"거울글씨라고 들어 보셨습니까?"

"거울글씨요?"

"궁에 계시니까 보신 적이 있을 텐데요. 궁녀들이 자기들끼리 비밀로 연통한다고 들었습니다."

인걸은 그제야 거울글씨를 떠올렸다. 한창 피 끓는 나이의 궁녀들이 연모하는 내시(內侍)가 있어 몰래 사귈 때 거울글씨를 쓴다고 했다. 언뜻 보면 지렁이 글씨지만 거울에 비춰보면 내용을 알 수 있는 그들만의 소통법이었다.

"그렇군요. 어디서 본 적이 있다 했는데."

홍인걸은 거울을 가져오게 했다. 마름이 아내의 손거울을 가져와 문서를 비추자 또렷하게 언문이 나타났다. 그러나 읽었다 해도 글귀를 이해할 수 없으니 암호를 풀었다 할 수 없다. 조헌이 난감해하자 홍인걸이 말했다.

"이것을 비변사에서는 풀 수 있겠지만, 거기에 일본의 첩자가 숨어 있을 것이니 제 방법대로 풀어 보겠습니다."

인걸은 비변사에서 은퇴한 암호전문 서리를 알고 있었다. 조헌은 문서를 한참 동안 들여다보더니 천천히 입을 열었다.

"이 문서를 보낸 여자를 알겠소이다."

인걸이 놀라서 되물었다.

"여자? 지금 여자라고 했소?"

"네, 나를 지목해서 이 문서를 보낼 사람은 오직 그 여자뿐입니다. 사십 년 전의 이름은 우였지요. 아비의 성이 여씨라 우리는 여우라고 불렀습니다."

"여우, 여우라. 어린 나이에 만난 사이구려."

"이곳에서 멀지 않은 곳에 신당이 있습니다. 여우재 고개라고 하는데."

"나는 배를 타고 다녀서 가본 적은 없지만, 말은 들었소."

조헌은 감회에 젖어 시간을 사십 년 전으로 거슬러 되돌아갔다. 여우와 있었던 이야기를 시작했는데 거의 한 시각이나 걸렸다. 여우가 을묘왜변 때 왜구에게 끌려간 뒤에 신당을 지키며 살던 그녀의 무당 어미가 몇 년 전 세상을 떠난 것에서 이야기가 끝났다.

"중봉, 암호문서를 보낸 사람이 그 여자, 여우라고 확신하오?"

인걸의 물음에 조헌은 고개를 까딱했다. 홍인걸에게 그간의 사정을 듣고 피묻은 문서를 받아 펼칠 때 '그녀'의 얼굴이 흘끗 보였다. 그리고 지금 거울글씨임이 밝혀지자 보낸 여자가 여우라고 단정하게 된 것이다.

"사십 년 가까이 된 옛날이야기지요. 하지만 긴 세월인 줄 알았던 것이 바로 어제 같군요."

"허허, 그래서 불가에서 인생무상이라 하고 남가일몽이라는 말이 있는 게 아니오. 중봉이 을묘왜변을 직접 겪은 줄은 몰랐소."

"오래전 일이지만 바로 어제 일처럼 생생합니다. 왜구들에 의해 비명을 지르며 죽어간 어른들과 여우와 함께 붙잡혀 간 여자들…… 제가 그것을 겪었는데 어찌 일본의 침략을 그냥 두고 보겠습니까?"

홍인걸은 조헌이 그렇게 끈질기게 일본의 침략을 경계하는 이유를 비로소 알았다.

조헌의 표정이 군자 인걸이 화제를 바꿔 조강포의 김후재를 어찌 알았느냐고 물었다. 조헌은 스무 살 때 양천강에서 만난 인연을 말했다. 작은 나룻배에 많은 사람이 타고 건너는데 갑작스러운 회오리바람에 파도가 일면서 배가 뒤집히려 했다. 사람들이 아우성치며 울고불고하는데 오직 한 사람 조헌만 꼼짝하지 않았다고 한다. 광풍이 곧 멈춰버리고 배가 맞은편 나루터에 닿자 죽을 고비를 넘긴 사람들이 조헌이 태연함에 배알이 꼴렸다. 몰려들어 시비 걸 때 김후재가 나서서 말렸다고 한다. 서로 인사를 나누고 헤어졌는데 십 오륙 년 전 통진 현감으로 있을 때 다시 만났다는 것이다. 조강포에 새로 터전을 잡은 백정의 우두머리로 억울함을 호소하면서 옛날 인연을 되살렸다고 한다.

"궁노비가 있었는데 이 자의 횡포가 심했습니다. 불한당들과 함께 백정 마을을 습격해 내쫓으려 하자 관에 고소한 것입니다. 궁노비를 붙잡아 그 죄를 묻고 매를 치다가 죽는 바람에 내가 귀양을 간 것입니다."

"돕겠다는 것이 오히려 해를 당한 꼴이 되셨구려."

홍인걸은 초면인 김후재에게 인상서를 내준 것이 믿어서가 아니라 의심하기 때문이라는 말은 하지 않았다. 의금부 도사와 길삼봉의 은거지를 두고 홍정하다가 살해된 자의 말에 길삼봉이 조강포에 숨어 있다는 암시가 있다고 했다. 역적의 참모가 숨어 있다면 존위이자 뒷골목을 휘어잡은 김후재가 모를 리가 없다. 고기를 잡기 위해 미끼를 슬쩍 던져 본 것이다. 누구든 달려드는 자가 있을 것이니 서기석이라는 객주와 김후재를 일단 용의 선상에 올려놓은 것이다. 밖에서 청지기가 떠날 준비를 차렸다고 아뢰자 인걸이 말했다.

"중봉, 이제 서울로 돌아가야겠소. 암호를 해독했거나 첩자에 대한 단서를 잡았으면 마름을 불러 전갈을 주시오."

홍인걸의 집을 기웃거리던 사내가 안에서 인기척이 나자 황급히 뛰어가 느티나무 뒤로 숨었다. 조금 떨어진 곳에 은신하고 있던 참새가 손짓으로 대장장이 차바위에게 신호를 보냈다. 그러자 거인 바우가 콧노래를 부르며 사내가 있는 곳을 지나치는 척하더니 재빨리 사내를 붙잡았다. 입에다 재갈을 물리고는 번쩍 들어 올렸다. 순식간에 벌어진 일이라 사내는 발버둥만 칠뿐이었다. 참새가 얼른 달려가 부대 자루를 열자 거인은 사내를 구겨 넣고 번쩍 들어 올렸다. 그리고는 노래를 부르며 백정 촌으로 걸어갔다.

몇 시각 뒤. 존위 김후재의 집에는 영규가 마주 앉아 있었다. 꽤액. 이웃한 도살장에서 돼지 잡는 소리가 요란했다. 꽤액. 꽤액.

"길동선생, 어서 말씀하시지요."

길동선생은 활빈당수의 별칭이다.

"흐흐, 우리 영규 대사께서 심기가 불편한 모양이군. 그래."

체구가 우람하고 험상궂어 스님이라기보다는 산도적처럼 보이는 영규가 안절부절못하는 것이 우스웠던 것이다.

"하긴 살생을 금하는 부처님의 제자가 백정 촌에 들어와 있으니…… 하하."

자신을 놀리자 영규의 얼굴 벌게지며 노여움이 스쳐 간다. 후재는 모른 척하며 말했다.

"지금 조헌이 홍인걸과 만나는 것은 나를 잡으려는 것뿐이 아닌 것 같네."

"그렇다면?"

김후재는 서울의 활빈당원이 보내온 정보를 말했다. 일본에 정탐 갔다 돌아온 홍천호가 비변사에서 칼을 맞고 도주하다 당숙인 홍인걸의 집 앞에서 죽었다고 말했다.

"뭔가 있는 것 같아. 비변사에 일본과 내통한 자가 있다는 소문이 있어. 비변사에서 일본에 들여보낸 첩자가 가는 족족 붙잡혀 죽었거든."

어이쿠, 어이쿠. 돼지 잡는 소리가 끝났는가 싶더니 이제는 매타작하는 소리가 들려왔다. 김후재가 밖에 나갔다가 다시 돌아왔다.

"바우가 미행자를 끌고 와서 족치고 있네."

미행자는 포도청 밀대 출신으로 누군가에게 돈을 받고 홍인걸을 미행한 것이라고 자백했다고 했다. 끝내 시킨 자는 밝혀지지 않았다. 미행자가 무지막지한 매를 못 이기고 죽어버렸기 때문이다.

3

암호 속에 새겨진 첫사랑

홍인걸이 말을 빌려주겠다고 했지만, 조헌은 사양하고 월곶에서 감정리까지 걸어가기로 했다. 돌아가는 길에 닭 열 마리를 잡아 하인이 짊어지고 가는 것만은 받아들였다.

휘잉

차가운 겨울바람이 그의 뺨을 스쳐 갔다. 하인과 함께 집을 향해 걷는 그의 머릿속은 사십 여년 전 가을로 돌아갔다. 조헌은 도학자 조광조의 제자였던 할아버지 세우(世友)가 통진 석현으로 입주했다가 후에 김포 감정리로 옮겼다. 아버지 응지(應祉)가 벼슬길에 나아가지 않았기에 초가삼간에 겨우 입에 풀칠할 정도의 논밭을 가지고 생계를 이었다. 그러나 조헌은 가문에 대한 자긍심이 강했고 다섯 살부터 서당에서 글을 배웠다. 정자에서 친구들과 글을 읽는데 나발 소리와 함께 고관의 행차가 지나갔다. 아이들이 몰려와 구경하는데 홀로 책을 읽는 것을 보고 고관이 말에서 내려 까닭을 물었다. 조헌이 '아버지가 온 정성을 다해 책을 읽으라고 하셨습니다.'하자 기특하게 여겼다. 고관이 그와 함께 아버지를 찾아와 아들이 장차 큰 학자가 될 것을 예언할 정도로 조헌은 공부를 좋아했다.

"여우재를 넘어갈 때 조심해야 해. 그곳에 사는 여우가 사람을 홀리거든."

공동묘지가 있어 여우가 자주 출몰해 여우재라고 불렀다. 김포로 들어오는 지름길은 천등고개와 이곳 여우재뿐이었다. 천등고개에는 강도가 끓었기에 짐을 가진 사람들은 어쩔 수 없이 여우재를 넘어야 했다. 밤늦게 지나가는 행상이나 술 취한 사람들이 고개를 넘다 여우에게 홀려 넋이 빠졌다. 관청에서 공동묘지를 파서 다른 곳으로 옮기고 무당이 신당(神堂)을 세운 뒤로는 여우가 나타나지 않았다. 그래도 새로운 전설은 이어졌다.

"여우재 만신이 몰래 여우를 신으로 모시고 있다."

이런 귓속말이 사람들 사이에 오고 갈 때 조헌의 나이 아홉 살이었다. 그 나이치고 키가 크고 용모도 뛰어났는데 특히 까만 눈이 초롱초롱 빛나 예사 아이와는 달랐다. 그가 중봉산 밑의 초가집에서 서당으로 가려면 가파른 여우재를 지나야 했다. 이곳을 넘어갈 때 눈이 마주치는 여자아이는 얼굴이 백옥처럼 희고 예쁜 아이였다. 그녀는 조헌이 서당을 오고 갈 때쯤이면 신당 나무 앞에 어김없이 나타났다.

'도대체 저 아이는 누구지?'

조헌은 여러 번 눈이 마주치자 왠지 가슴이 두근거렸다. 낙엽 지는 가을이 지나 초겨울이 되어서도 아이는 매일 신당 나무에서 조헌을 내려다보고는 했다. 어느 날 같은 서당의 윤덕형과 함께 여우재를 넘게 되었는데 여자아이를 보고는 덕형이 귓속말했다.

"헌아, 저 아이 누군지 아니? 여우재 만신님이 데려온 아이인데 성이 여씨고 이름이 우래. 그러니까 여우지. 웃기잖아? 이름이 여우니."

이렇게 해서 여자아이의 신상에 대해 알게 되었다. 몇 달이 지난 뒤에 가끔 여우가 보이지 않으면 휘휘 둘러 찾아보곤 했다. 그러면 나무 뒤에서 여우가 고개를 삐죽 내밀며 눈을 마주치고는 했다. 당황한 조헌이 얼른 얼굴을 돌리면 배시시 웃곤 했다. 그럴 때마다 조헌의 가슴은 두근거리다 못해 방망이질하는 것 같았다.

그날은 밤새도록 내린 눈으로 산이고 들이고 할 것 없이 하얗게 변해 버렸다. 아침에 밖을 내다본 조헌은 놀랐다. 어머니는 서당을 하루 쉬라고 말씀하셨지만, 조헌은 길을 나섰다.

휘잉

쏟아지는 눈이 뺨을 후려치고 갔지만, 얼굴을 두 손으로 감싸고 앞으로 나갔다. 신당 앞까지 와서 흘끗 올려다보았지만, 여우는 보이지 않았다. 쌓아놓은 돌 위에 눈이 잔뜩 쌓이는 것만 보았다.

휘잉

바람이 세차게 불고 추위로 몸이 덜덜 떨려왔지만, 조헌은 계속 걸어갔다. 서당에 도착해서 눈을 털고 안으로 들어가니 달랑 두 명만 와 있었다. 서당 근처에 사는 윤덕형과 이정민뿐 먼 곳에 사는 아이들은 오지 않았다. 평소 근엄한 훈장도 놀라서 농담을 다했다.

"이렇게 눈이 많이 오는데 그것을 뚫고 왔다는 말이냐? 서당에 꿀이라도 감췄느냐?"

"공부하는 것이 꿀을 먹는 것처럼 달콤한데 어떻게 빠질 수 있겠습니까?"

조헌의 말에 훈장이 웃으며 책을 펼쳤다. 언제나처럼 제일 뛰어난 조헌이 어제 배운 대목을 읽고 막힘없이 해석했다. 훈장이 실력이 없으면 비슷한 글씨인 로(魯)와 어(魚)를 구별하지 못한다 할 정도였다. 그런 곳에 비해 실력 있는 훈장을 만나 조헌의 공부는 비 맞은 대나무처럼 쑥쑥 자라고 있었다.

오후 시간이 되어 서당을 나왔을 때 눈은 그쳤지만, 세상을 하얗게 뒤덮었다. 훈도들이 많이 왔으면 눈싸움이라도 한바탕 벌였을 것이다. 하지만 언제 눈이 쏟아질지 몰라 빨리 돌아가야 했다. 짚신을 신고 길을 나섰지만, 다시 돌아갈 길이 아득했다.

"헌아, 눈이 많이 왔다. 우리 집에서 자고 가라."

이 동네에서 제일 부유한 집 아들인 정민이 그리 말했지만, 조헌은 머리를 내저었다.

"안 돼, 어머니가 걱정하셔."

조헌은 올 때 너무 고생해서 정민의 집으로 갈까 생각도 했지만 역시 집으로 가야 했다. 몇 발자국 걸어가는데 덕형이 뒤따라오며 말했다.

"헌아, 너 여우 얼굴 보려고 가는 거지?"

덕형이 놀렸지만, 조헌은 아무 대꾸도 안 하고 앞으로 걸어갔다. 아침에는 없었으나 이제는 눈이 그쳤으니 나와서 기다리고 있을지 모른다.

"야, 여우재까지만 같이 가자."

덕형이 뒤를 따르자 정민도 조헌의 뒤를 쫓아왔다. 하지만 앞으로 갈 때마다 바람에 쌓인 눈이 날리자 덕형이 소리친다.

"아, 아버지가 일찍 오라고 했는데."

하고는 휙 뒤돌아가자 정민이 잠시 주저하다가 기어들어가는 목소리로 말한다.

"헌아, 나도 그냥 집에 갈래."

"그래, 빨리 가라."

조헌은 이렇게 말하고 앞으로 나갔다. 다행히도 바람은 그쳤지만, 수북이 쌓인 눈은 버석버석 소리가 날 정도로 얼어붙었다. 가파른 언덕길을 올라가다 몇 번을 미끄러질 뻔했다. 이 때문에 왼발에 신은 짚신 끈이 툭 하는 소리와 함께 끊어졌다. 난감했다.

"어떻게 집에 가나?"

끊어진 짚신을 들고 눈으로 하얗게 변한 주위를 둘러보니 한숨만 나왔다. 그래도 밤이 되기 전에 서둘러 집으로 가야 한다. 한 손에 짚신을 들고 버선발로 걸어가니 발이 시리다. 이때 언덕에서 누군가 조헌을 불렀다.

"애야!"

조헌이 소리 나는 곳을 향해 바라보니 여우가 그를 향해 손짓하는 것이 보였다. 조헌은 갑자기 얼굴이 화끈 달아올랐다. 하필 이럴 때 짚신이 끊어지다니.

"거기 잠깐 있어. 새 짚신 가지고 갈게."

하고는 여우가 사라지자 조헌은 멍하니 그녀가 사라진 곳을 바라보았다. 짧은 시간이었지만 길게 느껴지는 것은 얼은 발이 아니라 왠지 모를 부끄러움 때문이다. 잠시 뒤에 여우가 짚신을 들고 언덕 위에서 급히 내려왔다.

"발 좀 들어봐."

여우의 말에 조헌은 머뭇거리다가 왼발을 들어 올리자 짚신을 신겨주었다. 그리고는 오른발에도 새 짚신을 신겨줄 때 그녀의 손이 살짝 다리에 닿자 가슴이 두근거렸으나 애써 태연한 척했다.

"고, 고마워."

하지만 인사하는 자신의 목소리가 떨리는 것을 느끼자 조헌은 얼굴이 화끈 달아올랐다.

"어머, 얼굴이 빨개지는 걸 보니 몹시 추운 모양이네. 우리 집에 가서 화롯불을 쐬고 가라."

괜찮다고 말할 여유도 없이 여우는 조헌의 팔을 잡아끌었다. 언덕 위에서 여우의 엄마인 여우재 만신이 내려다보고 있었다. 질질 끌려가다시피 한 조헌은 뜨끈뜨끈한 화롯불 앞에서 불을 쐬고 구운 인절미를 먹었다.

"도련님의 부친이 아니었더라면 지금쯤 우리 모녀는 떠돌아다니다가 추위에 얼어 죽었을 것입니다. 그러니 도련님은 우리 생명의 은인인 셈이죠."

만신은 조헌이 태어나기 전에 있었던 일을 들려주었다. 김포의 유림에서 공론화된 것이 일반 백성이 자주 찾는 무당집을 없애는 일이었다. 성리학이 김포의 유림에게 뿌리내리게 되자 음사라고 업신여겼던 무속을 아예 없애려고 한 것이었다. 그래서 무당들은 마을에서 쫓겨나게 되었는데 여우재고개의 신당은 여우를 몰아낸 영험 있는 곳이라고 주민이 반대했다. 그러자 과격한 유생들이 횃불을 만들어 신당을 불태우려고 몰려갔다. 이들을 설득해서 돌려보낸 것이 조헌의 아버지 조응지(趙應祉)였던 것이다.

"그때 어르신께서 말씀하셨지요. 사대부에는 사대부로서 마땅한 가르침이 있고 일반 백성은 그들의 믿음이 있어야 한다고."

만신의 딸인 여우가 더 있다가 가라고 했지만, 조헌은 일어섰다. 고맙다는 인사를 하고는 집으로 향했다. 슬쩍 뒤돌아보니 여우가 배웅하고 있는 것이 보였다. 손을 들어 들어가라고 손짓을 했지만 웃으며 바라보고 있었다.

저벅저벅

하얀 눈 위에 조헌의 발자국이 찍혔다. 얼마 전에 짚신이 끊어졌을 때는 난감했던 것이 이렇게 좋은 일로 바뀌다니 꿈만 같았다. 머릿속에 여우의 얼굴을 떠올리자 다시 가슴이 콩콩 뛰었다. 고개를 들어 하늘을 보니 저녁 해가 지는 것이 보였다. 두 손을 입에 모아 크게 불러본다. 여우야~

조헌의 외침은 메아리가 되어 멀리 퍼져 나갔다. 그는 웃음이 절로 나왔다. 또 여우의 얼굴을 떠올리니 그의 가슴 속에 몽실몽실 무언가가 피어나는 것 같았다. 나중에 알았지만, 그것은 사랑이라는 것이었다.

다음날부터 조헌은 서당에서 나와 여우재 신당을 들르는 것이 일상이 되었다. 서당의 친구나 형들이 꽁꽁 언 얼음 위에서 썰매를 타자는 것도 마다했다. 아이들은 썰매타기에서 항상 일등 하는 조헌을 데리고 가려 했다. 하지만 빨리 집에 가야 한다고 서둘러 서당을 나가는 것이었다. 물론 집으로 가지만 여우재 고개에서 방향을 바꿨다. 항상 여우가 언덕 위에서 기다리고 있다가 그를 자기 방으로 데려갔다.

"자, 오늘 배울 것은 사자소학이다."

조헌은 사자소학(四字小學) 책을 펼쳐놓았다. 사자소학은 서당에 들어가서 맨 처음 배우는 글인데 네 자로 꾸며졌다. 이 글은 부모님께 효도하는 이유와 방법을, 다음에는 형제 사이의 우애, 스승에 대한 도리, 친구와 사귈 때 마음에 새겨야 하는 내용이 적혀있다.

"내가 하는 대로 따라서 해 봐. 부생아신 하시고 모국오신이로다."

조헌이 부생아신 모국오신(父生我身 母鞠吾身)을 읽자 여우는 뜻을 몰라 멍하니 바라보다가 물었다.

"그, 그게 무슨 뜻이야?"

"아버지는 내 몸을 생기게 하셨고, 어머니는 내 몸을 기르셨도다."

조헌은 훈장의 모습을 머리에 떠올리며 최대한 엄숙하게 설명했다. 그러자 여우가 고개를 끄덕이고 말했다.

"아하, 그런 뜻이구나. 그런데 그걸 왜 어려운 한문으로 하지? 우리글이 있는데."

여우의 말에 조헌은 대꾸할 말이 없다. 백 년 전에 세종대왕이 훈민정음을 창제하지 않았던가. 머리 좋은 이는 반나절이면 읽고 쓸 수 있고 우둔한 자도 일주일만 익히면 깨우칠 수 있다. 이런 좋은 글이 있음에도 여자나 배우는 언문이라고 부르며 천시하지 않는가.

"그, 그래도 말이야. 한문은 배워야 해. 양반들은 모두 한문 쓰잖아."

"하기는 한문을 모르면 과거를 볼 수 없다지? 과거를 우리글로 한다면 나 같은 만신 딸도 과거에 붙을 수 있겠네."

조헌은 대꾸할 말이 없다. 공자 같은 성현의 말씀이나 역사서가 우리글로 되어 있다면 지금보다 훨씬 빨리 익힐 수 있을 것이다. 그러나 조선의 지배문화는 오랫동안 한문이 대세이니 어쩌겠는가. 학문 서적이 모두 한문으로 되어 있다. 여우의 말대로 한문을 모르면 무식하다는 말을 들을 뿐 아니라 과거도 응시할 수 없다. 조헌은 잠시 궁리하다가 입을 열었다.

"여우야, 한자는 중국 사람들이 쓰는 글이야. 일본 사람도 한자를 쓰지. 그러니까 세 나라 사람이 한데 모였을 때 말이 통하지 않아도 한자만으로도 뜻이 통해. 그러니 한자를 익히고 한문을 배우는 것은 중국과 일본을 아는 지름길도 되는 거야."

"아, 그렇구나. 내가 한자를 배우면 일본 사람, 중국 사람과도 통할 수 있겠네."

그제야 조선 사람이 왜 중국의 글을 배워야 하는가 따지려던 여우의 입을 다물게 할 수 있었다. 조헌이 속으로 안도의 한숨을 내쉬었지만, 여우는 거기서 후퇴하지 않았다.

"한문책은 어려우니 양반이 배운다고 쳐. 그러면 우리 같은 사람은 영원히 무식쟁이로 살아야 하나? 너 같이 똑똑한 양반이 우리글로 바꿔주면 안 될까?"

여우의 말을 들으니 조헌의 고개가 절로 끄덕여졌다. 맞는 말이다. 자신은 양반으로 태어났기에 싫으나 좋으나 한문을 공부해야 한다. 하지만 평민이나 천민은 일에 치여 공부할 시간이 없다. 배우기 쉬운 우리글로 책을 읽을 수 있다면 양반과 비슷한 수준에 오를 수 있을 것이다.

"알았어. 내가 어른이 되면 꼭 그렇게 할게."

"약속해. 손가락 걸고."

여우가 새끼손가락을 내밀자 조헌은 얼떨결에 새끼손가락을 걸고 말았다. 그녀가 위아래로 흔들며 살이 부딪치자 조헌의 심장이 두근두근했다.

"헌아, 내가 신기한 것 보여줄게."

여우가 이불 밑에서 손거울을 꺼내 보여주었다. 조헌은 손거울 안에 자신의 얼굴이 비치자 신기해했다.

"명나라에서 온 물건이야. 조강포 객주가 병이 들어 굿을 했는데 이 거울에 귀신이 붙었다고 하자 엄마에게 액땜한다고 준 거야."

그 말에 조헌이 깜짝 놀라 손거울을 도로 건네주었다. 그러자 여우가 입을 가리고 웃었다.

"호호호. 너는 그 말을 믿니? 교만한 안주인 겁주려고 한 건데⋯⋯"

여우는 검댕을 손가락에 묻혀 판자에다 이상한 글씨를 썼다. 이것을 거울에 비추자 '여우재 신당'이라고 쓰인 것을 볼 수 있었다.

"이걸 거울글씨라고 하는데 임금님이 사시는 궁궐의 궁녀들이 자기들끼리 알아볼 수 있게 쓰고 있대. 헌아, 너도 해봐."

여우는 조헌에게 거울글씨 쓰는 법을 가르쳐 주었지만 계속 틀리자 여우가 또 웃었다.

"호호호. 서당에서 네가 으뜸으로 공부를 잘한다고 하더니 거울글씨는 그렇지 않구나."

그 말에 조헌이 발끈했다. 늦게까지 거울글씨 연습을 하다가 집으로 돌아가는 바람에 아버지에게 꾸중을 들었다. 이렇게 조헌은 여우와 점점 가까워졌다.

몇 달이 휙 지나가 봄이 되었다. 겨울부터 시름시름 앓던 어머니 차씨 부인이 이제는 병석에 눕게 되자 조헌의 근심도 깊어졌다. 그래도 여우를 만나

글을 가르치는 것에서 위안을 얻었다. 매일 한 시간 정도 한자를 가르쳤는데 끝나면 여우가 언덕까지 배웅해 주었다.

윙윙

그날도 공부를 마치고 방에서 나왔을 때 만신은 신당에서 푸닥거리하고 있었다. 제수상에 놓인 사탕 냄새를 맡았는지 벌들이 몰려와 윙윙거렸다.

"헌아, 벌에 쏘일라."

여우가 주의시켰지만, 정작 비명을 지르며 주저앉은 것은 그녀였다. 벌이 이마를 쏘았는지 밤송이처럼 부풀어 오르고 있었다. 조헌이 어쩔 줄 몰라 하다가 언젠가 벌에 쏘였을 때 엄마가 해주던 것이 기억났다.

"여우야, 이리 와봐."

하고는 혀를 내밀어 퉁퉁 부어가는 이마를 혀로 핥았다. 한참 그러자 조금 수그러지는 것 같았다. 그때는 다급해서 몰랐는데 인기척이 나자 조헌은 얼른 여우의 몸에서 떨어졌다.

"그럼 갈게."

조헌은 못할 짓을 한 것처럼 허둥대며 신당 밑으로 내려갔다.

다음 날 아침.

"헌아, 너 여우에게 홀렸다며?"

서당에 들어서자마자 윤덕형이 불쑥 내뱉는 말에 조헌은 당황했다. 여우가 김포에 나타났다는 말은 처음 듣는다.

"여우라니? 여우가 어딨어?"

조헌의 눈이 동그래지는 것을 보고 덕형이 히죽 웃었다. 옆에서 듣고 있는 이정민도 따라서 웃었다. 하하하

"왜 그래? 여우에게 내가 왜 홀려?"

나이답지 않게 어른스런 조헌이 허둥대는 모습을 보이자 두 아이는 깔깔

대고 웃었다. 조헌은 놀림감이 된 것 같아 화가 나 얼굴을 잔뜩 찌푸리며 소리쳤다.

"내가 여우에게 왜 홀려? 너희 요새 여우 본 적 있어?"

"봤지."

덕형이 바로 눈앞에 여우가 있는 듯 단정하자 정민도 봤다고 하고는 혀를 날름하고 방안으로 들어갔다. 훈장이 조헌을 바라보는 표정이 사나웠다. 수업이 끝나자 훈장은 따로 조헌을 불러 여우재 신당을 드나드는 사실을 추궁했다. 조헌은 머뭇거리다가 신발 끈이 끊어져 여우의 신세를 진 것과 매일 글을 가르치는 것을 말했다. 훈장은 조용히 그의 말을 듣더니 앞으로는 여우재를 피해 돌아서 집으로 가라고 명령했다. 나중에 알았지만, 이정민이 푸닥거리하는 엄마를 따라 신당에 왔다가 조헌이 벌에 쏘인 여우의 이마를 핥아주는 것을 보았다. 윤덕형에게 그 사실을 말하자 샘이 난 덕형은 둘이 뽀뽀했다고 훈장에게 거짓말을 한 것이다.

훈장은 한 장의 언문 편지를 써서 이정민을 시켜 만신에게 전해주라고 했다. 조헌은 나라의 재목이 될 아이이니 여우와 가까이해서는 안 된다는 내용이었다. 그날 이후 조헌은 스승의 명을 받들어 여우재를 돌아 먼 길을 오고 갔다. 만신은 얼마 뒤 여우를 서울의 벼슬아치 집으로 보내 아기 돌보는 일을 시켰다. 이렇게 둘은 헤어졌다.

몇 달 뒤 조헌의 어머니 차씨 부인이 세상을 떠났다. 어린 나이에 어머니를 잃은 슬픔이 채 가시기도 전에 아버지는 새로 부인을 맞아들였다. 계모 김씨는 성격이 강하고 까다로워 조헌에게 혹독하게 대했다. 그럼에도 조헌은 생모와 마찬가지로 공경과 효성을 다했다. 가끔 여우가 생각나 가슴 아파하기도 했다. 우연히 길에서 만신을 만나 여우의 안부를 물으면 서울로 갔다는 대답만 들었을 뿐이다. 그의 나이 열두 살이 되던 해에 아버지는 조헌을 유학자 김황(金滉)에게 보내 시서(詩書)를 배우게 했다. 기초 배움을 끝내고 비로소 학문의 길로 들어선 것이다. 공부가 지지부진한 이정민은 계속 서당에 다녔고 윤덕형은 서당을 그만두었다. 씨받이가 낳은 윤덕형은 자신이 윤씨 집안의 대를 이을 줄 알았다. 하지만 본처가 뒤늦게 아들을 낳는 바람에 집에서 쫓겨나 서울 시전의 일꾼으로 가게 된 것이다.

조헌은 그날도 밭에 나와 일했다. 밭두렁에 막대를 걸쳐 서가를 만들어 책을 놓아두고 쉴 때에는 글을 읽었다. 지게를 지고 갈 때도 무심히 가지 않고 읽은 책을 암송하며 걸었다.

"헌아, 헌아! 너, 알고 있니?"

이정민이 밭에서 김을 매는 조헌을 찾아와 말했다. 조헌의 아버지를 필두로 해서 마을의 유지들이 경상도 김해로 소금과 건어물을 사러 간다고 했다. 작년에 김포에는 풍년이 들었는데 김해에는 흉년이 들어 해산물과 맞바꾸러 간다는 것이었다.

"아버지를 졸라서 허락을 받았어. 너와 같이 갈 거야."

조헌도 정민의 말에 솔깃했으나 곧 단념했다. 김을 매야 하고 계모가 허락을 안 할 것이기 때문이다.

"안 돼. 아버지가 허락하시지 않을 거야."

"무슨 소리야? 너도 데려간다고 하셨다는데……"

조헌의 아버지는 아들에게 세상 견문을 넓혀주겠다고 말했다 한다. 그제야 조헌의 입가에 미소가 번졌다.

"덕형이도 함께 갈 거야."

"덕형이? 그 애는 서울 시전으로 간다고 하지 않았던가?"

조헌은 집안에서 버림받고 오갈 데 없어 마름의 집에서 기거하는 덕형의 얼굴을 떠올렸다. 부잣집 양반 아들로 가는 길에서 천길 벼랑 밑 장사치로 떨어져 버렸다. 늦게나마 아들을 보았는데 누가 씨받이 아들로 대를 이으려 하겠는가. 양반은 다 틀렸으니 그나마 생계를 유지하려면 고향을 떠나 장사꾼이 되는 수밖에 없다.

"일꾼으로 가기 전에 거래하는 것을 보고 싶다고 해서 마름이 허락했나 봐."

"좋아, 우리 김포 세 친구가 뱃길 따라 여행해 보는 거야. 김을 마저 다 매고 집에 가서 준비해야지."

조헌이 호미를 들고 일어났다.

며칠 동안 김포의 몇몇 양반 소지주들은 부산을 떨었다. 묵은 쌀을 소금과 맞바꿀 수 있게 되었고 남쪽 지역 구경도 할 수 있으니 일석이조다. 일행은 어른 셋에 조헌과 두 명의 아이들이다.

때는 음력 4월 말로 날씨는 온화했고 뱃길도 풍랑이 없으니 무역하기 좋은 날이다. 여우재너머 서당 근처에 사는 이정민의 집에서 쌀을 실은 우차 두 대가 떠날 것이다. 조헌이 사는 감정리에서는 우차 석 대가 기다리고 있었다. 남루한 차림의 윤덕형이 초조하게 서성거리고 있었다. 몇 달 전까지만 해도 도련님, 도련님 하며 아부 떨던 소작인들이 이제 덕형을 본체도 않는다. 그나마 서당 친구인 조헌과 이정민만이 변치 않은 우정을 보여주고 있다. 아침 일찍 떠난다는 우차는 오시가 가까웠지만, 아직도 오지 않고 있었다.

"왜 안 오는 거야? 무슨 일이 있나?"

덕형이 조헌에게 물었다. 마름의 허락을 받았다고 거짓말을 했기에 눈에 띄면 크게 혼날 것이다. 얼른 조강포로 가야 하는데 시간을 넘기고 있는 것이다.

"곧 오겠지, 뭐."

덕형과 달리 조헌은 너무 늦어 저녁에 배를 타게 될까 봐 걱정했다. 마포에서 출발해 감암포, 전류포를 지나 조강포에서 기다리고 있는 배를 타야 하는데 시간이 늦으면 그냥 떠날지도 모르기 때문이다. 덕형이 화들짝 놀라더니 조헌의 등 뒤로 얼른 숨는다. 마름이 지나가는 것을 보았기 때문이다. 이때 멀리서 정민이 뛰어오는 것이 보였다. 그 뒤로 정민 부자와 우차 두 대가 오는 것이 보였다.

"헌아, 여우가 왔어."

정민이 숨을 헐떡이며 말했다.

"내가 여우재 고개를 넘다가 만신님, 여우 엄마를 봤는데 여우가 없어졌데."

"그게 무슨 말이야? 여우가 없어지다니……"

"여우가 닷새 전에 서울에서 돌아왔는데 어제 낮부터 보이지 않는데."

조헌은 난감했다. 이 년 전에 모습을 감춘 여우가 김포로 다시 돌아왔다는 것에 놀랐다.

"헌이가 김해로 배 타고 간다는 말을 했는데 그 길로 나가서 돌아가지 않으니……"

우마차꾼에게 여우를 보면 붙잡고 있어달라고 부탁했다는 것이다. 그 말을 들으니 조헌의 기분이 미묘해졌다. 억지로 헤어진 후 한동안 여우의 얼굴이 머릿속에서 떠나지 않았었다. 하지만 이 년 동안 공부에만 몰두해서 기억이 희미해졌는데 다시 나타난 것이다.

조헌의 아버지가 앞으로의 행로에 대해 잠깐 설명한 뒤에 점심으로 쑥개떡을 하나씩 돌렸다. 정민과 덕형이 맛있게 떡을 먹었지만, 조헌은 떡을 손에 든 채 우두커니 서 있었다.

"왜 그래? 여우가 돌아왔다니까 마음이 흔들흔들해?"

정민이 팔을 활짝 펴고 흔들며 말하자 덕형이 크게 웃었다. 하하하

조헌이 창피한 마음에 얼른 입안에 집어넣고 우걱우걱 씹었다. 이상하게 눈물이 났다. 자기 마음을 들켜서인가 아니면 반가워서인가 구분이 안 되는 눈물이다.

감정리에서 합류한 우차 다섯 대가 조강포에 도착했을 때는 두 시각이 걸렸다. 서해로 나가는 썰물을 기다리고 있었다. 여우재 만신의 부탁을 받은 우마차꾼들은 여우를 찾았지만 보이지 않았다. 조헌도 이리저리 돌아다녔지만 볼 수 없었다.

드디어 타고 갈 배가 도착했다. 커다란 배였지만 포구에 들를 때마다 짐과 사람이 탔다. 스무 석의 쌀가마니에 여섯 명의 일행은 물론이고 다른 짐들이 끝없이 갑판으로 올라왔다. 그래도 조금 더 좁아졌구나 할 정도로 신통하게도 빈자리가 보였다. 잠시 후에 썰물이 들이닥치자 닻을 올린 배가 서서히 움직였다. 교동도에 순식간에 도착한 배는 바로 앞 서검도에서 수군이 검문한 다음에 서해로 빠져나갔다.

기껏해야 한강이나 조강만 보던 사람들은 망망대해를 보자 가슴이 확 트이는 듯했다. 정민과 덕형이 환호성을 와! 하고 질렀다. 조헌도 소리치고 싶은 것을 꾹 참았다. 어른들도 넓은 바다를 본 적이 없는지 넋을 놓고 수평선을 넘어가는 저녁 해를 바라보고 있었다.

누군가 조헌의 옆구리를 쿡 찔러 고개를 돌려보니 보자기로 얼굴을 가린 여자아이였다. 반짝이는 두 눈은 분명 여우였다. 놀라 뭐라고 말하려 하자 여우가 손가락을 입술 가운데에 두었다. 그리고는 그의 손을 잡아끌고 사람들이 없는 구석으로 갔다.

"어떻게 된 일이야? 배는 어떻게 탔어? 만신님이 너를 찾고 계시는데."

"엄마도 알고 있어."

먼 곳으로 가면 위험한 일을 당한다는 엄마의 경고에도 조헌이 보고 싶어 배에 탔다는 것이었다. 감암포에 가서 배를 탔기에 사람들 눈에 띄지 않았던 것이다. 그녀는 선장인 사공에게 말해 뱃사람들의 음식과 빨래를 하겠다는 조건으로 탈 수 있었다.

"보고 싶었어."

여우가 조헌을 꼭 껴안았다. 보지 못한 이 년 사이에 여우는 아가씨가 되어 있었다. 그녀의 살 내음에 조헌은 숨이 콱 막혀왔다. 한참 이렇게 하고 있다가 조헌이 슬쩍 밀쳤다. 남이 볼까 두려웠기 때문이다.

"여우야, 아버지가 갑판에 계셔. 너도 경상도까지 갈 것이니 인사는 드려야지."

이렇게 해서 여우는 김포에서 떠난 일행을 만날 수 있었다. 세 명의 남자아이와 여우는 금세 가까워져서 밥하고 빨래도 함께 해주며 서해의 포구들을 들렀다. 배에서 짐을 내리고 다시 짐을 싣고 남쪽으로, 남쪽으로 내려가 목적지인 김해에 도착했다.

흉년으로 쌀이 부족했던지라 장사꾼들이 목을 빼고 기다리고 있었다. 흥정이 시작되었고 일행은 소금뿐 아니라 미역과 마른멸치 등을 싸게 살 수 있었다. 아이들은 이곳저곳 기웃거렸는데 경상도 사투리 때문에 말이 잘 통하지 않았다. 그래도 정민과 덕형은 함께 돌아다녔고 조헌과 여우는 지나간 이 년 동안의 서로 보고 싶었던 감정을 말했다. 훈장의 언문 서신을 받은 만신은 딸을 서울 무관의 아기 돌보미로 보냈다. 아기도 보았지만 조헌에게 배운 한자 실력에다 그 집의 식객으로 있는 노인의 도움으로 책을 읽었다고 한다.

"그래, 무슨 책을 많이 읽었니?"

조헌은 여우가 얻은 지식이 무엇일까 궁금했다. 여우가 씩 웃으면서 말했다.

"손자병법이야."

"손자병법?"

엉뚱한 대답이었다. 양반집 여자들은 성종의 어머니인 소혜왕후가 부녀자의 훈육을 위해 지은 내훈(內訓)을 필수적으로 읽는다. 그런데 생뚱맞게 병법 책을 읽었다니 우습지 않은가.

"그 댁은 무관이라 병법 책밖에 없어. 읽다 보니까 남자들은 꼭 읽어야 하는 책이더라."

그녀의 말에 조헌도 고개를 끄덕였다. 나라를 지키기 위해서는 병법을 알아야 한다는 말을 들었다. 여우는 병법을 알기에 엄마에게 붙잡힐 것이 뻔한 조강포로 가지 않고 감암포에서 배를 탔다고 했다. 그녀는 서울 이야기를 많이 들려주었다. 감암포에서 배를 타고 가면 반나절이면 임금님이 사는 궁궐에 갈 수 있다. 그럼에도 가보지 못했으니 여우가 마냥 부러울 뿐이었다.

"아, 이 말을 깜빡했네. 네가 보고 싶어서 거울글씨로 편지를 썼는데……집으로 올 때 가져왔어."

여우의 양쪽 볼이 발그스레하게 변했다.

"무슨 내용인데?"

"아, 그건. 지금 말할 수 없어. 목함에 넣어 단단히 봉했거든."

여우가 몸을 기울여 조헌의 어깨에 얼굴을 올려놓았다. 달콤한 냄새가 났다. 조헌이 그녀의 긴 머리칼을 손으로 잡아 코에 가져가니 향긋한 냄새가 났다.

'여자는 다 이런 냄새가 나나?'

이렇게 속으로 중얼거리는데 여우가 벌떡 일어났다.

"어머, 이제 떠날 시간인데 어서 가자."

뿌웅~

나발 소리가 들렸다. 여기저기 흩어져 있는 승객들이 하나둘씩 모여 배에 탔다. 인원 점검이 끝나자 다음 행선지인 영암으로 향했다.

영암은 일본에 백제의 문화를 전해 준 왕인(王仁) 박사의 고향이다. 옛날부터 이곳에서 떠난 배가 해류를 타고 일본으로 오고 갔다. 그만큼 일본과 인연이 많은 곳이다. 영암에서는 급수만 하고 떠나려 했으나 뜻밖에도 배 밑이 파손된 것을 발견했다. 수리를 위해 이틀 정도 머물러야 했다.

거처는 포구에서 제일 부잣집의 빈 헛간이었다. 어른들은 일정이 어긋나자 인상을 찌푸렸으나 아이들은 바닷가에서 뛰어놀게 되어 즐거운 날이었다. 여우는 동틀 무렵 일어나 선원과 승객들이 먹어야 할 밥과 반찬을 마련했다. 조헌은 그녀를 돕기 위해 물을 길어 날랐다. 덕형과 정민은 바닷가로 떠내려오는 미역을 건지기 위해 갯바위로 갔다.

"덕형아, 그쪽으로 가면 미끄러져."

갯바위에 올라갔다 미끄러질 뻔했던 정민이 만류했다. 그러나 덕형은 짚신에 흙을 잔뜩 묻힌 뒤에 팔짝 올라갔다. 그러더니 성큼성큼 해변가로 갔다. 정민은 그것을 보고 자신도 흙을 묻히고 갯바위에 올라서는 순간 깜짝 놀라고 말았다. 이상한 모양의 옷을 입고 앞머리를 빡빡 깎은 남자가 덕형의 목덜미를 붙잡고 있는 것을 보았다. 너무 놀라 입을 딱 벌린 채로 꼼짝하지 못했다. 그의 눈에 조그만 쪽배가 눈에 들어왔다. 그리고 안에서 활을 들고 있던 남자와 눈이 딱 마주쳤다. 그가 뭐라고 소리치며 활을 집어 들었다.

"엄마!"

정민은 냅다 앞으로 뛰었다. 그러나 미끄러지는 순간 그의 머리 위로 화살이 날아가 바닥에 콱 박혔다. 정민은 자기 몸이 들어갈 정도로 작은 구멍을 발견하고 그 안으로 들어가 숨었다. 뒤이어 수십 명의 남자가 자기 키만 한 크기의 칼을 들고 갯바위를 뛰어넘어 마을로 뛰어갔다. 요란한 고함과 함께 칼을 들고 질주하던 남자가 눈앞에서 어리둥절하고 있는 어부의 몸을 두 동강 냈다.

문을 나오다 그것을 본 아낙이 비명을 지르고 흘끔 바라보던 어부들이 후다닥 도망쳤다. 그러나 아낙도 어부도 모두 칼날 아래 쓰러지며 피를 뿌렸다. 삽시간에 아비규환이 되어 버렸는데 부엌으로 물을 가지러 갔던 조헌은 이것을 보고 소리쳤다.

"어서 도망가요! 사람을 죽이고 있어요!"

하고는 밥을 짓고 있는 여우의 손을 이끌고 헛간으로 달려갔다. 짚단 위에서 잠을 자고 일어나 앉은 승객들에게 피하라고 하자 이들도 깜짝 놀라 소리쳤다.

"왜구다, 왜구야!"

모두 벌떡 일어났지만, 이 지역 지리를 몰라 우왕좌왕했다. 조헌의 아버지는 사람들을 진정시키고 헛간 구석에 놓인 쇠스랑과 농기구를 집어 들었다. 반농반어를 하는 지역이라 무기로 대용할 수 있는 것들이 있어 다행이었다.

댕댕댕

왜구 침입을 알리는 징을 치던 어부가 화살을 맞고 쓰러졌다. 그러자 조헌의 아버지가 징을 집어 요란하게 울리면서 돌아다녔다. 그의 주위를 쇠스랑을 든 청년들이 호위하고 승객들과 함께 언덕으로 달아났다. 조헌과 여우도 뒤를 따르다가 멈췄다.

"덕형이와 정민이는?"

"갯바위 쪽에 있을 텐데."

그제야 친구들을 떠올리고 다시 뒤돌아섰다. 왜구들은 배를 타고 왔을 것이니 갯바위에 있는 아이들이 위험할 것이다. 여우가 말렸지만, 조헌은 뿌리치고 언덕을 내려갔다. 어른들은 언덕 너머에 있는 수군 병영으로 달려가느라 두 아이가 빠진 것을 알지 못했다.

댕댕댕

징소리를 뒤로하고 마을로 내려온 조헌은 왜구들이 헛간에 불을 놓는 것을 보았다. 그리고 미처 도망가지 못한 사람들을 칼로 베고 창으로 찌르는 것을 보았다. 두 아이는 그들을 피해 갯바위로 갔다. 다행히도 이들은 들키지 않고 갯바위까지 갈 수 있었다.

"헌아!"

바위와 바위 사이에 웅크리고 있던 정민이 조헌을 부르며 밖으로 나왔다.

"덕형이는?"

"붙잡혔어. 어떡하지?"

조헌이 주먹을 꽉 쥐고 말했다.

"덕형이를 구하러 가자!"

정민이 손사래를 치며 꽁무니를 뺐다.

"시, 싫어!"

하지만 조헌은 여우의 만류에도 뛰어갔다. 덕형이 꽁꽁 묶인 채로 왜구의 척후선 안에 던져져 있었다. 아무도 지키는 이가 없는 것을 보고는 얼른 뛰어 내려갔다.

"헌아! 빨리."

조헌이 덕형을 묶은 밧줄을 풀고 있을 때 여우의 비명이 들렸다. 키 큰 사내가 여우의 팔을 붙잡고 있었다.

"저 사람은 조선 사람인데 왜구 앞잡이야."

덕형의 말에 조헌이 쏜살같이 달려갔다. 그러자 사내가 여우의 팔을 놓고 달려드는 조헌을 발로 걷어찼다. 그러나 슬쩍 피하자 그냥 나동그라졌고 조헌은 여우의 손을 잡아끌었다. 벌떡 일어난 사내가 뒤쫓아 왔다. 덕형이 바닥에 굴러다니는 자갈을 집어 던졌다. 그러자 정민도 돌을 집어 사내에게 던졌다. 모두 빗나갔는데 조헌이 돌을 집어 던져 던지자 이마에 맞고 비명을 지르며 쓰러졌다.

"자, 언덕으로 도망가자."

조헌은 아버지가 도망친 곳을 향했지만, 곧 뒤돌아갈 수밖에 없었다. 창과 활을 든 수군들이 몰려오자 왜구들이 후퇴해 오는 것이었다. 정면으로 마주친 조헌 일행은 빈 배가 있는 곳으로 도망칠 수밖에 없었다. 머리통이 깨져 피 흘리는 사내가 소리쳤다.

"요 꼬마 녀석. 꼼짝 말고 있어라!"

조헌은 아이들과 함께 해안선을 따라 도망쳤다. 그 뒤를 사내와 함께 왜구 세 명이 칼을 들고 뒤따라 왔다. 여우가 모래에 미끄러져 엎어지자 조헌이 멈췄다. 정민과 덕형은 멀리 도망쳤다.

"안 되겠어. 다리를 삐었어. 너 혼자 도망가."

"어서 일어나!"

여우가 일어났을 때 조헌은 포위되었다. 이마를 다친 사내가 소리를 질렀다.

"너 이놈, 어디를 도망가려고."

조헌은 두 팔을 번쩍 들어 여우를 가로막았다. 이제 번뜩이는 왜구의 칼날이 몸을 동강 낼 것이다. 그러나 여우가 무사할 수 있다면 죽어도 좋다고 생각했다. 이때 여우가 조헌을 밀치고 나섰다.

"아저씨, 이 아이를 살려주면 무엇이든 할게요. 그렇지 않으면 혀를 깨물고 죽을 거예요."

조선인 사내가 왜구에게 일본말로 뭐라 하자 당장에라도 벨 것 같은 칼을 내려놓았다. 사내가 여우의 팔을 잡아끌었다. 조헌이 달려들었으나 왜구가 칼등으로 쳐서 넘어뜨렸다.

"헌아! 우리 엄마한테 말 잘해 줘. 꼭 돌아간다고……"

엎어진 조헌은 일어서려고 했으나 꼼짝할 수 없었다. 질질 끌려가는 여우의 모습만 보일 뿐이었다. 그리고 한참 동안 있는데 정민과 덕형이 나타났고 아버지의 얼굴도 보였다.

두어 시각 벌어진 왜구의 침입은 여기서 끝난 것이 아니었다. 배를 타고 이동한 왜구들은 옆의 마을도 습격해서 사람을 죽이고 물건을 빼앗았다. 젊은 여자들은 끌고 갔다. 왜구들은 집에 불을 질러 살 곳을 잃은 사람들의 울음소리가 진동했다. 실었던 해산물을 몽땅 빼앗기고 배마저 불태워지자 조헌 일행은 어른, 아이 모두 걸어서 김포까지 가야 했다. 빈손이었기에 오는 도중 먹을 것을 구걸하며 보름 만에야 귀향할 수 있었다.

이 사건을 을묘왜변(乙卯倭變)이라고 한다. 조헌은 죄 없는 백성이 왜구에게 처참하게 살해되고 사랑하는 여우가 끌려가는 것을 막지 못한 것이 일평생 상처가 되었다. 벼슬길로 나가 다시는 왜구가 침탈하지 못하게 하려고 열심히 공부했다. 신씨(辛氏)와 혼인한 후에 점차 그녀의 기억이 지워지고 세월의 흐름에 따라 상처가 치유되는 것 같았다. 하지만 일본의 침략이 예감되자 그의 상처는 크게 벌어지고 급기야 피를 흘리기 시작했다.

4

조강포의 빛과 어둠

조강포 앞에 헤아릴 수 없이 많은 배가 모여 있었다. 서해에서 밀물이 몰려오기를 기다리고 있는 것이었다. 때가 되면 이들의 배는 밀물을 타고 전류포 앞을 지나 마포나 용산으로 가는 것이다. 이들 대부분은 어선으로 바다에서 잡은 생선을 싣고 있다. 그러나 개중에 짐이나 쌀을 내려 마차에 싣고 있는 배도 보였다. 조강포 앞에서 조금 더 가면 암초가 있는데 무거운 짐을 실어 배의 하중이 밑으로 내려가면 배가 깨지기 때문이다.

김후재는 영규와 함께 쑥갓머리산에 올라가 그들을 내려다보았다. 두 사람 다 털가죽 옷을 덧대 추위를 피하고 있었다. 영규가 묻는다.

"이 밑이 토정선생이 거처하신 곳입니까?"

김후재는 토정 이지함이 활빈당과 인연이 있었다는 것을 알고 있다. 토정이 젊어서 유랑하다 강도를 만났을 때 활빈당수가 구해 준 인연으로 그 뒤로 가깝게 교류했다고 들었다.

"음, 그렇네. 토정 이지함과 제자인 중봉도 가끔 이 산에 올라 천문을 보았다고 하더군. 두 사람은 나이 차가 많지만, 한강에서 뗏목을 타고 서해를 드나들며 친구처럼 어울렸다고 하오. 스님과 나처럼 말이오."

후재의 말에 험상궂은 영규의 얼굴에 천진난만한 미소가 지나갔다.

"소승이 듣기에 조헌은 성격이 유별나서 가까이 지내는 이가 손꼽을 정도라고 하던데요."

"그것보다 본인의 성격이 강직해서 사람들이 멀리서 숭배하기는 해도 가까이 접근하려는 이가 적지. 워낙 위험한 사람이니까. 불교 쪽에서는 별로 좋아하지 않을 것 같은데."

조헌이 성균관에 있을 때 보우대사를 탄핵하는데 동참했다. 벼슬하고 있을 때는 불사를 위해 향을 내주는 것을 거역하다가 하마터면 죽을 뻔한 일도 있었다.

"자기 맡은 일에 충실했을 뿐인데요. 까칠해도 홍인걸과는 친한 것 같군요. 요 며칠 동안 붙어 있는 것을 보니…… 어떤 사람입니까?"

"오위장은 이곳에 논밭이 많고 커다란 양계장도 있어 부유한 사람이네. 송강 정철하고는 사돈 사이로 세 사람 다 인연으로 얽혀 있지."

송강 정철이라는 말에 영규가 낯을 찌푸렸다. 그리고는 바닥에 퉤 하고 침을 뱉었다. 김후재가 웃는다.

"흐흐 정철을 동인 백정이라고 한다지? 나는 소 돼지 잡는 백정이지만 인간 잡는 백정에 비교하면 자비로운 사람이야."

"호남의 선비들을 그 짐승이 모두 살육했습니다. 동네마다 명망 있는 선비가 죽어나가지 않은 곳이 없었습니다. 처자식의 통곡이 하늘을 찌르더이다."

영규는 그 모습이 눈에 선한 듯 고개를 절레절레 흔들었다.

"정여립 한 사람이 수많은 선비를 죽음의 구렁텅이로 몰아넣었지. 그 선비들이 죽은 것에 내 책임도 있네."

김후재는 시끌시끌한 조강포를 내려다보며 회한에 잠겼다. 정여립이 대동계라는 이름의 사병(私兵)으로 침범한 왜구를 물리치는 것을 보고 새로 활빈당수가 된 김후재가 찾아갔다. 과연 소문대로 체격이 우람하고 학식이 높은 괴걸이었다. 그러나 정여립은 이율곡의 제자로 총애를 받았지만, 스승이 돌아간 뒤에 욕을 하면서 동인에 붙어 뜻있는 선비들의 외면을 받았다. 그는 동인의 영수 이발과 짝짜꿍이 되어 서인 세력을 약화시키는데도 앞장섰다. 이에 조헌이 만언소(萬言疏)를 올려 스승을 배반한 정여립을 맹비난했고 장차 임금도 배신할 사악한 위인이라고 매도했다. 그러나 선조는 정여립을 두둔하며 오히려 조헌에게 벌을 주어 귀양보냈다.

"조헌은 선견지명이 있는 사람이야. 정여립이 본심을 드러내자 임금이 크게 야단쳤는데 그때 흘겨보는 눈빛에서 역모를 꾀할 거라는 걸 알아보았거든."

"그러면 길동선생은 왜 정여립을 찾아가 참모를 자청한 것입니까?"

"흐흐, 그거야 조헌은 임금의 미움을 받아도 나라를 위해 충성을 다하는 선비지만 나는 이 땅의 근본을 바꾸려는 활빈당이 아니던가. 당연히 적의 적은 내 편이지."

후재가 무릎을 굽혀 앉더니 후하고 한숨을 쉬었다. 영규가 퉁명스럽게 말했다.

"그런 분이 왜 우리의 봉기 제의는 머뭇거리는 것입니까?"

"나는 허수아비였어. 정여립이 이미 죽은 도둑 길삼봉 이름을 내게 붙였지만 제대로 한 일 없이 쫓기는 신세만 되고 말았네."

"아무것도 한 일이 없다아? 그릇된 세상을 바르게 하겠다고 가담한 길동선생이 아니었습니까?"

김후재는 발밑의 풀을 뽑아 벼랑 밑으로 던지며 중얼거렸다.

"속았지. 정여립의 명성에 속아 찾아갔던 거야."

"무에 속았다는 겁니까?"

"모든 백성이 평등하게 잘살게 하겠다는 그의 말이 말짱 거짓이라는 것을 알게 된 거야. 정여립 그자는 임금이 되고 싶은 마음밖에 없었어."

"백성이 나라의 주인이라고 했다는 말을 들었습니다만."

후재가 고개를 좌우로 흔들었다.

"아니지, 아니지. 정여립은 천하 공물에 주인이 따로 없다고 말했어. 그 말은 자기가 임금이 되겠다는 것이야. 굳이 내게 길삼봉의 이름을 붙인 뜻이 무엇인지 아는가?"

"글쎄올시다. 원래 천안의 도둑 이름이 아니었던가요?"

영규는 정여립이 이미 죽은 길삼봉을 김후재의 암호명으로 삼은 까닭이 궁금했다.

"삼봉 정도전같이 개국 공신이 되라는 뜻이야. 그런데 막상 내게 주어진 임무는 자객이었어."

영규도 살며시 주저앉았다.

"나는 고통받는 백성을 어떻게 살릴 것인가 묘안을 내라고 할 줄 알았는데 기껏 한다는 말이 조헌을 죽이라더군. 나중에 알았지만 길삼봉은 내가 아니라도 누구라도 될 수 있었어. 자기에게 충성을 바치는 자는."

정여립이 죽은 뒤로 참모 길삼봉에 대한 소문은 무성했다. 얼굴과 체격, 나이도 제각기 달랐고 신분도 노비에서 고위 벼슬아치 등 종잡을 수 없었다. 정여립이 관의 눈을 헷갈리게 하려고 그런 소문을 퍼뜨렸는지도 모른다.

"어이가 없었지만, 그 자리를 피하고자 승낙하고는 그냥 조강포로 돌아왔지. 중봉은 때마침 만언소를 준비하고 있더군."

"조헌과는 예전부터 알고 있었다고 하지 않았습니까?"

"스무 살 되던 해였으니 벌써 삼십 년이 지났구먼."

김후재가 눈을 스르르 감고 그때로 돌아갔다. 조헌은 갑작스러운 회오리 바람에 배가 뒤집어지려 할 때 태연했다는 죄 아닌 죄를 지었다. 소인배들이 몰매 치려는 것을 김후재가 뜯어말렸다. 그가 눈을 번쩍 뜨더니 입을 열었다.

"거기서 인사를 나누고는 나는 곧장 이곳 조강포로 왔다네."

영규를 보고 씩 웃더니 말을 이었다.

"나는 그 당시 혈기 넘치는 젊은이였어. 목적은 단 하나, 임꺽정 두목을 팔아넘긴 서림을 잡아 죽이는 것이었지."

"임꺽정과는 무슨 관계였습니까? 같은 패였나요?"

영규는 김후재의 입에서 백정이자 대도둑인 임꺽정 이름이 나오자 흥미로 운 듯했다. 영규는 스승인 서산대사에게서 김후재의 할아버지가 대단한 사람 이었다는 말을 들었다.

"영규 대사도 알다시피 할아버지는 비록 백정인 갖바치였지만 학식이 높 은 분이었어. 지금 사림에서 떠받드는 정암 조광조도 할아버지의 가르침을 받 은 제자였지."

영규가 어깨를 으쓱하며 말했다.

"그렇다고 조선에서 백정이 양반 사대부가 될 수 있는 것은 아니지요."

"맞아, 백정은 어디까지나 백정답게 살아야지. 그래서 서림의 배신 후에 쫓기던 백정 임꺽정을 스스로 찾아가 한패가 된 거야. 나는 이상하게도 잘 나 가는 사람보다 구석에 몰린 사람에 호감이 가."

김후재는 조강포에 온 뒤에 서림을 찾았다. 임꺽정을 배신한 아전출신 서 림(徐林)은 복수가 두려워 한동안 포도청 안에 은신했다. 어느 정도 시간이 흐 르자 그는 이름을 고치고 수염을 길러 변장한 다음에 조강포로 와서 객주 노 릇을 했다. 대리인을 내세워 객주 일을 보게 하고 자신은 낮에는 방에 있고 밤이 되어서야 나들이를 하곤 했다. 이런 조심스러운 행동이 오히려 뜨내기 행상으로 위장한 김후재의 눈에 포착되었다.

"나는 서림의 얼굴을 본 적이 없어 마주쳐도 알아보지 못했을 것이야. 그래서 의심했던 그자에게 편지를 썼지. 임꺽정 두목을 배신한 대가를 치르게 하겠노라고."

영규가 끌끌 혀를 차고 말했다.

"그렇게 무모한 행동을…… 그러다가 발각되면 어쩌려고 그랬습니까?"

"스무 살이면 혈기를 누를 수 없는 나이 아닌가?"

편지를 보냈더니 그날부터 험상궂은 자들이 객주를 지키더라고 했다. 그러더니 며칠 뒤에 비밀리에 배를 타고 북쪽 조강리로 가는 것을 숨어서 보고 있다가 활을 쏴서 죽였다는 것이다.

"바로 이 자리에서 편전을 쏘았지. 단 한 발에 서림의 목을 꿰어 물에 빠뜨렸어."

김후재는 자신의 목을 손가락으로 쿡하고 찔렀다. 서림이 살해되자 포도청은 난리가 났다. 범인을 잡으려 했지만 끝내 잡지 못하고 삼십 년이 흘렀다고 한다.

"서림의 가족은 어찌 되었습니까?"

"아들 하나가 있었는데 어린놈이 제 아비를 닮아 천하의 불한당이라. 십오륙 년 전 궁노비와 함께 명나라를 드나들며 밀수를 하다가 조헌 현감을 피해 도망쳤다네."

조헌이 서른두 살에 통진 현감이 되어 어진 정치를 펼쳤는데 백정의 고발로 궁노비가 붙잡혀 가서 곤장을 맞고 죽었다. 밀수꾼 동업자인 서림의 아들은 재빨리 도망쳐 버렸다.

"서림의 아들은 사라졌는데 지금은 어디 있는지 몰라."

영규가 내려다보니 조강포가 더욱 부산했다. 추운 날씨에도 일꾼들은 얇은 무명옷 차림으로 무거운 짐을 나르고 있었다.

"백성은 저리 고생하고 있는데 벼슬아치들은 당쟁이나 일삼고 있으니 한심한 일이야."

영규가 밑을 내려다보더니 말했다.

"그러니 스승께서 봉기하자는 것이 아닙니까? 활빈당은 정여립에게 이용당했지만, 우리 당취들은 그렇지 않습니다. 백성을 위한 나라를 만들 것이니."

김후재가 영규를 바라보고 되물었다.

"백성?"

"그렇습니다. 백성이 주인 되는 그런 나라말이지요."

"정여립도 그런 말을 했어. 백성이 주인 되는 나라. 임금은 오로지 백성을 위해 일하는 꿈의 나라. 그렇지만 역시 꿈은 꿈이지. 봉기에 성공해서 임금을 내쫓으면 다음 왕은 누가 되나? 머리 깎은 서산대사가 임금의 자리에 오를 것인가?"

김후재의 질문에 영규는 대답을 못했다. 서산대사는 조선을 뒤집으면 누가 새 나라를 세울 것인가를 말해주지 않았다. 어쩌면 허수아비 임금으로 찍어둔 왕손이 있을 것이다. 자세한 것은 수뇌부만 안다. 영규는 활빈당수 김후재를 봉기에 끌어들이라는 임무만 받고 있을 뿐이다.

"그것 봐, 그렇다니까. 서산 대사께서도 활빈당은 근본이 도둑이라 불쏘시개로 아는 것이 야, 암"

"아니요, 길동선생!"

김후재가 자리에서 벌떡 일어났다.

"아니긴 뭐가 아니야? 문정왕후의 치맛바람으로 불교가 다시 일어나려다 실패하니 당취를 만들어 복수하자는 것이 아니던가? 봉기에 성공해 임금을 바꾼다고 하자. 그러면 불교에 반대하는 사대부들은 어찌할 것인가? 모두 죽여 없애기 전에는 어림없는 일이야."

영규도 벌떡 일어나며 대거리했다.

"길동선생! 그러면 우리의 제안을 궁리도 안 해 보고 무조건 거부한다는 말입니까?"

후재가 크게 숨을 들이쉬고 말했다.

"그렇지는 않아. 내가 걱정하는 것은 일본의 침략이야. 백성을 외면하는 사대부들이 미워 당취가 봉기할 때 일본이 쳐들어오면 어찌할 것인가?"

"그럴 리 없습니다. 일본이 붙잡혀 간, 조선 백성을 돌려보내 주지 않았습니까? 왜구 두목과 향도였던 매국노도 압송하고."

"중봉의 상소에 의하면 그것은 우리의 눈과 귀를 속이려는 간교한 술책이지. 나도 그렇게 판단하고. 우리가 지금 봉기하면 일본을 도와주는 매국노가 되는 것이지. 가뜩이나 힘없고 불쌍한 백성을 죽을 곳으로 몰아넣는 것이란 말이야."

"조헌은 분란을 일으키는 자입니다. 모든 이들이 전쟁이 안 난다고 하는데 혼자만 주장하고 있지 않습니까?"

"그러니 대단한 남자 아닌가? 모두 일본과 전쟁이 안 나기를 바라며 요행수를 노리고 있을 때 침략에 대비하자고 하는 강직한 선비, 성을 쌓고 군대를 기르자는 선비, 그 때문에 벼슬에서 쫓겨나고 귀양 가도 지부상소하는 유일한 선비 아닌가?"

영규는 더 말하지 못했다. 일본이 침략해 오지 않기를 바랄 뿐 쳐들어오면 어찌해야 할지 모르는 것이 조정이요 백성이 아닌가.

"중봉의 움직임을 살펴볼 것이야. 그 사람의 말에 일본이 침략할 것이라는 확실한 증빙이 있으면 서산대사께서는 조선 조정을 무너뜨리는 대신 일본의 침략을 막는 승병장이 되어야 할 것이야. 자, 이제 내려갑시다."

김후재가 산에서 내려가자 영규는 뒷모습을 물끄러미 바라보며 중얼거렸다.

'스승께서는 길동선생이 저리 나올 줄 알고 있는 것 같았는데…… 그럼, 왜 나를 이곳에 보냈을까?'

휘잉

매서운 겨울바람이 그의 뺨을 한 대 후려치고 갔다.

이정민은 책을 잡았지만, 글씨가 눈에 들어오지 않았다. 새로 옮긴 집이 익숙하지 않은 탓도 있으리라. 조헌의 말에 따라 정민은 김포 감정리에서 이곳으로 이주했다. 그곳 강원은 조헌의 큰아들 완기가 지역의 유생을 모아 계속하기로 했다. 정민의 가족만 조강포로 거처를 옮긴 것이다. 낡은 초가집에서 깨끗한 기와집으로 옮겨와서 살기에는 편안하다. 그러나 심심풀이 말상대 친구들과 헤어지게 된 것은 아쉬운 일이다. 기생 향월이와의 동침도 물 건너갔다. 하지만 어쩌겠는가. 이사 온 지 며칠 후에 알량한 초가집이 폭설로 주저앉았다. 목숨을 건진 것은 어릴 적 친구 조헌 덕분이었다.

"천문을 보니 눈이 많이 올 것이네. 자네 집이 몹시 위태롭게 보이니 이참에 조강포로 이사하도록 하게."

강요에 가까운 말에도 주저하고 있었다. 하지만 강원의 책임자로 가게 되었으니 형편을 따르지 않을 수 없었다. 또 그냥 버텼다면 대들보에 깔려 저세상 사람이 되었을 것이다. 그러나 다행인 마음은 잠시뿐이다. 글씨는 눈에 들어오지 않고 기생 향월이만 눈앞에 어른거렸다.

"젠장, 이게 무슨 꼴이람."

정민은 김포 읍내의 기생 향월이와 동침하지 못하고 조강포로 옮긴 것이 끝내 아쉬웠다. 상처한 지 벌써 오 년. 늙고 가난한 선비가 오입 좀 해보려고 껄떡대도 비웃음만 흘리던 기생어멈이 자신이 조헌의 친구라고 하자 태도가 달라졌다. 한번 뫼시고 오라고 하고는 기생 향월과 동침을 허락할 듯이 말하지 않았던가. 조헌이 옥천에서 김포로 돌아올 때를 손꼽아 기다렸는데 기생집에 함께 가자고 말을 꺼내기도 전에 이사를 오게 되었다.

정민은 스스로 생각해 봐도 한심했다. 작년에 치러진 별시에 스무 살 아들은 물론이고 수십 년째 과거 공부에 매달린 자신도 떨어진 것이다. 자신이나 아들이 벼슬은 못해도 소과라도 합격해 생원이나 진사가 되어야 양반 자리를 유지할 수 있다. 아들도 책에 코를 박고 있어도 소과에 벌써 두 번째 낙방이다. 이름이 소과라도 급제는 쉽지 않다. 집은 가난한데 양반이 소과도 합격 못 했으니 누가 딸을 주겠다고 하겠는가. 아비와 아들이 짝없는 기러기 신세로 몸과 마음에 곰팡이만 잔뜩 피었다.

"오늘따라 왜 이리 가려운가?"

속곳에 손을 집어넣고 긁고 있는데 밖에서는 소목장이 강원에서 쓸 집기를 준비하느라 부산했다. 사서삼경을 가르치는 서당과 달리 학생들의 책상이 필요 없을 것이다. 조강포에 거주하는 어부들과 백정, 소규모 행상들이 언문이나 간단한 셈법을 배우러 올 것이다. 공책처럼 글을 쓸 수 있는 모래판(沙板)만 있으면 된다.

자리에 벌떡 누워 눈을 감으니 지난 세월이 주마등처럼 스쳐 지나간다. 어렸을 때부터 조헌은 열심히 공부해서 과거에 합격했다. 자신은 머리가 나빠서인지 게으름을 피워서인지 쉰 살 나이에도 계속 낙방했다. 다른 일과 달리 포기할 수도 없었다. 아들이 똑똑해서 소과에 합격해 생원이나 진사가 되면 다행이지만 그렇지 않은 이상 계속 과거 공부를 해야 한다.

"제기, 하필 양반으로 태어나서……"

수재로 젊은 나이에 과거에 합격해 벼슬길에 들어간 조헌도 힘들기는 마찬가지다. 임금에게 바른말 했다가 걸핏하면 벼슬자리에서 쫓겨나거나 귀양가지 않았던가. 정민은 자신이 과거에 합격해 관직에 나가면 조헌과 달리 처세를 잘해 높은 벼슬에 올랐을 것으로 자위했다. 그러나 부잣집 아들로 태어나 시작은 좋았는데 중년에 허송세월하고 남은 것은 가난과 유생이라는 이름뿐이다. 그나마 조헌이 평민교육을 위해 만든 강원에서 글을 가르치는 것으로 겨우 굶주림을 면하고 있는 신세다. 그것도 실력이 부족해 강원장도 아닌 강사로 있었다.

"어르신, 잠시 나와 보십시오."

밖에서 목수가 불렀지만 꼼짝 않고 누워만 있었다. 다시 목수가 부르자 그제야 할 수 없다는 듯 일어나 방문을 열었다.

"무언 일인가? 알아서 하라고 하지 않았나?"

"저, 어르신이 오셨습니다."

목수의 뒤에서 조헌이 집기를 살피는 것이 보였다. 그걸 보자 정민이 벌떡 일어나 뛰쳐나왔다.

"이보게, 중봉. 어서 오게."

이렇게 말하고는 목수를 꾸짖는다.

"어찌 일을 그리 게으르게 하나? 제대로 하게, 제대로."

목수가 영문을 모르겠다는 듯 눈을 크게 뜨고 반문했다.

"쇤네가 무슨……"

정민이 버럭 소리를 지른다.

"아니, 이 사람이…… 어디서 말대꾸야, 말대꾸가!"

버럭 소리를 지르자 목수가 고개를 푹 떨어뜨린다.

"썩 물러가게. 꼴 보기 싫으니."

느닷없이 벼락을 맞은 목수는 어쩔 줄 몰라 하다 치밀어 오르는 것을 참고는 휙 나갔다. 집기를 살피고 난 조헌이 말했다.

"집기를 살펴보니 제대로 가져왔군. 저 목수는 아무 잘못이 없는데 왜 그리 야단을 치나?"

"아랫것들은 가끔 혼쭐을 내야 하네. 그래야 게으름을 피우지 않는다네. 흠"

조헌이 못마땅하다는 표정을 지으며 나무랐다.

"내가 보기에 게으른 건 자네네. 이곳 강원은 억센 뱃사람들을 교육하는 곳이야. 김포에 있을 때보다 더 부지런해야 하네."

정민이 비굴한 웃음을 흘리며 말한다.

"올가을에 과거시험이 있는 걸 알지 않는가? 언제 공부하라고……"

조헌은 강원의 기둥을 짚고서 말했다.

"나는 어렸을 때부터 자네가 열심히 공부하는 모습을 보지 못했네. 어쩌면 과거도 올해가 마지막일지 모르겠군."

그 말이 정민의 가슴을 비수처럼 찔러왔다. 벌컥 화를 내며 큰 소리로 외쳤다.

"그, 그 무슨 말인가? 내 비록 지금까지 생원 꼬리표 하나 달지 못했어도 양반은 양반이네."

조헌은 무언가 말하려다가 입을 다물었다. 내년에 일본군이 쳐들어오면 나라가 망하느냐 하는 갈림길에서 과거가 무슨 소용이 있으랴. 양반이라는 것들이 자신과 가문의 영달을 위해 공부하는 것이 한심했다. 더구나 어릴 적 친구라는 자는 공부도 소홀하면서 물려준 재산 다 털어먹지 않았던가. 아직도 정신을 못 차리고 있다.

"알고 있네. 그래서 이 근방 유생을 불러 모을 것이니 자네는 책임지고 이들을 감독해 주게."

김포의 평민에게 언문으로 쓴 사서삼경 외에 농사를 효율적으로 짓는 방법을 가르쳤다. 이곳의 뱃사람들에게는 우선 언문과 셈법을 가르칠 것이다. 나이 먹어 사공 일을 못하는 이를 불러 물때표 보는 법, 고기가 많은 곳을 알아내는 법 등을 책으로 펴낼 것이다. 그것으로 조강포 뱃사람들에게 가르치게 될 것이다. 또 잡은 고기를 파는 법과 어음 발행하는 법 등 장사꾼이 되는 것도 가르칠 계획이다. 이런 제안을 한 것은 조헌이었고 홍인걸이 구체적으로 계획을 짰다. 그러나 이정민이 게으르고 우둔한 것을 알기에 미리 말하지 않고 있었다.

"유생? 김포처럼 말인가? 이런 포구에 할 사람이 있다는 말인가?"

"그렇다네. 과거에 매달려 집안의 재물을 축내느니 배운 것을 활용하는 것이 좋지 않겠는가."

조헌이 품 안에서 한 장의 종이를 꺼냈다.

"자, 여기에 기본 계획을 적어 놓았으니 유념해 두게. 내일 유생들과 함께 올 것이니 단단히 준비하시게."

떨떠름한 표정을 지으며 계획서를 받아 든 정민은 이맛살을 찌푸렸다. 김포 강원처럼 다른 사람에게 떠맡길 수 있는 내용이 아니었기 때문이다.

강원에서 멀지 않은 곳에 객주 윤덕형의 집이 있다. 이곳 조강포에서 제일 큰 객주인 그는 얼마 전 새로 집을 지었다. 규모만 해도 마흔 칸이 넘는 집으로 곳간은 각종 물품으로 잔뜩 채워졌다. 사람들은 그의 눈부신 성공에 찬사를 늘어놓았으나 뒤돌아서면 모두 욕했다. 정당한 노력이나 수완으로 부를 이룬 것이 아니었기 때문이다.

꽁꽁 언 손을 입으로 호호 불며 아침부터 마당 쓸기, 마루 닦기 하는 어린

종에서 부엌에서 음식을 만드는 찬모까지 모두 바쁘게 움직였다. 삐걱 대문이 열리며 심부름꾼 아이가 황급히 뛰어들어와 기다리던 손님이 배에서 내려오고 있다고 소리쳤다. 그 말에 사람들의 움직임이 갑자기 빨라졌다. 비단옷을 차려입은 윤덕형이 급히 마당으로 나오고 널찍한 사랑방에 교자상이 들어가고 음식이 차려졌다. 잠시 후 행수가 갓을 쓰고 털로 만든 귀마개를 한 남자의 일행을 안내하며 오는 것이 보였다.

"어서 오십시오, 서객주님."

덕형은 허리가 부러질 정도로 고개를 깊이 숙여 절했다. 서기석은 고개를 까딱했을 뿐이다. 행수를 비롯한 하인들은 서로 눈짓하며 입을 삐죽거렸다. 하인들을 짐승 취급할 정도로 교만이 하늘을 찌르는 윤객주가 이렇게 공손한 모습은 보기 드물었기 때문이다. 마루 앞에 도착하자 예쁜 기생 둘이 사뿐히 내려와 서객주를 부축하고 마루를 지나 방으로 들어갔다.

"무에 이리 잘 차렸습니꺼? 윤객주님."

위압적이라고 보일 만큼 무뚝뚝한 표정을 짓던 서기석의 입이 함빡 벌어지는 것을 보고 윤덕형은 안도했다.

"물론이지요, 나으리는 제게 보배 중의 보배이시지요."

"하모. 내 별명이 뭔지 아십니꺼? 도깨비임니더, 도깨비."

"도깨비……요?"

덕형도 그의 별명은 이미 알고 있었다. 금광을 했다고 말하지만, 근본이 무엇하던 사람인지 모른다. 객주에 가끔 얼굴을 드러낼 때마다 많은 돈을 가져온다는 말만 들었다. 덕형이 아부를 떤다.

"저는 도깨비라는 별명보다 두꺼비라는 별명은 붙여 드리고 싶습니다."

"그으래십니꺼? 내는 두터비하고는 거리가 멉니더."

덕형이 웃으며 말했다.

"하하. 겉모습은 다르나 마음 씀씀이가 복 두꺼비 같으니 그리 말씀 올리는 것입니다."

하하하. 기석이 통쾌하게 웃었다.

"윤객주가 내 맴을 흥건케 합니더. 자, 내 술 한잔 받으시소."

기석이 술병을 들자 덕형이 두 손을 내저으며 만류한다.

"아이고, 아이고. 무슨 말씀이십니까? 제가 잔을 올립지요."

술병을 빼앗다시피 하는 덕형이 잔을 채웠다. 단숨에 잔을 비운 기석이 덕형의 옆에 앉은 기생에게 술을 따르게 했다.

"전에 듣기로 기생을 첩으로 맞는다꼬 한기 같은데…… 되셨십니꺼?"

덕형이 어색한 미소를 지으며 대꾸했다.

"고것을 손을 움켜쥐긴 했는데…… 잠시 손을 펴고 딴청을 피운 사이에 새처럼 어디론가 날아가 버렸습니다."

기석이 탄식한다.

"아, 안타까버라. 그 기생의 이름이 여, 여 뭐라꼬 했심니꺼?"

"여명입니다. 여명."

덕형이 고개를 푹 숙였다.

"여명이면 새벽인데…… 날이 밝으면 올깁니다. 자, 자. 내 잔이나 받으시소."

기석은 또 기생을 시켜 덕형의 빈 잔에 술을 따르게 했다. 그리고는 자기 술잔에도 가득 채우게 하고는 단숨에 들이켰다. 이렇게 시작한 술자리는 밤늦게까지 계속되었다. 이 과정에서 거래에 관한 이야기가 오고 갔다. 덕형은 기석이 명나라와 일본을 드나들며 밀거래를 하는 패들과도 손을 맺고 있어 귀한 물품을 얼마든지 구할 수 있다고 알고 있다. 그리고 그의 뒤에 고위 벼슬아치들이 뒷배를 봐주고 있다는 것도 안다. 기석이 끄윽 하고 술 트림을 하면서 말했다.

"내년 사오 월쭝에 윤객주는 큰 부자가 될 것임니더."

"어이구, 고맙습니다. 서객주님."

덕형은 부자를 만들어 준다는 말을 믿었다. 그러나 그의 욕심은 부자 되는 것보다 벼슬길에 나아가는 것이었다. 여느 객주인줄 알고 대했다가 배경을 알고는 태도가 확 달라진 것이다.

"이곳 조강포에 이쁜 기생이 많다꼬 하더쿠만 사실임니더."

기생들을 번갈아 보며 기석이 은근한 어조로 말하자 덕형이 맞장구를 쳤다.

"암요, 오늘 밤 누구와 함께 운우의 정을 나누시겠습니까?"

덕형이 양쪽을 번갈아 바라보며 묻는다. 기석이 호탕하게 웃고 나서 말했다.

"내 정력을 시험해 보시렵니꺼?"

"아, 그러면 더욱 좋지요?"

"건넌 방에 이불 깔아 놓으라 하시소. 이 술잔 삐우고 냉큼 가겠심더."

기석의 말에 덕형은 시중들던 기생들을 밖으로 나가게 했다. 잠시 덕형을 뚫어지게 바라보던 기석이 은근한 어조로 말했다.

"내 윤객주에게 할 말이 있심더."

"네, 알고 있습니다."

덕형의 목소리도 낮고 작아졌다. 그의 입에서 무슨 말이 나올지 궁금했다.

"내가 벼슬자리 청을 받고 윤객주 뒷조사를 쫌 해보았심더."

덕형의 얼굴빛이 약간 변했다. 각오는 했지만 이렇게 자신의 구린 것을 들춰내니 가슴이 울렁거렸다. 명문 양반가의 대를 잇기 위해 씨받이를 통해 이 세상에 태어났지만, 기회를 놓쳤다. 그래서 택한 것이 시전상인의 행수였는데 주인을 역모의 와주로 고변해서 죽게 했다. 그리고는 재산을 빼앗은 악덕한 인물이 되었다.

"서객주님, 저는 임금을 배신한 역적을 고변한 것뿐입니다."

"정말임니꺼?"

기석의 입가에 야릇한 미소가 스쳐 갔다. 역적으로 몰린 벼슬아치가 보낸 것처럼 문서를 위조하여 거짓 고변한 것을 알기 때문이다. 그의 마음을 읽었지만, 덕형은 우겨야 했다.

"내가 시전상의 심복이었는데 어찌 역적과 내통한 것을 모르겠습니까? 그 자가 형장에 끌려갈 때까지 억울함을 외쳤다 하지만 살기 위한 몸부림일 뿐입니다."

덕형은 얼굴이 벌게져서 자신의 행위를 변명했다. 시전상이 의금부에 끌려가서 문초를 받았다. 증거가 없어 풀려나오기 직전에 덕형이 조작한 문서가 결정적 증거가 되었다. 나중에 그 문서가 조작이라는 것을 알았지만, 의금부 관리들은 처벌이 두려워 쉬쉬해서 묻히고 말았다.

"알았소, 알았소. 그만 하소."

기석이 손을 내저으며 더 말하지 못하게 했다.

"윤객주의 말을 못 믿는 것이 아님니더. 시전상 아들이 십 년이 지난 오늘, 지 애비의 억울함을 호소한다꼬 탄원서를 이곳저곳에 보내 충동질하고 있기 때문임니더."

그의 말에 덕형의 얼굴이 새파랗게 질렸다. 시전상과 그의 두 아들은 형을 받고 죽었으나 어린 아들은 행방을 감췄다. 그때 나이 열 살이었으니 올해 스무 살이다. 그런데 그가 모습을 드러냈다면 위험한 일이 아닐 수 없다.

"그 말을 어, 어디서 들으셨습니까?"

다급한 목소리로 묻는 덕형의 얼굴을 지그시 바라보며 기석이 입을 열었다.

"의금부와 포도청 그리고 비변사까지 들어왔는데 내가 무시하라꼬 했심니더. 그래서……"

기석은 품 안에서 세 장의 탄원서를 꺼내 건네주었다. 그것을 읽는 덕형의 손이 부들부들 떨렸다. 누가 보아도 시전상이 억울하게 누명을 쓴 것으로 인정할 수밖에 없는 내용이었다.

"그놈, 그놈은 어찌 되었습니까?"

"탄원서가 기각되자 행방을 감췄심니더. 은제 윤객주 앞에 나타나게 될지……"

덕형이 신음했다. 이제 벼슬을 구하는 것이 급한 것이 아니라 목숨보전이 더 중요한 일이 되고 말았다. 서기석은 탄원서가 의금부 안에 들어갔으니 당장 벼슬 구하는 일은 어렵게 되었다 했다. 하지만 시간이 지나면 잊을 것이니 그때 다시 말해보자고 했다. 이 말을 끝으로 기석이 자리에서 일어나자 덕형이 잡는다.

"건넛방의 기생은 어찌하고 돌아가시렵니까?"

기석이 빙긋이 웃으며 대답했다.

"윤객주가 대신해 주시소. 내는 아침 일찍 서울 가서 할 일이 있심니더."

그러면서 만날 사람의 이름을 열거하는데 모두 고관대작들이라 덕형은 입만 딱 벌렸다.

휘이잉.

해는 쨍쨍했지만, 겨울바람이 매서웠다. 여우재 신당은 작년 여름 태풍에 무너졌다. 몇 년 동안 비어있던 데다 오래된 건물이라 대들보가 부러지자 폭삭 내려앉은 것이다. 여기저기 썩은 목재가 나동그라졌는데 날씨가 추워도 아무도 집어가 불을 땔 생각을 하지 않았다. 신당의 물건을 훼손해서 서낭신의 노여움을 사기 싫었기 때문이다.

휘이잉

젊은 남자 한 명이 돌아다니고 있었다. 썩은 기둥을 들어 살펴보고 마당에 나동그라진 깨진 그릇도 들고 요모조모 살펴보았다. 나이가 스물이 못 되는 남자는 수염도 나지 않은 미남이었다. 불룩 솟은 앞가슴과 큰 엉덩이가 남자라기보다는 여자에 가까웠다. 눈썰미 좋은 이가 보면 금세 남장여자임을 알 수 있을 것이다.

휘이잉

바람이 뺨을 후려치고 가자 두 손으로 얼굴을 감쌌다. 남자 두 명이 신당으로 올라오는 것을 보고 얼른 바위 뒤로 몸을 숨겼다. 내려다보니 한 사내는 나이가 오십 가까운 중년으로 얼굴에 털이 많았고 아들로 보이는 사내도 서른은 되어 보였다.

"아버님, 날씨가 매우 춥습니다. 저만 와도 될 것인데……"

"아니다, 여기는 내 어릴 때 체취가 묻어 있는 곳이다. 만신님이 보고 싶구나."

신당을 지키던 늙은 만신은 몇 년 전에 세상을 떴다. 돌아갈 무렵에 같이 기거하던 무당 제자에게 머지않아 난리가 난다고 했다. 자기가 죽은 뒤에 여우재를 떠나 북쪽으로 가라고 해서 신당이 비게 된 것이다.

"아버님, 어제 신당에 다니던 할머니에게 이상한 말을 들었습니다."

"이상한 말이라니?"

"만신이 말하기를 토끼해에 일본으로 끌려간 딸이 이곳으로 돌아올 것이라고 했다고 합니다."

완기는 만신이 노년에 정신이 흐릿해져서 헛말을 한 것으로 여겼다. 몇십 년 전에 왜구에게 끌려간 딸이 어떻게 돌아온다는 말인가.

"말이 안 되는 것이지요?"

아들의 말을 귓전으로 흘리면서 조헌은 생각에 잠겼다. 거울글씨로 보낸 암호문서를 여우가 보낸 것이면 딸이 돌아온 것이라 말할 수 있다. 그런 생각이 들자 갑자기 힘이 솟는 것 같았다.

"애야, 나는 이곳을 뒤져볼 테니 너는 저쪽을 살펴보아라. 뭔가 이상한 것이 있으면 빠짐없이 끄집어내라."

암호로 된 거울글씨를 보고 이리 꿰고 저리 꿰다가 여우재 신당을 찾아온 것이다. 하지만 무너져 폐허가 된 신당에서 무슨 단서를 구할 것인가. 막연한 일이었지만 그래도 기왓장을 들추고 대들보를 치우면서 샅샅이 살폈다.

바람은 잦았지만, 추위는 여전했다. 털로 만든 귀마개와 두툼한 누비옷을 잔뜩 끼어 입었지만 차가운 공기는 맨살을 파고들었다. 조헌은 얼은 손을 후후 불며 몇 년 동안 비와 눈을 맞아 썩은 기둥을 들어 올렸다. 찢어진 무녀도 속의 삼신이 활짝 웃는 모습이 보였다. 사십 년 전에는 떡 하니 신당 가운데에 걸려 아름다운 자태를 뽐내고 있었는데 이제는 걸레처럼 되었다. 조헌의 머릿속에 여우의 얼굴이 떠올랐다. 지금 그녀의 모습은 어찌 변했을까. 어머니인 만신처럼 주름살이 잡힌 할머니가 되었을 것이다. 그러나 그는 그녀의 모습이 옛날 그대로일 것이라고 상상해 본다. 해맑은 모습 그대로 웃고 있었다.

"아버님, 여기 뭔가 있습니다."

아들의 말에 현실로 돌아온 조헌은 급히 걸어갔다. 아들 완기가 기다란 목함을 들고 있었다. 모녀가 거처하던 방에서 찾은 것이었다. 함은 아교로 단단히 봉해 놓았다.

"도대체 여기에 무엇을 넣어 놓았기에 이렇게 봉해 놓았을까요?"

조헌은 그 안에 암호문서의 단서가 있다고 확신했다. 어렴풋이 여우가 거울글씨로 쓴 글을 목함에 넣었다고 말한 기억이 났다. 그러나 아교가 얼마나 단단한지 함을 열 수가 없었다.

"할 수 없다. 집에 가지고 가서 개봉해 보자."

몸이 꽁꽁 얼어 더 있을 수 없었다. 함 속에 원하는 것이 없다면 내일 다시 오면 된다. 조헌 부자는 함을 들고 밑으로 내려갔다. 바위 뒤의 남장 여자가 이들의 뒷모습을 지켜보며 중얼거렸다.

'음, 저자가 조헌이군. 그런데 이곳에는 왜 왔을까?'

먹통이 그린 조헌의 인상서로 얼굴을 기억하는 남장 여자는 두목과 함께 김포에 왔다. 이곳에서 '대패'를 만나기로 했기 때문이다. 그런데 오라는 이는 오지 않고 엉뚱하게도 조헌 부자를 만나게 된 것이다. 위에서 내려다보니 스님과 조헌 부자가 마주쳐 오고 가는 것이 보였다. 조헌은 무너진 신당으로 스님이 올라가는 것이 이상한지 흘끗 바라보았다. 스님 그러니까 '대패'도 삿갓 쓴 얼굴을 살짝 돌려 보았다. 그러나 곧 제각기 갈 길을 갔다.

"여기예요."

남장 여자가 바위 뒤에서 모습을 드러내자 스님이 무뚝뚝하게 말했다.

"톱밥, 오랜만이구나. 두목은 안녕하시지? 하필 이곳에서 보자고 했느냐?"

여자의 암호명이 '톱밥'인 모양이다.

"이 근처에서 으슥한 곳은 여기밖에 없습니다."

"으슥한 곳?"

스님은 조헌이 간 길을 내려다보며 비웃는 표정을 지었다.

"으슥한 곳에 왜 저런 자들이 모습을 보인다는 말이냐?"

"아까 그 사람들이 누군지 아십니까?"

"누구긴? 늙은이와 젊은 놈이지."

퉁명스럽게 대꾸하는 그의 말이 약간 어색했다.

"조헌 부자입니다."

"조헌? 우리의 원수 중봉이라는 말이냐?"

눈이 동그래져서 되물었다. 톱밥이 그렇다고 하자 스님은 당장에라도 뛰어 내려갈 자세를 취하며 소리쳤다.

"조헌이라는 것을 알고 있으면서 왜 그냥 돌려보냈다는 말이냐?"

"그럼 제가 어찌해야 한다는 말입니까?"

"그걸 몰라서 그러느냐?"

스님이 오른손을 목에다 가져가며 싹 베는 시늉을 했다. 톱밥이 웃었다.

"떠보시는 거지요? 조헌이 있으므로 조선이 시끄러워진다는 것을 모르는 줄 압니까?"

그녀의 말에 스님은 아무 대꾸도 안 하고 웃었다. 조헌을 여기서 죽이면 일본이 자객을 보내 죽였을 것으로 알려질 것이고 일본 침략에 대해 여론이 나쁘게 흐를 것이다. 조헌이 암살되지 않고 여태껏 살아 있는 이유다. 그들은 두목이 기다리는 곳으로 함께 갔다.

5
드러난 자와 숨은 자

정월이 지나자 차츰 추위가 누그러지더니 이월이 되자 봄이 찾아왔다. 조헌이 여우가 남긴 목함을 억지로 여니 맨 위에 종이 한 장이 놓여 있었다. 언문으로 '헌이에게' 이렇게 쓰여 있었다. 아마도 서울에 있을 때에도 계속 거울 글씨로 편지를 써서 조헌에게 전해 주려고 했던 모양이다. 거울을 보고 무슨 글씨인지는 알았지만, 뜻은 알 수 없었다. 남들이 볼까 내용을 뒤섞은 것 같았다. 해독이 쉽게 되지 않자 완기를 시켜 목함을 홍인걸에게 보냈다.

"고마우이. 아버님이 옥천으로 내려가신다고? 며칠 뒤에 서울에서 뵙자고 전하게."

완기가 돌아와 홍인걸의 말을 전하자 사흘 뒤에 조헌이 서울로 올라갔다. 아침 일찍 떠났는데 홍인걸의 집에 오후 늦게 도착했다. 마포에서 북촌까지 걸어갔기 때문이다.

"중봉, 어서 오시오."

홍인걸은 일찍 퇴근해서 집에서 기다리고 있었다. 저녁 밥상을 물린 다음에 인걸이 말했다.

"비변사에 있던 자를 은밀히 불러 해독을 맡겼소이다."

누군가 암호해독 전문가 박서방을 감시하는 것을 알고 얼마 동안 일상 업무에만 충실히 하는 척했다. 지켜보는 눈이 사라지자 그에게 암호문서와 목함을 전달한 것이다.

"끈질기게도 집 주위를 감시하다가 닷새 전에야 철수했소. 그때를 기다려 전달했는데 해독이 쉽지 않아 시간이 걸린다 하더이다. 그래서 안전한 곳으로 그자를 빼돌렸소."

인걸은 크게 숨을 내쉬고 말을 이었다.

"아직 비변사에 침투한 첩자가 누군지 밝혀내지 못했지만, 이것을 근거로 해서 조사해 보면 알 수 있을 것이오. 그리고……"

홍인걸은 한 장의 문서를 내보였다. 맨 위에 조강포(祖江浦)라고 쓰여 있었다.

"암호문에서 이 글자만 해독했더군요. 조강포의 톱밥에게 전하는 편지라 하오."

"톱밥? 암호명 같군요."

"그렇소. 내 생각에는 아마도 톱밥은 여자일 것 같소. 아니, 보낸 이의 딸일지 모르오."

"어찌 그리 생각하십니까?"

인걸이 편지를 보이며 군데군데 눈물 자국이 있는 것을 가리켰다.

"이 눈물 자국을 보면 받는 이가 혈족임이 분명하오. 눈물로 쓴 편지란 말이오. 그리고 이 편지만 또 다른 암호를 쓴 것을 보면 톱밥만이 알아볼 수 있게 한 것이오."

그의 말에 일리가 있다고 생각한 조헌이 고개를 끄덕였다. 여우에게 딸이 있고 그 딸이 첩자로 침투해 있는 것이다. 만신이 딸이 돌아올 것이라고 한 것은 아마도 손녀를 말하는 것인지 모른다.

"천호가 목숨을 버리고 지킨 일급비밀이오. 하지만 누가 이걸 알아주겠소. 지금 조정 대신들은 전쟁이 안 날 것이라고 굳게 믿고 있는데."

"그러게 말입니다. 이것이 간사한 왜인의 꼼수인지 모르고…… 성절사로 간 당릉군이 잘 해줘야 하는데."

당릉군 홍순언은 홍인걸과 같은 남양 홍씨 예사공파로 친척 아저씨가 된다. 홍순언은 병부상서의 부인 류씨의 양부이기도 하다.

"아저씨에게 병부상서 석성을 만나면 일본의 속임수에 절대 넘어가지 말라 전하라 했소."

"하지만 우리 조선 내부의 의견도 통일되지 않고 있으니 그 사람들이 믿겠습니까?"

답답한 일이다. 일본이 1587년 있었던 정해왜변(丁亥倭變)에 대한 사죄라고 향도를 맡았던 조선인 사을화동을 포함해 왜구 두목 몇 명을 붙잡아 보냈다. 이것을 일본이 화해의 손짓을 한다고 믿고 통신사를 보냈다. 그래서 일본의 속임수라고 계속 상소를 올리는 조헌을 '전쟁에 미친놈'으로 몰고 있다.

"또 상소를 올릴 거요?"

"그래야지요. 이렇게 일본이 조선을 침략하려는 증거가 분명한데 어찌 가만있을 수 있겠습니까?"

"이보시오, 중봉. 해독하지 못한 암호문을 어떻게 증거로 삼는다는 말이오? 또 누가 무슨 이유로 일본의 최고 군사 기밀을 보냈느냐고 추궁하면 어찌할 것이오?"

인걸의 송곳 같은 질문에 조헌은 입을 꾹 다물었다. 옛날 옛적 소꿉친구로 을묘왜변 때 끌려간 여우가 암호문서를 조헌에게 보냈다 하면 전쟁광, 임금을 농락한 죄인으로 몰고 갈 수도 있다.

"이월 말이나 삼월 초에 일본으로 간 통신사가 돌아올 것이오. 그때 일본의 정세를 어떻게 파악했는가 들어보고 결정합시다."

조헌의 생각에도 여우의 문서를 근거로 해서 상소를 올린다는 것은 위험한 일이다. 믿지 않을 뿐 아니라 조작의 누명을 뒤집어쓸 수도 있다. 더군다나 비변사에 침투한 첩자가 그냥 순순히 당하겠는가.

"오위장님, 그러면 두더지를 먼저 잡읍시다. 그자를 족쳐서 자백을 얻어낸 다음에 여우의 문서를 내보이면 믿지 않겠습니까?"

이 말에는 홍인걸도 찬성했다. 톱밥에게 보내는 편지의 사본은 자신이 가지고 원본은 조헌에게 돌려주었다. 홍인걸은 재작년 대마도주가 조선에 조총을 보내 위력을 보여주어 장차 일본의 침략이 있음을 암시했다. 그럼에도 까뭉갠 것이 비변사의 첩자 농간이라는 것에 동의했다.

중요한 의논이 끝나자 다음 화제는 조강포로 넘어갔다.

"중봉은 김후재를 어찌 생각하오? 무언가 꿍꿍이가 있는 듯하오."

홍인걸은 조강포를 실질적으로 지배하는 존위 김후재를 의심했다.

"내가 그 사람을 처음 만난 것이 삼십여 년 전이지만 그 후로 교류가 없어 모르겠습니다. 하지만 요 몇 년간 자주 접해보니 수상한 점이 있긴 하오."

"중봉은 그자를 우연한 곳에서 만났다고 했는데……"

그는 말을 끊고 조헌을 잠시 바라보더니 말을 이었다.

"혹시 서림이라는 자를 아시오? 임꺽정의 참모였다가 배신한 자요."

"말은 들었습니다만…… 김후재와 어찌 연관되나요?"

그 당시 임꺽정을 붙잡는데 큰 공을 세운 서림이 보복이 두려워 포도청 안에서 기거했다는 소문을 들은 적이 있다.

"길삼봉에 대한 단서를 잡기 위해 포도청의 비밀 기록을 살펴보았소. 그런데 이상한 내용이 있더이다."

인걸의 말에 의하면 서림은 한동안 포도청에 기거했다가 어느 날 조강포로 스며들었다. 이곳을 지나가는 임꺽정 잔당을 잡으라는 포도대장의 밀명을 받았던 것이다. 객주로 위장해서 몇 명의 도망자를 붙잡았지만, 북쪽 조강리로 가는 배에 탔다가 피살되었다는 것이다.

"며칠 뒤에 한 장의 투서가 포도청에 날아왔는데 임꺽정 두목의 복수를 했다는 내용이었다 하오."

포도청에서 샅샅이 조강포를 수색한 결과 서림이 죽은 뒤 곧장 행방을 감춘 수상한 자의 인상서를 만들었다고 한다. 그러나 오랜 세월이 지나 기록은 폐기되어 그 당시 서림과 함께 조강포에서 활동했던 전직 밀대를 찾는 중이라 했다.

"서림을 처단한 자가 김후재라는 말씀인가요?"

조헌의 물음에 인걸은 어색한 웃음을 짓는다.

"뭐 그런 것은 아니오. 여러 정황으로 보아 그럴 가능성이 높다는 것이지."

인걸이 말을 이었다.

"서림이라는 자는 죽어 마땅한 자였소. 비록 도둑이라도 신의가 있어야 하는 것 아니겠소? 나라를 훔치려 했으니 정여립도 꺽정이처럼 도둑이라 할 수 있지만, 가증스럽기 짝이 없소. 역모를 꾸며 많은 선비의 피를 흘리게 했으니."

굶주림 때문에 도둑이 되는 것과 임금 자리에 앉아야겠다고 음모를 꾸미는 것과는 다르다. 김후재가 서림을 죽였다면 용서가 되어도 역적 길삼봉이라면 다르다. 조헌이 보기에 홍인걸은 사돈인 송강 정철이 정여립 일당을 처단할 때 호남 선비 천여 명이 억울하게 희생된 것을 괴로워하는 것 같았다. 문장가 송강 정철을 사돈으로 삼은 것이 한때 자랑이었지만 지금은 그를 옭매이는 장애가 되고 있다. 강경파 동인은 그가 정철의 사돈이라고 같이 미워하고 서인은 서인대로 동인과 격의 없이 대하려는 그를 무골충이라고 탐탁지 않게 생각한다. 당인으로서 선명성이 부족하다는 것이다.

"내가 길삼봉을 잡으려는 것은 그자의 입을 통해 당쟁으로 죽어간 선비들의 억울함을 풀어주려는 것이오."

인걸의 눈에 눈물이 살짝 비쳤다. 뜻밖의 일이다. 조헌은 그가 임금의 명을 받아 정여립의 잔당을 끝까지 벌하려는 것으로 알았다. 알고 보니 더 큰 뜻이 있었다. 큰 키에 얼굴은 거무튀튀하고 수염이 무성한 조헌과 달리 아담한 키에 단아한 용모의 홍인걸은 외모와 기질은 반대이지만 쉽게 통하는 것이 있었다. 곡선과 직선의 어울림이랄까.

"나를 세상 사람들이 뒤에서 손가락질하는 것을 알고 있소. 처세에서 색깔이 분명하지 않고 선비답지 않게 상업에 눈을 뜬 자라고. 하지만 나는 동고 이준경 선생의 말을 늘 가슴에 새기고 있소. 파당을 짓는 선비는 왜곡되기 쉽고 권력 있는 사대부가 빈곤하면 도둑이 되기 쉽다고 했소. 나는 중봉처럼 강직하고 학문이 높은 선비는 되지 못하지만 내가 서 있는 곳에서 내 도리를 다하려 하오."

잠시 침묵이 흘렀다. 홍인걸과 사귐은 오래되었지만 이렇게 속내를 털어놓는 것은 처음이었다. 홍인걸은 다시 목소리를 가다듬고 엄숙한 표정을 지으며 말했다.

"나라가 백척간두에 서 있는 것은 중봉이 더 잘 알고 있을 것이오. 일본이 침략할 것이 빤한데도 조정에서는 동인, 서인으로 나뉘어 다툼만 하고 있소. 이것을 막기 위해서라도 비변사에 숨어 혼란을 부추기는 두더지를 잡아 일본의 본심을 알아내야 하오."

두 사람은 밤새 앞으로 어떻게 두더지를 잡을 것인가 의논했다. 아침 일찍 식사하고 홍인걸은 대궐로 조헌은 옥천으로 내려갔다.

　임금(선조)이 악몽을 꾸었다. 남쪽에서 머리를 풀어헤친 여자아이가 볏
단을 머리에 이고 달려오더니 궁궐 여기저기에 불을 질러 활활 타는 것이었
다. 보통 불이 나는 꿈은 크게 발전하는 것이라는 속설이 있지만 불 꿈을 꾸
고 집에 불이 나는 예도 있다. 자리에서 일어난 임금은 음양관을 불렀다. 음양
관은 궁궐 안에 거주하며 천문을 살피고 왕실의 경사, 혼인이 있을 때 사주단
자를 파악하는 일을 하는 부서의 관리이다. 음양관의 풀이는 사람(人＝亻)중
에서 여자(女)가 볏단(禾)을 머리에 인 형상이니 왜(倭) 즉 일본이 침략하리라
했다. 물론 이것은 절대 비밀이었지만 불길한 내용인지라 내시와 궁녀에 의해
금세 퍼졌다. 이 소식을 들은 동인의 영수 유성룡은 그간 줄곧 주장해 온 조일
간의 화해 정책을 견지하는 한편 일본의 침략에 대비하기로 마음먹었다. 작년
에 두 번이나 해가 잠시 사라지는 일식(日蝕)이 있었고 그믐달에는 도성에 심
한 지진도 있었다. 기상의 변화가 있자 나라가 망조가 들었다는 흉흉한 말이
나돌았다. 백성 사이에서는 일본이 곧 쳐들어온다는 소문이 돌아 피난 준비
를 하거나 아니면 유흥 향락에 빠져 자포자기하는 이가 많아졌다. 임금과 조
정대신의 움직임에 대해 낱낱이 보고를 받는 비변사 당상과 함께 낭청들은 이
문제로 바빠졌다. 낭청 신민철은 부산포의 왜관 주변에서 얻은 정보를 분석한
다음에 당상을 찾았다.

　당상은 요즘 맛을 들린 중국 차를 마셨다. 시시각각 변하는 국제정세에 대
해 속이 타고 있었다. 성절사로 명나라로 간 사신 일행이 국경인 산해관에 들
어서자 몰려든 명나라 백성에게 온갖 수모를 당했다고 한다. 장차 일본이 명
나라를 침략할 때 조선이 앞잡이가 될 것이라는 소문이 파다하게 퍼져 있었기
때문이다.

이런 때에 낭청 신민철은 그에게 든든한 힘이 되었다. 왜관에 거주하는 왜인들의 동정을 파악하는데 빼어난 실력을 보여 중요한 정보를 많이 캐왔다. 그가 얻어 온 정보는 다른 낭청보다 질이 뛰어났으며 정확했다. 두 사람이 찻잔을 앞에 두고 마주 앉았다.

"명나라에서는 차가 일상사라네. 풍신수길이라는 자도 차에 몰두하고 있다며?"

"네, 그렇습니다. 본래 미천한 자로 관백이 되고 나서 귀족의 흉내를 내고 있다고 합니다."

"그렇구려. 그 원숭이도 차를 마신다고 생각하니 갑자기 차 맛이 떨어지는군. 하하"

당상은 원숭이와 비슷하게 생겼다는 풍신수길을 머리에 떠올렸다. 하급 병졸의 아들로 태어나 바늘 장사를 하며 떠돌던 미천한 자다. 어쩌다 난세에 권력을 잡자 분수를 모른다고 생각했다. 그러니 감히 조선을 침공하고 명나라까지 점령하겠다고 하지 않는가. 신민철은 희미하게 입가에 미소를 지을 뿐이다.

"당상 어른, 그자를 업신여기면 안 됩니다. 미천한 출신이지만 실력으로 그 자리를 차지한 자입니다. 인내심이 강하고 지략도 뛰어납니다."

그 말에 당상도 풍신수길의 존재를 인정할 수밖에 없다. 무로마치 막부가 약화하면서 각지의 영주들이 들고일어나 전국시대라는 살육의 시대가 백 년이나 계속되었다. 음모와 배신이 난무하면서 일본인들의 심성은 칼날 아래 난폭해졌다. 일본을 거의 통일한 오다 노부나가가 부하인 아케치 미쓰히데의 배신으로 죽임을 당하자 풍신수길이 주군의 복수를 함으로 대를 이었다. 그리고 마침내 천하통일의 위업을 이루었다. 그러나 전쟁에서 길러진 많은 무사가 자기 공을 내세우며 몫을 주장했지만, 그들에게 나누어줄 땅은 없었다. 불만으로 팽배한 이들을 달래면서 힘을 빼는 방책은 이웃 조선을 침략하는 것뿐이다. 이기면 일본의 땅을 넓히는 것이고 져도 출정한 장군들의 힘을 약화시키는 것이니 일석이조일 것이다. 이상의 내용은 신민철이 첩보를 통해 입수한 것으로 나중에 확인해본 결과 정확도가 매우 높았다. 그래서 당상은 일본담당 다섯 명의 낭청 중에서도 신민철을 제일 신임했다.

"일본이 조선을 침공하는 것은 분명한데 언제 올 것인가는 알 수 없습니다."

얼마 전까지만 해도 신민철은 일본이 침략의지가 있어도 조선의 대응에 따라 변화할 것이라고 줄곧 주장해 왔다. 아니나 다를까 조정이 친선유화책으로 돌자 일본도 왜구 두목과 매국노를 압송하고 해안가에 살다가 납치된 사람들을 돌려보내 화해의 손짓을 보냈다. 그래서 통신사를 보내라는 다소 위압적인 요구에 반발도 있었지만, 결국 황윤길을 정사로 하는 통신사를 보냈다.

"통신사들이 주상께 어찌 일본의 사정을 말씀 올릴지 모르나 지금 사정으로 볼 때 일본이 조선을 침공하는 것은 거의 확실합니다."

당상은 그의 말에 고개를 갸우뚱했다. 홍천호가 돌아오기 전까지만 해도 신민철은 조선이 어떻게 나오는가에 따라 전쟁이 일어나지 않을 것이라고 주화론을 주장하지 않았던가. 그 보고를 동인들에게 전한 것이 당상이다. 다른 낭청들은 예단하면 안 된다며 확실한 정보가 필요하다고 번갈아 첩자를 들여보냈지만 모두 소식이 끊겼다. 그래서 비밀리에 홍천호를 보냈는데 비변사에서 칼을 맞는 흉사를 겪었다.

"자네 혹시 주상의 꿈을 믿고서 그리 말하는가?"

"아닙니다. 히젠의 나고야에 성을 쌓는 것이 방어용이 아니라 군을 수용하는 형세라 하니 침공을 생각하지 않고서야 그럴 리가 있겠습니까."

신민철은 왜관의 일본인에게 입수한 내용을 말했다. 친척이 나고야성의 축성을 담당하는데 조선을 침공하는 선봉대가 머물 것이라 했다고 한다. 그리고 침공 준비는 약 이 년 정도 소요되니 침공한다면 내후년이 될 것이라 했다.

"내후년이라…… 그동안 방어태세를 갖추면 될 것이지만 조정에서……"

당상은 이맛살을 찌푸렸다. 정권을 잡고 있는 동인은 서인과 달리 주화론을 주장하고 있다. 거기에는 전쟁이 안 났으면 하는 바람이 들어 있었다. 일본이 쳐들어오면 당장 싸울 인력이 부족하다. 양반과 천민은 군역의 의무가 없고 상민들이 돌아가며 번, 즉 군대에 나가는데 복무기간이 매우 짧았다. 게다가 오랜 평화로 무기는 녹이 슬고 군량미도 준비되어 있지 않았다. 그걸 아는 집권당 동인들은 외교로 전쟁을 방지하려는 것이다. 임금도 그걸 원했다.

"홍천호가 살아 있어 일본의 내막을 밝혀주면 좋으련만……"

정말 아쉬운 일이다. 홍천호가 친척 아저씨인 홍인걸의 집 앞에서 죽었기에 계속 감시했다.

외딴 방에 천호를 안내한 다모의 말에 의하면 아랫배가 불룩한 것이 전대를 차고 있는 것처럼 보였다고 했다. 그리고 시신을 인수해서 살펴보아도 전대를 찬 흔적이 남았지만 홍인걸은 보지 못했다고 대답했다. 시치미를 떼는 것인지 아니면 습격한 자객의 손에 들어간 지도 몰랐다. 낭청 신민철에게서 김포에서 홍인걸과 조헌이 만나는 것까지 확인했지만, 별다른 움직임을 보이지 않는다고 보고받았다.

"신낭청, 홍천호를 살해한 자에 대한 단서는 잡았는가?"

당상의 물음에 민철은 난색을 지었다. 세 명의 낭청은 물론이고 다모와 나졸까지 모두 심문했지만, 아무것도 찾지 못했다.

"전혀 없었습니다. 아무래도 비변사에 오기 전에 홍천호를 추적하던 자가 있었나 봅니다. 자객은 외부인이 분명합니다."

"그러네. 하지만 홍천호를 심문한 세 명의 낭청들의 말에 의하면 비변사

안에 첩자가 숨어 있는 것처럼 말했다 하더군. 그걸 자네는 믿나?"

당상의 말에 민철이 주위를 둘러보고는 대답했다.

"네, 첩자가 분명 있을 것입니다. 그러니까 당상 어른께서도 몰래 홍천호를 보내시지 않았습니까?"

약간 힐난하는 듯한 말에 당상은 헛기침했다.

"있다 해도 설마 낭청은 아니겠지?"

일본에 첩자를 보낸다는 것은 다섯 명의 합의가 있어야 한다는 것을 빤히 알면서도 당상은 이렇게 묻는다. 신민철의 입가에 미소가 스쳐 간다.

"당상 어른. 그러면 우리 낭청을 의심하십니까?"

"아, 아. 그런 것은 아니네."

말은 이렇게 했지만, 속마음은 그렇지 않다는 것을 민철은 알고 있다. 당상은 천호를 심문했던 세 명의 낭청 중의 한 명을 의심하고 있다. 그래도 가재는 게 편이라고 그들을 두둔했다.

"우리 낭청들의 충성심은 당상 어른께서도 잘 아시지 않습니까? 제 생각에는 일본 쪽에서 우리의 돈을 받고 돕던 자들의 배신이 있는 것 같습니다."

낭청이 아니라면 일본 쪽 내통자에게서 배신이 있었을 것이다. 이 역시 홍천호가 살아있다면 알 수 있는 일이다.

"자객들이 홍천호의 보고서를 빼어갔다면 비변사에 두더지가 있어도 계속 당해야 하겠구먼."

당상이 한숨을 내리 쉬자 신민철이 나직하게 말했다.

"아닙니다. 그 문서는 지금 홍인걸의 손에 있습니다."

"뭐라고? 오위장에게 수상한 점이 없다고 하지 않았나?"

민철이 좌우를 둘러보고 나직하게 말했다. 으슥한 방에 창문도 작은데다 날씨가 흐려 어두컴컴한지라 그의 표정이 더욱 음산해 보였다.

"제가 부리고 있는 밀대가 몇 시각 전에 알려온 바로는 비변사에서 암호풀이를 하다가 그만둔 서리 박서방이라는 자가 얼마 전부터 행방이 묘연하다고 합니다. 마누라 말에 의하면 금강산 유람을 떠났다고 했지만 믿을 수가 없습니다."

"그자가 홍인걸과 무슨 연관이 있나?"

창문으로 햇볕이 조그맣게 얼굴을 내밀었다. 신민철의 말이 더욱 나직해졌다.

"열흘 전에 홍인걸이 찾아온 뒤로 곧바로 짐을 싸고 유람을 떠난다고 했다니 하는 말입니다."

당상은 고개를 갸우뚱했다. 요즘 임금은 세자 문제로 송강 정철과 다툼이 있었다. 경연에서 정철이 세자를 세워야 한다고 주장하자 임금이 매우 노했다. 그래서 정철의 둘째 아들 정종명에게 딸을 시집보내 사돈지간인 오위장 홍인걸의 입장이 매우 난처해졌다. 좌불안석일 텐데 민감한 문제에 끼어든 것이 믿기지 않았기 때문이다.

음력 3월 1일. 통신사로 일본에 건너갔던 사신들이 돌아왔다. 정사 황윤길, 부사 김성일, 서장관 허성은 임금과 대신 앞에서 일 년에 거쳐 본 일본 사정을 보고했다. 먼저 임금인 선조가 물었다.

"일본의 움직임이 어떠하던가? 우리 조선과 화평을 유지할 수 있겠는가?"

정사인 황윤길이 대답한다.

"오랜 전란으로 나라는 피폐해졌지만, 군인의 숫자가 많고 장수들의 눈에 살기가 가득하니 반드시 병란이 있을 것입니다."

그 말에 선조의 얼굴이 새파래지면서 부사 김성일에게 고개를 돌리고 묻는다.

"경의 생각에도 그리 한가? 일본이 조선을 쳐들어올 기세이던가?"

김성일의 의견을 묻는다기보다 다른 말이 나오기를 기대하는 듯했다. 집권한 동인에서 주장하듯이 우리가 외교적으로 노력하면 전쟁은 일어나지 않을 것이라는 말을 듣고 싶었다. 김성일은 임금의 마음을 헤아렸다.

"그러한 정상은 발견하지 못했습니다. 정사 황윤길이 공연한 말을 꾸며 아뢰어 전하의 심기를 어지럽히고 인심을 동요케 하니 올바르지 못한 처사입니다."

그 말에 황윤길의 얼굴이 노랗게 변했고 서장관 허성은 고개를 푹 숙였다.

"음, 서로 의견이 갈리는군. 그래, 풍신수길이라는 자는 어떻게 생겼는가? 정사가 말해 보시오."

김성일의 대답에 충격을 받은 황윤길이 간신히 정신을 차리고 대답했다.

"눈빛이 반짝반짝하여 담력이 있고 지략이 뛰어난 듯했습니다. 미천한 출신에서 자수성가한 자로 결코 만만히 볼 수 없는 자입니다."

"그으래? 부사는 어찌 보았는가?"

동인인 김성일은 서인 황윤길의 말과는 반대였다.

"그자의 얼굴은 몹시 못생겼고 눈은 쥐새끼 같이 생겼으니 두려워할 위인이 못됩니다."

"그, 그런가?"

임금은 김성일의 말에 더 귀를 기울였다. 김성일은 당파도 다르지만, 황윤길이 일본의 막강한 군세에 주눅든 것에 분개해서 반대로 말했다고 전해진다. 같은 동인인 서장관 허성도 일본이 쳐들어올 것으로 판단했지만, 강경파 김성일에 거역할 수는 없었다. 귀국한 통신사를 따라온 일본 사신 현소(玄蘇)가 명나라를 함께 공격하자고 했다. 그의 오만방자한 태도에 반감을 품은 대신도 많았으나 드러내지는 못했다. 보신을 위해서는 입 다물고 있는 것이 최고였다. 임금의 눈 밖에 났다가는 벼슬에서 쫓겨나고 귀양살이를 해야 한다.

　김성일의 말은 삽시간에 퍼져 모두가 알게 되었다. 전쟁이 날 것이라고 전전긍긍하며 피난 준비하던 사람들을 안심시켰다. 그러나 황윤길을 통해 일본의 사정을 자세히 들은 서인들은 걱정했다. 일본이 침략해 왔을 때 실제 맞서 싸울 수 있는 정예군인은 이천 명밖에 되지 않는다는 것을 알고 있기 때문이다. 일본은 전국시대를 거쳐 실전 경험이 풍부한 군인만도 수십만 명이다. 또 풍신수길이 미천한 출신임에도 명문가의 장수들을 제압한 것에 주목했다. 그의 능력과 함께 범 같은 장수들이 늘비한데 그들에게 줄 토지가 없으니 조선을 넘보게 된다고 판단했다. 때마침 조헌은 김포에 와있다가 제자들을 이끌고 감암포에서 배를 타고 도성으로 왔다.

　와 와 와

　골목길에서 뛰노는 아이들이 떠드는 소리가 담장 넘어 사랑채까지 들려왔다. 조헌은 아까부터 홍인걸의 사랑방에서 주인이 돌아올 때까지 기다렸다. 책상 밑에 쌓아 놓은 책은 요즘 사대부층에서 유행한다는 나관중의 삼국지였다. 조헌은 옥천에서 필사한 양산가를 찬찬히 읽고 있었다. 양산가(陽山歌)는 신라 태종무열왕때 출전한 김흠운(金歆運)을 기리는 노래다. 그는 백제의 양산(陽山:영동군 양산면)에서 적군의 기습으로 위험에 빠지자 몸을 피하라는 부하의 권유를 뿌리치고 끝까지 백제병과 맞서 싸우다 전사한 장군이다. 이를 들은 왕이 크게 슬퍼하며 벼슬을 내려 주었고 후세 사람들은 그의 용맹과 절의를 기리며 양산가를 지어 불렀다 한다.

　와 와 와

　읽기를 마치고 밖에서 들려오는 소리를 들어보니 아이들은 비석치기를 하는 것 같았다. 조헌은 몇십 년 전으로 돌아갔다. 서당에서 공부를 마치면 아이들은 서로 모여 놀이를 했었다. 특히 이정민, 윤덕형과 단짝이어서 셋은 근처 냇가로 고기를 잡으러 가기도 하고 비석치기, 자치기도 했다.

와 와 와

조헌은 그때 겪은 일들이 어제 일처럼 생생하게 기억났다. 철없던 시절이라 근심 걱정이 없던 나날이었다. 저 아이들도 자신의 어린 시절과 같으리라. 조헌도 을묘왜변의 끔찍한 일을 당하지 않았더라면, 왜구들이 여우를 끌고 가지 않았더라면 지금과 달랐을 것이다.

어민이 참혹하게 죽는 모습이 그의 머릿속에 생생하게 떠올랐다. 일본이 침략해 오면 그때처럼 집은 불태워지고 힘없는 백성은 저항도 못하고 죽어나갈 것이다. 그걸 막아보겠다는데 조정의 대신이라는 자들은 야만국 일본을 도의로 꾸짖고 달래면 쳐들어오지 않을 것이니 유화책을 써야 한다고 한가한 소리나 하고 있다. 그래도 하나 남은 기대는 일본 통신사로 간 사신들이 일 년 동안 머물고 있었으니 바른말을 해줄 것으로 생각했다. 사신들이 입을 모아 일본의 침략 야욕을 보고했다면 조정신하들이 단합해서 국방력을 키우자고 공론을 모았을 것이다.

유성룡이 홍인걸을 통해 받은 암호문서의 존재와 함께 임금이 꾼 꿈을 심상치 않게 여겨 이순신을 전라도 수사로 보냈다고 했다. 조헌은 이순신과 함께 일한 적이 있고 친분도 있어 그가 강직하고 능력 있는 장수임을 알고 있다. 동인 영수 유성룡이 기존에 고수하던 유화책을 버린 것은 분명하다. 그런데 최고권력자인 임금은 김성일의 그릇된 보고에 쏠리고 있다. 나라를 지키는데 임금의 권위가 무엇이고 당파의 이익이 무엇이란 말인가. 조헌은 답답해서 가슴을 쳤다.

"나으리, 주인마님께서 돌아오셨습니다."

청지기가 아뢰는 말에 조헌이 자리에서 일어나자 홍인걸이 환하게 웃으며 들어왔다.

"어서 오시오. 범 같은 중봉이 서울에 들어왔으니 이제 조정의 늙은 여우들이 모두 두려워할 것이오."

격려의 말이지만 조헌은 따라 웃지 못했다. 속이 부글부글 끓어올랐기 때문이다.

"중봉, 혹시 삼국지를 본 게요?"

"아닙니다. 오위장께서 요즘 보시는 책입니까?"

"그렇소. 조강포의 객주에게 빌린 책인데 그 사람을 만나지 못해 돌려주지 못하고 있소. 언제 보게 되면 우리 집에 들러 가져가라고 하시오. 재미있습디다."

홍인걸은 날카롭게 쏘아보는 조헌의 눈을 피하며 화제를 엉뚱한 것으로 돌리고 있었다. 그걸 모를 조헌이 아니다.

"오위장님, 통신사들에게 잔뜩 기대했건만 이런 결과가 나올 줄 몰랐소이다. 어떻게 나라의 운명이 절벽 끝에 걸려 있는데 중대사를 당쟁에 이용한다는 말입니까? 학봉 김성일이라는 자는 도대체 일 년 동안 무엇을 보고 온 것입니까?"

조헌의 목소리가 높아지자 인걸이 저지했다.

"됐소. 중봉. 내가 유성룡을 만나 학봉이 왜 그런 말을 했느냐고 물었소."

"그래서요?"

조헌은 분이 풀리지 않은 모양으로 묻는 말이 거칠다.

"유성룡이 김성일을 불러 정말 일본의 침략이 없어 보였느냐고 추궁했더니 실토하기를 자신도 침략할지 모른다는 생각이 들었지만 풍신수길이라는 자가 사신을 오라고 청하고는 오십 일이 지나서야 만나주었다고 하오. 그리고는 사신 앞에서 질그릇 잔으로 술을 마시고 나서는 술잔을 깨뜨려 버리고 새것으로 바꿨다고 하오. 이것이 무엇이오? 맹약을 깨겠다는 수작 아니겠소?"

홍인걸은 한숨을 내쉬고는 말을 이었다.

"늦게 낳은 아들을 무릎에 앉히고 장난을 쳤다고 하오. 그것은 우리 조선을 어린아이로 본다는 말 아니겠소?"

"그렇지요. 그런 수모를 받고 어찌 그르게 말을 바꿔 한다는 것입니까?"

"서장관 허성에게도 물어보니 학봉 김성일은 시종일관 위엄으로 대했다고 합디다. 그래서 일본인들이 그를 어렵게 대했다는데 반대로 정사 황윤길은 그들의 군세에 위축되었다 하오. 아마 그 꼴이 보기 싫어 그리 말했나 보오."

인걸의 말에 조헌이 화를 벌컥 내며 소리쳤다.

"아니, 그게 말이 됩니까? 나라의 존망이 달려 있는데 사사로운 감정으로 주상에게 그리 말하다니요?"

"잠깐, 잠깐 더 들어보시오. 또 한 마디 더하기를 자신이 황윤길의 말에 동조하면 국방의 태세가 안 된 상태에서 백성이 겁에 질려 혼란스러워질 것 같아 그리 말했다 하오."

"흥!"

조헌은 코웃음을 쳤다. 그는 유성룡과 김성일이 핑계를 대는 것으로 생각했다. 그도 그럴 것이 조선 초기에 왜구의 침입이 잦자 태종, 세종 등 임금이 적극 군사를 기르고 화약 무기를 개발했다. 그 힘으로 대마도를 정벌해서 왜구의 뿌리를 뽑았기에 오랫동안 평화롭게 살 수 있었다. 명나라와는 사대정책으로, 일본의 무로마치 막부와는 교린 정책을 썼다. 그러자 국방의 필요성이 점차 줄어들고 양반은 군역을 지지 않게 되었다. 평민들도 군역을 치르는 대신 면포를 내면 면제가 되었다. 무기개발은 생각도 안 했다. 평화가 이렇게 오래갔기에 조정은 전쟁 대비를 하지 않았다.

"진작 내 말을 듣고 준비를 했으면 그렇게 궁색한 변명을 늘어놓지 않아도 될 것인데. 그러면 동인들은 뒤로는 일본침공에 대비하겠군요."

조헌의 물음에 홍인걸이 어색한 웃음을 지었다.

"아, 그게 말이요. 동인들이 토의 끝에 주상의 뜻을 받들기로 공론을 정했다 하더이다."

"주상의 뜻?"

"그러니까 지금까지 해온 대로 일본과 교린하고 한편으로는 당릉군을 명나라로 보내 일본의 침략의지를 알린다 하오."

"그게 전부입니까? 여차하면 명나라에 구원을 요청하겠다고요?"

"그렇소. 동인에 유성룡이 있다 하나 일본을 얕보는 자들이 조정을 움직이고 있으니 우리 서인이 아무리 떠들어도 소귀에 경 읽기가 된 것이오."

조헌이 주먹을 부르르 떨었다. 우리 힘으로 외적을 지키는 것이 아니라 대국 명나라에 의존하자는 그 정신이 썩었다. 이제 남은 것은 하나뿐이다. 그는 방구석에 놓았던 자기 짐을 들고 밖으로 나가려 했다. 그러자 인걸이 그의 팔을 얼른 잡으며 말했다.

"중봉. 그 마음을 알고 있지만, 다시 생각해 봅시다."

"다시 생각할 것이 있겠습니까? 오늘 오위장과 마지막이 될지 모르니 그리 아십시오."

조헌은 인걸의 팔을 뿌리치고 밖으로 뛰쳐나갔다. 홍인걸은 난감한 얼굴로 그 뒷모습을 바라보았다. 동인의 중신들이 그를 찾아와 한 경고가 머리에 떠올랐다.

'조헌과 가까운 사이라 하니 만나면 전하시오. 이번에도 주상에게 상소하면 귀양으로 끝나지 않을 것이라고.'

홍인걸은 눈을 감았다. 동인들은 조헌을 희생양으로 할 것이다. 유성룡이 아무리 말린다 해도 소용없을 것이다. 이들은 일본 따위가 조선을 상대로 전

쟁을 벌이지 못할 것으로 믿었다. 설사 그런 조짐이 있다 해도 명나라를 등에
업고 있으면 거뜬히 무마될 것이다. 전쟁광 조헌이 일본이 곧 침략할 것이라
고 상소하는 것을 막아야 한다. 그랬다가는 풍신수길을 자극해 진짜 쳐들어올
것으로 판단하고 있는 것이다. 홍인걸이 중얼거렸다.

"중봉, 내 힘으로는 어쩔 수 없다오."

조헌은 같이 온 제자들이 구한 집으로 갔다. 종각 근처의 낡은 초가집이었
다. 가보니 집주인이 제자들과 함께 기둥을 세우고 있었다. 썩어서 곧 부러질
것 같은 기둥을 톱으로 잘라내고 새 기둥으로 갈아 끼우고 있는 것이었다.

"나으리, 큰일을 하시는 분인 줄 모르고 허술히 대했습니다. 용서하십시
오."

서울에 오면 홍인걸의 집에 머물렀지만, 이번에는 제자들과 함께 왔기에
종각 근처의 빈집을 싼 가격으로 빌렸다. 뒤늦게 집을 임대한 사람이 조헌이
라는 사실을 알게 되었다. 집주인은 기둥이 썩어가는 것을 보고 혹시나 집이
무너질까 봐 새것으로 교체하는 것이었다.

"고맙소. 신세를 지게 되는구려."

조헌은 기둥을 새로 바꾸므로 쓰러질 듯 기운 초가집이 다시 반듯하여진
것을 보았다. 그는 자신도 이런 기둥이 되려고 했다. 자신의 목숨을 버려서 많
은 백성이 일본의 침략으로부터 고통받는 일이 없다면 주저 없이 내놓으리라
마음먹었다.

주인은 썩은 기둥으로 장작을 패서 아궁이에 불을 지피고 돌아갔다. 오랜
기간 비워놓아 차가운 온돌이 더워져 아랫목이 따뜻해졌다. 제자가 갖고 온
쌀을 씻어 저녁밥을 짓고 등잔불을 켠 아래에서 조헌은 상소문을 썼다.

일본의 기습 공격이 우려되니 통신사를 따라온 일본 사신들의 목을 베고

명나라와 유구(오키나와)와 공조해 일본의 침략을 막자는 것이었다. 일본이 조선과 명나라 사이를 이간질하는 사실을 예시하며 대책을 세우자는 내용이었다. 좀 더 구체적으로 일본군을 방어하는 책략도 내놓았다. 일본이 어민을 잡아 침략의 향도로 쓰니 이를 미리 단속해서 방비하자는 것과 영남지방으로 쳐들어올 것이니 이쪽을 중점적으로 방어하자는 내용이다. 그것은 일본군이 침략한다면 호남으로 들어올 것이라는 조정의 예측에 어긋난 것이다. 일본군이 침략 시에 군관민이 합세해서 싸우는 방법까지 자세히 열거했다. 훗날 병법을 조금이라도 아는 사람은 고개를 끄덕일 정도였다. 조헌은 평소에 관찰하고 세워둔 방책을 이 상소문에 적은 것이다. 만든 상소문을 제자 두 명과 숙의하며 거듭 고쳤다.

음력 3월 15일. 봄의 기운이 완연한 날이었다. 경복궁 앞은 마사토(굵은 모래)가 깔려 있어 햇빛에 반짝였다. 그 앞으로 좌우에 육조(六曹)가 길게 늘어져 있어 공무를 보는 관리들의 걸음이 잦은 곳이다. 세 사람의 선비가 이상한 차림을 하고 모습을 드러냈다. 맨 앞의 중년 사내는 가슴부위에 봉투를 얹고 경복궁 앞으로 걸어갔다. 두 명의 젊은이 중 한 사람은 가마니를, 한 사람은 커다란 도끼인 판부를 안고 있었다. 이런 괴이한 장면에 행인들이 발걸음을 멈추고 바라보았다. 대궐 문을 지키던 갑사가 얼른 달려와 조헌 일행이 더 가까이 오지 못하게 막았다. 제자가 가마니를 깔았고 조헌 앞에 판부를 놓았다. 임금에게 올리는 상소문이 가마니 위에 놓였다. 이것을 지부상소(持斧上疏)라고 하는데 상소를 받아들이지 않을 것이면 차라리 전쟁무기인 판부로 목을 베어달라는 무시무시한 협박이었다. 이 년 전에도 조헌은 지부상소를 했지만 받아들여지지 않고 함경도 길주로 유배를 갔다. 행인들이 그를 알아보았다.

"중봉 조헌이구먼. 전에도 지부상소를 올리더니 오늘은 무슨 일일까?"

"이 사람아, 뭐긴 뭐야. 바다 건너 일본 놈들이 쳐들어올 것이니 방비하라는 것이겠지."

하나둘 사람이 모이더니 구름떼처럼 북적였다. 조헌이 소리 높여 상소문을 읽어 내려갔다.

"이제 들으니 일본에 갔던 사신의 배가 겨우 돌아왔는데 적의 배가 해변에 머물고 있습니다.……"

이렇게 시작된 조헌의 상소는 일본의 기습 공격에 대비하고 일본 사신의 목을 베어 명나라로 보내 조선의 확고한 의지를 알려야 한다는 것이다. 그래야 일본이 유구(오키나와)를 통해 명과 조선을 이간하는 것을 막을 수 있다는 것이다. 이 상소문을 청참왜사소(請斬倭使疏)라고 한다. 읽어 내려간 상소문 외에 비왜지책(備倭之策)이라는 상소문도 있는데 일본이 침략했을 때 어느 곳에서 어떻게 막아야 하는 것이 적혀 있다.

수문장이 다가오자 조헌은 자신의 상소문을 건네고 대궐 문 앞에서 삼배를 올렸다. 엉덩이를 높이 쳐든 모습에 웅성거리던 사람들이 조용히 입을 닫고 돌아갔다. 남은 것은 덩그러니 놓인 도끼와 조헌과 두 명의 제자뿐. 도성 백성의 이목을 두려워한 수문장의 권유에 따라 대궐 안으로 들어가 승정원 앞까지 왔다.

관리들이 퇴근할 시간이 되자 수문장이 다가와 승정원에서 상소문을 임금에게 올렸으니 돌아가기를 청하자 세 사람은 자리에서 일어났다. 몇 년 전에도 이곳에서 지부상소를 하며 밤을 새우려다 수문장이 난처한 일을 당했기에 조헌은 자리에서 일어나 셋집으로 돌아왔다. 다음 날도 온종일 엎드려 있었지만, 임금의 비답은 없었다. 저녁때가 되자 어제와 마찬가지로 대궐에서 일을 마치고 퇴근하는 이들은 조헌을 보고 비웃는 이도 있고 그의 강직함과 애국심에 감동하는 이도 있었다. 오위장인 홍인걸도 그 모습을 보았지만, 그 앞에 나갈 처지가 아니었다.

수문장이 다가와 돌아갈 것을 권유하자 조헌은 묵묵히 자리에서 일어났다. 그리고 그 다음 날 아침도 두 명의 제자와 함께 승정원 앞에 나갔을 때였다. 육조에서 고관들이 우르르 들어왔다. 임금에게 아침 인사를 드리기 위해 입궐한 것인데 가마니 위에 엎드려 있는 조헌을 보았다. 그중에 조헌과 나이가 같은 재상이 크게 소리쳤다.

"이보게, 조헌. 조정에서 자네를 죽이려고 하면 도끼가 없어 못 죽이겠는가? 무엇하려고 도끼는 가져왔는가?"

비웃는 농담에 같이 한 고관들이 일제히 웃음보를 터뜨렸다. 하하하

조헌이 천천히 고개를 들어 자신을 모욕한 재상을 노려보았다.

"자네는 나와 같이 벼슬길에 올랐지만, 이 나라와 백성을 위해 무엇을 했는가? 가문의 이름을 빛내고 자신의 부귀공명을 위해 그토록 열심히 공부해 과거에 급제했던가?"

조헌의 질타에 재상은 움칫했다.

"너 같이 백성은 모른 체하고 당파를 만들어 주상의 눈을 속여 거짓되고 간사한 말로 아첨하는 자들이 조정에 들어찼으니 어찌 이 나라가 온전하겠느냐? 너부터 목을 베리라."

조헌이 판부를 들고 벌떡 일어났다. 커다란 키에 수염이 가득한 얼굴에 치켜뜬 두 눈이 이글이글 타오르자 재상은 어마 뜨거라 하며 황급히 자리를 비켰다. 조헌이 임금이 있는 곳에 대고 소리쳤다.

"전하, 이 나라에는 높은 벼슬을 한 쥐새끼들이 들끓고 있습니다. 하루바삐 이들의 목을 베어 사대문에 내 걸어 사직을 평안케 하옵소서."

조헌은 눈물이 범벅된 얼굴로 주춧돌에 이마를 찧자 피가 주르르 흘렀다. 돌발적인 상황에 제자들이 놀라 만류하자 주위 사람들에게 소리쳤다.

"내년에 산중으로 피난 가면서 지금 내가 한 말을 생각할 것이다."

궁의 갑사들이 우르르 몰려와 조헌과 제자들을 궁 밖으로 쫓아내 집으로 돌아갔다. 제자들이 터진 이마를 치료하고 있을 때 홍인걸의 청지기가 주위의 눈을 피해 들어와 편지를 주고 갔다. 그것을 다 읽고 난 조헌은 한숨을 내쉬고는 붓과 종이를 들어 상소문을 썼다. 이것이 청참왜사이소(請斬倭使二疏)이다. 명나라 사신의 일행으로 간 홍순언이 인편으로 보내온 내용을 문서로 전한 것이다. 거기에는 일본이 명나라를 치겠다는 말을 유구(오키나와)와 샴(태국)에 공공연히 떠들고 있다는 것이다. 사신 일행은 조선이 향도가 되어 함께 명나라를 칠 것이라는 거짓 선전에 넘어간 명의 조정을 이해시키기 위해 진땀을 흘리고 있었다. 문제는 이런 매우 급한 상황에도 조선의 임금이나 대신들이 나 몰라라 하고 있는 것이었다. 다음 날 다시 두 번째 상소를 들고 대궐 앞에 갔지만 들어오지 못하게 막고 상소문만 가져갔다. 머리에 붕대를 감고 대궐 문 앞에서 한참 기다리던 조헌은 임금이 승지를 시켜 상소문의 내용이 불가(不可)하다고 전하자 크게 낙망했다. 그는 곧 행장을 꾸리고는 날렵한 제자 몇 명에게 사신과 함께 온 왜승 현소를 감시하게 했다.

6

역적인가 혁명가인가

조헌은 마음을 가다듬었다. 비록 지부상소가 받아들여지지 않았지만 언제나처럼 투지에 불탔다. 자신이 탄 쪽배가 파도에 휩쓸려간다 해도 결코 물러설 조헌이 아니었다. 그는 조강포에 머물고 있을지 모르는 일본 첩자 톱밥을 찾았다. 의문은 왜 첩자의 암호명을 톱밥이라고 했을까 하는 것이다.

지부상소가 실패로 끝난 뒤 옥천으로 내려가면서 톱밥을 줄곧 머릿속에 넣었다. 마침내 하나의 결론을 내렸는데 톱밥의 의미는 나무와 관련이 있다는 것이다. 나무를 켜려면 톱도 있어야 하고 톱밥도 생긴다. 그러니까 암호명은 나무를 중심으로 도구 이름을 붙인 것이리라. 어쨌든 현재 드러난 것은 여우의 딸로 추정되는 톱밥뿐이다. 그녀의 정체를 밝혀낼 수 있다면 비변사 안에 침투되어 있을 두더지를 잡을 수 있을 것이다. 그리고 그 두더지의 입을 통해 일본의 진짜 속셈을 뱉어내게 하면 전쟁을 회피하려는 조정과 임금의 마음을 되돌릴 수 있을 것이다. 옥천으로 내려가는 길에도 여러 장애물이 있었다. 뒤를 밟는 밀대가 있었다. 조헌의 행동을 감시하기 위한 것이라 여간 성가신 것이 아니다. 그뿐 아니다. 주막에서 쉬고 있는데 그 동네 양반이 들어와 조헌을 알아보고 전쟁 나기를 바라느냐고 시비를 걸기도 했다. 이와 반대로 길에서 기다리다 자기 집에서 유숙하게 하는 평민도 있었다. 조선은 일본의 침략을 확신하고 방비를 엄중하게 할 것이냐 아니면 일본을 달래는 유화책을 쓰면 침략은 없으니 호들갑 떨지 말라는 두 가지 의견이 물과 기름처럼 나뉘어 있었다.

한동안 옥천에서 머물던 조헌은 현소의 뒤를 밟은 제자들의 보고를 받았다.

"현소는 동래로 내려가면서 무언가를 계속 적고 있었고 화공으로 보이는 자는 연신 붓을 놀리고 있었습니다."

뒤늦게 드러났지만, 현소가 만든 지도로 일본군이 진격해 왔다. 그래서 짧은 시간에 서울이 점령된 것인지도 모른다. 제자의 보고를 받은 조헌은 즉시 김포의 집으로 향했다. 그리고는 짐을 꾸려 조강포로 옮기기로 했다. 옥천에서 올 때와 마찬가지로 나귀에 책 보따리만 실었다. 가재도구나 침구는 강원에 여벌로 있는 것을 쓰면 된다. 옥천에서부터 따라온 제자 둘이 조강포까지 모시고 가겠다고 우겨 허락했다. 제자들은 모두 건장한 체격에 각종 무예로 단련되어 호위병 역할도 했다.

때는 음력 4월로 보리가 한참 익어가는 시기였다. 이때는 작년 가을에 수확한 양식은 바닥이 난 시기로 배고픈 때이기도 했다. 춘궁기 또는 맥령기라고 하는 보릿고개는 연례행사처럼 찾아왔다. 하지만 김포는 곡창지대라 굶는 사람이 없는 부유한 동네다. 그래서 인근 강화도 여자가 김포로 시집오면 웃으면서 살고 반대로 김포의 여자가 강화도로 가면 울면서 산다는 말이 생길 정도였다. 옥천으로 내려가는 길에 얼굴이 누렇게 뜬 농민을 보면 가슴이 미어졌다가 고향에 돌아오면 풍요함에 마음이 아늑해 지곤 했다. 그러나 일본이 침략하게 되면 이들도 굶게 되고 칼날 아래 처참하게 살해될 것이다. 보리가 익어가는 것을 보고 밝아졌던 마음이 일본 침략을 생각하면 절로 한숨이 나온다. 행인들이 점차 늘어나고 통진읍에 도착했을 때에는 자못 많은 이들이 왕래하고 있었다.

사람들이 좁은 길을 막고 웅성거리는 것이 보였다. 가까이 다가가 보니 파리한 얼굴의 노승이 쓰러져 있었다. 인상이 험악하게 생긴 불한당은 몽둥이를 든 채 욕설을 섞어가며 포악을 떨었다.

"이 늙은 가짜 중놈아!"

발목을 두 손으로 움켜쥔 채 고통스러워하는 노승에게 소리쳤다.

"엄살 그만 피워. 한 대 더 맞기 전에 어서 염불을 해봐."

아마도 지나는 노승을 붙잡고 염불을 해보라고 희롱하는 모양이다. 중을 천시하는 분위기에 편승한 불한당의 심술로, 요즘 들어 흔히 볼 수 있는 일이었다. 당장에라도 몽둥이를 후려칠 기세를 보이자 노승은 겁에 질린 표정으로 입을 우물거렸다. 이때 모여 있는 사람들 틈에서 웅장한 소리가 들렸다.

"이게 무슨 짓이냐? 그 몽둥이 내려놓지 못해?"

불한당이 뒤돌아보니 삿갓을 쓴 중이 구경꾼을 밀치고 다가왔다. 얼굴은 가렸지만, 키가 크고 육중한 몸을 보고 불한당은 짐짓 뒤로 물러섰다. 하지만 구경꾼들의 시선을 의식하고는 냅다 소리를 질렀다.

"으흥, 중놈이 또 한 놈 있었구나. 덩치가 크니 너는 중으로 가장한 도둑놈이 분명하렷다!"

불한당이 몽둥이를 휘둘렀으나 삿갓 중이 몸을 슬쩍 돌리자 허공에 원을 그렸을 뿐이다. 다시 휘둘렀지만, 이번에는 툭 하고 삿갓을 쳐서 떨어뜨렸을 뿐이다. 드러난 중의 얼굴을 보니 두툼한 입술에 검은 얼굴이 힘깨나 쓰게 생겼다.

"어쭈? 내 몽둥이를 피했겠다, 이 도둑놈이."

씩씩거리자 노승이 억지로 몸을 일으키더니 황급히 염불하기 시작했다.

"정구업진언, 수리수리 마하수리……"

노승이 천수경을 외우기 시작했지만, 불한당의 귀에는 들리지 않는 듯했다. 몽둥이를 다시 휘둘렀다. 그러나 그 순간 거구의 중은 불한당을 번쩍 들어 올리더니 바닥으로 내팽개쳤다. 불한당은 보기 좋게 나가떨어졌다. 구경꾼들이 그 모습을 보고 손바닥을 치며 웃었다. 하하하

허리를 부여잡고 일어난 불한당은 분해서 거친 숨을 내쉬더니 황급히 뛰어갔다. 눈을 꼭 감은 노승은 염불을 계속하고 있었다. 그러자 중이 중단시키고 노승을 자리에서 일켰으나 다리가 삐었는지 걷지를 못했다. 조헌이 침술을 잘하는 제자를 시켜 노승을 살피게 했다. 근처 가게의 좌판에 앉히고 침을 꺼내 혈을 찾아 꽂았다. 싸움이 싱겁게 끝나자 구경꾼들은 뿔뿔이 흩어졌다. 조헌이 거구의 중을 살펴보니 미련하게 힘만 쓰는 것 같지 않다. 눈에 광채가 있는 것이 예사롭지 않아 보였다.

"스님, 나는 조헌이라 하오. 어느 사찰에서 수행하시는 스님이신가요?"

조헌이 다가가 인사를 하자 중이 놀란 표정을 지으며 당황해 했다. 그러나 이내 얼굴을 바로 고치고 공손히 답한다.

"소승은 계룡산 갑사에 있는 영규라 합니다. 도움을 주셔서 감사합니다."

"갑사라? 내가 듣기로 그곳에 걸출한 스님이 있다고 들었는데 법명이 같으시군요. 혹시 그 분이신가요?"

조헌은 맨손으로 당간(幢竿)의 꼭대기까지 올라간 괴력의 중이 있다는 말을 들었다. 그의 물음에 영규는 괴기한 형상에 어울리지 않게 수줍게 웃으며 말했다.

"영규는 맞습니다만 걸출하지는 않습니다."

봉변을 당한 노승은 문수산 중턱에 있는 문수사의 주지라 했다. 제자와 함

께 장에 왔다가 험한 꼴을 당한 것이다. 이때 누군가 소리쳐 돌아보니 불한당이 십여 명의 패거리들을 데리고 달려들었다. 이들은 맨주먹이 아니라 제각기 몽둥이와 낫, 도리깨를 들고 있었다.

"스님, 어서 자리를 피하시오. 내가 막겠소."

조헌은 영규에게 그리 말하고 제자들에게 눈짓했다. 아무리 불한당이라 해도 통진 현감을 지낸 조헌의 이름을 모를 리 없다. 호통 한번 치면 그냥 물러갈 것이다. 그러나 영규는 들은 척도 않고 방앗공이를 번쩍 들더니 공깃돌 놀리듯이 휘둘렀다. 순식간에 서너 명이 자빠지고 깨지자 이들은 혼비백산해서 도망쳐 버렸다.

"대단하오. 어디서 그리 고강한 무술을 배웠소?"

산속의 중들이 도둑을 막기 위해 무술을 배운다는 말을 들었다. 하지만 이렇게 코앞에서 위력을 본 것은 처음이다. 영규는 조헌의 물음에 미소로 답했다. 조금 뒤에 노승의 제자가 향초를 사 가지고 왔다 스승이 봉변당한 것을 알았다. 노승을 업자 가게 주인이 어린 일꾼을 시켜 스님들의 행낭을 메고 따라가게 했다. 조헌이 조강포로 간다는 말을 듣고 영규가 말했다.

"어르신, 마침 저도 그곳에 가는 길이니 동행하겠습니다."

"조강에서 배를 타고 가려 하오?"

"아닙니다. 그곳 존위를 만나러 갑니다."

"존위라면 김후재 그 사람을 말하는 게요?"

그 물음에 영규는 시치미를 떼고 되묻는다.

"김후재 그 사람을 아십니까?"

우연히 조헌과 마주쳤지만, 이번 기회에 그의 사람됨을 알고 싶었다. 그래서 함께 가려는 것이다.

"알다마다요, 삼십 년 전부터 알고 있는 이요. 갑시다."

조헌도 이 괴력의 중이 궁금했다. 어렴풋이 들은 불가의 비밀결사로 평민들은 땡추라고도 부르는 당취(黨聚) 일원이 아닌가 싶었다. 그렇지 않고서야 놀라운 무술 솜씨를 지닐 수 없기 때문이다. 두 사람은 서로의 속셈을 알아내기 위해 조강포까지 동행했다. 화제는 성리학과 불교의 교리로 시작해서 병법과 천문에 이르기까지 다양했다.

영규는 도살장 앞에서 기다려야 했다. 집채만 한 황소를 바닥에 누이고 김후재가 일꾼들과 해체작업을 하고 있었기 때문이다. 칼날이 썩썩 소리를 낼 때마다 황소는 본래의 모습을 잃어가면서 고깃덩이로 변해갔다. 스님을 보자 후재는 웃으며 소의 불알을 흔들어 보였다. 그러자 영규가 낯을 찌푸리면서 고개를 돌렸다. 조금 뒤에 김후재가 손을 씻고 밖으로 나왔다.

"하하, 집에서 기다리지 여긴 왜 왔나? 중이 고기 맛이 보고 싶었나?"

후재가 실실 웃으며 놀렸지만, 영규는 무뚝뚝한 표정을 지으며 말했다.

"오는 길에 중봉을 만났습니다."

"중봉? 그 사람이 온 것을 보았다는 말인가?"

"보기만 한 것이 아니라 한 시각 이상 말까지 나눴습니다."

영규의 말에 후재는 놀라서 눈을 동그랗게 떴다. 조헌에 대해 좋은 감정이 없었던 영규가 아닌가. 그를 만났다는 것도 뜻밖인데 이야기까지 나눴다는 사실이 놀라웠던 것이다.

"일을 마쳤으면 어서 가시지요. 비린내가 코를 찔러 견딜 수가 없습니다."

코를 손가락으로 틀어막는 스님의 뒤를 따라 백정은 줄레줄레 뒤따라갔다. 영규는 집이 아닌 쑥갓머리산으로 올라갔다. 밑을 내려다보니 밀물을 기다리는 배들 수십 척이 정박한 것이 보였다. 두 사람은 나란히 풀 위에 앉았다.

"중봉과 무슨 말을 나누었나?"

후재는 무슨 말이 오고 갔는지 궁금했다. 조헌의 말과 행동 때문에 봉기할 기회를 잃어간다고 불평이 많지 않았나. 당취를 배후 조종하는 서산대사가 봉기 날짜를 늦추는 것도 일본이 곧 침략해 올 것이라는 조헌의 주장 때문일 것이다. 조선 건국 이래 억불숭유의 정책으로 화려했던 불교는 고사 직전까지 왔다. 문정왕후가 섭정할 때 반짝하고 불교의 흥왕이 있었다. 그녀가 죽자 불교 중흥에 앞장섰던 보우선사는 제주도로 귀양가서 매를 맞고 죽었다. 이에 깊은 산중으로 쫓겨 간 중들은 혈기가 넘치고 반체제 성향의 청년들을 불가에 입문시켜 당취를 만들었다. 그들은 수행생활보다 병법서를 읽거나 무예를 닦는데 몰두했다.

당취 중에서도 무술이 뛰어나기로 이름난 영규가 히죽 웃었다.

"중봉은 성리학을, 저는 불교에 대해 말했습니다. 아시다시피 저는 배움이 짧은지라 제 말은 그 양반의 발끝도 미치지 못할 겁니다."

말은 이렇게 했지만, 영규는 고승인 서산대사 제자다. 미련하고 우악스럽게 보이는 외모와 달리 불교 교리에 정통했고 유학도 꽤 많이 알았다.

"듣던 대로 학문이 깊더이다. 그보다 깊은 것이 또 있었습니다."

"중봉의 학문은 이율곡도 인정했지. 그보다 깊은 것이 무엇일까 궁금하군."

"충의였습니다, 충의."

"충의? 그럴 리가 있나. 충성심이 그리 많은 이가 왜 임금의 미움을 받는 건가?"

김후재는 조헌의 성심과 충심을 잘 알면서도 일부러 어깃장을 놓았다. 영규의 반응을 보려는 것이다.

"근데 자세히 들어보니 그 충의는 임금을 향한 것이 아니라 힘없는 백성에게 향해 있더군요. 출세를 위해 충의를 임금에게 바쳤다면 어찌 저리 불우하게 살겠습니까? 자, 여기 스승께서 보낸 편지입니다."

영규가 품 안에서 한 장의 편지를 꺼내 건네주었다. 그것을 읽어 내려가는 후재의 얼굴빛이 변했다. 활빈당 도움 없이 당취들 힘만으로 봉기하자니 일단 돌아와 정황을 보고하라는 내용이었다. 물론 편지가 중간에 포도청 밀대에 탈취될 것을 대비해 장사꾼이 물품을 거래하는 것처럼 암호로 되어 있었다.

"스승께서 이런 글을 보내오니 마음이 어지러워 시장을 돌아다니다 싸움이 붙고 중봉을 만나게 되었습니다. 이것 역시 인연 아니겠습니까?"

"인연이라…… 인연."

영규가 조헌을 만나지 않았더라면 곧장 서산대사가 있는 묘향산으로 갔을 것이다. 그러면 일본은 동인, 서인의 당쟁에다 당취들의 봉기로 어지러운 조선의 침공 시기를 앞당길 것이다.

"이 나라 임금과 사대부는 물론이고 백성까지 일본이 침략하지 않는다고 스스로 믿는 이때 중봉만 홀로 일본의 침략을 믿는 까닭이 무엇일까요?"

영규의 물음에 후재는 언뜻 대답하지 못하다가 잠시 후 입을 열었다.

"별점을 잘 친다고 들었네. 천문류초를 통달하고 있다는데 그런 것이 아닐까?"

별을 보고 나라의 흥사를 점치는 것은 고구려 때부터 전해 내려온 전통이다. 세종 때 천문학자 이순지가 쓴 천문류초(天文類抄)는 별점을 치는 사대부들이 많이 보는 책이다. 조헌은 최고의 경지에 도달했다고 알려졌다.

"굳이 별점이 아니더라도 일본의 사정을 조금이라도 안다면 그놈들이 흉측한 마음을 먹고 있다는 것을 알고 있지. 그자들이 간교한 속임수를 쓴다는 것도…… 알면서도 모두 자신들을 속이고 있어. 전쟁준비를 해야 하지만 내가 하긴 싫은 거지. 성을 쌓고 무기를 벼르고 군사를 조련하는 일에 내 돈과 양식을 내놓기 아깝겠지. 그러니까 전쟁은 안 난다고 모두 입을 모아 떠드는 것이야."

후재는 이렇게 말하고 한숨을 내쉬었다. 오랜 평화가 전쟁의 위협을 무디게 만들었다.

"나 참, 빼도 박도 못하게 되었습니다."

영규가 자신의 답답한 마음을 내뱉는다. 십여 년 전부터 서산대사를 비롯한 몇몇 고승들은 불교에 대한 탄압이 심해지자 세상을 뒤엎겠다고 나섰다. 그러나 산중의 도둑을 막으려고 무예를 익힌다 해도 본디 불경 외우고 참선 수행하는 것이 중들이다. 또 종이를 만들어 바쳐라, 성을 쌓아라, 시도 때도 없이 징발하는데 어떻게 반역을 도모할 정도로 무력을 키울 수 있겠는가. 혈기가 넘치고 의협심이 강한 젊은이들을 중으로 가장한 당취를 만들어 비밀리에 군사조련을 시켜왔다. 몇 년 전 정여립의 난에 연루되어 서산대사가 붙잡혀가 곤욕을 치르기도 했으나 용케 빠져나왔다. 그때 잠시 움츠렸지만, 이제는 봉기를 일으켜도 될 만큼 무력도 있고 사기도 충천해 시기만 엿보고 있는데 장애가 생긴 것이다. 두 번에 걸쳐 목숨을 내걸고 지부상소를 한 조헌은 아집에 빠진 것이 아니다. 전쟁하고 싶어 안달하는 미치광이도 아니다. 일본의 침략을 확신하는 그 배경에는 일본의 동향에 관한 정보가 있을 것이다. 하다못해 별점을 쳐서 얻은 예언이라도 있을 것이다.

"길동선생께 숨기고 있던 일이 있습니다."

영규가 두툼한 입술을 씰룩거리며 퉁명스럽게 말했다.

"스승께서도 일본의 침략을 예견하시고 계십니다. 나를 이곳에 보낸 것도 봉기하게 되면 활빈당이 필요하기도 하지만 사실은 봉기를 늦추기 위함이었습니다."

"이게 뭔 소리인가? 나를 충동질 아니 설득하려고 온 것이 아니었다는 말인가?"

김후재는 놀랐다. 그러면 영규가 용화사에 머물며 은밀히 오가며 협상을 벌였다는 것이 다 무어란 말인가.

"당취 중에서는 성질이 화급한 자들이 많이 있습니다. 이들이 빨리 봉기하자고 다그치니 스승께서는 세상 물정에 밝은 활빈당의 도움을 핑계 대셨던 것입니다. 길동선생이 쉽게 승낙하지 않을 것을 알고 계신 겁니다."

"아하, 그런가? 나만 엉큼한 줄 알았는데 인제 보니 서산대사께서도……"

그 말을 들으니 옆에 앉은 영규가 얄미웠다. 진작 진실을 말해주었더라면 갖은 말로 차일피일하지 않았을 것이다.

"우리 활빈당을 허수아비로 아는가? 서산대사께서도 노망이 나신 모양이군."

후재가 비아냥거리자 영규의 얼굴도 붉어졌다.

"저도 이번에 보내온 편지를 보고 알았습니다. 스승께서 봉기를 늦추는 것에는 또 다른 문제가 있다고 하셨습니다. 비변사에 탐지되었거든요."

스승을 욕하자 성난 표정으로 바뀐 영규에 의하면 당취의 간부가 비변사에 고변했다는 것이다. 뒤늦게 배신자를 죽여 입을 막았지만, 비변사에서는 서산대사를 감시하고 있다고 했다.

"이 시기에 봉기를 일으킨다면 그것은 섶을 지고 불에 뛰어드는 것이 될 것입니다."

김후재가 자기 이마를 탁 치고 나서 말했다.

"아이고, 조강포에 수상한 자들이 늘었다 했더니 땡중 때문이로군. 나도 홍인걸에게 쫓기고 있는데 영규 대사까지……"

살생을 금하는 중이 자주 백정을 찾아오는 것을 보통 사람들도 수상하게 여길 것이다. 하물며 비변사나 의금부 밀대가 그냥 지나칠 리 없다.

"중봉이 조강포로 거처를 옮긴 것도 뭔가 있는 것 같습니다. 길동선생께서는 조헌 선생을 만나 속마음을 알아보시지요."

"같이 올 때 영규 대사께서 물어보시지 않고?"

"제자들이 하는 말을 슬쩍 엿들으니 조강포에 일본의 첩자가 잠복하고 있는 것 같습니다."

"일본의 첩자가 이곳에?"

기가 막힐 노릇이다. 조강포가 사통팔달의 교차로로 도둑도 있고 사기꾼과 불한당도 있다. 그리고 그들을 잡는 포도청 밀대도 있지만, 일본의 첩자까지 있게 될 줄은 몰랐다.

"중봉이 무슨 배짱으로 이곳에 들어온 지 모르나 만약 일본 첩자가 있다면 목숨이 위태로울 것이네. 신변을 보호해야 할 것 같군."

예상치 않게 조헌의 목숨까지 책임지게 된 활빈당수 김후재는 헛웃음만 지었다.

조강포 강원으로 온 조헌은 제자들과 함께 대청소를 시작했다. 몇 달간의 강원교육을 점검하고 내용을 확충하려고 주민을 불러모은 것이다. 실컷 게으름을 피우던 이정민도 어쩔 수 없이 빗자루와 걸레를 들어야 했다. 말끔하게 청소가 끝나자 조강포에 사는 어민이나 상인 중에서 집을 지키는 노인네와 아이만 빼고 모두 강원으로 불러왔다. 통진 현감이 와도 이렇게 모이지 않을 정도로 많은 주민이 왔다. 노약자는 마루와 마당에 깐 가마니에 앉고 나머지는 발 디딜 틈도 없이 빼곡하게 서 있었다. 군데군데 켜진 등잔불 아래로 이들의 얼굴이 보였다. 시끌시끌하다가 주인공이 나타나자 모두 조용해졌다. 예전과 달리 그들의 눈은 호기심으로 반짝였다.

"오랜만에 여러분을 다시 만나 뵙게 되오. 전에도 말했지만 힘든 사정은 알고 있소. 고된 노동을 끝내면 편히 쉬어야 하는데 골치 아프게 왜 공부를 해야 하느냐고……"

그 말에 모인 사람들은 고개를 끄덕였다. 그때 누군가 큰 소리로 물었다.

"어르신, 저희는 무식쟁이로 살았지만, 우리 아이들은 공자님 말씀이라도 배우게 하고 싶습니다. 서당에 보낼 형편이 안 되니 강원에는 꼭 보내겠습니다."

그 말에 주민 모두 고개를 끄덕였다. 공자, 맹자님 말씀은 어려운 한문을 아는 양반이나 아는 것으로 알고 그 앞에서 주눅이 들지 않았던가. 그러나 강원이 생긴 이후 많이 달라졌다.

"오호, 좋은 말이오. 우리글은 웬만한 사람은 하루면 읽을 수 있소. 하지만 공자님의 말씀을 적은 논어를 읽으려면 적어도 몇 년 동안 공부를 해야 하오. 그래서 어려운 한문을 쉬운 우리글로 번역한 책을 가져왔소."

조헌의 제자 한 명이 언문으로 쓴 논어(論語)책을 스승에게 바쳤다. 조헌이 번쩍 들어 펼쳐 보이며 말했다.

"여기 우리글로 만든 책이 있소. 자! 돌아가며 보시오."

제자가 책을 받아 앞자리에 앉은 조강포 객주들에게 돌렸다. 이들은 얕으나마 한문에 대한 지식이 있었다. 논어를 보더니 모두 눈이 휘둥그레졌다. 개중에 논어를 통독한 이가 보더니 연신 감탄까지 했다. 주민의 눈에 생기가 돌았다. 이제 언문을 배우기만 해도 양반처럼 유식하다는 소리를 들을 수 있지 않은가.

"강원은 여러분의 눈을 뜨게 해주기 위해 설립한 것이오. 몇 달만 열심히 언문과 셈을 공부하면 낫 놓고 기역 자도 모르는 까막눈이라고 무시당하지 않게 되오. 그렇지 않소?"

조헌의 말에 모두 '맞습니다.' 하고 외쳤다.

"공자님 말씀만 익히는 게 아니라 사물의 이치를 잘 관찰하는 것이 바로 공부요. 여러분의 자식이 공부에 능해지면 즉 셈법에 능해지고 주판까지 놓게 될 정도 되면 객주도 할 수 있고 시전의 상인처럼 큰 가게도 차릴 수 있소. 학문에 뜻을 둔다면 과거시험을 봐서 벼슬을 할 수도 있소."

조헌의 말에 사람들은 술렁거렸다. 꾸벅꾸벅 졸고 있다가 누군가 머리 위에 찬물을 끼얹어 정신이 번쩍 드는 것 같았다.

"이 모든 것이 공부에 달려 있소. 나는 가난한 농가 출신으로 어려서부터 공부하며 밭일을 해왔소. 틈틈이 쉬는 시간에도 책을 읽으며 어린 시절을 보냈고 나이 먹어서 귀양살이를 떠나는 길가에서도 항시 책을 읽었소."

조헌은 감회에 젖은 얼굴로 지난 시절을 돌아보다 다시 현재로 돌아왔다. 얼굴이 시커멓게 타고 고된 노동으로 허리가 굽은 이들에게 사는 것이 고통일지도 모른다.

"하루하루 먹고 살기도 어려운데 무슨 공부냐고 할지도 모르겠소. 하지만 우리가 공자님 같은 성인의 말씀을 배우는 것은 인간으로 태어나서 어떻게 살아야 하는 것을 생각하는 것이오. 먹고 마시는 것만 생각하고 산다면 어찌 사람이 살았다 하겠소. 그건 짐승이나 마찬가지로 사는 것이오. 공부하면 부모에게 효도하고 이웃을 사랑하는 마음을 지니고 나라에 충성하는 것이 인간의 도리임을 알게 되오. 많고 많은 나라 중에 하필 조선의 백성으로 태어나게 한 하늘의 깊은 뜻이 여기에 있는 것이오."

이런 말은 그 누구도 해주지 않았다. 학식 높은 양반들은 생활에 필요한 한문만 조금 아는 객주들을 무시했고 언문조차 모르는 평민이나 천민은 아예 벌레 취급했다. 세종대왕이 우리글을 창제할 때 신하들이 반대한 이유 중의 하나가 하층 계급이 글을 알면 저항심이 생길 것이라는 우려였다. 그런데 조헌은 양반임에도 백성을 위해 공부할 터전을 마련하고 한문책을 번역해서 우리글로 가르친다고 하지 않는가. 누군가 조심스럽게 묻는다.

"그럼, 우리도 공자님이 무슨 말씀을 하셨는지 알게 되나요?"

"물론이요. 그리고……"

등잔불 뒤에 영규가 서 있는 것을 보자 조헌이 말을 이었다.

"스님을 모셔다가 불교 경전에 있는 재미있는 설화도 듣게 할 것이오."

그의 말에 펄쩍 놀란 것은 맨 앞에 앉은 강원장 이정민이었다. 중간에 앉은 윤덕형도 그 말에 놀랐다. 누군가 묻는다.

"여기서 법문을 하게 하겠다는 것입니까?"

조헌이 빙긋이 웃고 나서 대답했다.

"그건 아니오. 법문은 절에서 들으시고 이곳에서는 그냥 재미있는 설화를 듣는 것이요, 설화."

영규는 내심 놀랐다. 세상이 다 아는 성리학자 조헌의 입에서 그런 말을 들은 줄은 몰랐다. 아무리 이야기라 해도 그 안에 불교의 진리가 다 들어 있다. 포구 사람들의 신앙이라는 것이 대개 뱃일이나 집안에 궂은 일이 있을 때 무당을 찾아 점을 치거나 굿을 하는 일이다. 좀 더 높은 수준의 믿음을 찾아 절을 찾을 때도 있고 스님이 하산해서 신도의 집을 찾는 일도 있었다. 하지만 유학자 대부분은 무당, 승려들을 원수처럼 여겨 천시했다.

"그러니 많은 분이 이 강원을 찾아주시기 바랍니다."

조헌은 허리를 굽혀 절했다. 그 겸손하고 온화한 태도에서 도끼를 등에 지고 일본의 침략을 대비하자고 상소하는 바위 같고 태산 같은 선비의 모습을 찾을 수 없었다. 여기서 청렴 강직하고 활을 백발백중으로 쏘는 무골의 모습을 어찌 찾을 수 있다는 말인가. 그냥 상냥하게 웃는 얼굴로 평민 천민을 가리지 않는 인자한 양반만 있었다. 맨 뒤에서 누군가 나직한 목소리로 질문했다.

"한 가지 여쭤볼 것이 있습니다. 어르신께서 도끼를 지고 궁궐 앞에 나가 일본의 침략을 막아야 한다고 하셨는데 지금 강원에서 주민에게 배움을 베푸는 것은 한가로운 일이 아닙니까?"

도전적인 말투였다. 그 말은 일본의 침략이 없다는 것을 알면서 세간의 명성을 얻기 위해 상소하는 것이 아니냐 하는 뜻도 된다. 조헌이 빙긋이 웃고 나서 말했다.

"저는 일본이 조선을 침략하는 것이 멀지 않았다고 확신합니다. 그러기에 공부가 필요한 것입니다. 두 눈을 부릅뜨고 깨어 있어서 그자들의 침략을 막자는 것입니다. 여기서 배우는 성현의 말씀으로 일본이 쳐들어왔을 때 겁에 질려 도망치지 않고 오직 충의로써 맞서 싸우는 마음의 무기를 만들자는 것입니다. 질문하신 분이 누구 신가요? 나와 보세요."

그러나 어둠 속에서 말을 꺼냈던 곳은 비어 있었다. 밖으로 나간 모양이다. 조헌은 다시 말을 이어 강원장인 이정민을 나오게 해서 소개했다. 그를 도와 언문과 셈법을 가르칠 강사들도 인사시켰는데 이들은 대부분 생활이 어려운 양반이었다. 이들은 강원에서 얻는 수입으로 최저 생계를 유지하면서 과거 시험을 준비할 수 있게 한 것이다.

어둠 속에 잠긴 조강포에는 몇 척의 배가 정박해 있었다. 그 중의 제일 큰 배에서 희미한 빛이 흘러나오고 있었다. 포구를 지키는 개가 요란하게 짖었다. 컹컹컹

잠시 후 발판을 딛고 올라오는 소리가 들리자 안에 있던 노랑머리가 문을 열었다. 남자가 허리를 잔뜩 구부리고 들어왔다.

"젠장, 개 짖는 소리 한번 요란하군."

남자가 투덜댔다. 노랑머리가 화로 위의 주전자에서 뜨거운 물을 작은 종지에 따라 건네주었다. 단숨에 들이키자 노랑머리가 묻는다.

"두목님, 사람들이 많이 모였습니까?"

"음. 무지렁이 뱃놈들이 조헌을 하늘처럼 우러러보고 있더군."

노랑머리가 코를 훌쩍거렸다. 십사 년 전 쫓겨난 뒤 오랜만에 찾은 조강포다. 바다를 떠돌며 해적질하다 다친 부상으로 얼굴이 일그러졌다. 주민이 그를 알아보지 못한 것은 그나마 다행이다. 손바닥으로 자기 허벅지를 툭툭 때리며 말했다.

"왜, 아들 집을 떠나 이곳 조강포로 왔을까요? 멍청이 강원장 하나면 충분할 텐데."

남자가 헛기침을 한번 하고 말했다.

"몇 년 동안 내왕이 없었던 홍인걸과 자주 만나는 것도 수상하지. 추측대로 홍천호가 무언가를 전해준 것 같아."

맨 뒤에서 질문을 던졌던 남자는 조헌이 강원에 머물며 비변사에 침투한 첩자를 찾으려 한다는 것으로 단정했다.

"왜관에 갔던 대패가 오늘 아침 서울로 돌아왔어. 조사에 들어가니 가즈코가 행방을 감추었데. 그래서 추적 중이라지만 곧 잡힐 거야."

노랑머리가 고개를 약간 끄덕였다.

"제가 대마도로 갔을 때 만나보니 용모도 빼어났지만, 성깔도 있어 보이더군요. 배신자는 밝혀냈지만, 조헌은 어찌해야 할까요? 명령만 내리시면 감쪽같이 처리하겠습니다만……"

"아직 명령이 안 떨어졌어."

두목이라고 불린 남자도 눈엣가시 같은 존재인 조헌을 빨리 죽여 없애고 싶었다. 강원에 모인 주민에게서 보았듯이 일반 백성에게도 신망 있는 선비다. 지금까지는 국론 분열을 기대하고 참았다. 하지만 계속 전쟁에 대비하자고 나서면 몇 년 동안 벌였던 일본 첩자들의 공작이 모두 허사가 된다. 진작에 없애려 했는데 조선 첩보망의 활동을 설계한 줄자 가즈코가 조헌을 암살하면 조선 조정이 경계하게 된다고 말리는 바람에 실행하지 못했다. 이제 그녀가 배신자임이 드러났으니 조헌을 없애야 한다. 그러나 두목은 가슴에만 담아두고 있었다.

"지부상소의 결과에서 보았듯이 조헌의 말은 무시당하다 못해 조롱거리가 되었어. 사대부 대부분은 황윤길의 말보다 김성일의 말을 더 귀담아듣지. 같이 간 허성이 황윤길의 편을 든다고 동인 패거리에서 내치기 직전이라네."

노랑머리가 흥 하고 코웃음을 쳤다.

"조선 양반들이란…… 그건 그렇고 김후재의 인상서를 만들었습니다."

노랑머리가 품 안에서 한 장의 인상서를 꺼냈다. 화공출신인 첩자 먹통이 술집에서 술을 마시는 김후재의 얼굴을 그렸다. 방안에서 문틈으로 내다보고 그린 것으로 여러 번의 수정 끝에 완성되었다. 두목이 인상서를 받아 품 안에 조심스럽게 넣었다.

"두목, 하나 여쭤볼 것이 있습니다. 정말 김후재라는 놈이 활빈당의 괴수로 우리 아버지를 죽였습니까?"

"그러네, 서산대사 밑에 있던 중놈이 내게 말했지. 임꺽정을 배신한 서림을 이곳에서 살해 한 자는 조강포 존위 김후재라고."

노랑머리가 신음했다. 이제 그에게 두 명의 원수가 생겼다. 하나는 조선침략에 방해되는 조헌이고 또 하나는 아버지 서림을 암살한 김후재다.

"용화사에 머물면서 가끔 모습을 보이는 영규는 서산대사의 제자이고 당취의 간부야. 그 중놈이 왜 이곳에 드나들겠나? 활빈당과 손을 잡고 반역을 꾀하는 것이지."

"그러면 두목께서는 정여립의 참모로 수배 중인 길삼봉이 김후재라고 믿으십니까?"

"암, 활빈당은 변장과 변신에 능하지. 여러모로 검토해 본 결과 동일 인물이야."

노랑머리는 헛웃음을 지었다. 아버지 서림을 죽인 김후재는 활빈당수가 되었고 역적 정여립의 참모 길삼봉이었고 이제는 조강포 존위로 가장해서 당취와 손잡고 봉기를 꾀하고 있다. 팔색조도 이렇게 색깔을 바꿀 수는 없을 것이다. 노랑머리가 한탄한다.

"조헌은 정여립을 원수로 생각하는데 길삼봉과 가까운 사이고 조헌의 벗인 홍인걸은 길삼봉을 잡으라는 명령을 받고 있다. 그리고 나는 길삼봉을 죽여 아버지의 원수를 갚아야 한다. 왜, 그놈을 두고 이리 복잡하게 꼬인 것이지요? 두목."

이정민을 기생집으로 부른 것은 객주 윤덕형이었다. 어렸을 때 서당을 같이 다닌 우정으로 가끔 함께 술을 마셨지만 지금 자리는 속셈이 있었다. 정민은 기생과 떡 벌어진 술상을 보고 깜짝 놀랐다.

"이보게, 오늘 자네 생일이던가? 아니지, 아니지. 생일은 벌써 지났고 무슨 경사가 있나? 벼슬길에 오르기라도 했어?"

"벼슬은 무슨. 자네가 이곳 강원장으로 와서 자주 보게 되었으니 한턱내는 거야."

덕형의 말에 정민은 기분이 좋아졌다. 두 사람의 우정은 몇십 년 전부터 이어졌다. 씨받이가 낳은 윤덕형이 집에서 쫓겨나 상인의 길로 들어섰다. 그때 끝까지 우정이 변하지 않은 사람은 조헌과 이정민뿐이었다. 양반댁 도련님에서 한순간에 시전 비단가게 심부름꾼 덕형이로 전락했지만 이를 악물고 참았다. 그리고 모시던 주인을 무고해 죽이고 재산을 탈취해 조강포에서 첫째가는 객주가 되었다. 지금은 벼슬을 얻어 잃어버렸던 양반의 지위를 찾으려 한다.

"부자 친구를 둔 덕분에 이런 호사를 하는구먼. 허허허"

정민이 이렇게 웃었지만, 속에서 열불이 치솟았다. 자신은 과거 시험 공부한다고 평생을 허송세월했다. 금광을 개발한다는 말에 솔깃해 논밭을 몽땅 팔아 투자했다가 알거지가 되지 않았던가. 성질은 났지만 그래도 부자 친구에게 의지할 수밖에 없다.

벼슬길에 나선 조헌은 자리에서 물러나 김포로 돌아올 때만 만날 수 있었다. 세 사람의 우정은 계속 이어갔지만, 정민은 기약 없는 과거 준비와 투자 실패로 가난해질 때 악덕배신자 덕형은 장사꾼으로 성공했다. 그가 점점 부유해질수록 바쁘다는 핑계로 멀리하자 정민은 서운함을 갖기도 했다. 또 자신은 과거 준비생으로 계속 머물고 있을 때 조헌은 상소 때문에 귀양도 갔지만, 통진 현감 등 지방의 관리도 지냈다. 그리고 지금은 일본의 침략에 대비해야 한다고 지부상소까지 올려 강직한 선비로서의 위상을 높여가지 않는가. 셋 중에 제일 뒤떨어진 자신의 모습이 정말 한심하다.

'이놈이 무슨 꿍꿍이가 있어서 이럴까?'

정민은 어제 덕형의 사촌 형이 객주로 향하는 것을 보았다. 어렸을 때부터 덕형을 만나면 '씨받이 아들놈'이라고 놀렸다. 쫓겨난 뒤로는 모른 체하다가 요즘은 가끔 찾아와 돈을 '빌려'간다고 했다. 말이 꿔가는 것이지 갈취당하는 것이리라.

"실은 내게 고민이 있네. 서기석 객주는 내 큰 거래처라네."

"서기석? 북쪽 조강리에 살면서 가끔 얼굴만 내민다는 그 기인 말인가?"

"그렇지. 그 분은 이곳 말고도 여러 곳에 객주를 열고 이곳은 가끔 온다네. 내게 내수사의 거래를 알선해 주었는데 그 망할 놈이 훼방을 놓더구먼."

"망할 놈?"

"윤선각, 국형이 말이야."

윤국형은 오랫동안 쓰던 이름을 버리고 선각(先覺)이라고 바꾸었다. 내수사는 왕실에 물품을 공급하는 관청으로 내시들이 장악하고 있다. 직거래를 트기 위해 내수사의 관리들에게 많은 돈을 바쳤다. 그런데 윤선각이 덕형이 근본이 없는 씨받이 출신임을 알려 보류시켰다는 것이다. 그래서 조헌에게 이것의 부당함을 알리려 한다고 했다.

"에이, 말도 안 되는 소리. 중봉이 무슨 힘이 있나? 그리고 그 성격에 누구에게 청탁하겠나?"

"아니지, 절차를 밟아 거래가 성사되었는데 단지 내가 서자라는 이유만으로 상거래를 중단시킨다니 말이 되는가? 어릴 적 친구가 억울한 일을 당한다면 그도 가만있지 않을 걸세."

"하긴. 신분이 무슨 문제가 되나? 자네 형이 너무 했네."

정민의 말에 덕형이 심사가 비틀려 소리쳤다.

"형은 무슨 형? 나는 윤씨 집과는 발을 끊었네."

"저번에 보니 국형 아니 선각이라고 했나? 내가 봤는데."

그 말에 덕형이 움칫했다. 윤선각은 내수사와 덕형 사이에 중개를 통해 구전을 먹고 있었다. 이럴 때 내수사와 직거래를 하게 되면 수입이 끊기기 때문에 훼방을 놓는 것이다.

"아는지 모르겠는데 내수사 우두머리는 정오품 전수인데 그 사람이 조헌과 함께 일한 적이 있고 존경한다고 하네. 그러니 조헌이 말 한마디만 잘해주면 선각이 그놈이 아무리 훼방해도 거래를 틀 수 있다네. 나는 알다시피 천한 장사치라…… 자네는 아직도 조헌과 가깝고 강원장이니 자주 만나지 않는가."

덕형은 조헌을 술자리에 불러 달라는 것이었다. 조헌이 벼슬살이로 자주 김포를 비운데다 덕형 역시 장사꾼으로 돌아다니니 만날 일이 별로 없었다. 덕형이 주인을 팔아 재산을 빼앗고 조강포에서 객주를 연 뒤로부터 만남이 뜸해졌다. 그러다 고리채를 놓아 나쁜 짓을 많이 하자 찾아와 야단을 친 이후로는 사적으로 만나지 못했다. 지금 조강포에 머물러 자주 본다 해도 틈이 벌어져서 그의 부탁은 단박에 거절할 것이다.

"조헌에게 틈틈이 내 말을 해주게. 그리고 어느 정도 풀리면 술자리를 마련해 주게."

"알았네. 중봉은 나를 신임하지. 그러니 강원을 맡긴 것이 아닌가? 내 힘써 주지. 그런데……"

정민은 기생들을 번갈아 보고 말했다. 오늘 밤 두 여자와 자고 싶다고. 윤덕형은 웃으며 승낙했다. 머리가 텅 비어있어 과거는 번번이 떨어져도 아랫도리는 아직 쓸 만한 모양이라고.

홍인걸이 경복궁에서 야간 근무를 마치고 돌아오는 길이었다.

"새우젓 사려! 어리굴젓 사려!"

통금이 해제된 시각부터 바쁜 사람이 있었다. 아침상을 마련하는 집에 젓갈 파는 젓갈장사, 달걀을 팔러 나온 어리치, 장작을 공급하는 나무꾼 등이다.

경호와 권위를 보여주는 여섯 명의 구사가 오위장 홍인걸을 앞뒤로 호위하며 골목길로 접어들었다.

"새우젓 사려! 어리굴젓 사려!"

홍인걸의 집 앞에서 젓갈장사가 외쳤지만, 대문은 열리지 않았다. 홍인걸 일행을 보자 흠칫해서 뒤로 물러선다. 인걸이 젓갈장사에게 말을 건넸다.

"잘 되었네. 짭짤한 것이 먹고 싶었는데……"

대문이 열려 젓갈장사를 안으로 들이고 그는 사랑채로 향했다. 말없이 사랑방으로 들어간 홍인걸의 뒤를 젓갈장사가 따랐다.

"수고했네, 박서방!"

젓갈장사로 변장한 암호해독가가 조그만 젓갈독을 열자 젓갈 대신 문서가 들어 있었다. 그 안에서 두툼한 문서를 꺼내 건네주었다.

"편지 한 장만 빼고 모두 해독했습니다. 제 생각에는 해독하지 못한 것에 간첩 조직에 관한 내용이 있을 것 같습니다."

그 한 장이란 여우가 톱밥에게 보내는 것이리라. 그것을 해독해야 비변사에 잠입한 간첩을 잡을 수 있으니 톱밥을 잡아야 한다. 박서방은 홍인걸의 밀명을 받고 금강산 간다고 나와서는 남산 밑 붓골의 안전가옥으로 갔다. 조헌이 준 거울글씨 글과 암호문서를 비교하며 암호를 풀려 한 것이다.

남산 밑의 붓골(筆洞)은 조정에서 필요한 각종 서책을 인쇄하는 동네로 사람들의 왕래가 잦은 곳이다. 그럼에도 홍인걸이 그곳에 보낸 것은 해독에 필요한 서책을 즉시 공급하기 위해서였다. 청지기를 시켜 조강포의 강원에서 쓸 언문교재를 사기 위해 수시로 보냈다. 다른 한편으로는 인쇄소를 중개로 해서 필요한 책을 전해 주었다. 비변사에서 아무리 청지기를 미행해도 꼬리가 잡히지 않은 것은 이런 방법을 썼기 때문이다.

박서방이 밖을 살피기 위해 방문을 살짝 열자 새벽바람이 훅하고 안으로 들어왔다. 촛불이 하늘거렸다. 해독한 문서를 읽어 내려가는 홍인걸의 얼굴빛이 점차 어두워졌다. 다 읽고 나자 한숨을 푹 내쉬고는 중얼거리듯 말했다.

"이제 일본이 우리 조선을 침략하는 것이 시간문제인데 조정에서는 죽기 살기로 당파싸움만 하고 있구나."

문서에는 풍신수길이 나고야성을 쌓아 침략의 전초기지로 삼고 2천 척의 배와 16만의 군대를 모으고 있다지 않는가. 홍인걸은 박서방에게 해독된 문서를 두 부 필사하라고 했다. 그리고는 청지기를 불러 누군가를 만나러 갈 것이라고 말했다.

7

의문의 죽음

홍인걸은 오위(五衛)에 근무하는 열두 명의 종2품 오위장 중 한 명이다. 오위는 나라 안의 모든 군사를 통솔하는 조직이다. 동시에 가까운 거리에서 왕과 왕실을 지키는 근왕조직이다. 오위장은 대궐의 안팎을 교대로 순찰하는 임무가 있기에 야간 근무가 많다. 그렇게 중대한 일로 바쁘게 움직여야 했지만, 길삼봉도 잡아야 했다. 사돈인 서인 영수 정철이 파직당해 홍인걸의 위상이 예전 같지 않지만, 왕의 특명을 받고 있기에 의금부나 비변사같이 막강한 위세를 가진 관청도 요청을 거부하지 못했다.

낮 근무를 하는데 의금부에서 도사가 찾아왔다. 은밀히 홍인걸에게 말하기를 화약 무기를 다루는 군기시(軍器寺) 근처를 얼씬거리던 행상 한 명을 체포하려다 놓쳤는데 비변사 사건과 연루된 의심이 있다고 했다. 그자가 떨어뜨린 보따리가 있다고 해서 보여주었다. 열어보니 민화가 수십 장 들어 있었다. 그것을 받아 집에 가져왔다.

박서방은 해독하지 못한 암호편지 한 장을 두고 끙끙대고 있었다. 꼭 해독해야 한다는 욕심 때문에 몰래 왜역관을 찾아가 암호 해독에 관한 단서가 될

만한 것을 자문받고 돌아왔다. 청지기가 박서방이 담을 뛰어넘어 외출했다고 일러바치자 불러놓고 야단쳤다.

"이보게, 지금 일본 간첩이 자네를 찾기 위해 눈을 까뒤집고 있다는 것을 몰라? 붙잡히면 그냥 골로 가는 거야."

박서방은 인걸이 호통을 치자 고개를 숙였다. 한참 동안 야단치는 인걸의 목소리에 힘이 빠지자 고개를 들고 배시시 웃어 보였다.

"아니, 이 사람이. 내 말을 허사로 들은 거야? 웃긴 왜 웃어?"

"나으리, 나머지 한 장에 있는 암호 일부를 해독했습니다. 비변사 안에 일본 첩자의 두목이 숨어 있습니다. 분명합니다."

인걸이 침을 꿀꺽 삼켰다. 박서방이 내민 종이에는 언문으로 소나무, 톱, 끌, 톱밥이라고 쓴 것이 눈에 들어왔다.

"그, 그런가?"

"나으리께서 중봉 어른의 어렸을 때 있었던 일에 단서가 있을 것 같습니다. 더 자세히 듣고 제게 말씀해 주시면 조직의 전모를 파악하는 데 도움이 될 것입니다."

"수고했네, 수고했어. 이제 놈들은 독 안의 쥐야. 자네가 밝혀낼 줄 알았어. 암"

조금 전에 박서방을 호되게 몰아친 것이 미안했는지 연신 사과했다. 인걸은 일본의 첩자가 전국적으로 암약하는데도 비변사에서 제대로 잡지 못하는 것이 평소의 의문이었다. 첩보를 담당하는 곳에 일본의 두더지가 숨어 있으니 그랬던 것이다.

그는 의금부에서 가져온 그림을 꺼내 펼쳐놓았다. 박서방의 눈이 동그래졌다. 남들이 보기에는 나비, 꽃, 연꽃이 그려진 평범한 민화(民畵)였지만 암호 전문가의 눈에는 다르게 보이는 모양이다.

"나으리, 이걸 어디서 가져오신 겁니까?"

"알만한 것인가?"

인걸은 군기시를 얼씬거리던 행상이 떨군 보따리에서 얻은 것이라고 대답했다. 박서방은 문갑에서 볼록한 수정알을 꺼내 그림을 확대해 보았다. 한참 동안 그러더니 수정알을 인걸에게 건네주며 나비의 그림을 자세히 살펴보라고 했다.

"나으리, 군데군데 점이 있지 않습니까?"

"으흠, 그러네."

"그것은 그냥 점이 아닙니다. 군영배치를 기록한 것입니다."

놀라운 말이었다. 나비 그림에 군사 비밀이 숨겨져 있다니 첩자의 교묘함에 혀를 찰 수밖에 없다.

"나비의 형태를 보십시오. 가는 선이 보이지 않습니까? 성곽 도면입니다. 이것과 같은 모양의 성을 찾으면 첩자가 어디서 활동했는지 알 수 있습니다."

첩자도 놀랍지만 이런 은폐술을 찾아낸 박서방도 대단한 사람이었다. 비변사 최고의 암호해독자라는 명성이 부끄럽지 않다. 박서방은 이 밖에도 연꽃에 숨겨진 무기창고 위치와 크기 등을 찾아냈다.

"으음, 이제야 꼬리가 잡혔군."

박서방이 또 히죽 웃었다. 그리고는 거울글씨 원본과 해독된 내용이 적힌 문서를 내밀었다.

"나으리, 그 여우라는 여자아이. 아니지요. 지금은 오십 줄 여자지만 대단했더군요."

"그게 무슨 소리인가?"

"거울글씨 말입니다. 연애편지입니다. 그 어린 나이에 어찌나 애절하게 조헌 그 분을 그리워하는지 해독한 것을 읽어 보고, 제 가슴이 다 아팠답니다."

암호문서를 해독하기 위해 조헌이 가져다준 목함의 거울글씨 글을 참조로 했다. 그런데 그것이 나이에 걸맞지 않게 애절한 내용이었다고 한다. 여우가 지금껏 조헌을 잊지 않은 마음을 읽을 수 있었다.

조강포에 한창 봄이 무르익었지만, 살얼음 같은 기운이 돌았다. 의금부 나졸들이 포구에 들이닥쳤다. 눈치 빠른 참새가 탐지해 포구에서 감독하는 김후재에게 알렸다. 그러자 깜짝 놀라며 얼른 뗏목에 올라타고 밀물이 밀려오기를 기다렸다.

"분명히 내 얼굴이라던 말이냐?"

"네, 수염이 얼굴을 가렸지만, 윤곽만 보고도 존위님인지 금세 알았습니다."

참새의 대답에 후재는 신음했다. 어떻게 자신의 얼굴을 알아냈다는 말인가. 홍인걸이 먼젓번에 길삼봉이라는 준 인상서에 자신과 비슷한 얼굴은 아무도 없었다. 그런데 불쑥 의금부에서 자신의 얼굴이 그려진 인상서를 들고 왔다.

"오위장도 왔다고?"

"네, 지금 조헌 그 분과 함께 계십니다. 공무로 왔다는 말을 들었습니다."

"공무? 그러면 길삼봉을 잡기 위해 의금부 나졸들을 끌고 왔다는 말인데……"

김후재는 입안이 바짝 말라왔다. 자신이 체포되면 조강포에 은신해 간신히 명맥을 이어가는 활빈당은 끝장이 난다. 연산군 때 홍길동은 조선을 떠났지만 남아 있는 반체제 인물들이 계속 활빈당을 이어갔다. 때로 화적 패들이 활빈당의 이름을 도용하기도 했지만, 약자를 돕는 활빈(活貧)정신을 오로지 받들고 있는 비밀결사는 그들뿐이다. 활빈당은 필요에 따라 악행도 저질렀다. 강도질은 기근이 심해 구호가 필요할 때 저질렀고 조직이 누설될 위험에 있을 때는 살인도 했다. 그러나 대부분의 활동은 강압과 착취를 저지르는 부호나 관리들의 비리를 알아내 협박, 투서, 익명서 유포 등 온건한 것이었다.

"돌아가서 나졸을 구워삶아 그 인상서를 한 장 얻어 와라."

"알겠습니다."

뗏목은 물살을 타고 마포 쪽으로 밀려갔다. 멀리 감암포에서 썰물을 기다리는 배들이 보였다. 김후재가 피신했지만, 의금부 나졸들은 인상서에 그려진 털복숭이 남자를 찾았다. 언뜻 보아서는 누군지 알 수 없지만, 그 얼굴에서 수염을 싹 깎아내면 존위 김후재의 얼굴이었다. 나졸이 곳곳에 돌아다니며 인상서를 보였지만 수염 때문에 반쯤은 모른다고 했고 반쯤은 알면서도 모른다고 대답했다.

조헌은 해독내용이 적힌 문서를 보고 이내 심각한 얼굴이 되었다. 짐작은 하고 있었지만 이렇게 구체적으로 조선 침략에 대한 준비가 있을 줄 몰랐다. 지금의 규슈 지방인 히젠(肥前)에 나고야성을 쌓고 전국에서 모인 군대들이 출병 준비를 하고 있다. 건조하고 있는 배도 지금까지 보고된 정보보다 몇십 배 많았다. 그것보다 더 걱정되는 것은 일본군이 조선으로 들어갈 때 백성이 어떻게 대응할 것인가 하는 보고서였다. 일본 첩자에 의해 교묘히 조종되어 조정을 불신하고 원망에 가득 차 있다는 것이다. 내부가 교란되었으니 외적의 침입을 막을 수 없다는 것이었다.

"이건 분명 조선에서 암약하는 간첩이 보낸 내용이군요. 조직의 암호명이 소나무라구요?"

홍인걸이 근심 어린 표정으로 묻는다.

"중봉, 이 소나무가 비변사에 침투한 첩자와 관계가 있는 게 아닐까요?"

"그렇습니다. 지금 생각하니 그 박서방 말대로 톱밥이니 하는 암호명이 연관되어 있군요. 첩자를 들여보내는 일본 쪽 우두머리의 암호명이 목수인 것을 보니."

조헌은 방바닥에 손가락으로 소나무라고 언문을 썼다. 그리고 그 옆에 톱밥이라고 썼다. 그는 목수가 쓰는 도구가 무엇인가 따져보았다. 재료가 되는 소나무, 톱밥은 드러났다. 그렇다면 톱도 있을 것이고 끌, 대패, 먹통, 줄자도 있을 것이다. 그렇다면…… 그렇다면.

"생각이 났습니다. 여우의 아버지는 떠돌이 목수였다고 합니다. 여우재 만신과 잠시 동거 중에 태어난 것이 여우지요. 여우는 제게 목수 아버지 이야기를 많이 했습니다. 두 살 때 아버지가 데려가 할머니가 키웠답니다. 후에 전염병으로 집안 식구들이 모두 죽자 다시 만신인 엄마에게로 온 것입니다."

"음, 그러면 역시 중봉의 추측대로 암호문서를 천호에게 전해 준 것은 여우가 확실하겠구려."

두 사람은 여우가 일본에서 어떤 생활을 했을까 추리해 보았다. 영리한 여자였기에 조선을 염탐하는 첩자 일을 하게 되었고 딸을 낳아 조선에 첩자로 침투시켰다는 것이다.

"제 생각으로는 일본에서 조종하는 두목은 암호명이 목수이고 이곳 첩자의 두목은 톱일 것이오. 소나무는 조선이구요."

"비변사에 간첩이 있다면 도대체 누굴까? 하급관리들은 아닐 것이고 낭청 중의 한 명일까?"

인걸이 중얼거리자 조헌이 나직하게 말했다.

"오위장께서 해독된 내용을 가지고 유성룡을 찾은 것은 성급한 처사였던 것 같습니다."

홍인걸은 해독된 내용을 필사해 원본과 함께 유성룡을 찾아갔다. 서인으로 분류되는 인걸이 동인의 영수인 유성룡을 찾은 것은 당파를 초월해서 일본 침략에 대비하자는 것이었다. 홍인걸은 당릉군 홍순언을 통해 얻은 명나라의 사정을 수시로 알려 유성룡의 미적미적한 태도에 많은 변화를 주었다. 그런 노력의 결과로 유성룡은 통신사가 오기 직전에 이순신을 발탁해 전라도의 수군을 강화시킨 것이다.

"나는 그렇게 생각하지 않소. 중봉의 목숨을 건 지부상소가 받아들여지지 않을 정도로 꽉 막힌 조정이오. 이런 무사안일을 깰 수 있는 사람은 그래도 유성룡이라고 판단했소. 중봉과 사이가 나쁜 줄은 알지만, 나라를 지키는 일에 친소와 은원을 어찌 따지겠소? 내 비록 서인으로 지목받고 있으나 동인과 척질 짓은 안 했으니 이치에 맞게 해결하려 했던 것이오."

인걸의 말에 조헌은 큼하고 헛기침을 했다. 평소 동인과 교류했던 홍인걸이 아니라면 이런 귀중한 정보를 전해줘도 믿지 않을 것이다.

"다행히 내가 중봉과 그 여인과의 어릴 적 인연부터 시작해서 홍천호가 죽으면서 전해 준 이야기, 박서방이 해독한 사실을 모두 말해 주어 문서가 진실임을 알렸소."

"유성룡, 그이가 어찌 대답하던가요?"

"크게 걱정하며 합심해서 일본 침략에 대비하자고 했소. 그런데 의금부에서 조강포에 길삼봉이 은신하고 있다며 인상서까지 보내와 급히 온 거요."

홍인걸은 의금부 나졸들이 들고 다니는 인상서를 꺼내 보여주었다. 조헌이 들여다보다가 곧 어떤 인물을 머리에 떠올렸으나, 다시 인걸에게 내밀며 말했다.

"수염이 짙은 것이 나보다 더 털복숭이군요. 의금부에서 만든 길삼봉의 인상서가 십여 장인데 한 장 더하는 것이 아닐까요?"

조헌의 말에 오위장은 머리를 가로저었다.

"아니요. 의금부와 흥정을 하다가 살해된 자의 행적을 추적한 비변사에서 유품을 찾은 것이라 합니다."

"비변사의 누구라 합니까?"

"신민철 낭청이라 하더이다. 같이 찾아갔던 의금부 도사 말인데 가면을 써서 자신도 얼굴은 모른다 하더이다."

극비의 첩보를 취급하는 비변사의 낭청이다. 그들의 자세한 신원에 대해서는 당상 이외에는 알 수 없다. 조헌이 인상서를 집어 들고 물었다.

"길삼봉이 분명히 이 자입니까?"

"왜? 중봉이 아는 사람이오?"

인걸의 물음에 조헌은 움찔했으나 이내 표정을 바꾼다.

"아닙니다만…… 이렇게 수염이 무성하니 혹시 변장한 것이 아닐까요?"

"변장? 그 생각은 못했소."

"알았습니다. 강의 때 인상서를 보이고 이 자를 찾아보겠습니다."

조헌이 말은 그리했지만, 조강포 주민은 결코 '이 자'를 고발하지 않으리라고 확신했다.

"중봉, 여우가 딸에게 보낸 암호편지에 대해 단서가 있었소?"

"아뇨. 전혀 모르겠소이다."

"으흠, 우리가 풀긴 어려울 거요. 하지만 박서방이 왜역의 도움을 받았다니 곧 풀릴 거요. 그리고 이건 목함 속 거울글씨를 해독한 것입니다."

목함에 보관되었던 거울글씨 원본과 이것을 해독한 내용을 적은 문서를 조헌에게 주었다.

이때 밖에서 의금부 나졸이 오위장을 찾았다. 나가 보니 나졸이 가까이 와서 귀에 대고 뭐라고 속삭였다. 그러자 인걸의 얼굴이 새파랗게 질리더니 인사를 하는 둥 마는 둥 하며 자리를 떠났다. 그가 나가자 조헌은 해독된 내용을 읽어 내려갔다. 어린 나이였지만 마치 다 큰 아가씨가 또래의 도련님을 사랑하는 듯한 내용이 구구절절 그의 가슴을 아프게 했다. 글을 다 읽은 뒤에는 마음이 심란해서 밖으로 나가 조강포를 이리저리 돌아다녔다.

급히 도성으로 돌아온 홍인걸이 비변사에 들어섰다. 암호전문가 박서방은 차디찬 시신으로 변한 채 거적에 덮여 있었다.

"아니, 이게 어찌 된 일이냐?"

그는 자기 집 별채에 꼭꼭 숨어 있어야 할 박서방이 살해당할 줄은 꿈에도 몰랐다. 손에 붕대를 한 청지기가 죽을상이 되어 박서방이 죽게 된 경위를 설명했다. 홍인걸이 조강포로 떠난 다음 날 아침 비변사에서 다모(茶母)가 찾아왔다고 한다. 그녀는 홍인걸이 김포로 가기 전에 비변사 당상에게 박서방에게서 암호문서에 관한 이야기를 들어보라고 했다는 것이다. 청지기는 홍인걸에게 그런 말을 못 들었다고 돌아가라고 했으나 박서방이 나와서 다모를 만났다고 한다.

"비변사 다모 낭이라고 하더군요. 혹시나 싶어 하인 둘을 따라 보냈습니다. 그래도 안심이 안 되어 저도 함께 갔는데 비변사 앞까지 갔을 때였습니다."

앞뒤로 박서방에 바짝 붙어 호위하며 비변사 앞까지 왔는데 상복을 입고 삿갓을 쓴 남자와 마주쳤다. 그가 갑자기 박서방에게 달려들어 칼로 찌르고 달려드는 하인들을 낭이가 발로 걷어차 쓰러뜨렸다. 자기도 막으려고 했지만, 손만 다치고 남녀는 도망쳐 버렸다고 한다.

"비변사 앞이라 방심한 것입니다. 비변사의 나졸들이 뛰쳐나왔지만 이미 때가 늦었습니다."

"그 계집은?"

"어디론가 사라져 나타나지 않고 있습니다."

홍인걸은 낭이라는 이름의 다모가 일본 첩자라고 단정했다. 홍천호가 죽은 것도 그녀가 자객을 끌어들였기 때문이다.

"당상, 당상을 뵙고 싶다."

이때 가면을 쓴 남자가 인걸의 앞에 나타났다.

"오위장님, 당상 어른은 궁에 들어가셨습니다. 저는 낭청 신민철입니다. 가면으로 얼굴을 가린 것을 용서하십시오."

낭청은 가슴에 그의 신분을 알려주는 나무패를 달고 있었다. 홍인걸도 비변사 낭청은 얼굴을 숨긴다는 것을 이미 알고 있다.

"안타까운 일입니다. 저도 잘 아는 박서방이 비변사 앞에서 흉측한 일을 당하다니……"

민철은 잠시 말을 끊고 인걸을 바라보았다. 눈 부위에 뚫린 구멍으로 내다보는 눈이 날카롭다.

"박서방을 유인한 것이 다모 낭이라는 것도 불미스러운 일입지요. 오위장님께서는 박서방이 왜 죽었다고 생각하십니까?"

"……"

"제가 조금 전에 박서방의 집에 갔더니 금강산으로 유람 떠난 줄 알더군요. 그런데 어떻게 오위장님 댁에 있었나요? 그리고 낭이는 어떻게 박서방이 그곳에 있는지 알았을까요? 누가 시킨 것일까요?"

민철이 쉬지 않고 질문했다. 하지만 인걸은 차가운 냉기가 흐르는 가면을 쓴 낭청을 물끄러미 바라만 보다가 입을 열었다.

"낭청, 지금 나를 심문하는 거요?"

그 말에 움칫하더니 조심스럽게 말했다.

"그럴 리가…… 비변사와 연관된 일이라 그냥 묻는 것일 뿐입니다."

이렇게 말하고는 피하듯이 빠른 걸음으로 사라졌다. 홍인걸은 눈을 돌려 칼에 찔려 처참하게 죽은 박서방을 바라보고는 눈물을 쏟았다. 그가 집에 있었더라면 절대로 이렇게 죽게 내버려 두지 않았을 것이다. 그는 박서방의 시신을 쓰다듬으며 말했다.

"이보게, 자네는 우리 조선에 큰 공을 세우고 돌아갔구먼. 저승 가는 발길이 가볍도록 가족 생계는 내가 책임지겠네."

용화사로 피신한 김후재는 초조했다. 지금까지 조강포 주민의 절반 아니 대부분은 의금부 나졸들이 찾고 있는 인상서의 인물이 조강포 존위라는 것을 알게 되었을 것이다. 그렇지만 입을 꼭 다물고 있는 것인데 누가 '수염만 없으면 우리 존위님과 비슷한데……'하면 나졸이 찾아와 인상서와 자기 얼굴을 번갈아 볼 것이다. 비슷하다고 믿어지면 당장 오랏줄로 묶어 끌고 갈 것이다. 이제 그가 사지에서 벗어나는 길은 영규가 '그자'를 빨리 조강포에 데려오는 것뿐이다.

"이런 젠장. 지금까지 잘 버텨 왔는데……"

지난 몇 년 동안 길삼봉이라는 이름이 흘러나올 때마다 가슴이 뛰었다. 붙잡혀 능지처참 되는 것이 두려운 것이 아니다. 자신을 중심으로 전국 각지에서 활빈당 조직이 재건되고 있는 시점이다. 정여립 난 이후 활동을 중지하고 잠복해 있던 당원들이 점차 모습을 드러내고 있다. 만약 서산대사와 손잡는다면 이들은 일제히 일어서서 정탐과 연락을 담당하게 될 것이다. 일본이 침략할 조짐이 보이자 잠시 주춤하고 있을 뿐이다. 한숨이 절로 나온다. 휴우

"나는 왜 이렇게 하는 것마다 어긋날까? 이러다가 죽어서 조상님 볼 면목이 없겠는걸."

김후재는 어려서부터 성질이 불량하고 싸움을 잘해 못된 아이로 자랐다. 그러나 점차 나이가 들자 잘못된 세상에 눈을 뜨게 되었다. 우연히 할아버지가 그 유명한 조광조에게 가르침을 준 갖바치였다는 것도 알게 되었다. 그때부터 그의 완력은 약자를 괴롭히는 강자에게 쓰게 되었다.

임꺽정이 난을 일으켜 그의 수하로 들어갔을 때는 서림의 배신으로 무너지기 직전이었다. 임꺽정이 죽은 뒤에는 배신자 서림을 죽여 복수한 것을 활빈당이 알고 후재를 포섭했다. 그곳에서 은밀하게 부패한 자, 착취하는 자의 재산을 강탈하거나 비리를 폭로하는데 그의 활약이 두드러졌다. 그러나 얼마 되지 않아 일부가 화적패로 전락하거나 포도청에 붙잡히는 바람에 활빈당 조직이 와르르 무너졌다. 이에 활빈당수는 병사하면서 그 자리를 김후재에게 넘겨주었는데 역모나 반란에는 개입하지 않겠다고 맹세해야 했다.

활빈당을 재건 중에 정여립이 손짓을 해오자 끓는 피가 솟구쳐 유언을 깜빡하고 응했다. 하지만 정여립의 목표가 백성을 위한 것이 아니라 임금 자리라는 것에 실망해 뛰쳐나왔다. 그것을 만회하고자 서산대사가 내미는 손을 붙잡았는데 이번에는 일본의 조선 침략 시도를 알게 되자 망설이게 되었다. 언제나 한발 늦고 어긋나는 바람에 궂은일에 몸만 바쁜 무능한 활빈당수, 길동 선생이 된 것이다.

젠장, 젠장, 젠장

김후재는 이렇게 욕을 하면서 강가로 나갔다. 살생을 금하는 절에 백정이 머무는 것이 부담스러웠다. 공연히 부처님 욕 먹이는 것 같아 가능하면 법당 근처에는 가지 않았다. 인간 세계를 구원하기 위해 온다는 미륵불을 볼 때마다 자신이 할 역할을 생각했다. 가슴이 벅차올랐지만, 현실로 돌아오면 항상 헛다리 짚는 초라한 모습이 싫었다. 유유히 흐르는 한강물은 조용한 것 같아도 끊임없이 변화하고 있다. 겉은 평온하나 물밑은 격랑 치고 있다. 그는 자신이 그냥 물결에 휩싸이는 작은 배처럼 느껴졌다.

"때가 오면 이 한목숨 기꺼이 나라와 백성을 위해 바칠 수 있는데……"

이렇게 중얼거리는데 강 건너에서 쪽배를 띄우는 것이 보인다. 청년이 뱃사공하고 말다툼하는 것으로 보아 무슨 문제가 있는 모양이다. 그러더니 배에 올라타서 노를 젓는 것이 보였다. 노 젓는 솜씨가 서툴러서 배가 좀처럼 물살을 이기지 못하고 뒤로 갔다 앞으로 갔다 하는 것이 우스웠다. 뱃사공은 횡하니 가버리고 청년은 고군분투하고 있다. 김후재가 보기에 매우 위태롭게 보여 말뚝에 맨 밧줄을 풀고 배 위로 올라갔다. 그리고는 노를 저어 청년이 탄 배를 향해 갔다. 아니나 다를까 청년은 낡은 배에 물이 들어오자 화들짝 놀랐지만 물을 퍼내지 못했다. 쪽배가 점차 가라앉자 청년이 두 팔을 흔들며 구원을 요청했다. 후재의 배가 가까이 갔을 때 배는 밑으로 가라앉고 청년은 물에 빠져 허우적댔다. 자기 딴에는 헤엄을 친다고 하는데 꼭 움켜쥔 보따리 때문에 제대로 놀리지 못했다. 후재가 내미는 노를 붙잡고서야 간신히 배에 올라탈 수 있었다.

"그 보따리에 무엇이 들어있길래 꼭 움켜쥐고 있는 거요?"

청년은 물음에 아무 대꾸도 않고 흠뻑 젖은 옷을 벗고 있었다. 후재도 더 묻지 않고 용화사 쪽으로 노를 저었다. 청년은 몹시 불안한 표정을 짓고 있다. 뭍에 도착하자 청년은 보따리를 들고 훌쩍 뛰었다. 묶은 것이 풀렸는지 보따리 안의 물건이 우르르 쏟아졌다. 벼루와 먹 그리고 붓과 함께 돈으로 대용하는 무명 한 필이었다. 햇빛에 반짝이는 물건이 있었는데 날카로운 비수(匕首)였다. 청년이 놀라 비수를 움켜쥐고는 몸 뒤로 숨겼다.

"이보게, 그건 흉기가 아닌가?"

과도나 식품을 요리하기 위한 칼이 아니라 살상용 비수였다. 날카로운 추궁에 청년은 고개를 푹 숙이고 대답을 못했다. 얼굴을 봐서는 불량한 짓은 하지 못하게 생겼다. 후재가 오른손을 쭉 뻗으며 말했다.

"무슨 사연이 있는지 모르겠지만 내게 주오. 요즘 포도청 기찰이 심하니 그런 것을 갖고 다니면 붙잡혀갈 것이오."

청년은 잠시 망설이더니 비수를 건네주었다. 그리고는 바닥에 떨어진 벼루와 먹 등을 보따리에 넣고 묶었다. 후재가 비수를 받고 물었다.

"보아하니 스물이 못된 것 같은데 이 비수로 무슨 짓을 하려 했나?"

청년은 대답하지 않고 고개만 푹 숙였다.

"우선 옷을 말려야겠네. 어서 가세."

후재가 배를 말뚝에 묶어 놓고 성큼성큼 걷자 청년이 잠시 망설이더니 보따리를 들고 뒤따라왔다. 용화사의 뒤쪽에 장작이 잔뜩 쌓여 있고 그 뒤로 자그만 방이 숨겨져 있었다. 영규가 머물던 방이다. 그 방으로 들어간 후재가 청년에게 안으로 들어올 것을 권유했다. 대낮이었지만 자그만 창문이 하나뿐으로 가느다란 햇빛이 방안을 비출 뿐이다.

"자네 이름이 뭔가?"

"이, 이성찬입니다."

이렇게 말하고는 후재를 쳐다본다. 그의 눈을 보고는 다시 입을 열었다.

"진짜 이름은 김동주입니다. 그래도 이성찬이라 불러주십시오. 제가 여기 온 것은 누굴 찾기 위한 것입니다. 혹시 윤덕형이라는 장사치를 아십니까?"

"윤덕형? 내가 알고 있는 이는 조강포의 객주인데……"

성찬은 그 말에 눈을 크게 뜨고 소리쳤다.

"맞습니다, 그놈입니다."

그는 주먹을 쥐고 부르르 떨었다. 바로 눈앞에 덕형이 있다면 당장 비수로 찔러 죽일 태세다. 후재는 흥분한 그를 진정시키고 말을 들었다. 본명이 김동주인 이성찬은 시전 상인의 막내아들이었다. 부유한 상인의 귀염둥이 아들이었던 그가 절망의 구렁텅이로 빠진 것은 십 년 전 일이었다. 정경유착으로 부를 축적했던 아버지가 역모로 몰린 관리에 연루되어 형 두 명과 함께 사형 당했던 것이다. 어머니는 목을 매어 죽고 졸지에 고아가 된 그는 강원도로 가서 철광하는 친척의 일꾼이 되었다는 것이다. 거기서 철을 녹이는 일을 했다고 한다. 그러다 원수인 윤덕형이 김포에서 잘살고 있다는 말에 눈이 뒤집혀 무작정 뛰쳐나왔다는 것이다. 그리고는 의금부와 비변사 등에 탄원서를 썼지만 돌아온 것은 무고혐의였다. 그래서 도망쳐 숨어 있다가 울분을 참지 못하고 스스로 해결하려고 온 것이다. 그의 말을 모두 들은 김후재가 고개를 끄덕였다.

"내가 그 사람에 대해 좋지 않은 말은 들었지만 그런 자세한 내막은 몰랐소. 그렇다고 감정에 휩싸여 행동한다면 복수도 못하고 목숨만 잃을 수 있소. 그러니 우선은 숨어서 기회를 봅시다."

후재는 성급한 성질 때문에 매사 어긋났던 자신의 젊은 시절 같아 만류하는 것이다. 몇 마디 설득에 성찬은 고개를 끄덕였다.

다음 날 참새가 별명 그대로 새처럼 날아오듯 용화사로 들이닥쳤다.

"존위님, 존위님. 됐습니다. 이제 조강포로 돌아가셔도 됩니다."

참새가 흥분된 어조로 조강포에서 있었던 일을 설명했다. 의금부 나졸들이 수염만 깎으면 그대로 김후재 얼굴이 드러나는 인상서를 가지고 나타났을 때 그는 재빨리 용화사로 도주했다. 동시에 영규는 급히 배를 타고 마포로 가서 누군가를 찾았다.

"똑같아요, 소경이 봐도 한눈에 알아볼 정도로 인상서와 같았어요."

"허어, 어떻게 소경이 앞을 볼 수 있다는 말이냐? 허풍 그만 떨고 자세히 말해 봐라."

마포로 간 영규가 찾은 사람은 인상서와 비슷한 용모를 가진 남자였다. 그를 데리고 조강포로 오니 의금부 나졸들은 깜짝 놀라 얼른 체포했다. 털을 밀면 인상서와 비슷한 남자를 조사해보니 마포 포구에서 허드렛일을 하며 생계를 이어가는 저능아였다.

"누군가 잘못 제보했다는 것으로 결론을 내리고 떠났습니다."

참새의 보고에 김후재는 비로소 안도의 한숨을 내쉬었다. 김후재와 비슷한 외모에 눈여겨보았던 바보를 데리고 온 것이 척 들어맞은 것이다.

"그렇다면 아무 일 없게 되었다. 가자!"

그는 이성찬을 데리고 조강포로 가자마자 곧장 대장간을 찾았다. 대장간을 책임진 사람은 체구가 우람한 차바우인데 충성심이 대단한 활빈당원이었다. 하지만 일자무식이라 학문도 있고 철광석에 대해 잘 아는 이성찬이 대장간 운용에 도움이 될 것으로 믿고 머물게 했다.

홍인걸은 빈손으로 돌아온 의금부 나졸들을 보고 실망했다. 비변사 낭청이 보내온 인상서니 잔뜩 기대했던 것이 잘못이었다. 동행했던 도사를 불러 순서대로 말을 맞춰보았다. 그랬더니 죽은 자의 유품에서 인상서를 자신이 직접 꺼낸 것이 아니었다. 낭청 신민철이 준 것을 받았다는 것이다.

"으흠, 그렇다면 낭청의 농간일 수도 있겠군."

무언가 꿍꿍이가 있어 마포 포구의 바보를 길삼봉이라고 했을지 모른다는 생각이다. 비변사에서 연속해 벌어졌던 살인 사건의 초점을 흐리기 위해서 말이다. 홍인걸은 다모 낭이가 조헌이 말한 여우의 딸이 아닐까 추측했다.

딸에게 보내는 편지만 빼고 일본이 침략을 준비하고 있다는 내용이 해독되어 모두 유성룡에게 전달했다. 인걸이 남에게 말하지 말라고 신신당부했지만, 방비를 의논하는 과정에서 일본 첩자의 귀에 들어갔을 것이다. 그러자 자신들의 정체를 파헤치는 암호전문가 박서방을 죽이는 동시에 낭이를 침투시킨 첩자로 단정해 꼬리를 끊어내는 수법을 쓴 것 같았다.

'낭이라는 계집이 자객을 끌어들인 것이다. 비변사에서는 일본 첩자를 낭이로 단정하지만, 그 계집은 깃털일 뿐이다. 몸통은 따로 있어.'

조헌의 말대로 일본 첩자들의 암호명은 목수의 도구명과 같을 것이다. 홍인걸은 인상서를 보내온 신민철을 의심했으나 당상이 제일 신임하는 낭청이고 천호가 살해될 때 비변사에 없었다고 한다. 그렇다고 첩자가 꼭 아니라는 근거도 없다. 그는 박서방이 마지막으로 해독한 민화를 토대로 은밀하게 적에게 파악된 성(城)과 진영을 찾았다.

내수사와 직거래를 트려고 했던 윤덕형의 계획은 또 무산되었다. 안면이 있는 내관의 말에 의하면 사촌 형 윤선각이 압력을 가했다는 것이다.

"이런 개 같은 놈이 있나?"

덕형은 선각이 사는 집 쪽을 향해 주먹질했다. 아무리 씨받이 아들이라고 해도 같은 할아비의 자손 아닌가. 중개료 챙기는 욕심으로 계속 발목을 잡는 것이 괘씸했다. 그러나 어쩌랴. 칼자루 잡은 이는 그쪽이니 그냥 휘두르는 대로 베이는 수밖에 없다.

"어디서 개 감투라도 하나 얻어 써야지. 원, 더러워서……"

정당한 절차를 밟으면 거래가 쉽지 않다. 그래서 뒷구멍으로 거래하려는 것인데 윤선각은 자신을 통해서만 거래할 수 있게 길을 들이고 있는 것이다. 덕형은 사촌이 아니라 원수를 향해 다시 팔뚝으로 주먹감자를 먹였다. 악귀가 그놈에게 달라붙어 뒈질 때까지 떨어지지 않기를 소원하면서 말이다.

행수가 방문 밖에서 주인을 불렀다. 이정민이 왔다는 소리에 가뜩이나 열불이 치솟는데 기름을 부었다. 조헌을 기생집 술자리에 데려오는 것이 문제없다고 큰소리 뻥뻥 치더니 여태 성사가 되지 못했다. 문틈을 살짝 열고 밖을 내다보았다.

'이놈의 인간, 무슨 낯짝으로 찾아왔나 꼴 좀 보자.'

잔뜩 속이 비틀려 다가오는 정민의 안색을 살폈다. 평소처럼 눈치만 보던 모습이 아니라 사뿐사뿐 활기차게 걸어오고 있었다.

'어쭈? 저 찌질이가 뭔가 해낸 모양이네.'

늘 얕잡아보던 정민이 오늘은 고개를 번쩍 들고 오는 것에 잔뜩 기대했다. 내관도 그러지 않았던가. 내수사의 우두머리 전수(典需)는 강직하고 청렴한 조헌을 흠모한다고 했다. 그 분을 만나 뵐 수 있다면, 그리고 객주 윤덕형이 단짝 친구임을 알게 되면 기꺼이 독점납품을 허락할 것이라고.

"이보게, 덕형이. 안에 계신가?"

정민이 밖에서 활기찬 음성으로 부르자 문을 스르르 열며 위엄있게 말한다.

"음, 무슨 일인가?"

"됐네."

"됐다니?"

덕형은 속으로 좋아서 죽겠으면서도 짐짓 모른 체한다.

"날을 잡아 놓게. 술자리를 마련했네."

정민이 조헌에게 덕형이 기생집으로 초대했으니 가자고 했다. 하지만 그는 선비는 기생집에 드나드는 것이 아니라고 하면서 거절했다. 그러자 덕형이 빈 창고를 내주었다는 말에 겨우 초대를 허락받았다고 했다. 정민의 말에 덕형이 화를 벌컥 냈다.

"아니, 그런 걸 왜 내게 말하지 않고? 네가 임자냐, 임자야?"

정민이 싱글싱글 웃으며 대꾸했다.

"이보게, 그깟 빈 창고를 어찌하려 하나? 내수사에 독점 납품해서 생기는 이익에 비하면 백 분의 일도 되지 않는가. 이럴 때 불알친구 헌이에게 잘 보여야지."

정민의 말에 동의하지 않을 수 없었다. 조헌이 고리대금업을 했다고 호되게 야단친 다음에 둘 사이가 멀어졌다. 이럴 때 창고를 내주면 옛 우정을 회복할 기회가 될 것이다. 또 내수사 전수가 알게 되면 독점에 도움이 될 것이다.

"이보게, 이보게. 그것보다 더 좋은 일이 있네."

정민이 갑자기 수선을 피웠다.

"자네가 첩으로 삼으려던 계집 있지 않은가? 그 애 이름이 여, 여 뭐였지?"

"여명이라네. 그 애를 보았나?"

귀가 솔깃한 말이다. 여명이 소리 없이 사라져버려 지금도 눈앞에 아른거리는데 갑자기 나타났다니 반가울 수밖에 없다.

"혹시 자네 잘못 본 것은 아니겠지? 요새 눈이 침침하다고 하지 않았는가?"

"이 사람이, 내가 경전의 글씨는 헷갈릴 수 있어도 계집 얼굴을 잘못 보지는 않네. 분명 그 여, 여 뭐라고 했지."

"여명. 그래, 지금 어디 있나?"

덕형은 목을 앞으로 쭉 내밀고 다음 말을 재촉했다. 그러나 정민은 빙긋이 웃을 뿐이었다. 계속 재촉했지만, 눈만 껌뻑거릴 뿐이었다.

"알았네."

덕형이 돈궤를 열고 명나라 은전을 한 개를 내놓자 그제야 입을 열었다.

"사람 쩨쩨하긴. 겨우 한 개인가? 할 수 없지."

화폐로 통용되는 은전을 받은 정민이 입을 열었다. 그가 하릴없이 포구에 나갔다 한다. 남자들의 눈이 일제히 어느 쪽을 향하길래 보았더니 기생 몇 명이 내리는 것이었다. 그중에서도 눈에 확 띄는 여자가 있어 주위 사람에게 물으니 예전에 이곳에서 기생하던 여명이라는 것이었다.

"하, 정말 경국지색이더군. 그 계집과 같이 온 기생이 추녀로 보일 정도였으니 말이야."

"그래서? 그다음은 어찌 되었나?"

"여명이라는 기생이 조강포로 돌아왔다 이거지."

정민의 말에 덕형의 입맛이 썼다. 겨우 그 말 들으려고 은전을 건네준 것이 아니다. 정민은 그 말만 남기고 자리에서 일어났다. 덕형은 여명이 느닷없이 조강포로 돌아온 것이 궁금했다. 그리고 첩으로 맞을 기회가 생겼기에 돈 아까운 것은 금세 잊어버렸다.

여명은 경대 앞에서 진하게 발랐던 화장을 지웠다. 오랜만에 하는 화장이라 거북했기 때문이다. 민낯이 드러나자 아까 짙게 화장했던 모습과 완연히 다르다. 같은 얼굴이라도 화장하면 다르게 변할 수 있듯이 그녀의 마음도 바꿈을 강요당하고 있다. 그녀의 어머니가 자신의 바람과 전혀 다른 길을 걸었듯이 자신도 그 길을 걷는다. 닌자인 아버지도 제 뜻과 다르게 어머니와 혼인한 것을 타고난 운명이라고 체념하고 살았다. 하지만 어머니의 나라인 조선에 들어와 살아보니 일본과 많이 달랐다. 피 냄새보다 사람 사는 냄새가 났다.

풍신수길이 천하를 통일하기까지 얼마나 많은 사람이 죽고 다쳤던가. 얼마나 많은 집이 파괴되고 불타 없어졌던가. 얼마나 많은 여자가 강간당하고 인신매매되어 창녀로 팔렸던가. 끔찍한 일이었다. 겨우 전란이 끝나 모녀가 행복을 찾는가 했는데 여명은 새로운 명령을 받았다. 조선으로 건너가라!

조선을 정탐하는 첩보 조직의 두목 암호명은 목수(木手)다. 그의 본명은 따로 있지만, 그것은 중요한 것이 아니다. 그는 소나무로 부르는 조선을 일본에 맞게 가공하는 첩자 두목이다. 조선에서 끌고 온 여우를 양녀로 맞아 부하에게 시집을 보냈지만, 미혼 때에도 혼인 중에도 그리고 아버지가 어디론가 사라진 후로도 잠자리를 같이 하는 정부로 삼았다. 그러므로 실제 아버지는 목수일지 모른다. 어머니나 자신이나 인간이 아니라 소모품이다. 어쩌면 목수도 풍신수길에게는 한낱 소모품일 것이다. 여명의 귀에 목수의 명령이 생생히 들려왔다. 조선으로 들어가 수단 방법 가리지 말고 정보를 빼 와라, 이것이 네 임무다.

그녀는 처녀를 상실한 후에 일본에 붙잡혀 온 조선 기생에게 화장법과 춤과 노래를 배웠다. 남자를 유혹하는 방법과 잠자리 기술은 일본 유곽의 유녀들에게 전수받았다. 그 때문인지 여명과 잠자리를 한 남자들은 사족을 쓰지 못했다.

"여명아, 어서 나와 봐라. 어르신 오셨다!"

기생 어멈의 호들갑에 정신이 번쩍 났다. 어르신은 그녀의 직속상관인 '톱'이다. 목수가 불러들인 조선 첩자의 우두머리로 그녀의 처녀성을 빼앗은 남자이기도 하다.

드르르 방문이 열렸다. 오 년 전 그때도 방문이 열리면서 그가 들어왔었다. 그녀의 몸과 영혼을 지배하기 위해서 강제로 들어왔다. 그러나 몸은 지배당했지만, 영혼은 지배당하지 않았다.

"여명, 잘 돌아왔다. 너는 이제 비변사 다모가 아니라 조강포의 꽃이다. 말하는 꽃 기생이다."

"네, 두목님. 분부대로 따르겠습니다."

"암, 그래야지."

두목은 흐뭇한 표정으로 내려다보았다. 그녀를 처음 품던 날 괴로워하든 모습이 떠올랐다.

"여명, 너의 목표는 조헌의 동태를 살피는 것이다."

"하지만 조헌 그 사람은…… 선비라서 기생집 출입은 하지 않습니다."

여명은 자신에게 찝쩍대던 객주 윤덕형이 말한 것을 기억했다. 조선에 널리 알려진 선비 조헌을 술자리에 끌어와 자신의 위세를 높이려고 했지만, 번번이 허탕쳤던 것이다.

"알고 있다. 그러니 네가 조헌의 친구 윤덕형을 통해 조헌의 움직임을 살피는 것이야."

"그 말씀은……"

그녀는 말뜻을 못 알아들었다.

"네가 덕형의 첩이 되어 그놈을 손아귀에 넣으면 되지 않겠느냐?"

그제야 여명은 그의 말을 알아들었다. 덕형은 어릴 적 친구 조헌을 내세워 자신의 가치를 높이려고 하고 있다. 조헌이 여러 번의 지부상소로 조선의 존경받는 선비가 되자 만나는 사람마다 어릴 적부터 가까운 친구였노라 자랑했다. 하지만 조강포의 객주인 그의 신분과 일치하지 않고 만나는 것을 보지 못했으니 허풍으로 흘려 듣는 이가 대부분이다.

"알겠습니다."

여명은 고개 숙여 절했다. 그가 만족한 듯 웃음을 지으며 말했다.

"이부자리를 깔아라. 오랜만에 너를 품고 싶구나."

어찌 거절할 수 있으랴. 또 고개 숙여 순종을 보였다. 두목은 자신이 첫 여자로 만들어 준 여명의 알몸이 어떻게 변했을까 머릿속에 그려보았다. 여명은 겨우 꽃봉오리를 벗어난 자기를 능욕한 자에게 다시 몸을 찢길 것을 생각하니 영혼이 고통스러웠다. 어머니! 불러도 구원해 주러 올 수 없는 이름을 불러보았다.

"어르신, 하나 여쭤볼 것이 있습니다."

저고리를 벗다 말고 여명이 말했다.

"무어냐?"

"저의 어머니는 잘 계신지요?"

비변사 앞에서 박서방을 살해한 대패는 목수에게 보고하기 위해 왜관으로 내려갔다. 여명의 물음에 톱은 껄껄 웃고 나서 말했다.

"잘 있다마다. 목수가 보내온 편지에 의하면 네 엄마가 단것을 너무 많이 먹어 충치가 심하더라고 하더라."

그 말에 여명의 눈이 반짝였다. 그녀의 엄마는 유난히 단 것을 좋아했다. 신당에 있을 때 많이 먹었다고 했다. 서양에서 들여온 사탕은 아주 귀한 것이었지만 조선을 정탐하는 첩자들에게는 무한정 공급했다. 여명은 치통으로 소금을 물고 있는 엄마의 모습을 떠올리며 생긋 웃었다.

8
쫓는 자와 쫓기는 자

여명이 다시 기생활동을 하자 조강포의 화류계는 갑자기 시끌시끌해졌다. 이 년 전 홀연히 나타나 몇 달 동안 빼어난 미모로 조강포 사내들의 눈을 어지럽혔다. 나이 먹은 행수에서 막노동꾼 일꾼까지 홀려놓더니 어느 날 바람처럼 사라졌다. 기생 어멈의 말에 의하면 고향의 어머니가 돌아가서 장례 치르기 위해 간다고 했다. 없어졌던 그녀가 다시 나타난 것이다.

"여명이 돌아왔다는데 그냥 있을 수 없지."

덕형은 다른 부자들이 그녀를 채가기 전에 부지런히 움직였다. 금장식의 패물과 명나라의 분단장 도구까지 고루 갖추어 기생 어멈을 통해 여명에게 건넸다. 그 과정에서 기생 어멈에게도 상당한 돈이 흘러들어 갔다. 그날 밤 연회가 벌어졌는데 윤덕형은 구색을 갖추기 위해 조강포 강원장 이정민을 불렀다.

덩더 덩더 덩더

고수의 반주에 맞춰 여명은 교방춤을 추었다. 한들한들 한 마리 나비처럼 춤추는 그 모습에 덕형은 입을 딱 벌리며 혼이 나갔고 꼽사리 정민은 계속 주절거린다.

"아하, 천하절색이로고. 선녀가 하강했다고 하더니 이런 것을 말하는구먼."

정민은 허난설헌의 시 망선요(望仙謠)를 읊기 시작했다. 덕형이 이맛살을 찌푸리며 그의 입을 막았다.

"이보게, 지금 이 자리가 그따위 시나 읊을 자리인가?"

"그따위라니? 이게 요즘 서울에서 유행하는 허난설헌의 시라네. 허균의 누이 말이야."

덩더 덩더 덩더

여명의 춤은 절정에 달했다. 눈치 없는 정민은 자신의 유식함을 뽐내지 못하게 막는 덕형을 원망하며 중얼거렸다.

"무식하긴……"

이런 떠들썩한 기생방의 장구 소리에 묻힌 대화를 참새가 엿듣고 있었다. 김후재와 닮은 인상서가 나돌아 위기에 빠졌던지라 조그마한 변화에도 즉각 대응했다. 타고난 염탐꾼 참새는 갑자기 나타나고 사라지기를 반복한 수상한 기생 여명을 감시 중이었다. 밤새 기생방 마루 밑에 숨어 동정을 살피던 참새는 아침에서야 돌아왔다.

"새벽이 되어서야 연회는 끝났습니다. 아침에 두 사람이 나온 것으로 보아 잠자리는 하지 않은 듯합니다."

참새의 보고에 김후재는 고개를 끄덕이며 물러가 쉬도록 했다. 그가 밖으로 나가자 곁에 앉은 영규가 혼잣말을 한다.

"활빈당 길동선생께서 어찌 기생에 관심을 두시나요? 오랫동안 목석처럼 살았는데 예쁜 기생을 보니 마음이 흔들리나요?"

무뚝뚝한 영규가 농을 하자 김후재가 음흉하게 웃으며 말했다.

"흐흐 불가의 스님이야말로 여색이 그리우신 모양이군. 비변사에서 도망친 다모가 있지 않은가?"

"암호 해독하는 자를 유인해 죽인 일본 첩자 말인가요?"

"그래. 비변사의 관리를 통해 전해 들은 말로 그 다모 계집은 미모였다고 하네. 그럼에도 여느 여자와 달리 꾸밈에는 전혀 관심이 없었고 오히려 미모를 숨기며 사람의 이목을 피했다 하오."

"그것이 여명이라는 기생과 무슨 상관이 있습니까?"

"그 계집이 이곳에 있다가 사라진 시점과 돌아온 시점 사이에 비변사 다모가 있소. 기생이었다가 다모 그리고 다시 기생으로 돌아온 것이오."

"우연일 수도 있지요."

"아니야, 아니야."

후재는 고개를 내둘렀다. 그녀가 처음 조강포에 기생으로 들어왔을 때 일본 냄새가 풍겼다고 했다. 왜관 근처에 살았기에 일본어를 좀 아는 활빈당원이 우연히 여명이 일본어로 중얼거리는 것을 들었다고 한다. 그녀의 정체에 대해 의심을 품고 뒷조사를 하려는데 갑자기 사라지는 바람에 놓쳤다고 한다. 그제야 영규가 알아들었다는 듯이 고개를 끄덕였다.

"스승님의 명을 받기 전까지는 아무 일이 없었으면 좋겠습니다."

"계집이 온 지 얼마나 된다고…… 서산대사께 잘 말씀해 주시오. 영규 대사!"

내일 영규는 서산대사가 주석하고 있는 묘향산 보현사에 가서 최종 보고를 할 것이다. 지금의 사정으로는 당취의 봉기는 일찌감치 물 건너갔다. 불교 탄압과 신분 불평등에 대한 불만으로 조정을 뒤엎는 것보다 일본의 침략을 막는 것이 더 급한 일이었기 때문이다.

참새가 은밀히 여명을 감시했지만, 그 사실을 노랑머리가 눈치챘다. 그는 급히 서울로 와 두목을 만나려고 했지만, 비변사에서는 큰일이 벌어지고 있었다. 다모 낭이를 추천했기에 첩자로 의심받던 낭청이 체포되었던 것이다.

"아니요, 아니요. 난 아니오."

체포되어 의금부로 끌려간 낭청은 자신이 첩자라고 지목된 것에 완강히 저항했다. 자신이 왜관의 일본인에게 접근한 것은 비변사 내의 두더지를 잡기 위함이었다고 주장했다. 하지만 그가 접선한 일본인은 신민철이 감시하고 있던 자로 당상도 그 사실을 알고 있었다.

"낭이 뒤에서 조종하는 자를 잡기 위해 왜관에 간 것이오."

이렇게 자신의 무죄를 주장했다. 그러나 뒤를 밟아 체포한 같은 낭청 신민철은 냉정하게 그가 첩자라고 단정했다. 왕명을 받고 조사를 나온 오위장 홍인걸도 그가 홍천호가 죽었을 때 시신을 가져간 낭청임을 알았다. 그때 행동이 몹시 수상했음을 말하며 순순히 자백할 것을 종용했으나 낭청은 자신의 무죄를 끝내 주장했다. 당상은 홍인걸에게 심문을 맡겼다.

"이제 다 틀렸네. 지금이라도 진실을 고백해 죄를 씻도록 하게."

신민철이 그의 집을 샅샅이 뒤진 결과 천장에서 일본에 보고하는 기밀문서가 발견되었다. 확실한 증거가 나오자 홍인걸은 조국을 배신한 첩자를 혹독하게 심문했다. 그래도 부인하자 할 수 없이 곤장도 때리고 단근질도 했다. 온몸이 걸레처럼 되었지만 낭청은 끝내 일본의 첩자가 아니라고 부인했다.

그날 밤. 피투성이가 되어 옥에 갇힌 낭청이 지친 몸을 벽에다 기대고 있었다. 뭉치 하나가 그의 앞에 툭 하고 떨어졌다. 겉 포장지를 펼쳐보니 냄새가 고약한 알약이 하나 들어 있었다. 종이에 쓰여있는 글을 읽어본 낭청은 한숨을 쉬더니 종이를 입에 넣고 씹어 먹었다. 그리고는 약을 입에 넣었다.

"큰일 났습니다. 낭청이 죽었습니다."

밤새 심문하느라 피곤해 자고 있던 홍인걸이 자리에서 벌떡 일어나 옥으로 달려갔다. 의원과 나졸들이 빙 둘러 서 있었다. 인걸이 그들을 밀치고 시신 앞으로 갔다.

"어찌 된 일이냐?"

의원이 말했다.

"심장마비입니다. 심한 고문 때문이 아닌가 싶습니다."

인걸이 푸 하고 한숨을 내쉬었다. 신민철이 같은 낭청의 이중간첩 행위를 어렵게 발각했는데 심장마비로 갑자기 죽다니 어이가 없었다.

"오위장님, 실토를 받아내지 못한 것은 아쉬우나 이제 비변사의 첩자가 죽었으니 우려할 일은 없을 것입니다."

인걸이 고개를 돌려보니 가면을 쓴 신민철이었다. 그의 말에 의하면 낭청과 접선했던 왜관의 일본인은 어디로 갔는지 행방을 감췄다고 했다. 인걸이 무뚝뚝하게 말했다.

"아직 끝난 것이 아니오. 다모 낭이도 있고 함께 박서방을 죽인 첩자도 있으니 그들을 붙잡아야 하오."

서산대사를 만나러 간 영규가 돌아왔다. 본디 빠른 걸음이라고 하지만 생각보다 일찍 온 것을 보니 결론이 난 모양이라고 짐작했다.

"서산 대사께서는 강녕하시오? 일찍 돌아왔구려."

후재의 말에 영규는 방으로 들어갈 것을 재촉했다. 방에 들어온 영규는 묘향산에서의 회합을 말했다.

"마침 당취 간부들이 회합이 있었습니다. 조선 팔도에서 모인 간부들로 보현사가 떠들썩했는데 회합을 마치고 돌아가는 날에 제가 도착했던 것입니다."

서산대사는 떠나는 당취 간부들을 주저앉히고 영규의 보고를 듣기로 했다. 김후재가 비밀리에 유성룡 집안에 하인으로 침투시킨 활빈당원을 통해 정계 동향을 알아냈다는 것으로 서두를 꺼냈다. 그리고는 비변사에서 벌어진 잇단 흉사가 내부에 침투한 일본 첩자의 소행이라고 했다. 또 조헌의 지부상소가 일본에서 보내온 확실한 정보에 의한 것이라고 보고했다.

"깜짝 놀라더이다. 저도 놀란 것이 그날 당취를 중심으로 전국에서 승려들이 일제히 봉기하기로 결의했다고 합니다."

후재는 등골이 오싹했다. 간발의 차이로 당취의 봉기를 주저앉혔던 것이다. 그러나 일부는 비변사에 침투한 일본 첩자가 붙잡혀 자백한 것이 아니니 믿지 못하겠다고 말했다고 한다.

"스승께서 제 말을 믿으시고 일단 중지시켰습니다. 결의대로 봉기를 주장하는 일부 당취도 있었지만 결국 추이를 관망하는 자세로 바뀌었습니다."

그의 말에 후재는 안도의 한숨을 내쉬었다.

"잘 되었네, 이제 중봉을 만나 내 정체를 밝혀야겠네."

"그것이 무슨 말씀이시오? 활빈당수이자 길삼봉이라는 사실을 밝히겠다는 것입니까?"

"그러네. 이제 당취도, 활빈당도 중봉을 도와 일본의 침략을 막아야 할 때가 되었네."

영규가 파악한 김후재는 일어설 때는 과감하게 떨쳐나서지 않았던가. 정여립이 진실한 사람이었더라면 활빈당과 길삼봉의 빛나는 활약을 볼 수 있었을 것이다. 뒤늦게 정여립의 정체를 파악하고 손을 끊은 것은 잘한 일이나 어쨌든 그때는 실수한 것이다. 몇 번 실패하자 김후재는 매사 신중하다 못해 겁쟁이처럼 행동했다. 그러나 지금은 본래의 모습으로 돌아온 것 같았다.

"이제 내 나이쯤이면 죽을 때를 생각하지 않을 수 없네. 내가 살아 있을 때 우리 백성이 왜놈의 말발굽 아래 짓밟히는 것을 두고 볼 수는 없어."

"길동선생, 조금만 더 기다려 보시지요. 정여립 때의 실수를 반복할 수는 없지 않겠습니까? 스승님께서는 전적으로 제게 위임하셨기에 저는 더 두고 봐야겠습니다."

"지금까지 조헌이 보여준 행동 이외에 또 무슨 말이 필요하나?"

자리에서 일어서려는 후재를 다시 주저앉혔다.

"중봉이 내일모레 강원에서 하는 말을 들어보시지요. 우리가 그 사람의 의견을 들어본 적이 없지 않습니까?"

"그렇군. 강원을 열 때 한 말 이외에는 그 양반의 말을 들은 적이 없군."

후재가 고개를 약간 숙였다가 벌떡 일으키며 말했다.

"나는 아직도 혈기가 넘치는 것일까? 정여립 때도 성급한 결정으로 실수하더니…… 하지만 중봉은 정여립과 다른 사람이 분명하네."

후재의 말에 영규도 동의했다. 지금까지 보았던 선비와 달랐다. 강직하고 학식 높은 선비라 해서 찾아가보면 안목이 좁은 사람이거나 성질만 과격한 사람이 대부분이었다. 간혹 수신이 잘 된 선비도 있지만, 중봉 조헌은 진실한 선비 중에서도 으뜸이었다.

그날 밤. 조헌은 강원에서 할 말을 정리하고는 쑥갓머리산으로 올라가 밤하늘을 보고 있었다. 이정민이 줄레줄레 뒤따라왔다. 조강포 하늘 위로 수백, 수천의 별들이 우르르 쏟아질 것 같이 반짝였다. 하늘의 별자리는 제각기 의미가 있고 나라의 미래를 예언해 주기도 한다. 조헌은 목을 치켜들어 이리저리 돌려보며 별의 미세한 변화를 하나라도 놓칠세라 꼼꼼히 보았다. 매달 그믐날 빠지지 않는 행사로 별자리를 들여다보지만, 그때마다 한숨만 나왔다. 오늘도 하늘이 별을 통해 보여준 조선의 운명은 바람 앞의 등불이었다. 운명의 시간은 점점 다가오는데 조정은 전쟁이 일어나지 않기를 바라며 손을 놓고 있다. 임금에게 올리는 지부상소가 실패했으니 이제 믿을 수 있는 것은 백성뿐이다. 그러나 백성 중에는 차라리 일본이 쳐들어와서 그릇된 정치를 하는 임금과 권신들을 싹 쓸어 갔으면 한다는 말이 돌고 있다고 한다. 휴우~ 조헌은 한숨이 절로 나왔다.

이틀 뒤 저녁이었다. 강원에 주민이 몰려들고 있었다. 그동안 조헌의 명성을 믿고 찾아온 이들은 강원에서 우리말과 셈을 열심히 배웠다. 어떤 이는 사자소학을 거쳐 천자문까지 익히고 있었다. 평생 까막눈으로 일생을 보낼 줄 알았던 그들은 새롭게 배움의 세상에 눈을 뜨자 사람이 바뀌어 갔다. 돈을 벌면 색주가나 갈 줄 알았던 어부들은 자식들을 강원에 보내 공부하게 했다. 아이들이 자신들의 일을 돕지 못하게 된 것에 약간의 불만이 있었지만, 미래를 준비했다. 아이들도 공부는 양반이나 돈 많은 평민만 하는 줄 알았다가 강원에 다니면서 달라졌다. 포구에서 일하거나 뛰어노는 대신 즐겁게 책을 읽고 셈을 공부했다.

가르치는 선생님은 양반출신으로 과거를 봐야만 하는 처지에 있지만 가난한 유생들이었다. 이들은 틈틈이 어민과 그의 아이들을 가르치고는 생활비를 벌었다. 강원 유지에 드는 비용은 모두 홍인걸이 냈으나 그 뜻을 존중하는 객주들도 돈을 냈다. 윤덕형도 조헌을 통해 연줄을 잡기 위해 쓰지 않는 창고를 내주고 돈도 기부했다.

이런 고마운 일을 주도하는 조헌 선생이 강원에서 특별한 말씀을 한다는데 오지 않을 주민이 없다. 일찌감치 와서 앞자리를 차지한 사람이 많았고 늦게까지 사람들이 꾸역꾸역 몰려들었다. 해가 진 이후라 곳곳에 등잔불을 켰고 강원에 들어가지 못한 사람들은 밖에 서 있어야 했다. 시간이 되자 조헌이 맨 앞 강단에 섰다.

등잔불 아래에서 조헌의 입을 뚫어지게 바라보는 주민의 표정은 하나같았다. 뛰어난 학식과 행정능력이 뛰어났지만, 임금에게 아부하는 벼슬아치와 다른 길을 걷고 있다. 무지하고 힘없는 백성을 위해 구제책을 상소해도 하나도 받아들여지지 않았다. 정여립의 감춰진 역심을 꿰뚫어보고 상소해도 오히려 귀양만 가게 되었다. 편하고 쉬운 길이 있건만 가시밭길을 택했다. 백성을 위해 성현의 덕을 펴고 민생을 복되게 하려 했다. 배움 있는 유생들은 다 아는 일이고 무지한 백성도 조헌이 자신들 편이라는 것을 알고 있다. 큰 키에 털복숭이 얼굴에 위엄이 넘쳤지만, 사람을 대할 때 천민이라고 차별하지 않고 늘 상냥한 마음과 말씨로 대했다.

조헌은 주민을 둘러보았다. 너무나 불쌍하다. 뱃놈이라고, 천한 놈이라고 무시당하고 착취당했다. 이들이 애써 잡은 고기는 간교한 장사치들에 의해 헐값에 팔리고 욕심 많은 관리에게 빼앗겼다. 세도가들에게 농민은 자신들이 힘써 개간한 땅을 빼앗기고 백정의 근거지인 주인 없는 갈대밭에 대한 세금을 내야 했다. 조정과 지주에 바치는 것은 과중하고 아무리 일해도 배고픔은 면할 수 없었다. 아이가 어른이 되어 자식을 낳고 또 세월이 흘러 할아버지가 되어도 가난은 끊을 수 없는 숙명이 되었다. 이 질긴 고리를 끊기 위해 죽창을 들고 저항해 보지만 번번이 꺾였다. 윤원형 등 세도가들의 횡포에 들고 일어난 임꺽정이 그렇지 않던가.

지금의 임금 이전에 나라를 다스렸던 명종(明宗)의 실록을 쓴 사관이 이렇게 썼다. 도적이 날뛰는 것은 백성을 수령이 착취하는 것에 있고 수령이 착취하는 것은 상관인 재상이 깨끗하지 못하기 때문이다. 보살핌을 받아야 할 백성이 가진 것을 빼앗기니 도적이 되지 않으면 살아갈 방법이 없다. 조정 대신과 지방의 수령이 깨끗하면 도적이 칼을 버리고 송아지를 사서 집으로 돌아갈 것이라고.

명종이 죽고 임금이 바뀌었지만, 아직도 뇌물이 성행하고 비리가 만연했다. 벼슬을 구하는 자는 많지만, 자리는 적어 서로 파당을 만들었다. 상대를 몰아내고 내 편이 그 자리에 오르려 한다. 양반으로 태어나 어려서부터 성인의 말씀을 공부했지만, 양반의 위세만 떨치고 제사 같은 형식에만 정성을 다한다. 생산적인 일은 못하고 과거시험에 몰두해 가산만 축냈다. 이들이 용케 과거에 합격해 벼슬길에 나가면 더 높은 벼슬에 오르기 위해 동인이니 서인이니 파당에 들어 싸움질하는데 낀다. 지금까지 욕했던 벼슬아치와 마찬가지로 가문의 영광을 위해 재산을 불리거나 더 좋은 자리를 탐낸다.

그뿐인가. 농자천하지대본(農者天下之大本)이라고 농민을 치켜세우며 상공업에 종사하지 못하게 묶어두었다. 가구나 그릇을 만드는 장인을 천민으로 여긴다. 그러니 이들이 무슨 근로의욕이 있으며 자식에게 힘들게 익힌 기술을 전수해 주겠는가. 그저 먹고 살기 위해 일할 뿐이다. 지방은 객주, 서울에서는 시전으로 돈을 모은 상인들은 애써 얻은 이익을 권력자에게 빼앗겼다. 이러니 상거래의 규모를 키우지 못하고 유흥으로 소비하게 된다. 가난한 백성의 예쁜 딸은 기생이 되고 돈 있는 상인과 권력 있는 벼슬아치는 그녀의 몸을 탐한다. 성인의 말씀은 허울뿐이고 욕심과 시기심, 불신만 가득 찬 세상이다. 조광조 같은 선비가 이 땅을 개혁하고자 척사현정(斥邪顯正)의 도학 정치를 폈지만, 기득권을 놓치기 싫은 간신들에게 죽임을 당했다. 도학 정치를 펴다 외롭게 죽어간 선비의 길을 따르는 조헌도 마찬가지다. 같은 해 과거 합격한 이들은 모두 재상 자리에 올랐다. 그러나 조헌은 말단직인 현감 자리에서 맴돌고 그나마도 임금께 바른말을 하다가 쫓겨나 귀양살이를 전전했다. 처세에 능한 벼슬아치들은 그를 비웃었지만, 재야의 선비들은 조헌의 기개를 높이 칭송했다.

이제 조강포 사람들까지 조헌의 진정성을 다시 한번 확인하는 자리에 모인 것이다. 짧은 시간에 수많은 상념이 조헌의 머릿속을 스쳐 지나갔다. 아주 오래전 일이 마치 어제 있었던 일처럼 생생하다. 세월은 급류보다 빠르게 지나가니 태어나서 죽음에 이르는 길은 짧기만 하다.

으앙.

아기 우는 소리가 침묵을 깼다. 놀란 아기 엄마가 황급히 앞가슴을 풀어 젖을 먹였다. 조헌이 입을 열었다.

"여러분! 조강포에 사시는 여러분! 방금 아기가 울었습니다. 어린 생명이 수많은 나라 중에서 이 땅 조선에 태어났습니다. 바로 이 시대에 태어나 어미의 젖을 빨고 있습니다. 이렇게 우리는 하늘이 점지한 대로 태어나서 하늘의 뜻에 따라 저 세상으로 돌아갑니다. 이렇게 하나의 생명은 깊은 뜻이 있는 것입니다."

조헌은 이렇게 말을 시작했다. 조선의 백성을 짓밟기 위해 일본이 침략할 것이니 힘을 모아 방비를 해야 한다고 말했다. 앞줄에 앉아 있던 영규가 묻는다.

"나으리께서는 그리 말씀하시지만, 일본에 일 년씩이나 머물고 돌아온 사신들은 일본이 침략하지 않는다고 하지 않았습니까?"

그의 말에 사람들이 웅성거렸다. 풍신수길이 원숭이를 닮았다는 말과 일본이 침략하지도 침략할 힘도 없다는 소문을 들었기 때문이다.

"그렇지 않소. 일본은 반드시 침략합니다. 그자들은 저 남쪽 나라 유구에다 조선이 앞잡이가 되어 명나라를 친다는 말을 퍼뜨리고 있소. 유구로 하여금 이것을 명나라에 알리게 해서 명나라와 조선 사이를 이간시키고 있소. 왜 그러겠소? 일본이 침략해 왔을 때 명나라가 돕는 것을 막자는 것이오. 풍신수길은 조선을 쳐서 감히 주상 전하를 일본으로……"

여기서 조헌은 잠시 큼하고 헛기침을 하고 말을 이었다.

"조선을 점령한 다음에 명나라로 진격할 계획이오. 천자가 계신 북경을 점령한 다음에는 천축국까지 공격하겠다고 하오. 지금 이천 척의 배에 십육만의 군대가 바다를 건널 준비를 하고 있소."

놀라운 말에 모두 입을 딱 벌리더니 여기저기서 한탄하는 소리와 웅성거리는 소리가 뒤섞였다. 이런 말은 전혀 듣지 못한 말이다. 앙. 어디선가 아이가 우는 소리가 들렸으나 곧 묻히고 말았다.

"조용, 조용히 하시오. 내 말은 누구도 듣지 않소. 목숨을 걸고 상소문까지 올렸지만 모두 허사가 되고 말았소. 내가 여기서 이런 말을 하는 것은 이곳 김포만이라도 일본 침략에 대비해 준비하자는 것입니다."

웅성웅성하는 소리. 누군가 묻는다.

"사신의 말이 틀렸다면 일본은 언제 쳐들어옵니까?"

"날짜는 모르오. 하지만 그 시기는 멀지 않소. 빠르면 일 년 안에 쳐들어올 것이오."

또 웅성웅성하는 소리. 누군가 풀 죽은 소리로 묻는다.

"전쟁이 안 난다고 해서 안심했는데…… 어르신께서 그리 말씀하시니 분명히 일본 놈들이 쳐들어올 것 같고. 우린 어찌해야 하나요?"

여기저기서 훌쩍거리는 소리가 들렸다. 조헌이 목에 힘을 주고 말했다.

"늦지 않았소. 조정에서 받아들이지 않는 말을 여러분은 받아주셨소. 아직 시간이 있으니 여기 조강포만이라도 준비하면 되오."

조헌은 우선 생업에 충실하면서 틈틈이 식량을 비축하고 활쏘기와 죽창 다루는 법 등을 훈련하자는 것이었다. 맨 뒤에서 귀를 기울여 듣고 있던 사내가 빠져나갔다. 밤 날씨에 대비해서 쓴 보자기 사이로 노란빛 나는 머리카락 하나가 보였다.

주민이 구름 떼 같이 모여 있던 강원은 이제 텅 비었다. 조헌은 혼자 서성거리며 앞으로 할 일을 생각하고 있었다. 오늘의 말은 조강포 주민에 의해 널리 퍼져 나갈 것이다. 조강포에는 서울로 가는 배들이 많다. 그의 말은 승객과 뱃사람들에게 알려지고 곧 모두의 귀에 들어갈 것이다.

휘익

어디선가 휘파람 소리가 들렸다. 조헌이 움칫해서 소리 나는 쪽으로 고개를 돌렸다. 홍인걸이 일본의 자객이 해칠지도 모르니 조심해야 한다고 신신당부하던 것이 머리에 떠올랐다.

휘익

분명히 사람이 부는 휘파람이다. 완력으로 하자면 지지 않지만, 상대가 칼을 들었다면 꼼짝없이 당한다. 위태롭다. 제자들은 안에서 책을 읽고 있다.

"누구냣!"

대답이 없다.

"누구냐니까."

재차 목소리를 높였다. 큼 하는 기침 소리와 함께 그림자 하나가 강원 안으로 들어왔다.

"어르신, 조강포 존위 김후재입니다."

자신의 신분을 밝히자 조헌은 경계하면서도 부드럽게 묻는다.

"존위가 이 밤에 무슨 일이오?"

"말씀드릴 것이 찾아왔습니다."

"낮에 찾아오지 않았소?"

아까 낮에 후재가 지나가다가 인사를 하지 않았던가. 저녁때에도 강원에서 조헌의 열변을 듣고 있었다. 왜, 사람이 모두 잠든 한밤중에 만나려고 한다는 말인가. 후재가 잠시 머뭇거리다가 나직하게 말했다.

"몇 번을 망설이다가 겨우 용기를 내서 찾아왔습니다."

"그런가? 그러면 안으로 들어오시오."

조헌은 경계를 풀지 않았다. 김후재는 정체를 알 수 없는 자이다. 홍인걸도 조강포 존위는 수상한 자이니 특히 경계하라고 하지 않았던가. 갑자기 달려들어 뒤통수를 내리칠지도 모른다. 그러나 그 목소리에서 살기가 느껴지지 않아 반은 안심했다.

방에서 조그만 등잔불이 하늘하늘 춤을 추며 타오르고 있었다. 조헌이 자리를 잡고 앉으니 김후재가 따라 들어와 무릎을 꿇었다. 입에서 술 냄새가 풍긴다.

"왜 이러시오? 김존위."

느닷없는 행동에 조헌이 놀라 되묻자 후재가 떨리는 목소리로 말했다.

"어르신, 길삼봉을 어찌 생각하시나요?"

"길삼봉? 정여립의 참모 말이오?"

"네, 아직 붙잡지 않은 역적이지요."

조헌은 김후재의 얼굴을 바라보았다. 희미한 등잔불 밑으로 굳은 표정을 보고 입을 열었다.

"존위가 그자를 알고 있소?"

"네, 알고 있습니다."

"으흠, 홍 오위장이 그리 찾고 있는 자인데…… 어디 있는지 알고 있소?"

조헌은 김후재의 표정과 행동에서 심상치 않은 분위기를 감지했다. 이럴 때 길삼봉이라니.

"바로 앞에 있습니다."

"아, 앞에?"

조헌이 어리둥절한 표정을 짓자 후재가 다시 힘을 주어 말했다.

"제가 바로 정여립의 참모로 알려진 길삼봉입니다."

침묵이 흘렀다. 두 사람은 빤히 마주 보고 있다. 등잔불이 또 춤을 춘다.

조헌은 설마 했던 것이 사실이 되자 속으로 한탄했다. 김후재가 정여립의 참모 길삼봉이라니…… 그러나 곧 고개를 가로저으며 말했다.

"하지만 길삼봉은 정여립과 같은 패가 아니었습니다."

"그럴 리가 있나? 그, 아니 김존위가 같은 패가 아니라면 온 나라가 왜 당신을 찾고 있겠소?"

"정여립이 저를 끌어들이려고 한 것은 사실이고 저도 그자와 손을 잡으려고 한 적도 있습니다. 그때 제가 활빈당수가 되었으니까요."

"활빈당수?"

조헌은 깊은 수렁에 빠져드는 기분이었다. 김후재가 역적 수괴 정여립의 심복이었다는 것도 황당한 일인데 난데없이 활빈당수라니 말이다. 그러나 조헌도 젊은 시절 스승인 토정 이지함과 함께 활빈당수를 여러 차례 만난 적이 있기에 놀랍긴 해도 거부감은 없었다.

"길동선생이 조선을 떠난 뒤에도 활빈당 조직은 은밀히 명맥을 이어왔습니다. 정여립은 우리의 정보력이 필요했던 것입니다. 하지만 저는 몇 번 만난 뒤에 그 속마음을 알게 되고 손을 끊었습니다."

조헌은 어허, 큼 신음인지 한탄인지 모를 소리를 내뱉으며 몸을 좌우로 흔들었다.

"천안의 사노비 길삼봉은 도둑으로 활동했다가 병사했고 전설만 남았지요. 그 이름을 도용하는 자들이 많았는데 길삼봉은 정여립이 제게 부여한 암호명이었습니다. 그리고 제가 떠난 뒤에도 신출귀몰한 길삼봉이 자신을 돕는다고 허세를 부렸던 것입니다."

가능한 말이다. 비열한 모사꾼 정여립이라면 충분히 할 수 있는 짓이라고 조헌은 생각했다.

"알겠소. 그런데 왜 내게 그걸 말하는 것이오?"

"어르신을 도와 일본의 침략을 막겠습니다. 당취도 뜻을 같이할 것입니다."

"당취라니? 승가의 비밀조직 말이오?"

"네, 용화사에 머물며 조강포를 오가는 영규는 서산대사의 제자로 당취의 핵심인물입니다. 서산대사는 불교를 탄압하고 백성을 착취하는 조정을 뒤엎으려던 중이었습니다. 허나 어르신의 충절 어린 상소에 감복해서 이제 봉기 대신 일본군의 침공을 막으려 합니다."

그 말에 조헌은 넋을 잃은 사람처럼 신음했다. 불교계의 움직임이 수상하다는 말은 홍인걸을 통해 들었다. 정여립의 난 때 서산대사도 연루되어 곤욕을 치렀다고 한다. 그러나 웬일인지 흐지부지되었는데 임금과 모종의 밀약이 있었다고 했다. 또 불교 신자로 서산대사를 흠모하는 명종의 며느리 공회빈 윤씨 덕분에 풀려났다는 말도 있었다.

김후재가 벌떡 일어나더니 큰절을 올렸다. 그리고는 엎드린 채로 말했다.

"활빈당수에다 역적 정여립과 연루되었으니 두 번 능지처참 되어도 모자란 죄인이지만 어르신을 도와 일본 침략에 대비하고 싶습니다."

조헌이 미소를 지었다. 새벽에 커다란 잉어를 잡는 꿈을 꾸었다. 이런 일을 계시한 모양이라고 생각하고 엎드린 후재를 잡아 일으키며 말했다.

"김 동지, 이제 우리는 함께 하는 거요."

그의 손등으로 후재의 눈물이 뚝 하고 떨어졌다. 조헌은 그를 자기 방으로 데리고 갔다. 그리고는 문갑에서 홍인걸이 준 인상서를 꺼내 보여주었다.

"나는 인상서의 얼굴이 김존위와 비슷하다고 생각했소. 마포의 어떤 자가 이곳에 갑자기 나타나 의금부 나졸에 붙잡힌 것도 김존위가 그들의 눈을 속이기 위함이라고 알고 있소."

"……"

"김존위가 이제라도 길삼봉이라는 사실을 말해주어 고맙소."

조헌은 스승인 토정 이지함을 통해 활빈당을 알고 있었다. 조정에서는 도둑질을 일삼는 무리라고 하지만 활빈당은 헐벗고 굶주린 사람을 돕는 의로운 단체였다. 못된 토호들을 무력으로 응징해 빼앗은 돈으로 빈민을 돕는 것이니 좀도둑과는 많이 다르다. 그는 토정이 살아있을 때 전임 활빈당수과 한때 어울린 적이 있다는 말은 하지 않았다.

조헌은 천장을 살짝 뜯어내고 한 장의 봉투를 찾아 개봉했다. 그는 여우가 보내온 암호문서 해독문을 꺼내 보였다.

"아까 내가 한 말은 이 암호문서 해독문에 다 쓰여 있소."

내용을 쭉 훑어본 후재가 말한다.

"이 사실을 일본의 첩자가 알게 되면 어르신이나 오위장님의 목숨이 위태롭습니다. 우선 저희가 어르신을 경호하겠습니다."

김후재가 홍인걸의 뒤를 밟던 미행자를 붙잡아 심문하다가 죽인 사실을 말했다. 조헌은 고개를 끄덕였다. 일본의 일급비밀이 조강포의 일반 백성에게 처음 알려졌다. 곧 일본 첩자의 귀에 들어갈 것이다. 아니, 아까 주민 틈에 끼어서 자신의 말을 들었을지도 모른다. 이제 비변사에 숨은 첩자의 칼날은 일본의 침략계획을 안 오위장과 자신에게 겨눠질 것이다.

행상으로 변장했던 첩자 먹통은 부들부들 떨었다. 군기시 앞에서 얼쩡거리다가 기밀이 숨겨진 민화를 잃어버렸다. 그것이 홍인걸에 넘어가 군사지형을 염탐한 것이 탄로 났기 때문이다. 그 사실을 숨기고 도망쳐 숨었다가 노랑머리에게 붙잡혀 두목에게 끌려온 것이다. 그가 갇힌 곳은 시전의 뒷골목에 있는 빈 창고의 지하실이었다.

"네가 언제까지 나를 속일 수 있을 것 같으냐?"

두목인 톱이 소리쳤다. 먹통은 연신 머리를 조아리며 용서를 빌었다. 애당초 군기시 앞을 얼쩡거린 것이 잘못이었다. 두목에게서 조선의 최고기밀인 화약 무기를 다루는 곳이라는 말을 듣고 호기심이 발동했던 것이다. 경위야 어쨌든 민화를 빼앗겨 꼬리를 잡힌 것이 잘못이다. 의금부에서 은밀히 쫓고 있다는 것을 알게 된 것은 두목이 의금부 도사에게 길삼봉의 인상서를 전해줄 때 살짝 들은 말이다.

"지금 너의 인상서가 만들어졌기에 밖에 나가면 붙잡히게 될 것이다. 그러니 여기서 네 목으로 잘못을 사죄받고 싶지만, 네게도 공이 있으니 한번은 용서해 주겠다."

두목은 홍천호가 도망칠 때 먹통이 골목길에 숨었다가 칼로 찌른 공을 언급했다. 그 말에 창백했던 먹통의 얼굴에 화색이 돌았다.

"대신, 한 가지 임무를 주겠다. 오위장 홍인걸을 없애라."

"네에?"

먹통은 고개를 푹 숙였다. 벼슬이 종2품 오위장이기에 구사 여섯 명이 앞뒤로 호위한다. 요즘은 칼을 든 두 명의 무관까지 호위하니 박서방을 살해할 때와는 상황이 전혀 다르기 때문이다. 홍인걸에게 접근하기도 전에 칼을 맞게 될 것이다.

"두려우냐?"

"그, 그것이 아니라 주위에 따르는 자들이 많아서……"

먹통이 우물쭈물 말했다. 두목은 그의 얼굴을 한참 바라보더니 함에서 두 개의 쇠공을 꺼냈다. 군기시에서 만든 폭탄으로 하나는 까만칠이 칠해져 있고 하나는 빨간칠이 칠해져 있다.

"이게 폭탄이다. 까만 것은 연막탄이고 빨간 것이 폭탄이다. 빨간 것을 던진 다음에 너는 그 자리에서 까만 것을 터뜨려 연막을 피우고 도망쳐라."

먹통은 반색했다. 홍인걸을 죽이고 살아서 도망칠 수 있기 때문이다.

"반드시 빨간 것을 던진 다음에 까만 것을 던져야 한다. 반대로 하면 안 된다."

두목은 몇 번을 당부했다. 그리고는 홍인걸의 집 근처로 미리 가서 폭탄을 던질 적당한 장소와 도피로를 찾게 했다. 먹통은 두목에게 몇 번 절하며 처벌을 면해준 것을 감사해 하며 임무완수를 다짐했다.

입궐한 유성룡이 근무 중인 홍인걸을 찾았다. 그는 도성에 암호문서에 쓰인 내용이 떠돌고 있는데 홍인걸이 누설한 것이 아니냐고 따지는 것이었다. 난감해서 그런 적이 없다고 부인하자 유성룡은 십여 년 전 유행했던 참요를 들먹였다.

나라를 어지럽히는 자는 동인이요, 나라를 망하게 하는 자는 서인이다.
(亂國者東人, 亡國者西人)

이것은 나중에 밝혀진 대로 임진왜란이 일어난 원인을 동인이 제공했고 병자호란이 일어난 이유가 서인에 있다는 것을 예언한 것이다. 그러나 그때는 동인, 서인 간에 당쟁이 격화된 시기로 이를 비판하는 노래로 해석했다. 유성룡은 이런 참요가 암호문서의 내용과 함께 다시 유행하면서 동인의 유화책을 비난하는 것이 아니냐고 따졌다. 이에 홍인걸은 해명하느라 진땀을 흘려 간신히 돌려보냈다. 그는 이 내용을 조헌의 입에서 나온 것으로 단정했다.

퇴근 시간이 되어 앞뒤로 구사와 무사 두 명의 호위를 받으며 집으로 돌아오며 골똘히 생각했다. 지부상소가 허사가 되자 자신이 직접 들고일어난 것으로 추측했다. 내일 당장 조강포로 가서 따져야겠다고 마음먹고 있는데 골목길에서 누군가 튀어나왔다. 무언가 던지려 하다가 밑으로 툭 떨어뜨리고 까만색의 둥근 공에 삐죽 달린 끈을 잡아당겼다.

쾅

요란한 폭발음과 함께 남자가 쓰러졌다. 급히 달려가니 온몸이 피투성이가 된 남자가 나동그라져 있었다. 홍인걸은 구사들을 재촉해서 남자를 집안으로 옮겼다. 마당에 거적을 깔고 남자를 눕히자 숨을 헐떡이며 말했다.

"비변사, 신민철…… 신민철이 첩자요."

홍인걸은 깜짝 놀랐다. 한동안 의심하고 있었지만 다른 낭청이 옥중에서 자살했기에 그에 대한 의심을 풀지 않았던가. 남자가 자기 종아리를 손으로 가리키자 더듬어 보니 한 장의 편지가 들어 있었다. 급히 읽어보니 자신의 동생에게 보내는 것인데 인왕산 나무 밑에 은자를 파묻어 놓았으니 무슨 일이 생기면 가져가라는 것이었다. 다 읽고 나니 자객은 죽어 있었다. 겁이 난 먹통이 연막탄으로 시야를 가리기 위해 먼저 터뜨렸는데 그것이 진짜 폭탄일 줄 누가 알았으랴. 두목 신민철은 애당초 홍인걸과 함께 먹통을 죽이려고 계획했다. 먹통은 자신이 속은 것을 알고는 비밀을 털어놓고 죽은 것이다. 인걸은 구사들을 시켜 동네 사람들의 입을 단속하게 하고 곧바로 무사 두 명을 이끌고 인왕산으로 향했다. 나중에 홍천호의 마지막을 캐묻던 자의 인상서와 비교하고 동일인물임을 알게 되었다.

홍인걸은 자신을 죽이려다 실패한 먹통이 남긴 유품을 가지고 곧장 비변사 당상 집으로 달려갔다. 낭청 신민철이 일본의 첩자였다는 증거품을 내놓고 체포하라고 하자 당상도 놀라며 함께 비변사로 갔다. 그러나 저녁때 당직이었던 신민철이 갑자기 짐을 챙기더니 밖으로 나갔다는 것이다.

"그자를 잡아라! 일본의 첩자였다!"

흥분한 당상의 말에 비변사는 발칵 뒤집혔다. 수배해 본 결과 말을 임대해서 마포 쪽으로 향했다는 말에 홍인걸이 비변사 나졸들과 함께 말을 탔다. 당상은 충격을 받아 쓰러지기 직전이어서 놔두고 이들은 마포를 향해 질주했다. 도착했을 때는 새벽 동이 틀 무렵이었다. 다행히 썰물을 타고 한강을 빠져나가려는 배들이 정박 중이었다. 비변사의 낭청이 포구를 지키는 군졸을 불러 모아 배에 탄 사람들을 모두 내리게 했다. 그리고는 내린 사람들을 일일이 이름을 묻고 어떤 신분인가 물어보았다. 신민철의 얼굴을 아는 이는 같은 낭청뿐이기에 한 명씩 얼굴을 들여다보았지만, 의심이 가는 자는 없었다. 그러자 홍인걸과 낭청은 군졸을 나누어 배에 올라타서 수색했다. 갑판 밑은 물론이고 물건들 틈도 샅샅이 뒤졌다.

으악!

배 뒤편을 수색하던 군졸의 비명에 홍인걸은 칼을 뽑아들고 달려갔다. 얼굴에 가면을 쓴 남자가 피묻은 단도를 들고 서 있었다. 홍인걸이 소리쳤다.

"이 매국노 첩자 놈아! 어서 그 칼을 버리지 못하겠느냐?"

그렇게 소리쳤지만, 신민철은 아무 말이 없었다. 군졸 몇 명이 맨손으로 달려들었지만, 발길질에 모두 나가떨어졌다. 홍인걸은 검술에 능하지 못하지만 격분해서 칼을 휘둘러 달려들었다. 마구 휘두른 칼에 신민철이 찔릴 뻔했지만, 용케 피했다. 군졸이 호각으로 신호해 다른 배에 탔던 군졸들이 몰려오자 신민철은 물속으로 뛰어들었다.

풍덩!

물속으로 들어가 사라지자 군졸 몇 명이 옷을 벗어젖히고 물속에 뛰어들었다. 그러나 신민철의 모습이 배 밑으로 사라지더니 이내 보이지 않았다. 귀신이 곡할 정도로 감쪽같이 사라져버린 것이다.

윤덕형은 한 가지 일은 성공했고 한 가지 일은 실패했다. 즉 기생 여명을 첩으로 삼아 살림을 차렸지만, 조헌과의 만남은 계속 어긋났다. 조헌이 날을 잡으면 내수사 전수가 임금의 부름을 받고 자리를 지켜야 했다. 또 전수가 마포에서 배를 타고 떠나는 날에 조헌이 옥천에 거주하는 계모가 편찮다고 연락이 와서 만남이 취소되었다. 이러니 강원에 창고를 내준 덕형만 애가 탈 뿐이다.

"이런 네미랄. 되는 것이 없네."

오늘도 웬수같은 윤선각이 사람을 보내 돈을 요구해 왔다. 지난번에 시전 상인에게 넘긴 어물거래에서 얻은 이익의 십 분의 이를 보내라는 것이었다. 할 수 없이 돈을 보냈는데 십 분의 일로 줄이자고 편지를 보냈지만 안 될 것이 뻔했다. 선각은 다른 상인에게는 십 분의 일을 받지만, 사촌인 덕형에게는 한 푼 틀림없이 십 분의 이를 받아냈다. 왜 더 받느냐고 항의하면 십 분의 일은 윤씨 가문의 발전을 위해 내놓는다고 한다. 물론 가문을 위해 내놓는다는 것은 새빨간 거짓말이다. 그리고 씨받이 아들이라고 가문의 일원으로 취급도 않는데 돈을 내놓을 필요도 없다.

"할 수 없지 뭐. 중개를 안 하면 나만 손해니……"

윤선각은 지방의 수령으로 나가 있으면서 청지기를 시켜 조종하고 있었다. 벼슬살이하면서 맺은 인맥과 권력으로 정경유착을 한 것이다. 상인들에게 받은 중개료로 상관에게 선물로 가장한 뇌물을 보내 승승장구했다.

덩기 덩기 덩덩

안방에서 여명이 거문고를 치는 소리가 들려왔다. 자그만 집이지만 새로 지은 집이라 첩과 단둘이 살기에는 부족함이 없다. 본처는 남편이라는 자가 허구한 날 기생방에서 살고 있기에 새로 첩을 두었다 해도 마음쓰지 않을 것이다. 친정집에 매달 양식을 보내는 동안은 불만이 없을 것이고 취미로 하는 자수에만 열중하고 있다. 딸 셋은 모두 시집을 갔고 늦게 본 아들은 서당을 다니니 골치 아플 일도 없다.

덩기 덩기 덩덩

"어르신, 약 다려 왔는뎁쇼."

밖에서 찬모가 말했다. 방문을 여니 주름살이 쪼글쪼글한 중년 여인이 약탕기를 들이밀었다. 인삼에 여러 가지 약재를 섞어 다린 보약으로 정력에 좋다고 했다. 덕형은 살모사가 더 효과가 있는 것 같지만 어쨌든 보약이라니 안 먹을 수 없다. 쓴 약을 단숨에 들이마시면서 여명과의 정사를 떠올렸다. 어디서 배운 솜씨인지 잠자리 기술이 능숙했다. 하룻밤에 최소 두 번은 하게 만들어 몸이 노곤하기가 이루 말할 수 없다.

"이보게, 안에 있나?"

호기만발한 목소리는 강원장 이정민이 분명하다. 수십 년 과거 준비만 하고 초시도 합격 못 한 주제에 으스대는 꼴이 보기 싫었다. 기껏해야 언문이나 사자소학, 간단한 셈을 가르치고 있다. 약간 수준이 높은 천자문은 아들에게 위임하고 자기는 조강포를 휘젓고 다닌다.

"웬일인가? 아이들은 어찌하고?"

"간단한 셈이니 금세 끝났네. 나머지는 자습을 시켰네."

"이 사람이…… 헌이 어디 갔구먼."

덕형의 추궁에 정민이 히죽 웃었다. 조헌은 아무리 친구라도 맡은 소임에 소홀하면 용서가 없었다. 이곳에 나타난 것을 보니 조헌이 김포 강원에 간 모양이다.

"이 사람아, 언제 헌이를 데려올 것인가?"

다시 날을 잡아 이번에는 강원에 희사한 창고 값을 빼고 싶었다. 정민은 덕형이 안달 내는 모습에 히죽 웃고 말했다.

"이보게, 헌이를 기생집에 데려가는 게 그리 쉽게 되나? 내 배가 술이 고프다고 하니 술상 좀 차려 오게."

"아, 술이야 술집에 있지 왜 여기 와서 찾누?"

덕형이 타박하자 정민이 바보처럼 웃었다. 이때 밖에서 여명이 묻는다.

"나으리, 손님이 오셨는데 술상을 봐 올릴까요?"

꾀꼬리 같은 음성에 정민이 눈을 동그랗게 뜨고 좋아했다. 덕형이 허락하자 부엌으로 가는 발소리가 들린다.

"이보게, 내가 말이야, 곰곰 생각해 보니 자네 안 사람이 무척 낯이 익네. 어디서 본 적이 있던가?"

"보긴 어디서 보나?"

"아니야, 아니야. 어딘가 낯이 익어. 어디서 본 얼굴이야."

정민의 말에 덕형도 생각해 보았다. 어딘가 낯이 익다. 어디서 본 여자였던가. 가물가물하니 떠오를 듯 말 듯했다. 정민이 얼큰하게 취해서 밖으로 나올 때 문득 덕형의 첩 얼굴에 여우가 포개졌다.

조헌이 김포 집으로 온 것은 전날 꿈 때문이었다. 신당 나무가 보이더니 열두 살의 여우가 생긋 웃으며 모습을 드러냈다. 티 하나 없이 맑고 깨끗한 그녀의 얼굴은 풋풋한 과일 같았다. 초롱초롱 빛나는 눈에는 사랑으로, 기쁨으로 가득 차 있었다.

"여우야! 여우야!"

조헌은 그녀의 이름을 부르며 달려갔다. 그러자 여우의 얼굴이 주름이 잡히더니 순식간에 늙은 여자로 바뀌었다. 슬픔에 가득 찬 눈으로 눈물을 글썽거렸다. 조헌이 달려가 손을 잡으려는 순간 어느새 할머니가 된 여우는 사라져버리는 것이었다. 잠에서 깨어나 밤새 잠을 이루지 못하다가 아침 일찍 김포로 온 것이다. 조헌은 김포에 와서도 여우 생각만 했다.

'이런, 이런. 남세스럽게 무슨 생각을 하나?'

평생 도학자로 자처한 조헌이다. 어릴 적 짧은 인연이었던 여우가 자꾸 떠오르니 헛웃음이 나왔다. 하지만 자기 대신 왜구에게 끌려간 여우의 울부짖음을 오랫동안 잊지 못했다. 그가 일본의 침략 시도에 그토록 강경하게 나가는 것은 을묘왜변 때 당한 울분과 복수심 때문일지도 모른다.

'내게 암호문서를 보낸 것이 탄로 나면 목숨이 위험할 텐데……지금까지 살아 있을까?'

조헌은 어젯밤 꿈이 예사롭지 않았다. 행낭 속에서 조강포라는 글씨와 목수 도구만 해독했던 암호편지를 꺼냈다. 박서방이 죽었으니 홍인걸도 해독하지 못했을 것이다.

'오위장 말대로 조강포에 피붙이가 있는 모양이다.'

조헌은 편지 곳곳에 눈물 자국을 들여다보았다. 사십 년 가까이 일본 땅에 끌려가 고초를 겪은 흔적이다. 그가 듣기로는 왜구에게 붙잡혀간 남자는 노비, 여자는 창녀로 팔린다고 했는데 첩자가 된 것은 불행 중 다행이다.

"아버님! 점심상 올릴까요?"

큰며느리가 방 밖에서 묻는다. 밤새 잠을 자지 못했기에 집으로 돌아오자마자 곧장 쓰러져 자고 정오가 되어서 일어났으니 말이 점심상이지 아침 식사다. 잡곡밥에 푸성귀만 가득한 초라한 밥상이었지만 조헌은 맛있게 다 먹었다. 상을 물리고 손가락에 소금을 묻혀 양치질한 다음에 집을 나왔다.

그의 집에서 멀리 여우재의 신당이 보인다. 어렸을 때는 무척이나 먼 곳이었지만 지금은 반의반 시각 정도면 충분히 갈 수 있는 거리다. 아들 완기가 따라나섰지만 그만두라고 하고 혼자 걸어갔다. 어디선가 경호를 맡은 차바우가 따라오고 있을 것이다. 초가집들이 늘어서 있는 좁은 길을 걸어갈 때 아는 이, 모르는 이가 인사를 하면 모두 웃으며 인사를 받고 가느라 시간이 꽤 걸렸다.

여우재로 올라가는 길은 열 살 때나 지금이나 마찬가지로 가팔랐다. 군데군데 돌무더기를 쌓은 것도 여전했으나 무너진 신당은 누가 근처에서 불을 지폈는지 불에 탄 조각이 나동그라져 있었다. 장옷을 입은 어떤 여자가 우두커니 서서 내려다보고 있었다. 조헌은 인적이 드문 이곳에 행인도 아닌 여자가 기웃거리는 것이 이상해서 말을 걸었다.

"이보시오."

얼굴을 휙 돌린 여자가 깜짝 놀란 표정을 지으며 바라보았다.

"여기 신당은 허물어진 지 오래되는데 어쩐 일이시오?"

조헌이 묻자 고개를 약간 숙였던 여자는 치켜들고 대답했다.

"이곳 여우재 신당에 계신 무녀가 유명했다고 해서 그냥 찾아와 보았습니다."

"만신은 오래전에 돌아갔다오. 여기는 외진 곳이니 그만 돌아가 보시오."

조헌은 그녀의 옷차림과 풍기는 분 냄새로 기생임을 알아챘다. 신분이 그런 만큼 지나는 불량배가 희롱하려고 할지 모르기 때문에 가라고 종용하는 것이었다.

"아, 네. 동행이 있습니다. 저기……"

그녀가 고개를 돌린 곳을 바라보니 윤덕형이 걸어오는 것이 보였다. 그는 첩 여명과 함께 있는 남자가 조헌임을 알고는 깜짝 놀라 소리쳤다.

"헌이, 여기 웬일인가?"

조헌은 여명과 덕형을 번갈아 보고 대꾸한다.

"자네야말로 여기 웬일인가?"

"내가 소피가 좀 마려워서…… 저쪽에서 해결했다네. 으흠."

덕형은 연방 헛기침을 하더니 여명을 향해 말했다.

"이보게, 인사 올리게. 내 어릴 적 친구 헌이라네. 조헌."

여명은 조헌의 얼굴을 알고 있지만 처음 보는 사람처럼 고개 숙여 절했다. 덕형이 조헌의 곁에 가서 작은 소리로 말했다.

"내가 이번에 들인 측실이라네."

"아, 그런가?"

조헌은 윤덕형이 절세미인의 기생첩을 들였다는 말을 들었다. 화장이 진해 민낯은 알 수 없지만, 미인임은 분명하다.

"잘 만났네. 며칠 뒤에 어떤가? 조강포에서 제일 큰 기생집이 있는데 그리 가겠나?"

"기생집? 그건 안 되네. 내가 정민에게 벌써 말했는데…… 선비가 어찌 기생집을 가겠는가. 자네 집이라면 고려해 보겠네만."

눈치 빠른 덕형이 사태를 파악해 보니 초대에 응한 것은 기생집이 아니었다. 이정민은 기생집이라면 조헌이 안 올 줄 알고 그 말을 쏙 뺀 것 같았다. 덕형은 이정민의 얄미운 얼굴을 머리에 떠올리며 입술을 깨물었다.

"아니, 아니. 기생집은 안 되지. 암, 자네는 나 같은 장사치가 아니라 이름난 도학자 아닌가? 그냥 해본 말이네. 내 집이네, 내 집."

덕형은 어떡하든 내수사 전수와 만나게 하려고 안간힘을 썼다. 겨우 기생집이 아니라는 조건으로 허락을 받아냈다. 덕형이 여명을 끌다시피 하고 돌아갔을 때 조헌은 여명에게서 야릇한 감정을 느꼈다. 화장이 진했지만, 그 얼굴에서 여우의 모습을 느낄 수 있었기 때문이다.

조강을 사이에 두고 북쪽 조강리와 남쪽 조강리가 있다. 북쪽 조강리는 남쪽과 달리 한가한 곳으로 포구가 발달하지 않았다. 대신 북쪽 조강리 쪽은 꽤 넓은 평야가 있어 논밭이 많았다. 산 넘어 커다란 기와집이 한 채 있었는데 이곳이 서기석 객주의 집이다. 그는 조강포의 객주가 된 지 얼마 되지 않았는데 신비로운 존재로 알려졌다. 먼저 살던 곳이 부산 동래라 경상도 억양이 특이하기도 했지만 처음 만나는 사람에게도 상냥하게 대해 호감을 주었다. 두루 사람을 잘 사귀어서 그의 집은 손님들이 들끓었고 그들을 대접하기 위한 과일과 채소, 생선의 행렬이 끊이지 않았다. 인심이 후하다고 해서 승려나 거지 등이 수시로 와서 구걸했는데 그때마다 바랑이나 바가지에 듬뿍 쌀을 퍼주었다. 그렇다고 공짜는 아니었으니 이들은 쌀을 퍼주는 청지기에게 자기가 본 것, 들은 것을 모두 말해 주어야 했다. 이것은 장사에 필요한 정보가 되어 객주에게 이익을 주었다.

막 여름으로 접어드는 어느 날이었다.

따악 따악 따악

"마하반야 바라밀다 심경, 관자재보살 행심반야바라밀……"

아침 일찍 서기석의 대문 앞에서 목탁소리에 맞춰 스님이 천수경을 외우며 탁발하고 있었다. 삐걱하고 문이 열리며 청지기가 나오더니 안으로 불러들였다. 여느 스님이면 헛간으로 안내할 텐데 이 스님은 사랑채로 안내되었다.

"어서 오게. 대패"

서기석은 정확한 서울말을 썼다. 스님은 일본인 첩자 '대패'였다. 그는 왜관에서 배를 타고 대마도에 있는 첩자 두목 목수(木手)의 밀명을 받고 돌아온 것이다.

"줄자가 죽었습니다. 자살했습니다."

'줄자'라는 암호명을 가진 조선인 출신 늙은 여간첩이 자살했다는 것이다.

"자살이라…… 무엇 좀 알아낸 뒤에 죽은 건가?"

"아닙니다. 그 계집이 원래 치밀하지 않습니까? 붙잡히게 되자 바로 독약을 먹었습니다."

대패의 말에 서기석은 낯을 찌푸렸다. 조헌이 강원에서 말한 내용은 일본에서도 극비에 속하는 내용이다. 그런 말을 했다는 것은 홍천호에게 줄자가 넘겨준 문서가 있었다는 것이다. 그래도 다행인 것은 자기에게 포섭된 조정의 대소 관리들의 명단은 넘어가지 않은 것이다.

"이게 다 그 계집 때문이다. 그렇지 않았더라면 계속 비변사에 남아 있을 수 있었는데."

서기석은 바로 비변사 낭청 신민철이었다. 강에 빠진 뒤 잠수해서 사람의 눈에 띄지 않는 곳으로 도망칠 수 있었다. 줄자와 동거했던 닌자에게서 배운 솜씨를 발휘했던 것이다.

"그건 어쩔 수 없고 목수가 지령한 임무는 무엇인가?"

"이제 조헌을 처치하라는 것입니다."

"그렇지 않아도 조헌을 죽이려고 했었네. 줄자가 전해준 비밀을 떠들고 다니기에."

"가능하면 조용히 처리하라고 했습니다. 우리 손에 죽었다는 말이 들리지 않게 말입니다."

일리 있는 말이다. 조헌이 일본의 속셈을 퍼뜨리고 다닌다고 쉽게 죽일 수는 없다. 백성의 분노를 사고 일본과 화해하자는 유화파들이 설 곳이 없어진다. 조헌을 지지했던 사대부들이 나서고 이에 동조하는 백성이 일치단결해서 전쟁 준비에 나서자고 할 수 있기 때문이다.

"그러면 급체 같은 것으로 처치해야겠군."

서기석은 낭청에게 죄를 뒤집어씌우고 자살을 강요했을 때 토리카부토(바꽃) 말린 것을 사용했다. 이것을 먹게 되면 심장이 마비되기 때문에 감쪽같이 자연사로 위장할 수 있다.

"어쩌시려고?"

"방법이 있네. 대패, 용화사에 있는 영규라는 땡중의 뒤를 캐보게. 서산대사의 제자라 하는데 이곳에 머물며 김후재와 어울리는 것이 몹시 수상해. 뭔가 일을 꾸미는 것 같아."

"알겠습니다."

대패는 십여 년 이상 조선 팔도를 돌아다니며 정탐을 하면서 스님과 사귀었다. 그러나 그도 당취라는 비밀결사가 있다는 것만 알았지 그 실체는 모르고 있었다.

청지기가 노랑머리가 왔음을 알리자 대패가 벌떡 일어났다.

"아하, 이게 누구신가? 대패님 아니신가?"

노랑머리는 들어오자마자 시비조로 말했다. 노랑머리의 암호명은 '끌'이다. 그러나 노랑머리는 암호명이 끌끌 혀 차는 소리 같다고 부르지 못하게 했다. 톱이라는 암호명을 가진 두목 서기석(신민철)도 그냥 노랑머리라고 부를 정도였다. 그러나 대패는 오만한 노랑머리가 아니꼬워 팅팅 거리다가 서로 주먹싸움을 벌인 적이 있었다.

"끌, 그동안 안녕하셨소? 고향의 햇살이 눈부신가 보오. 끌끌. 아직도 어둠 속을 찾아다니는 것을 보니. 끌끌."

어려서 조강포에서 쫓겨난 이후에 자신의 얼굴을 알아보는 사람이 있을까 봐 변장하고 다녔다. 대패는 밤에 숨어다니는 노랑머리를 비아냥거렸다. 노랑머리는 발끈했다. 아버지가 피살된 후에 의적 임꺽정을 배신한 서림의 아들이라고 동네 사람들이 얼마나 구박했던가. 그런 가운데 궁노비의 졸개로 조강포를 휘어잡고 다니며 온갖 못된 짓을 했다. 조헌이 통진 현감 때 붙잡혀 궁노비는 매 맞아 죽고 자신은 쫓겨났다. 아니, 도망쳤다.

"왜놈 쪽바리 같으니……"

노랑머리가 중얼거리자 이번에는 대패가 불같이 화냈다.

"뭐? 쪽바리?"

일본인은 게다라는 신발을 신는다. 쪽바리는 엄지발가락과 나머지 발가락이 따로 들어가게 된 짜개발에서 연유된 말이다. 그 말은 일본인을 소나 돼지같이 발굽이 두 개로 갈라진 동물의 발인 쪽발에 빗대어 얕보는 말이다. 그러니 화를 안 내겠는가.

"그래, 쪽바리 주먹 맛 좀 봐라."

대패가 재빨리 노랑머리의 상투를 붙잡고 주먹으로 배를 세차게 쳤다. 불의의 기습을 당한 노랑머리가 억하고 고꾸라졌다.

"어떠냐? 이 끌끌한 놈아."

엎어진 노랑머리를 내려다보며 통쾌한 표정을 짓는 것도 잠시였다. 손을 쭉 뻗어 대패의 다리를 잡아당겼다. 벌렁 자빠진 대패를 발로 밟으려는 순간 서기석이 허리를 꽉 껴안았다.

"됐다, 그만해라."

이렇게 해서 첩자 간의 싸움은 끝이 났다. 일어난 대패는 씩씩거리다가 밖으로 나갔다. 그는 행각승으로 가장해서 영규가 머물고 있는 용화사에 갈 것이다.

노랑머리와 함께 사랑방으로 들어온 서기석이 소리 높여 야단쳤다.

"이것아! 대패가 뭐라고 하든 참으라고 했지? 내가 우두머리라고 해도 우리는 조선인이야. 우리 성과가 저 일본 놈 입을 통해 목수에게 전해지는 걸 몰라?"

"그건 압니다."

"아는데 그래?"

잠시 침묵이 흘렀다. 두 사람은 대패가 같은 첩보 조직의 일원이지만 실은 감시자라는 것을 잘 알고 있다. 이들이 아무리 일본에 충성을 다한다 하더라도 조선인은 조선인일 뿐이다. 노랑머리는 아버지의 복수를 위해, 서기석은 일본 점령 치하에서 권력과 부를 얻고자 하는 마음에서 첩자로 포섭된 이들이다. 그에 비해 대패는 완전한 일본인이니 풍신수길에게 충성을 다하는 것이다. 먹통이 일본인이었더라면 정탐한 내용을 숨긴 민화를 빼앗겼어도 죽이지는 않았을 것이다. 조직에 이런 갈등이 잠복해 있었지만, 서기석은 모른 체했다.

"언젠가 내가 대패 놈을 죽일 겁니다. 두고 보십시오."

"알았다, 알았어. 여명 주변은 어떤가? 김후재는 이제 어떡할 거지?"

서기석이 비변사의 낭청으로 있을 때 배신한 활빈당원에게서 찾은 것처럼 인상서를 조작했다. 먹통이 인상서를 만들어 그 위에 수염을 덧붙인 것이다. 그러나 그럴 때를 대비했는지 얼굴이 닮은 바보 녀석을 데려와 허사로 만들었다. 서기석은 김후재를 제거하지 못하고 오히려 자신들 정체가 드러난 것이 아쉽다.

"여명 주위를 맴돌던 놈은 요즘 보이지 않습니다. 특별한 것을 찾지 못했을 테니까요. 그리고 길삼봉이 활빈당수라는 두목님의 말이 맞는 것 같습니다.”

“활빈당이라, 활빈당.”

마지막 임무인 조헌 암살을 마치면 일본으로 건너가야 한다. 그런데 김후재가 활빈당이라는 비밀결사의 두목이라면 자칫하면 첩보조직이 위험해질 수 있다. 일본의 침략을 계속 주장하는 조헌과 가까워진다면 더욱 위험해질 수 있다.

“혹시 이것들이 손을 잡는 것이 아닐까요?”

“아니, 절대로 그럴 일은 없을 거야. 아무리 가까이 살고 있어도 근본이 다르잖아.”

곧은 도학자가 그들의 정체를 모르면 모를까 정여립의 참모였던 길삼봉과 손잡을 리 없다. 불교의 당취도 마찬가지다. 만약 조헌과 뒤섞게 되면 물과 기름처럼 나뉠 것이다. 아니, 그러기를 바랐다.

“그래도 조심해야 할 것 있습니다. 실은……”

노랑머리는 암살지령에 대비해서 조헌이 거주하고 있는 강원을 염탐하고 있었다. 이슥한 밤에 강원을 엿보고 있는데 천문을 살피는 조헌에게 접근하는 남자를 보았다고 했다. 달빛 아래라 누군지 알 수 없었으나 목소리가 김후재 같았다는 것이다.

“정말인가? 김후재 그자가 맞는가?”

“네.”

서기석은 가만히 노랑머리의 얼굴을 바라보았다. 말은 네라고 했지만, 표정에 확신은 없었다. 김후재가 아버지 서림을 암살한 것에 대한 증오만 엿볼 수 있었다. 그러나 그의 말대로 김후재가 조헌과 한편이 된다면 그건 재앙이다. 가능성도 충분하다.

“실은 목수에게서 지령이 내려졌다. 소나무를 자르려면 조헌이 동인을 공격하면서 세상이 시끄러워져야 하는데 줄자의 배신으로 우리 기밀이 넘어갔으니 빨리 처단하라는 것이다."

기석의 말에 노랑머리의 눈이 반짝 빛났다.

"눈에 드러나지 않게 없애라는 것이 목수의 명령이다. 칼로는 안 된다는 것이다."

"왜 그렇습니까?"

노랑머리가 불만에 찬 목소리로 되물었다. 서기석은 눈에 띄게 암살했을 경우의 부작용에 대해 설명했다. 이제 일본의 첩보조직이 비변사에 똬리를 틀고 조선의 기밀을 탐지하는 것은 끝났다. 계속 이간질을 통해 당쟁을 격화시키고 유언비어를 퍼뜨려 백성에게 공포심과 나태함을 줄 수도 없게 되었다. 일본 침략에 대비하자고 주장하는 조헌을 감쪽같이 암살하는 일만 남았다.

"지금도 몸을 사리고 있는데 만약 김후재가 조헌을 경호하고 있다면 독살도 쉽지 않을 것입니다."

그의 말에 기석이 고개를 끄덕였다. 홍인걸의 암살미수 이후 옥천에서 따라온 제자가 부엌을 통제하고 조리한 음식을 잘라 개에게 먼저 먹인다고 하지 않던가. 뭔가 낌새를 차렸는지도 모른다.

"그렇다면 윤덕형을 이용해야겠군."

기석이 중얼거리자 노랑머리는 고개를 가로저었다.

"그자는 믿을 수 없는 자입니다. 자기 주인을 배신한 자가 아닙니까? 우리의 정체를 알면 곧장 포도청에 알릴 놈입니다."

"흥! 배신? 배신은 그놈이 하기 전에 우리가 하는 거야. 놈은 조헌을 이용해 내수사에 독점판매를 하려고 해. 그걸 이용하는 거야."

조헌을 내수사 전수와 만나게 하려는 것을 이용하자는 것이다. 서기석이 그 계획을 말하자 노랑머리가 무릎을 탁 쳤다.

맴맴맴

매미 소리가 요란했다. 이제 무더운 여름이 되었다. 조헌은 풀지 못한 암호편지를 들고 고심하고 있었다. 몇 달째 붙잡고 있지만 아무런 단서도 잡지 못했다. 사본을 가져간 김후재도 풀지 못하고 있었고 홍인걸에게는 아무 연락이 없었다. 2월에 경연에서 임금에게 세자를 세우자고 말했다가 노여움을 산 정철이 먼 곳으로 귀양을 갔다. 그래서 사돈관계인 홍인걸의 입지가 어려워졌다. 길삼봉에 대한 추적도 실패하자 임금은 명령을 거두어 오위장 자리마저 위태로워졌다. 그러니 자연 암호해독은 늦춰지고 조강포로 오는 일도 못하게 되었다.

이런 어수선한 가운데 조헌은 새벽에 또 여우 꿈을 꾸었다. 주름진 얼굴로 나타난 그녀의 얼굴에 수심이 가득했다.

"여우야, 무슨 걱정이 있느냐? 내게 말해 보렴."

조헌이 간절히 물었어도 그녀는 답하지 않았다.

"여우야, 너를 보호하지 못한 것이 한평생 한이 되었다."

그는 눈물을 흘리며 여우를 바라보았다. 그러자 암호문서의 글자들이 나타나 어지럽게 춤을 추었다. 이때 늙은 여우의 수심 찬 주름살이 펴지면서 삼십 대, 이십 대로 바뀌어 가는 것이 아닌가. 표정도 점점 밝아져 아리따운 아가씨로 변해 있었다. 어렸을 때의 여우와 닮은 그녀의 얼굴은 어디선가 많이 본 것 같았다. 아가씨의 얼굴이 뚜렷해지자 글자는 사라져 버렸다.

탕탕

천지를 진동하는 소리가 들리더니 여우의 가슴과 배 등이 크게 구멍이 났다. 누군가 뒤에서 총포를 발사했는데 그래도 그녀는 웃고 있었다. 계속 탕탕하는 굉음에 조헌이 잠을 깼다. 놀라 벌떡 일어나 보니 아직 해가 뜨지 않았지만, 매미 소리가 요란했다.

맴맴맴

'이게 무슨 꿈일까? 여우에게 무슨 일이 있다는 말인가?'

조헌은 이번 꿈도 무슨 의미가 있다고 여겼다. 저번의 꿈이 절망적인 상태에 빠진 여우의 모습이라면 이번 꿈은 여우에게 희망이 비치는 느낌이었다. 조헌은 쌓아 놓은 책에 숨겨둔 암호편지를 꺼냈다. 이번에는 뭔가 찾을 수 있었지만, 막상 펴보니 여전히 오리무중이다.

'이 편지가 이곳에 들어온 딸에게 보내는 것이라면 그 아이를 만나라는 것인가?'

아무래도 그런 것 같았다. 여우의 딸이 조강포에 있으며 어려운 지경에 빠진 것이 분명했다.

"나으리, 윤덕형 객주에게서 사람이 왔습니다."

밖에서 새로 온 하인이 아뢴다. 그는 김후재가 조헌의 신변보호를 위해 보내온 차바우로 힘이 세고 무예가 뛰어났다.

"알았네."

며칠 전 윤덕형이 전갈을 보내왔는데 서기석 객주가 만나자는 것이었다. 조강포 사람들은 물론이고 근방의 주민이 너도나도 몰려 와 공부하겠다고 했다. 이들을 수용하기에 너무 비좁은데 서기석 객주가 덕형이 내 준 창고를 새 강원으로 꾸며주겠다고 제의했다. 초대 시간이 저녁이라 조헌은 암호문서를 계속 들여다보았고 차바우는 김후재에 연락해서 경호준비를 했다.

김후재는 영규와 함께 개구리참외를 먹고 있었다. 두 사람 다 거의 벗은 채였는데 영규는 땀을 식히기 위해 연신 부채질을 했다.

맴맴맴

매미 소리가 요란했다. 후재는 영규의 머리통에 시선을 고정하고 바라보았다.

"무얼 그리 바라보십니까?"

"이보오. 나는 머리를 길렀으니 그렇다 해도 스님은 머리도 빡빡 밀어 털도 없는데 웬 땀이 그리 많소?"

"무명초가 없어도 번뇌는 남아 있어 그리합니다."

"번뇌라, 출가한 스님이 무슨 번뇌가 있소? 나 같은 인간이야 번뇌로 만들어진 몸뚱이지만."

맴맴맴

영규가 빙긋 웃으며 말했다.

"인간으로 태어난 것 자체가 번뇌이지요. 그나마 땡중에서 끝내지 않고 중생을 위해 몸을 던질 수 있으니 다행입니다."

"흐흐. 나도 태어났을 때 우리 부모가 입신출세를 바랐지 어찌 도둑이 되기를 바랐겠소? 하지만 기왕 도둑이 되었으니 남 부끄럽지 않은 도둑이 되려 하오."

후재는 손가락으로 조강포를 가리키며 말했다.

"사방에서 퀴퀴한 냄새가 풍기고 있소. 더러운 윤객주란 놈이 중봉을 구렁텅이로 밀어 넣으려 하오."

영규가 빙긋 웃고 나서 대꾸했다.

"이제는 하다 하다 못해 부처님 무르팍까지 파고드는 인간도 있으니까요."

그 인간이란 용화사에 객승으로 들어와 있는 일본 첩자 '대패'를 말하는 것이다. 수상한 스님이 객승으로 속이고 들어왔다는 말에 영규는 즉시 용화사를 떠나 조강포로 왔다.

"그자의 정체가 무엇일까요? 의금부 끄나풀일까요?"

영규는 미처 일본 첩자라는 생각은 못했다. 그러나 객승이 용화사에서 아무 조짐도 발견하지 못하면 떠날 것이고 참새가 뒤를 밟은 뒤에나 정체를 알게 될 것이다.

"글쎄. 밝혀지겠지. 나는 북쪽 조강리의 서기석이 의심스럽소. 산 뒤에 큰 집을 지어놓고 오고 가는 자들이 온통 수상한 자들인데다 주변 감시가 철저하다니 말이오."

김후재는 활빈당원들을 풀어서 서기석의 집을 감시 중이었다. 보통 장사치라면 곳곳에 보초를 세워 눈을 밝힐 이유가 없다. 서객주가 자주 모습을 나타내는 시점이 비변사의 낭청이 일본의 첩자로 밝혀지고 도주한 이후라는 것에 주목했다. 조강포에 드문드문 나타나더니 그 사건 이후로 자주 얼굴을 내민다는 것은 서기석이 신민철이라는 일본 첩자로 의심되는 것이다. 김후재는 자신이 그쪽을 감시하는 것과 마찬가지로 자신도 그들에게 감시당하는 것을 알고 있었다.

"영규 대사. 좋은 것을 보여 드리겠소."

후재는 방구석으로 가더니 의자를 놓고 올라서서 천장을 밀자 사다리가 밑으로 내려왔다. 이것을 타고 올라가고 그 뒤를 영규도 따라 올라갔다. 지붕 바로 밑의 다락방으로 구멍을 통해 밖을 내다볼 수 있었다. 영규가 밖을 내다보니 한 사내가 골목길에 몸을 숨긴 채 흘끔흘끔 바라보는 것이 보였다.

"서객주의 집 하인이요. 그자가 수상한 자가 아니라면 왜 나를 감시하겠소? 오늘 중봉이 윤덕형의 집에 갈 때 나도 동행할 거요. 내가 있으면 딴 수작은 부리지 못할 것이오."

윤덕형은 안절부절못했다. 내수사 전수는 얼마 뒤에나 김포로 온다고 했다. 오늘은 서기석 객주와의 일로 만나는 것이다. 깔끔한 성격의 조헌을 노하게 할까 봐 기생도 부르지 않고 조용히 저녁 식사만 하기로 했다. 그것도 머리를 써서 조헌이 좋아하는 음식을 알아서 차리니 검소한 밥상이 되었다. 특이한 것이 있다면 소의 곱창으로 만든 '양탕'일 것이리라. 제일 먼저 온 것이 이정민이었다. 병풍이 쳐진 방구석에 거문고가 덩그러니 놓여 있었고 음식상이 차려져 있었다. 오랜 친구이자 강원장이니 당연히 불러야 하는 사람이지만 굶주려 죽은 귀신이 환생했는지 젓가락을 대려고 하기에 따로 작은 상을 차려주어 고기와 무를 먹였다. 꾸역꾸역 먹는 것을 보고 덕형은 낯을 찌푸렸다. 서기석 객주에게서 조금 늦을 것이라는 연락이 와서 기분도 언짢은데 말이다.

'구잡스런 놈, 걸귀가 환생을 했나? 네놈이 양반이면 난 석 냥 반이다.'

라고 중얼거렸다. 양반을 한 냥 반이라고 비웃는 세상이다. 이렇게 헐뜯어도 윤덕형은 양반이 되고 싶고 벼슬하고 싶다. 아무리 돈이 많아도 장사치가 아닌가. 그나마 자신이 무시를 덜 받는 것은 중봉 조헌과 어릴 적부터 친구라고 동네방네 소문을 내고 다녔기 때문이다.

'오늘 조헌이 오면 그다음에는?'

덕형은 처음이 어렵지 그다음은 쉬울 것으로 판단했다. 하인이 조헌이 도착했다고 전하자 얼른 밖으로 나갔다. 조헌의 뒤로 김후재가 뒤따르는 것이 보였다.

"어서 오게. 아니, 오시게. 중봉"

덕형은 공손히 맞으며 후재에게도 고개를 까딱했다. 조헌이 조강포 존위 김후재와 어떻게 가까워졌는지 요즘 들어 같이 움직인다. 동년배이니 사제지간도 아니고 그렇다고 의형제도 아니건만 꼭 같이 오겠다고 하니 어쩔 수 없었다. 조헌이 왔다는 소리에 이정민은 작은 상을 내보내고 얼른 맞으러 나왔다.

"이보게, 중봉. 어서 오게. 음"

매일 얼굴을 맞대고 사는 정민이 조헌의 팔을 잡아끌었다. 이 자리에 오게 한 것이 자신이니 덕형에게 뜯어갔던 돈이 헛돈이 아님을 증명시키려는 꼼수다. 이렇게 조헌은 방안에 들어와 앉았다.

"나는 자네가 꼭 올 줄 알았네. 우리 셋은 사십 년 전에도 영원히 친구 하자고 한 사이 아닌가?"

아주 어렸을 때 셋이 고기를 잡으러 간 적이 있었다. 웅덩이의 물을 퍼서 고기를 잡으려는데 어두워지자 아이들은 하나둘씩 집으로 돌아갔으나 조헌은 계속 물을 푸고 있었다. 그때 정민과 덕형만 돌아가던 걸음을 되돌려 같이 밤을 새웠다. 함께 고기를 잡아 그릇에 담으며 영원히 변치 않는 우정을 맹세했다. 조헌도 그때가 기억났나 보다. 입가에 미소가 번졌다. 철없던 어린 시절로 되돌아갔으면 하는 아쉬움이 묻어 있었다.

"셋이 이렇게 만난 적이 언제이던가. 둘이 만나면 하나가 빠지기를 수 없이 했다네."

정민의 말대로 을묘왜변 이후 셋이 만나기는 쉽지 않았다. 윤덕형은 시전의 일꾼으로 가버렸고 벼슬길에 나간 조헌은 지방으로 떠돌아 서로 어긋났다. 이정민만 과거에 계속 낙방하며 김포에서 거주했기에 덕형을 만나기도 했고 조헌을 만나기도 했다.

"이제 옛 동무들이 모두 모였으니 자주 만나기로 하세."

정민의 말이 우정에서 나온 것이면 오죽이나 좋겠느냐만 조헌을 이용해 자기 위신을 높이려는 수작일 뿐이다. 덕형은 정민이 화제를 독점하는 것이 못마땅했는지 목소리를 높였다.

"자네는 물에 빠져 죽어도 입만 살아 둥둥 떠다니겠군."

말을 끊자 정민이 입을 삐죽거렸다. 조헌이 말했다.

"김존위만 지루하겠군. 왜 서객주가 안 오는 것이지?"

"곧 오겠지."

덕형은 이렇게 대꾸하고 밖으로 나가 하인을 불렀는데 서기석이 하인과 함께 나타났다. 그는 방에 들어오자 사과부터 했다.

"어르신, 크게 결례했심더. 일 처리 하느라 늦었심더. 널리 헤아려 주시소."

억양이 특이한 경상도 사투리로 말했다. 조헌은 웃으며 사과를 받아주었다. 그뿐 아니라 강원의 낡은 창고를 헐고 새로 강원을 지어주니 고맙다는 인사를 했다. 이렇게 네 사람은 화기애애한 술자리를 벌였다.

김후재는 마루 한쪽에 앉아 보자기로 싼 칼을 앞에 놓았다. 그 옆에 뒤늦게 도착한 노랑머리가 앉았다. 나란히 앉은 두 사람은 각기 보자기를 옆에 놓고 말없이 식사했다. 술병도 있었지만 아무도 마시지 않았다. 옆으로 얼굴을 돌려 보지도 않았다. 그러나 둘의 머릿속은 빠르게 회전했다. 곁눈질로 흘끔 바라보다 서로 눈이 마주치자 화들짝 놀라며 자세를 바로 했다. 삼십 대의 노랑머리와 쉰에 가까운 나이 김후재의 신경전은 계속되었다.

'이 녀석 어디서 본 놈인데…… 어디서 보았던가?'

김후재는 기억을 더듬어가고 있었다. 마찬가지로 노랑머리는 아버지 서림을 죽인 원수가 바로 옆에 있으니 속이 부글부글 끓는 것이었다.

'이놈, 네가 우리 아버지를 죽인 놈이렸다? 내 언젠가 갈기갈기 찢어 죽이겠다.'

이런 속마음과 달리 두 사람은 애써 감정을 억제하고 있었다. 이때 문이 열리더니 윤덕형이 나와 하인을 불렀다.

"아씨를 불러오게."

그 말이 끝나기가 무섭게 달려간 하인은 잠시 뒤에 장옷을 입은 여명을 모셔왔다. 마루에 올라 장옷을 벗자 김후재와 노랑머리의 고개가 동시에 돌아갔다. 곱게 단장한 미인의 얼굴을 잠시 바라보다가 다시 얼굴을 바로 했다.

"나으리, 안에 들어도 되겠습니까?"

방문이 열리며 여명이 안으로 들어갔다. 그리고는 잠시 뒤에 거문고 소리가 울려왔다.

딩둥덩 딩둥덩

"오, 기가 막히구먼."

정민이 감탄하는 소리였다. 한참 환담이 들리고 웃음소리도 들렸다. 흥겨운 소리에 마루에 앉은 두 사람의 긴장도 풀어졌는지 고개를 돌려 보다가 눈이 마주치자 아까와 달리 한참 살피다가 동시에 얼굴을 휙 하고 돌렸다. 이렇게 한 시각 가량 시간이 지난 뒤 모두 자리에서 일어났다. 김후재는 그 직전에 노랑머리가 서림의 아들임을 기억해 냈다.

거처로 돌아온 조헌은 김후재가 내민 인상서를 보고 눈을 감았다. 활빈당이 비변사에서 도주한 여자의 인상착의라고 인상서를 보내왔다. 그 다모가 윤덕형의 첩 여명과 동일인물이라는 것에 충격을 받았다. 김후재가 길삼봉이었다는 것보다 더 놀라운 일이다.

"혹시 우리가 잘못 본 것이 아닐까요?"

"아닙니다. 그동안 은밀히 뒷조사해서 알아냈습니다. 틀림없습니다."

"그러면 서기석이 데려온 그 호위도 서림의 아들인가요?"

"네. 어렴풋이 기억을 더듬어 보니 서림의 아들이었습니다. 무엇보다 저를 바라보는 눈에 증오가 가득한 것으로 보아 아들이 분명합니다."

후재는 모임이 끝나고 돌아갈 때 노랑머리가 쏘아본 눈빛에서 확신을 얻었다고 했다.

"그러면 서기석이라는 자가 비변사의 신민철과 동일 인물이요? 경상도 사투리를 심하게 쓰던데."

"사투리쯤이야 얼마든지 속일 수 있지요. 내가 자세히 들으니 진짜 거기서 살던 자가 아니라 사투리를 흉내 내는 듯했습니다. 그자의 얼굴을 아는 자는 당상과 낭청들뿐입니다."

조헌은 난감했다. 서기석이 자신의 어머니 생일에 그를 초청했기 때문이다. 그가 정말 일본의 첩자라면 조헌은 호랑이굴로 들어가는 셈이다.

"난 약속했소. 그자의 모친 생일에 참석하기로."

"안 됩니다. 그곳에 들어가는 순간 이승을 하직하셔야 합니다."

조헌은 침묵했다. 윤덕형의 첩 여명이 박서방을 죽게 만든 비변사의 다모이고 서기석이라는 객주가 일본 첩자의 두목인 신민철이면 이미 칼날이 목까지 들어온 것이다.

"어머니의 생일을 빙자해 유인하는 것입니다. 그러니 어서 의금부에 알려 놈들을 일망타진해야 합니다. 위험한 자들이니 군을 동원해야 할지도 모릅니다."

"하지만 말이오."

조헌은 서기석이 윤덕형에게 부탁해서 여명을 데리고 가는 것을 보았다. 자신의 노모가 거문고 듣기를 좋아하니 생일까지 매일 들려주고 싶다고 간곡히 부탁했다. 덕형이 마지못해 동행을 허락했다. 여우의 딸로 짐작되는 여명을 만나려면 잔치에 참석해야 한다. 조헌은 그녀를 일본 첩자들에게서 구출하고 암호편지를 건네주고 해독을 시키려는 것이다.

"내가 죽더라도 여우의 딸이 살고, 일본의 간계가 드러나 조정에서 일본의 침략을 대비하게 된다면 나는 지금 죽어도 여한이 없소. 난 가겠소."

조헌의 굳은 결심에 김후재도 더 반대할 수 없었다.

10

벗겨진 가면

　노랑머리는 활을 잡아당겼다. 칼로 대적하기엔 김후재가 만만치 않은 인물이다. 그것보다 자기 아버지를 죽인 편전(片箭)으로 똑같이 복수하려는 것이다. 다만 걱정되는 것은 조헌이 눈치채고 조강을 건너오지 않는 것이다. 활빈당수 김후재가 생일잔치 참석을 말릴 수도 있다. 그렇다면 조헌을 죽임으로 조선 침략의 걸림돌을 제거하고 그의 호위 김후재를 죽임으로 아버지의 복수를 할 기회가 사라진다. 그러나 이런 우려는 곧 사라졌다.

　"조헌의 배가 조강포를 떠났다고 합니다."

　부하의 보고에 따라 노랑머리가 자리에서 벌떡 일어났다. 입을 앙다물고 활을 들고 나섰다. 조헌과 김후재가 걸어오면 활을 잡아당길 것이다. 부하 두 명이 조헌에게 화살을 날리고 자신은 김후재를 쏜다 이럴 작정이다. 그러나 곧 그의 계획이 어긋남을 알았다.

　쪽배를 타고 건너온 다섯 사람이 조강포 앞에서 서성거리고 있었다. 뒤이어 썰물을 타고 한강에서 오는 배가 포구에 도착하자 사람들이 꾸역꾸역 내리는 것이었다. 그들 중에 한 남자가 조헌을 보고 크게 반기는 것이 보였다. 나중에 알았지만 인사한 남자는 내수사의 전수로 윤덕형이 때맞춰 부른 것이다. 따로 자기 집에서 만난 것은 아니지만, 서기석의 어머니 칠순잔치에 만나도 어쨌든 만난 것이다. 내수사 전수는 평소에 존경하던 조헌을 어렵게 만나니 기쁘고 윤덕형은 그로 해서 내수사에 확실한 끈을 잡게 되었으니 기쁜 것이다.

"젠장!"

노랑머리가 겨누었던 활을 거두고는 욕설을 퍼부었다. 조헌 일행과 함께 오는 사람들은 일반 백성이 아니라 활과 창을 든 착호군들이었기 때문이다. 아마도 평안도로 호랑이 사냥을 가는 모양이다. 이들은 조헌 일행과 헤어져 북쪽으로 곧장 갔지만 여기서 무력으로 살인을 벌일 수는 없다.

"할 수 없지. 다음 계획대로 해야지."

서기석은 생일잔치 상에서 독살을 주장했고 노랑머리는 조강포를 건너오면 즉시 활로 쏘아 죽이자고 맞섰다. 결국, 타협한 것이 활로 죽일 수 있으면 그렇게 하고 여의치 않을 때는 독살하자고 한 것이다.

"혹시 저것들 눈치챈 거 아니야?"

이렇게 말했지만, 위험을 눈치챘으면 아예 오지 않았을 것이다. 우연히 그런 것으로 판단하고 다음 준비를 했다. 덕형과 정민은 자신들의 계획대로 되어 웃음이 절로 나왔다. 하지만 김후재는 착호군이 내릴 줄은 알았지만, 느닷없이 수염 없는 내시도 나타나자 당황했다. 어디선가 숨어서 화살을 날릴 것을 예상하고 조헌의 옆에 바짝 붙었다. 반대편에는 우람한 체격의 차바우가 떡 버티고 있다. 여차하면 자신들이 조헌 대신 화살을 맞을 각오를 하고 있었다. 내수사 전수는 조헌에게 그동안 서울에서 있었던 일들을 말하고 조헌은 그의 말을 들으며 연신 고개를 끄덕였다. 서기석 객주의 집에 도착할 때까지 조헌은 기분이 좋았지만, 김후재는 신경이 곤두서서 불안한 눈빛으로 사방을 연신 둘러보았다.

서기석의 집 대문은 솟을대문이었다. 이렇게 대문이 높은 집은 서울에서
도 판서 이상의 고관이나 허락된다. 아무리 부유해도 상인이 이렇게 큰 집에
산다는 것은 조선의 법률상 용납이 될 수 없다. 그래서 저택은 소유명의를 고
관으로 하고 빌려 사는 형식으로 한다.

덩덩덩

대문 안에서 장구 치는 소리와 왁자지껄 떠드는 소리가 요란했다. 마당에
볕가리개가 쳐 있고 멍석에는 상이 길게 늘어졌다. 온 동네 주민이 모여서 음
식을 먹고 있었다. 이 중에는 일본 첩자도, 활빈당원도 섞여 있을 것이다. 대
청마루에는 열두 폭 병풍이 쳐 있고 호화로운 생일잔치 상이 차려져 있었다.
사탕과 과줄이 높이 쌓여 있었고 그릇에 요리된 고기와 생선이 그득했다.

정중앙의 보료에는 서기석 객주의 어머니가 잔치의 주인공으로 앉아 있었
다. 백발의 노인은 칠순이 넘어 보였는데 한눈에도 노망든 것처럼 보였다. 옆
에서 시중드는 여자의 만류를 뿌리치고 손으로 음식을 집어 꾸역꾸역 입에 넣
었기 때문이다. 내수사 전수도 왔다는 말을 뒤늦게 윤덕형에게 들은 서기석은
두 사람을 귀빈으로 마루에 앉혔다. 어머니는 식곤증이 났는지 꾸벅꾸벅 졸고
있었다. 서기석이 웃으며 말했다.

"울 어매 피곤하신 모양입니더. 앉으시소. 나으리들"

이들이 자리에 앉자 악공들이 요란하게 연주를 시작했다. 삐익 삐익

누가 보아도 효성이 듬뿍 들어 있는 호화잔치였다. 초청된 손님들은 제각
기 급수에 따라 상을 달리했다. 이정민과 윤덕형은 귀빈 바로 아래 자리를 차
지하고 있었고 김후재와 차바우는 호위이니 따로 상이 없었다. 노랑머리는 하
인들과 하녀들에게 일을 시키고 있었다. 후재가 보기에 집안 식구가 아니라
동네 사람을 임시로 부리는 것 같았다. 노랑머리와 눈이 마주치자 후재가 말

을 건넸다.

"구면이구려. 여기 뒷간이 어디 있소?"

노랑머리가 손으로 뒤채를 가리키고는 가버렸다. 후재가 뒤채로 가는데 누군가 그의 뒤를 따라왔다. 참새였다.

"분부하신 대로 모두 배치했습니다."

"서객주의 어머니는 어떤 사람이냐?"

"길거리에 버려진 노망난 노인을 데려온 거죠."

역시 추측이 맞았다. 서기석은 노인을 자기 어머니로 가장해 칠순 잔치를 벌이고 있는 것이다. 조헌을 암살하려고 꾸민 계획이 분명했다. 참새는 지나 쳐서 사람들이 줄 서 있는 뒷간으로 갔고 후재는 되돌아왔다. 노랑머리가 흠 칫 바라보더니 입을 열었다.

"왜 그냥 돌아오슈?"

"사람들이 길게 줄을 섰더이다."

하고는 입을 다물자 노랑머리가 날카롭게 쏘아보고는 가버렸다. 어젯밤에 후재는 조헌에게 독이 든 술이 어떤 색을 띠는지 거듭 주의시켰다. 무력으로 조헌을 공격하면 손님으로 가장한 활빈당원들이 대응할 수 있지만, 술잔에 독 약을 탄다면 큰일이다. 하지만 조헌은 긴장은커녕 인명은 재천이라고 하면서 빙긋 웃을 뿐이었다. 삼십 년 전 처음 그를 양천강 배에서 만났을 때처럼 태연 했다. 그러니 김후재만 속이 시커멓게 탈 뿐이다.

딩둥덩

악공 세 명의 연주가 끝나자 이번에는 여명이 방에서 나와 거문고를 연주 하기 시작했다. 그 소리가 얼마나 웅장한지 악공 연주 때에는 한쪽으로 들으 며 담소하던 손님들이 입을 다물고 귀 기울였다.

딩둥덩

웅장한 거문고 소리는 때로 애절하고 슬프기까지 했다. 노랑머리마저 시선을 고정하자 후재가 슬그머니 자취를 감췄다. 연주가 끝나고 여명이 조헌 등이 앉은 곳에 공손히 절하고 다시 방으로 들어갔다. 노랑머리가 정신을 차리고 김후재가 있던 쪽을 바라보자 그곳에 그냥 서 있는 것을 보고는 안도했다. 두 명의 여인이 보료에 앉은 노인을 부축해서 안으로 데려갔다. 서기석이 조헌에게 말한다.

"나으리들, 상 차려 놓았십니더."

주인의 뒤를 따라 방에 들어가니 여명이 상 앞에 다소곳이 앉아 있었다. 그녀는 슬픈 표정으로 조헌을 바라보더니 이내 얼굴을 돌렸다. 윤덕형이 여명의 옆에 앉아 속삭였다.

"며칠 동안 네가 보고 싶어 미칠 뻔했다."

큰 물주인 서객주의 청을 거절할 수 없어 따라 보냈다. 그런데 오늘 보니 어머니가 똥오줌을 가리지 못하는 노망든 노인이라 의아했다. 거문고 소리를 알아들을 리 없다.

내수사 전수는 흠모하던 조헌과 같이 술자리를 하니 기쁜 모양이다. 조헌 역시 거북한 술자리에서 안면 있는 내관을 통해 서울의 움직임을 들으니 이 자리가 위태로운 자리임을 깜빡한 모양이다. 그 모습이 서기석에게는 다행이었다. 조헌이 술을 잘 먹지 못한다고 첫 잔만 입술을 축였지만, 기회를 봐서 독약이 든 술을 권할 것이다. 그것은 즉시 효과를 보는 게 아니라 하루 정도 지나야 독이 퍼지니 그동안에 충분히 도주할 수 있다. 만약 술을 마시지 않으면 곳곳에 배치한 첩자들이 칼을 뽑게 될 것이다.

"나으리, 약주가 입에 맞지 않십니꺼?"

서기석의 물음에 조헌이 답했다.

"아, 아니오. 내 몸이 술을 받지 않는지라……"

조헌이 건강 때문에 술을 멀리한다는 것은 덕형에게 들었다. 그러나 자리가 그러니 몇 잔이라도 마실 줄 알았는데 자꾸 어긋난다. 그렇다고 성급하게 칼부림을 할 수도 없다. 조헌과 달리 내관인 전수는 술을 들이켜고 있었다.

"나으리, 농주는 어떻십니꺼?"

농주는 도수가 낮은 막걸리다. 조헌이 농부들과 함께 농주를 마시며 그들의 말을 들었다는 것을 생각해 낸 것이다. 옆에 앉은 전수도 자꾸 권하자 할 수 없이 승낙했다. 그 말이 떨어지자마자 막걸리병이 들어왔다. 모두 다섯 병이 들어왔는데 그 중의 한 병에 독약을 탔다. 목표는 조헌이지만 누가 먹든 상관없다. 약을 탄 술병은 꽃 그림이 그려져 있으니 다른 병의 것은 마셔도 그 병의 것만 먹지 않으면 된다. 먼저 서기석이 술병을 들어 조헌에게 따랐다. 그러자 조헌이 난감한 표정을 짓더니 이내 술잔을 바라보며 말한다.

"술이 아주 잘 익었군요. 이런 농주는 농부들이 땡볕에서 일하고 난 뒤에 마시면 시원하지요. 저도 밭두렁에서 많이 마셨습니다."

하고는 단숨에 들이켰다. 그것을 보고 전수에게 윤덕형이 술을 따라주자 단숨에 들이켰다. 서기석이 조헌에게, 덕형이 전수에게, 여명이 정민에게 술을 따르자 순식간에 병이 비었고 마지막 한 병만 남았다. 서기석은 침을 꿀꺽 삼켰다. 술 마시는 것을 망설이던 조헌도 몇 잔 마시자 주저 없었다. 이제 마지막 병의 술을 따르고 자기에게 술잔이 돌아오기 전에 잠깐 볼일이 있다고 나가기만 하면 된다. 기석이 술병을 들었을 때 여명이 말했다.

"서객주님, 그 술병을 제게 주십시오. 제가 따르겠습니다."

하며 술병을 빼앗듯이 가져가고는 서기석의 빈 잔에 술을 따랐다. 조헌이 웃으며 말했다.

"아, 그렇구려. 서객주는 몇 잔 안 한 것 같으니 단숨에 비우도록 하시오."

기석의 얼굴이 하얗게 변했다. 술잔을 들고 어쩔 줄 몰라 하다가 냄새를 맡아 본다.

"우째, 냄새가 심한 게 상한 것 같심니더."

"상해요?"

조헌은 서기석이 당황하는 모습을 보고 눈치를 챘다.

"같은 술인데…… 그러지 말고 쭈욱 들이키시오. 그러면 나도 한잔하리다."

"아, 아닙니더. 아무래도 상한 것 같심니더."

기석은 밖에서 부름을 기다리는 하녀를 불러 술병을 치우게 했다. 이정민이 서객주 앞에 놓인 술잔을 손을 뻗어 가져다가 냄새를 맡는다.

"아무 냄새도 안 나는데. 내가 먹어 볼까요?"

"아, 안됩니더. 술은 잘못 먹으면 약도 없심니더."

기석이 술잔을 빼앗으려다가 엎고 말았다. 하녀가 들어와 술이 묻은 안주 그릇을 거두자 조헌이 말한다.

"아무래도 취한 것 같소. 인제 그만 일어납시다."

그의 말에 모두 동의하고 자리에서 일어났다. 서기석이 일어나면서 여명을 무섭게 쏘아 보았다. 노랑머리는 이들을 그냥 돌려보낼 수 없다고 모조리 죽여 버리자고 했지만 그럴 수 없었다. 생일잔치 속에 끼어 있던 험상궂은 사내들 스무 명이 조헌 일행을 앞뒤로 호위하는데 품 안에 쇠 도리깨나 단도를 지니고 있었기 때문이다.

찰싹.

"이 망할 년!"

찰싹.

"네년 때문에 모든 게 수포로 돌아갔다. 알고 그런 거지?"

조헌 일행을 윤덕형이 배웅하러 가자 서기석은 손을 번갈아가며 여명의 따귀를 때리며 소리쳤다. 여명의 코에서 피가 주르르 흘렀다.

"네년이 무슨 꿍꿍이로 일을 망쳤는지 사실대로 말해라. 안 하면 네 아가리를 찢어놓겠다."

"몰랐습니다. 제게 그 술병에 독이 있다고 말씀하셨나요?"

그 물음에 답할 수 없었다. 여명이 흐르는 피를 손등으로 닦으며 중얼거렸다.

"오카상, 우리 오카상은 어찌 되었지요?"

"오카상? 네 에미 말이냐. 갑자기 에미는 왜 찾아?"

서기석은 딸이 가즈코를 찾자 뜨끔했다.

"어머니, 우리 어머니는 어디 계시지요?"

"어디 있긴. 나고야성에 있지. 그걸 몰라서 묻나?"

여명이 서기석을 올려다보며 말했다.

"돌아가셨지요? 우리 어머니는 이 세상에 안 계신 거지요?"

"그게 무슨 소리야? 일을 그르친 주제에 본분을 잊고 에미를 찾아? 에잉"

그는 몸을 휙 돌리고 걸어갔다. 여명이 갑자기 그 엄마인 가즈코를 찾는 것은 뭔가 눈치를 챈 것이다. 대패가 그녀에게 찝쩍대면서 어미가 죽었다는 것을 슬쩍 말한 지도 모른다. 그래서 자신을 궁지에 몬 것일 것이다. 유일한 혈육이 죽었다면 그녀의 충성심도 옅어질 것이다. 그는 노랑머리를 찾았다.

"계집애의 행동이 수상하다. 혹시 네가 가즈코에 대해 말했느냐?"

"제가 왜 그 말을 하겠습니까? 대패라면 몰라도."

노랑머리는 무뚝뚝하게 대꾸했다. 하긴 가즈코가 일본을 배신하고 도주하다가 잡혀서 자살했다는 말을 노랑머리가 할 이유가 없다.

"저년이 눈치를 챈 거 같다. 잘 감시해라."

"여기 계속 있는 겁니까? 윤덕형이 돌아와서 기다리고 있는데요."

서기석은 잠시 생각해 본다. 여명이 이곳에 있은들 뾰족한 수가 없다. 칠순 잔치도 끝났으니 돌려보내야 한다. 그래서 조헌을 죽일 기회를 다시 만드는 것밖에 없다.

"돌려보내라. 그리고 만약 배신하면 가즈코를 책형에 처할 것이라고 말해라."

"늙은이는 어찌할까요? 자기 집으로 가겠다고 조르는데요."

늙은이란 길가에 버려진 것을 데려와 서기석의 모친으로 행세시킨 노인을 말한다. 그러자 기석은 손으로 목을 베는 시늉을 하고 사라졌다. 노랑머리는 굵은 동아줄을 들고 노인이 갇힌 곳간으로 갔다. 거기서 무를 으적으적 먹고 있는 노인의 목에 동아줄을 걸고 힘차게 잡아당겼다. 무를 움켜쥔 노인이 바닥에 쓰러졌다.

오늘도 이정민은 조강포 어민에게 언문과 셈을 가르치고 방으로 돌아왔다. 그는 좋은 기회를 놓친 것이 분했다. 내수사 전수가 갑자기 나타났을 때 놀라서 어리둥절했다. 그러다가 그가 불알 없는 내시라는 것에서 경멸하게 되었다. 그러나 그것도 잠시뿐, 권력이 춤추는 가운데 있는 내시가 부러워지기 시작했다. 그를 통해 미관말직이라도 얻을 수 있을까 기회를 엿보았지만, 전수는 과거 낙방생인 자신에게 조금도 눈길을 주지 않았다. 윤덕형이 전수에게 아첨을 떨고 있는 꼴이 역겨웠으나 그것도 못하는 자신의 형편이 슬프기도 했다.

'끈, 끈을 잘 잡아야 해.'

과거에 합격하지 못해 가난뱅이로 남은 인생을 살 생각을 하니 한숨만 나온다. 그렇다고 덕형처럼 상인의 길을 갈 수도 없다. 그랬다가는 양반에서 추락해 장사치로 업신여김을 당한다. 자신이 과거에 붙지 못하고 그냥 죽으면 후손은 양반의 대우를 받지 못한다. 아들은 군역을 지어야 하고 세금도 내야 하는 잔반이 된다. 궁터가 질질 흐르는 말만 선비로 후손들은 자신을 원망할 것이다. 할아버지가 공부를 잘해 과거에 급제했으면 계속 양반일 텐데 라고.

'조헌이 처세 잘하는 벼슬아치였다면 나를 그냥 놔두지 않았을 거야.'

그는 크게 출세한 친구 덕분에 미관말직을 얻거나 경제적 곤궁에서 탈출한 사람들의 말을 들을 때마다 조헌이 미워졌다. 강원장이 되어 배를 곯지 않은 것만으로도 감사한 것은 벌써 잊었다. 그때 밖에서 인기척이 났다.

"원장님, 강원장님. 잠깐 나와 보세요. 손님이 왔습니다."

"손님?"

정민은 자리에서 벌떡 일어나 방문을 열었다. 푸른 색 도포를 차려입은 서기석이 짐을 진 하인과 함께 서 있었다.

"아니, 서객주님 아니시오?"

"네, 선비님을 뵙고자 찾아왔심니더."

"들어오시오."

정민의 허락이 떨어지자 기석이 짐을 쪽마루에 내려놓게 했다.

"선비님께 올리는 선물임니더. 받아 주이소."

"뭘 이런 걸."

정민은 이리 말했지만, 얼굴은 기쁨으로 차 있었다. 기석이 성큼 방안으로 들어왔다.

"쬐끔만 시간을 내 줄 수 있심니꺼?"

"물론이지요. 무슨 할 말이 있는가요?"

기석이 고개를 쭉 내밀고 방 밖을 내다보았다. 하인이 사람이 오는가 지켜보고 있었다.

"실은…… 존위 있잖심니꺼?"

"김후재 말이오?"

"그 사람이 하 수상해서 뒤를 캐보니 고약한 역적입디다."

"역적?"

정민의 눈이 동그래졌다. 서기석은 낮은 목소리로 김후재가 홍인걸이 찾는 길삼봉이라는 자라는 사실을 말했다. 길삼봉이라는 말에 정민은 부들부들 떨었다. 정여립의 참모로 신출귀몰하고 힘이 장사라는 흉악도가 아닌가. 어떻게 그런 자가 주위에 있었던 말인가.

"그, 그럼. 조헌도 알고 있는 거요?"

"그건 모르겠심더. 알믄……"

기석이 말꼬리를 흐리자 정민이 곧장 말을 잇는다.

"알면 가만 놔둘 리 없소. 정여립과 조헌은 철천지원수 아니오? 근데 왜 그걸 그 사람에게 말하지 않고 내게 말하는 게요?"

이상했다. 조헌에게 말하면 즉시 의금부에 알려 길삼봉을 체포할 것이다.

"길삼봉이 여우라 중봉 나으리를 쏙이고 있을지 모릅니다. 틈나면 나으리를 해치려고 말임니더."

정여립의 원수를 갚겠다고 조헌에게 접근한 것인지도 모른다. 정민은 머리털이 삐죽 솟았다.

"이거 큰일이군. 그러면 내가 어찌하면 좋겠소?"

"오위장님이 길삼봉을 잡으라는 어명을 받고 있심니다. 그렇지만 몇 년 동안 잡지 못하고 이번에는 사돈인 송강 정철이 임금님의 노여움을 받아 강계로 귀양갔심니다."

"그래서 주상의 신임이 많이 멀어졌다고 들었소."

"길삼봉을 잡으면 다시 회복할 수 있심니다."

서기석은 홍인걸에게 알려 길삼봉 즉 김후재를 붙잡으라는 것이었다. 그러면 이정민이 조헌을 위험에서 구출하고 홍인걸에게 공훈을 세우는 결과가 되는 것이다.

"하믄 선비님은 길삼봉를 잡게 한 공으로 벼슬길에 나갈 수 있심니더."

"내, 내가 벼슬을?"

"윤객주도 고변해서 재산을 물려 받았심니더. 그러니 작은 벼슬이라도 얻을 수 있심니더."

기석의 말을 들어보니 기회가 될 수 있다. 길삼봉이 누군가. 조선 팔도가 눈에 불을 켜고 찾는 정여립의 참모 아닌가. 그를 잡으면 정체를 감추고 있는 정여립 잔당을 잡을 수 있다고 난리다. 특히 동인에게 정권을 빼앗긴 서인은 길삼봉을 잡아 다시 동인을 공격할 구실을 잡을 수 있다.

"길삼봉을 잡으면 정철이 귀양에서 풀릴지도 모르겠네."

정민은 정여립이 역모를 꾸미고 있다고 상소했다가 귀양간 조헌이 정여립의 죄상이 밝혀진 이후에 풀려난 사실을 알고 있다. 사돈인 정철을 귀양에서 풀기 위해 홍인걸은 즉각 달려와 붙잡을 것이다.

"그렇심니더. 도랑치고 가재잡기입니더."

"이 좋은 것을 왜 서객주가 나서지 않는 거요?"

정민의 질문에 기석이 움칫했다가 조심스럽게 대답했다.

"전 장사꾼입니더. 정치에 관여되고 싶지 않심니더. 우리 같은 것들은 바람 잘못 타면 그냥 침몰합니더."

그 말에 정민이 고개를 끄덕였다. 하지만 윤덕형이 시전의 행수에서 조강포의 객주가 된 것이 역적 벼슬아치와 내통한 주인을 고자질한 덕분 아니던가. 그런 기회가 없었더라면 지금도 덕형은 시전상인의 행수로 살고 있을 것이다.

"서울로 가려면 핑계가 있어야 하는데……"

갑자기 서울을 가겠다고 하면 조헌이 이유를 물을 것이다.

"서울 시전에 붓과 먹을 사러 간다고 하시믄. 상자 열어 보시소."

서기석의 말에 가져온 상자를 열어보니 은괴 세 개와 산삼이 들어 있었다. 은괴는 서울로 가는 여비와 붓, 먹을 사는 비용으로 쓰라고 했다. 산삼은 홍인걸이 쉽게 만나 주지 않을 것이니 조헌이 문수산에서 얻은 산삼을 전하러 왔다고 말하며 만나라고 했다. 그리고 몇 마디 더 하고 객주로 돌아갔다.

윤덕형은 여명의 무릎을 베고 있었다. 싱싱한 젊은 몸에서 향긋한 냄새가 났다. 서기석이 왜관을 통해 사들인 일본산 화장품 냄새도 섞였다. 그는 젊은 기생첩의 무릎에서 잠깐 잠이 들었다가 깼다. 그는 몸을 일으키더니 두 손을 치켜들고 하품했다.

"나으리, 꿈을 꾸셨나요?"

여명의 상냥한 말에 덕형이 코를 훌쩍 들이마시고는 말했다.

"그래, 좋은 꿈을 꾸었다. 어사화를 꽂고 유가 하는 꿈이야."

"어사화요? 호호"

여명이 입을 가리고 웃었다. 덕형에게는 애교스러운 웃음으로 보였겠지만 여명은 비웃는 웃음이다. 시골 객주 주제에 벼슬은 당치도 않은 일이다.

"음, 내수사의 전수를 끈으로 해서 미관말직이라도 얻을 수 있다면 태어난 보람이 있을 것이다."

비록 씨받이이지만 아버지는 양반이다. 큰어머니가 뒤늦게 아들만 낳지 않았더라도 자신은 양반으로 대우받았을 것이다.

"윤선각 그 분은 요즘 안 오시네요."

"윤선각? 그놈은 이제 필요 없어. 내수사 전수로 말을 바꿔 탔으니."

덕형은 윤국형 아니 지금은 윤선각으로 이름을 바꾼 사촌을 머리에 떠올리면 기분이 상한다. 어렸을 때 명절이면 집에 찾아와 얼마나 멸시했던가. 씨받이 아들이라고 노골적으로 업신여겼다. 여명이 조심스럽게 말한다.

"아 참, 나으리. 주무실 때 본댁에서 사람이 왔는데요."

"무슨 일로?"

"셋째 따님이 아들을 낳았다는 소식이에요."

"아들?"

덕형은 막내딸이 아들을 낳았다는 말에 반색했다. 내리 계집애를 둘이나 낳더니 이제야 아들을 본 것이다.

"애 낳으러 온 것은 아는데 막내 산달이 다음 달 아니던가? 헷갈리네. 내가 외손자 봤다 이거지. 안 되겠네. 갔다 올 테니 준비 좀 해 주게."

덕형은 경사가 겹친다고 생각했다. 그는 행수를 시켜 서울로 보내려던 미역 중에서 제일 좋은 미역과 갓 잡은 암소 고기 몇 근을 가지고 본가가 있는 읍내로 향했다. 말에 짐을 싣고 떠나는 것을 배웅한 여명은 곧장 강원을 찾았다. 그때 이정민도 김후재를 고발하기 위해 서울로 떠났다.

차바우가 방에서 책을 읽는 조헌에게 여명을 안내하고는 딱 버티고 서 있었다. 일본의 첩자가 스스로 찾아왔으니 절대로 자리를 비울 수 없다.

"무슨 일인가? 나를 찾은 것이?"

조헌은 여명을 만나려고 했지만, 막상 그녀가 자신을 찾아오니 경계했다. 그녀가 큰절을 올리고 나서 말했다.

"어르신을 뵈려고 틈을 엿보다 지금에서야 왔습니다. 존위를 불러 주십시오."

"김존위? 무슨 일로?"

여명이 떡 버티고 있는 차바우를 흘끔 보았다. 그러자 차바우는 부하를 시켜 근처에 있는 김후재를 오게 했다.

"어르신께 독이 든 농주를 먹지 못하게 한 것은 김존위가 보낸 쪽지 때문이었습니다."

여명이 품 안에서 한 장의 쪽지를 꺼내 보였다.

"잠시만 기다리게. 아마 지금 달려오고 있을 거야."

잠시 후에 김후재가 들어왔다. 서둘렀는지 숨을 헐떡거렸다. 여명이 쪽지를 집어 흔들어 보였다.

"이것이 존위께서 보낸 것입니까?"

"그러네. 자네가 방에 있을 때 창문에 집어넣은 것이야. 자네 덕분에 어르신이 독살당하는 것을 면했고. 고마우이."

"저의 어머니는 어찌 되셨나요? 그리고 제게 보낸 편지는 어디 있습니까?"

조헌이 묻는다.

"자네 어머니의 성함이 여우 맞는가? 여우재 만신 딸이 맞는가?"

여명이 쏘아보며 대꾸했다.

"그걸 아시니까 제게 이런 쪽지를 보내신 것이 아닙니까? 일본에서는 가즈코라고 부릅니다."

"가즈코?"

"어서 울 엄마 편지를 보여 주십시오."

여명이 재촉하자 조헌이 일어나 문갑을 열고 책 한 권을 꺼냈다. 그 안에 숨겨놓은 암호편지를 꺼내 건네주었다. 얼른 받아 든 그녀는 일본어와 숫자가 뒤섞인 편지를 읽어 내려가더니 한숨을 내쉬었다.

"어르신, 논어책과 종이, 붓을 주십시오."

여명의 말에 조헌은 논어(論語)를 꺼내 주었다. 여명은 편지와 논어를 번갈아 보면서 붓으로 몇 장의 종이에 빼곡하게 글씨를 썼다. 그녀는 자신이 해독한 글을 읽어 내려가면서 눈물을 주르르 흘렸다.

"무슨 내용인가?"

조헌이 물었지만 흐느껴 울던 그녀는 통곡하고 말았다. 엉엉

두 사람은 우두커니 바라만 보았다. 한참을 울던 여명이 눈물을 그치자 조헌이 손수건을 건네주었다.

"고맙습니다, 나으리"

조헌이 천천히 말했다.

"아는지 모르겠네만 어머니는 어릴 적 동무였네. 그리고 나 대신 일본에 끌려간 생명의 은인이기도 하지. 자네 어머니 여우가 없었더라면 나는 열두 살로 생을 마감했을 거야. 이야기를 들은 적이 있나?"

"어르신의 이름은 말하지 않았지만 어릴 적 여우재 신당에서 살았던 이야기는 들었습니다. 그리고 어떤 양반댁 도령을 사랑했다는 말도 했습니다. 그 도령이 어르신이셨군요."

"그렇지. 이 나이에 사랑이라는 말이 쑥스럽기는 하지만 나도 자네 어머니를 사랑했다네. 신분이 다르니 혼인까지는 못했을지 모르지만, 사랑하는 마음은 변함이 없었다네."

조헌이 담담하게 말하자 여명은 다시 눈물을 쏟아냈다. 그러나 금세 눈물을 그치고 말했다.

"나으리, 저는 아시다시피 일본의 첩자입니다. 객주 서기석은 비변사에 침투한 낭청 신민철이구요. 어머니는 조선의 첩자 홍천호를 보호하다가 돌려보낸다 하시며 조헌 선생을 만나면 투항하라는 내용이었습니다."

편지에는 일본 첩자에게 뇌물을 받고 기밀을 판 관리들의 명단도 적혀 있었다. 여명은 손수건으로 눈물을 훔치며 일본 첩보조직에 대해 소상하게 말했다. 그리고 북쪽 조강리 저택의 숨겨진 집안 구조에 대해서도 상세히 말했다.

노랑머리가 서림의 아들이라는 것도 말했다.

맨 나중에는 여우가 조헌에게 보내는 간단한 글귀를 보여주었다.

'헌아, 돌아간다는 약속을 지키지 못해 미안해. 내 딸은 네가 구해주기 바란다. 안녕하기를.'

여명이 언문으로 해독한 짧은 글에 조헌의 눈에서 눈물이 주르르 흘러내렸다. 바로 눈앞에 왜구에게 끌려가는 여우가 보이는 듯했다. 한참을 흐느껴 울던 조헌은 수건으로 눈물을 닦으며 말했다.

"고맙네. 이제 남은 것은 첩자들을 일망타진하는 것뿐이요. 자네는 어쩔 것인가?"

"거짓말로 윤객주를 속였으니 그 집에 더 머물 수는 없습니다."

여명은 김후재가 몰래 넣은 쪽지를 읽어보고 조헌을 독살 직전에 구해 냈다. 그리고 조헌을 만나기 위해 거짓말로 덕형을 속인 것이다. 김후재는 참새를 불러 여명을 남장시켜 용화사로 보내라고 명령했다.

김포의 본가로 갔던 윤덕형은 자신이 속은 것을 알고 한밤중에 급히 돌아왔다.

"이 년, 이 년이 나를 속이다니……"

덕형이 분함을 이기지 못하고 씩씩거렸다. 그는 여명이 다른 곳으로 도망간 것으로 알고 집안을 뒤졌다. 패물도 그대로 있고 몸만 빠져나간 것이 이상해서 아침 일찍 서기석을 찾아갔다. 여명을 보는 그의 눈빛이 수상했던 것을 기억했기 때문이다.

"서객주님, 여명이 사라졌습니다."

"뭐라 했심니꺼?"

서기석이 깜짝 놀라는 표정에서 빼돌린 것이 아니라는 것을 안 덕형은 안도했다. 그녀가 자신을 속여 본가로 가게하고 어디론가 사라진 것을 말했다.

"거짓뿌렁이로 쏙인 게 이상타 하지만고로 패물이나 돈이 고대로 남았단 것은 더욱 이상하네. 알았심니더."

덕형은 여명을 몰래 빼돌린 것이 아니라는 것을 확인하자 어깨를 늘어뜨리고 돌아갔다.

기석은 곧장 배를 타고 북쪽 조강리 집으로 갔다. 그곳에는 각지에 파견되었던 일본인 첩자와 조선인 첩자들이 모여 있었다. 조선침략에 방해되는 조헌을 죽이고 일본으로 돌아가는 것이 이들의 마지막 임무였다. 첩자들은 긴장했다.

"여명 요 계집이 사라졌다."

"혹시 김후재 그자가 붙잡아 간 것이 아닐까요?"

"글쎄다. 붙잡혀 간 것은 아닐 것이다. 거짓말로 윤덕형을 속이고 없어졌으니."

첩자들은 여명이 배신하고 관아에 알릴까 봐 두려웠다. 이들이 몇 년에 걸쳐 수집한 정보 중에는 자신들의 머릿속에 들어 있는 것도 많다. 붙잡히면 모든 것이 허사로 돌아간다. 전전긍긍하고 있을 때 노랑머리가 돌아왔다.

"여명이 통진현으로 고변하러 간 것은 아닙니다. 그곳 형방에게 여명이 오면 잡아두라고 했습니다."

통진 형방은 노랑머리가 돈으로 매수한 자이다. 대패가 입을 연다.

"어디 숨었다가 서울로 가서 고변할지 모르니 포구와 길목을 지키는 것이 좋겠습니다."

"하지만 우리 숫자가 부족한데 어쩌나?"

기석은 이정민을 떠올렸다. 도성에서 돌아와 강원에 있을 것이니 그의 움직임을 알 수 있을 것이다. 지금이라도 홍인걸이 군사를 끌고 김후재를 잡으러 오면 좋겠지만, 시간이 너무 촉박하다.

"아직 시간이 있으니 피신을 하더라도 조헌은 죽이고 가야 한다."

첩자들은 강원의 구조가 자세히 그려진 그림을 펼쳐 놓고 기습작전을 모의했다. 대패가 힘을 주어 말했다.

"내가 제일 먼저 이곳으로 들어갈 테니 너희는 나를 따라온다."

그러자 노랑머리가 흥 하고 비웃었다. 대패가 노랑머리를 째려본다.

"얼마 전까지만 해도 가능한 일이지. 하지만 지금은 김후재 부하들이 조헌을 빈틈없이 호위하고 있으니 어림도 없어."

대패가 소리친다.

"그러면 어쩌란 말이냐?"

"조헌이 혼자 밖으로 나올 때를 기다렸다가 감쪽같이 없애는 거야."

노랑머리의 말에 대패가 흥하고 코웃음을 치며 타박한다.

"호위는 모두 허수아비인가 보지? 혼자 나돌아다니게 놔두니."

노랑머리가 무섭게 째려보더니 말을 이었다.

"매월 그믐날이면 별점을 치러 나오는데 곁에 허수아비는 따라오지 않더군. 멍청이는 졸졸 따라다니지만."

서기석이 고개를 끄덕였다.

"좋아, 그믐이 내일모레니 준비를 서둘러야겠다."

대패가 서기석의 결정을 걸고넘어진다.

"두목, 그건 알 수 없습니다. 노랑머리가 지켜보았더라도 그건 한 달 전입니다. 그리고 근처에서 호위들이 비밀리에 지켜보고 있을지도 모릅니다."

노랑머리가 화를 벌컥 낸다.

"대패, 그러면 어쩌자는 거냐? 조헌이 있는 곳에 불이라도 놓자는 거냐?"

대패가 입가에 냉소를 지으며 대꾸한다.

"헛소리를 늘어놓더니 모처럼 바른말을 하는구나. 그래, 집에 불을 지르는 거야. 생선기름을 뿌린 다음에 튀어나오는 모든 인간을 칼로 해치우는 거야."

"말은 그럴듯한데 우리 목표는 오직 조헌뿐이야. 어둠을 틈타 도망이라도 치면 어쩌려고. 내 말이 틀리나?"

노랑머리가 첩자들을 둘러보며 소리쳤다. 첩자들은 자기들끼리 소곤댔다. 분명한 표적 한 명만 없애면 되는 거다. 격렬한 말싸움 끝에 거수로 결정했는데 모두 노랑머리의 의견에 찬동했다.

이정민이 하인과 함께 서울로 홍인걸을 찾아가 서기석의 편지를 건네주고 빌려주었던 삼국지 소설책을 돌려받았다. 시전에서 문방구를 사서 조강포로 올 때까지 정민의 새가슴은 쿵당거렸다. 존위 김후재가 역적 길삼봉이었다니. 알았어도 감히 고변은 못했을 것이다. 임꺽정을 배신한 참모 서림이 이곳에서 어디선가 날아온 편전에 목숨을 잃었다는 말을 들었다. 벼슬도 목숨이 있어야지 위세를 부리는 것이 아닌가.

"욕 봤심더. 붓하고 먹은 이따 강원에 보내겠심더. 내 드릴 것이 있는데 들어와 보시소."

방에 들어간 정민은 서기석에게 아주 큰 선물을 받았다. 꿈에도 그리던 것이었다.

'이게 꿈이냐? 생시냐?'

강원으로 오는 이정민은 소중한 것을 넣어둔 가슴에 손을 얹었다. 그의 심장이 쿵쿵거린다. 조금 전에 서기석에게서 한 장의 봉서를 받았다. 그 안에는 첩지가 들어 있는데 아버지에게 벼슬을 내린다는 내용이다. 벼슬 이름은 증직 종9품 참봉(贈 參奉)이다. 전란 등으로 조정의 재정이 몹시 궁핍할 때에 수백 가마니를 바치면 이미 돌아간 조상은 벼슬자리를 얻을 수 있다. 보통 때에는 돈이 많아도 기회가 없을 수 있다. 죽은 다음에 벼슬이 무슨 소용이 있느냐 하겠지만, 정민의 대에서 과거에 합격하지 못하면 양반에서 탈락 되는 처지로는 죽어가는 목숨을 반짝 되살리는 명약이다.

사십 년 동안 과거시험을 스무 번 이상 치렀지만, 번번이 낙방했다. 삼 년에 한 번 보는 향시, 나라에 경사 있을 때 보는 별시 다 떨어졌다. 오죽하면 과거 보러 가는 사람이 재수 없다고 정민의 집 앞으로는 다니지도 않았겠는가. 명당자리 찾는다고 이사도 자주 가고 점에 굿까지 했지만 아무 소용이 없었다. 조헌처럼 열심히 공부한 것은 아니지만 그렇다고 아주 포기한 것도 아니었다. 대과에 합격해 어사화 꽂고 벼슬하는 것이 목표가 아니다. 소과라도 붙어 양반의 체면을 지키기 위해서다. 그러나 합격자는 극히 소수일 뿐 대부분 낙방한다.

하도 떨어지자 돈을 써서 공명첩이라도 사려 했지만, 나라에 전란이 생겨 군량미가 필요한 시대나 발급하니 살 수도 없었다. 그나마 투자를 잘못해 알거지가 된 이후에는 기회가 있어도 돈이 없었다. 그런데 가까운 사이도 아닌 서기석이 그에게 은혜를 베풀었다. 길삼봉 즉 김후재를 고변한 공으로 벼슬까지 받는다면 사십 년 그의 괴로움이 일시에 사라진다. 다시 가슴에 손을 얹는다. 이번 고변한 것이 정민의 가문을 지켜 주었다. 그리고 친구 조헌의 목숨을 구해주는 결과도 된다.

"중봉 선생의 움직임을 알려주실 수 없심니꺼? 언제 김후재가 해칠지 모르니."

홍인걸이 김후재를 체포할 병력을 은밀히 끌고 올 때까지 그들의 움직임을 알아야 한다 해서 강원과 조헌의 사정을 모두 말했다. 김후재와 자주 만나 무언가 의논한다는 말에서부터 우람한 몸의 장사를 비롯해 몇 명이 조헌을 호위한다는 말을 했다. 지금도 조헌의 옆방에서 칼을 꺼내놓고 지키고 있다는 말을 했다.

"그믐이면 별점을 친다카던데…… 맞심니꺼?"

"그렇소. 그믐이면 몰래 밖으로 나가 별점을 칩디다. 저번 달에도 같이 나가 별점을 쳤지요."

"여름이래도 밤엔 추울 낀데……"

서기석이 말꼬리를 흐리자 정민이 흰 도포를 입고 나간다는 말까지 했다. 서기석이 고개를 끄덕이더니 초하루까지는 참봉 첩지를 받았다는 말을 하지 말라 했다. 위조문서였기 때문이다.

'아버지 산소에 바치면 이 아들의 공을 알아주실 거야.'

끄윽 하고 트림을 하는 그는 누가 자기 뒤를 밟고 있을 줄은 몰랐을 것이다.

감암포에서는 작은 소동이 있었다. 포구를 지키는 진군(津軍) 몇 명이 하선한 승객들과 시비가 붙은 것이다. 건장한 체격의 사내들이 짐을 지고 내리자 검문을 한 것이다. 신분을 물으니 무뚝뚝하게 북으로 가는 장사꾼이라고 했다. 진군은 그들의 태도가 불손하다고 하면서 짐 검사를 하려고 들었다. 조강포에서 이곳까지 마중 나온 이정민까지 나서서 만류했지만 소용없었다. 그러자 도포 차림의 아담한 키의 중년 남자가 앞으로 나섰다.

"그만 하게. 사람들이 보고 있지 않은가?"

선비는 점잖게 타이르면서 진군 한 명의 귀에다 대고 뭐라 하자 깜짝 놀라 얼어붙었다. 금세 쩔쩔매더니 꽁무니가 빠지라 가버린다. 선비가 발걸음을 옮기자 장사꾼들이 그 뒤를 묵묵히 따랐다.

이들이 도착한 곳은 용화사였는데 안에 들어서자 이정민이 주지를 찾았다. 주지는 그가 조헌과 친구임을 알기에 늘 반갑게 맞아 주었는데 오늘은 달랐다. 경계하는 표정으로 바라보더니 정민의 뒤에 있는 아담한 선비와 십여 명의 통나무 같은 사내들을 보고는 질려버렸다. 홍인걸이 앞에 나섰다.

"주지 스님, 부탁이 있소. 이 사람들은 평안도로 가는 장사꾼인데 요사채에서 며칠 묵을 수 없겠소? 대가는 셈해 드리리다."

주지가 난처한 표정을 짓는다. 날씨가 무더운 여름이라 작은 절에서 머물기 불편할 것이라는 말로 거절하려 했다. 그러자 홍인걸은 자신의 신분을 밝히고 위협 조로 협조를 강요했다. 주지는 할 수 없이 승낙하고는 열다섯 명의 스님들을 불러 이들에게 협조하라고 말하고 법당으로 들어갔다. 홍인걸이 눈짓하자 사내들은 요사채 마루에 짐을 내려놓고는 절 안팎을 헤집고 다녔다. 서기석이 이정민을 통해 보낸 고변서에 용화사는 역적 길삼봉과 연관된 절이라 했다. 먼젓번에도 이곳으로 피신했다고 고발했기에 절을 수색하는 것이었다.

외부에서 잘 보이지 않는 방을 발견하고는 방문을 열었다. 거기에는 아무도 없었으나 여자의 분내가 나고 옷가지가 흩어져 있는 것이 보였다. 홍인걸이 밥을 지으러 가는 스님을 붙잡고 방에 누가 있었느냐고 물었다.

"보살님이 며칠 머물러 계시다가 오늘 아침에 가셨습니다."

"옷이 그대로 남아 있던데."

"글쎄요. 다시 오려나 보지요."

스님의 말에 홍인걸은 의심을 품고 절 안팎을 찾았으나 여자는 보이지 않았다. 대웅전에는 주지만 기도하고 있었다. 몇 명의 신도가 용화사 경내로 들어오려다 쫓겨났다. 그중에 참새도 끼어 있었다.

11
마지막 혈투

　모두 김후재 앞에 섰다. 그의 널찍한 방에는 영규, 차바우, 참새 그리고 백정과 대장장이 등으로 위장한 스무 명의 활빈당 부하들이 모여 앉았다. 활빈당수 김후재가 입을 열었다.

　"이제 우리 활빈당은 마지막 선택을 하게 되었다. 당취와 함께 손잡고 썩은 조선 왕조를 뒤집어 미륵의 세상을 만들자는 우리의 계획은 중단한다. 일본의 침략이 코앞에 닥쳐왔기 때문이다. 내가, 서산대사가 이렇게 마음을 바꾼 것은 중봉 조헌 선생의 우국충정과 백성을 지극히 사랑하는 선비정신에 있다. 지금 당파로 싸우며 가문의 이익만 챙기는 세상에 누가 목숨 걸고 외적의 침략을 알리고 누가 무지몽매한 백성의 어리석음을 깨우치려는 양반이 있더냐?"

　그의 말에 모두 고개를 끄덕였다. 몇 달 동안의 짧은 기간에 조강포 주민 중에 언문을 모르는 이가 없고 셈을 모르는 이가 없게 되었다. 코흘리개 아이에서 허리 꼬부라진 노파까지 글자를 알아 책을 읽게 되었다. 그 덕분에 거짓 문서를 가지고 속이려는 사기꾼과 셈을 속여 이득을 보려는 장사치는 조강포에 발붙이지 못했다.

"세상이 온통 캄캄해도 작은 불빛이 있음을 이곳 조강포에서 보았다. 조강에 짠물과 민물이 부딪치듯이 충과 역이 뒤엉켜 힘겨루기할 때가 되었다. 일본은 반드시 쳐들어온다. 그러나 우리가 여기서 일본의 첩자들을 소탕할 수 있다면 그 힘은 반으로 줄어들 것이다. 우리의 땅과 백성 그리고 군대를 정탐한 내용을 불살라 버릴 수 있다면 그들은 소경이나 애꾸눈이 되어 이 땅에 들어오게 될 것이다."

차바우가 무뚝뚝한 어조로 말했다.

"두목님, 명령만 내리시면 그놈들을 박살 내겠습니다."

우람한 팔뚝을 가진 그가 주먹을 휘두르자 엄숙한 좌중이 웃음판이 되었다. 김후재도 웃으며 말했다.

"바우의 용맹을 모르는 자가 있는가? 그러나 지나쳐서 밀대를 죽여서는 안 되네. 위급한 일이 생기면 조헌 선생을 이곳으로 모셔 보호할 것이네. 혼자 사는 차바우 어떤가?"

그러자 의기양양했던 바우가 난감한 표정을 지으며 말한다.

"저의 집은 안 되겠습니다. 홀아비 냄새가 진동하니."

하하하. 또 웃음판이 되었다.

"하하. 나도 홀몸이지만 우리 집으로 모실 수는 없다. 놈들이 눈치채면 우리 집부터 습격할 것이니."

"그럼, 할 수 없군요. 파리가 낙상할 정도로 방바닥을 반질반질하게 닦아 놓겠습니다."

"하하. 그럴 필요는 없다. 조헌 선생은 귀양살이를 여러 번 가서 어떤 환경에서도 견딜 수 있는 선비다. 자, 이쯤하고 다음 일을 의논해 보자."

묵묵히 듣고 있던 영규가 입을 열었다.

"길동선생! 용화사에 여명이 숨어 있는데 위험하지 않겠습니까?"

"그걸 걱정했소? 염려 마시오. 부처님의 가피가 있을 것이오."

영규는 더 묻지 않았다. 치밀한 김후재이니 다른 방도가 있을 것이라고 믿었다. 활빈당원들은 밤새도록 의논하고 새벽녘에야 각자의 거처로 돌아갔다. 김후재는 참새를 시켜 김포 읍내의 기생 향월의 기생어멈에게 전하라고 은괴 하나를 건네주었다.

그믐날이 되었다. 오늘은 달이 제일 작은 날이라 별들의 관측이 쉽다. 이정민이 조헌에게 이번 달 관측 장소를 물으니 쑥갓머리산이라 했다. 정민은 얼른 서기석을 찾아가 말했다.

"오늘 밤. 쑥갓머리산 꼭대기에서 별점을 칠 것이오. 저도 같이 갈까 했는데 집에 머물기로 했소. 갑자기 약속이 생겨서."

그 약속이란 평소 몸을 탐하고 있던 기생 향월이가 동침을 허락한다는 전갈을 보내왔기 때문이다. 이런 사정을 모르는 서기석은 입안이 썼다. 둘 다 저 세상으로 보낼 기회를 놓치게 된 것이다.

"오위장님은 은제 온닥 합니꺼?"

"용화사에서 김후재의 도피 장소를 차단하고 군졸을 기다리겠다고 합디다."

홍인걸은 신출귀몰한 길삼봉을 잡기가 쉽지 않다고 여긴 모양이다. 그래서 의금부와 오위도총부 산하의 군졸들이 몰래 배를 타고 조강포에 내릴 때 토끼몰이식으로 용화사에서 밀고 올라가려는 형세를 취하는 것이다.

"알겠심더."

서기석은 혹시 이정민에게 미행자가 있었나 살폈지만 아무도 없자 안심했다. 그는 완벽하게 활빈당을 함정에 몰아넣었다고 자신했다.

그믐날이다. 이날은 맑아 구름에 별이 가려지는 일이 없기에 조헌은 저녁 때부터 준비했다. 정민은 볼일이 있다고 낮에 나가서 돌아오지 않고 있었다. 조헌이 그동안 매달 기록해 놓은 천문도를 꺼내 놓고 살펴보고 있었다. 일본 의 침략이 점점 가까워짐에 절망하며 눈을 감고 한숨만 쉬고 있었다. 오늘의 별점은 어떨 것인가.

"어르신, 제가 왔습니다."

김후재가 부르는 소리에 조헌이 눈을 번쩍 떴다.

"저와 함께 가실 곳이 있습니다. 부하들이 뵙고 싶어 합니다."

"다음에 안 되겠소? 오늘은 그믐이라 별점을 치려고 하는데."

후재가 부하들이 모두 모여 기다리고 있으니 별점은 내일로 미루라고 했 다. 조헌은 어쩔 수 없이 자리에서 일어났다. 도포를 찾으니 이정민이 입고 나 갔다고 하자 난감해했다. 후재가 준비한 도포라고 하면서 부하에게 들려온 흰 도포를 입혀 밖으로 나갔다.

김후재가 조헌과 함께 나오는 것을 멀리서 노랑머리가 보고는 근처 주막 에서 술을 마시고 있는 서기석에게 그 사실을 전했다.

"이런, 김후재가 데리고 나갔다면 낭패 아닌가?"

"아직은 아닙니다. 잠깐 볼일이 있을지도 모르지요. 조헌이 그믐날 별점 을 거르는 일은 없었습니다."

"하지만 쑥갓머리산이 아니라 집 마당이면 어쩌누?"

"제가 근처에서 매복하고 있을 테니 두목께서는 다른 부하들과 함께 쑥갓 머리산에 매복하십시오. 저는……"

노랑머리는 조헌이 아니라 아버지의 원수 김후재를 죽일 마음이었다. 서 기석은 혀를 찼지만 어쩔 수 없었다. 노랑머리는 부하 한 명을 데리고 조헌의 거처 근처에서 매복했다. 서기석은 나머지 부하 모두를 데리고 쑥갓머리산으로 올라갔다.

점점 밤이 깊어갔다. 자시가 되었어도 조헌은 거처에도, 쑥갓머리산에도 나타나지 않았다. 서기석은 초조했다. 조헌을 확실히 죽이지 못하면 모든 노력이 허사가 된다. 그래서 홍인걸을 끌어들여 김후재를 처치하려는 것이 아닌가.

"두목, 불이 보입니다. 조헌이 올라오고 있습니다."

기석이 보니 흰 도포를 펄럭이며 조헌이 올라오고 있는 것이 보였다. 관솔불을 켜서 혼자 올라오니 이제 조헌은 함정에 빠진 호랑이 신세다. 기석의 신호에 따라 부하들은 일제히 활을 움켜쥐거나 칼을 들었다. 우선 먼 거리에서 화살을 날려 조헌을 쓰러뜨릴 것이다. 빗나가서 도주하려고 하면 쫓아가서 칼로 벨 것이다. 호위가 없으니 조헌 혼자서 이 함정을 빠져나간다는 것은 도저히 불가능한 일이다. 첩자들은 잔뜩 긴장했다.

휘익

어디선가 귀신새(호랑지빠귀)가 음산하게 울고 있다. 관솔불을 들고 산을 오르는 이정민은 화가 났다. 조강포 기생집을 빌려 낮부터 기생 향월이와 노닥거리고 있었는데 막상 밤이 가까워지자 태도가 변했다. 아양을 떨던 얼굴이 표변하여 그를 확 밀치고 가버리는 것이었다. 정민은 자기 막내딸 아니 손녀뻘인 향월이에게 무슨 실수를 했는가 생각 중이었다. 술에 취하긴 했지만, 말을 잘못한 것 같지는 않았다. 그때 조헌을 지키는 대장장이 차바우가 찾아왔다. 조헌이 친구가 안 온다고 해서 데리러 왔다는 것이다. 그리고는 꼭대기에서 조헌이 기다리고 있다며 관솔불을 쥐여주고 등을 떠밀어 올라가는 중이었다. 휘익. 귀신새가 또 울었다.

'이런 젠장. 재수 없는 새네. 모처럼 오입 한번 하려 했건만 첩첩산중이

군.'

투덜거리며 쑥갓머리산 정상으로 향했다. 그의 눈에 먼저 와서 기다리고 있다는 조헌은 보이지 않았다.

'아니, 이 친구가 어디 갔나?'

정민은 아버지가 참봉 첩지 받은 것을 말하려 했다. 그러나 그의 자랑을 들어줄 조헌은 보이지 않았다.

퍽

무언가 자기 팔을 스쳐 가 나무에 꽂혔다. 무언가 바라보는데 등이 뜨끔했다. 급격한 통증이 몰려오고 연달아 세 대의 화살을 맞은 그는 고꾸라지고 말았다. 서기석은 화살에 조헌이 쓰러졌다고 믿고 숲에서 뛰쳐나와 확인하려 했다. 그러나 산 밑에서 관솔불 몇 개가 보이더니 조헌을 찾는 소리가 들리자 다시 숲으로 숨었다. 조헌의 거처에서 호위하고 있는 차바우와 부하들이 쓰러진 남자를 보고 소리쳤다.

"중봉 선생이 돌아가셨다!"

이 소리를 듣고 서기석을 비롯한 부하들은 오솔길을 통해 급히 산에서 내려갔다.

다음 날 아침.

강원은 굳게 닫혔다. 공부하러 왔던 조강포 주민이 이유를 물었지만, 강원 사람들은 쉬쉬했다. 대신 조헌의 호위였던 차바우가 친한 사람들에게 말했다.

"중봉 선생이 돌아가셨네. 쑥갓머리산에 올라갔다 살해되셨어. 내가 보았다!"

소문은 금세 조강포에 퍼졌다. 뱃일을 나가려던 어민들이 급히 달려왔지만, 중봉 선생은 괜찮다는 말만 들었다. 말은 그리했지만, 표정이 어두운 것이 조헌의 죽음을 숨기는 것이 역력했다. 노랑머리가 이 사실을 서기석에게 알리자 객주도 문을 닫았다. 그리고 서기석과 심복들은 배를 타고 북쪽 조강리의 저택에 모였다. 여명이 사라진 후에 잠시 몸을 피했던 첩자들이 모두 모였다. 이들은 눈엣가시 같았던 조헌이 죽었으니 일본으로 귀환하려는 것이다. 조헌이 살해되었다는 것은 금세 용화사에 머물고 있는 홍인걸에게 전해졌다.

"이게 무슨 소리냐? 중봉이 돌아가다니?"

홍인걸은 깜짝 놀라 장사치로 변장한 나졸을 이끌고 조강포로 갔다. 그들이 용화사를 나가자 석가모니 부처님이 좌정한 밑의 불단에서 여명이 기어 나왔다. 그곳은 만약의 사태에 대비해서 만들어 놓은 곳으로 여명의 피난처였다. 그녀는 밖에서 큰 소리가 나자 기도를 멈추고 문틈으로 홍인걸을 보고는 얼른 숨었다. 며칠 동안 불단에 놓인 공양미와 과일을 먹고 밤에 몰래 요강에 용변을 보면 동자승이 가져가 버렸던 것이다. 여명도 조헌이 돌아갔다는 말에 놀라 급히 남장하고 조강포로 달려갔다.

강원 밖에서는 조헌이 죽었다는 소문에 인근 주민이 몰려와 통곡하고 있었다.

"아이고, 아이고. 우리 중봉 선비님이 돌아가시다니. 우리 백성은 어찌하고 돌아가신다는 말씀입니까? 아이고."

이들의 울음이 하늘을 찌르고 있지만, 강원의 문은 열리지 않았다. 조헌의 아들 완기 부부와 손자들이 김포에서 왔을 때 문이 약간 열렸다. 홍인걸이 찾아오자 또 열리더니 다시 굳게 닫혔다. 끝까지 남아서 염탐하던 노랑머리는 황당한 얼굴로 홍인걸이 들어가는 것을 지켜보았다.

강원 안의 분위기는 밖과 사뭇 달랐다. 조헌이 홍인걸과 마주 앉았다.

"거짓말해서 미안하오. 오위장. 나 대신 친구가 희생되었소."

조헌의 말에 홍인걸은 이정민의 시신이 담긴 관을 바라보고 그다음에는 김후재의 얼굴을 바라보았다.

"김존위. 정말 당신이 길삼봉이 아니란 말이오?"

"네, 아닙니다. 저를 일본의 첩자 신민철이 두 번이나 허위 고변한 것은 자신의 정체를 숨기려 했던 짓입니다. 제가 조강포 존위로서 그자를 의심해 뒤를 캐던 중이었으니까요."

조헌이 말했다.

"김존위는 내 신변을 보호해 주었을 뿐 아니라 여러 번 목숨을 구해 준 사람이오."

홍인걸은 조헌의 눈빛에서 김후재가 길삼봉일 것이라고 확신했다. 그러나 정여립이 처단된 지 몇 해가 지났다. 이제 와 길삼봉을 추적해보니 진짜 존재하는지 또 무슨 죄를 지었는지 불분명했다. 임금의 명령도 거둬진 지금 길삼봉을 지금 잡아 무엇하랴 하는 생각이 들었다. 지금 그가 할 일은 서기석이라는 이름으로 조강포에서 이중생활을 하는 일본의 첩자 신민철을 체포하는 것이다.

"알았소. 김존위가 정말 길삼봉이라면 중봉을 그냥 놔두었겠소? 그리고 중봉도 역적 정여립의 참모 길삼봉이라면 가만 놔두었겠소? 주상도 길삼봉을 찾으라는 명을 거두셨으니 오늘은 누가 매국노인가만 따집시다."

홍인걸의 말에 조헌과 김후재의 긴장된 표정이 풀어지고 화색이 돌았다.

"고맙소. 여우가 딸에게 남긴 편지는 모두 해독되었소."

"아, 그래요? 다행이군요. 그것을 볼 수 있을까요?"

조헌이 방문을 열자 밖에서 다소곳이 앉아 있던 여명이 안으로 들어왔다.

"이 아이가 여우의 딸 여명이오."

여명이 홍인걸에게 큰절을 올렸다. 그는 생각한다. 여우의 딸이라면 비변사의 다모로 박서방을 유인한 일본 첩자가 아닌가. 어떻게 조헌이 데리고 있다는 말인가.

"서기석이 비변사의 낭청 신민철이고 일본 첩자의 두목 톱이라는 것을 말해 줄 거요. 이 아이의 암호명은 톱밥이라 하오. 줄자인 여우가 붙인 것이지요."

"톱밥? 그것은 톱으로 나무를 썰 때 나오는 부스러기가 아니오."

"그렇소이다. 이 아이는 처음부터 쓰고 버리는 존재로 그런 암호명을 지은 것이오."

그렇다. 여명은 일본으로 끌려온 조선 계집이 낳은 또 다른 희생물이다. 미모를 활용해 기생으로 정보를 캐내는 일을 하다가 쓸모없어졌을 때는 미련 없이 버리는 톱밥과 같은 존재다. 조선 첩보망의 계획을 담당한 여우가 딸이 어떤 존재인가 스스로 깨닫고 조직을 이탈하라고 그런 암호명을 지은 것이었다.

여명은 옥에서 자살한 낭청은 신민철의 함정에 빠진 것이라 했다. 그리고는 자신이 해독한 내용을 홍인걸에게 건네주었다. 용화사에서 해독한 내용은 포섭한 조선의 배신자들 명단이었다. 일본군이 침략해 왔을 때 이들이 동조해서 소란을 피우고 반란을 일으키는 것이다. 여우는 이 명단을 딸만이 해독할 수 있게 해 조선으로 귀순할 때 흥정하도록 한 것이다.

"고맙네. 이것만 있으면 일본이 침략해 와도 조선을 시끄럽게 하지는 못할 거야."

홍인걸은 조헌을 바라보며 말했다.

"또 엉뚱한 사람을 길삼봉이라고 닦달할 뻔했소. 언제부터인가 억울하게 남을 모함해 사지로 몰아놓고 자신의 이익을 꾀하는 일이 빈번해졌소. 이렇게 윤리가 밑바닥으로 떨어졌으니 어찌 군자의 나라라고 할 수 있겠소."

나라 안은 패륜과 당쟁으로 얼룩지고 밖에서는 일본의 침략 야욕과 명나라의 강압이 있다. 으레 세상이 그런 것이라고 체념할 수도 있지만, 조선에는 정도전과 조광조로 이어지는 도학정치가 있어 그릇된 길을 가는 것을 막아주었다. 지금은 중봉 조헌이 비틀거리는 조선을 바로 세우고 있다.

"자, 이제 일본의 첩자들을 소탕합시다. 김존위는 무슨 방안이 있소?"

홍인걸은 활빈당수이자 길삼봉이 분명한 김후재라면 관군이 할 수 없는 것을 할 수 있을 것으로 판단했다.

"지금 그자들은 중봉 선생이 돌아가신 것으로 알고 있습니다."

후재는 이정민의 시신이 들어있는 관을 흘끔 보고 말을 이었다.

"강원장님은 제 부하가 만류했음에도 중봉 선생을 찾아 쑥갓머리산으로 올라갔다가 참변을 당했습니다."

그는 조헌에게 거짓말을 했다. 기생집에서 돌아온 정민에게 조헌이 쑥갓머리산 정상에서 기다리고 있다고 말했기에 올라가다 죽임을 당한 것이다. 아무 쓸모 없는 양반 한 명이 죽었다고 해서 안타까워할 주민은 없다. 이것은 조헌에게 절대로 숨겨야 할 비밀이다. 그는 말을 이었다.

"첩자들은 중봉 어르신이 그 시각에 별점을 친다는 것을 알았습니다. 지금도 이곳을 배회하며 우리의 동정을 살피고 있을 것입니다."

"그러면 죽은 사람이 중봉인 줄 알겠구면."

"지금 소문이 그렇게 나 있으니 숨기는 척 쉬쉬하는 것입니다."

홍인걸이 관을 바라보고 말한다.

"강원장은 어찌하고 있느냐고 물으면?"

"지금 강원장은 기생집에서 술을 마시다 술병이 나서 드러누웠다고 소문이 났습니다."

"이런, 이런."

다시 관을 바라본다. 건넛방에서 흐느끼는 이정민의 아들과 딸이 이 사실을 알면 미칠 노릇이다.

"첩자들이 잡히면 오해가 풀리겠지요. 자, 이건 그 집의 구조입니다."

김후재는 여명이 그려준 도면을 펼쳐 놓고 의금부의 나졸과 곧 몰려들 군졸들을 어떻게 배치할 것인가 숙의했다. 의논이 끝나자 김후재가 말했다.

"신민철의 부하들이 이 근처에서 맴돌고 있을 것입니다. 포위할 때 그자들 눈을 속입시다."

그는 초상이 났음을 알리는 조등(弔燈)을 내걸었다. 아직도 남아 기웃거리던 주민이 몰려들었다. 김후재가 비통한 표정을 지으며 말했다.

"중봉 선생이, 중봉 선생님이 오늘 아침 돌아가셨소."

그러자 이곳저곳에서 아이고, 아이고 통곡소리가 울렸다. 누군가 묻는다.

"어제 낮에 뵀을 때도 건강하셨는데 갑자기 돌아가셨단 말입니까?"

후재가 난처한 듯이 주저하다가 말했다.

"실은, 어젯밤에 별점을 치기 위해 쑥갓머리산에 올라가셨다가 낙상하셨다오. 집으로 모셔 치료했지만, 아침에 끝내 숨을 거두셨소."

그 말에 통곡하는 숫자가 더 늘었다. 이렇게 강원 앞이 울음바다가 되었는데 한 사람이 뛰어 왔다.

"김존위, 김존위. 헌이가 죽었다는 것이 사실이오?"

"네."

"그럴 리 없소. 내가 이 두 눈으로 확인해 봐야겠소. 비키시오."

덕형이 밀치고 들어가려고 했지만, 후재는 두 팔을 벌려 가로막았다.

"지금은 안 됩니다. 입관을 끝냈습니다."

"입관을 끝내? 벌써 말이오? 혹시 거짓말하는 게 아니오?"

"그럴 리가 있습니까? 흉한 모습이라 염을 하고 곧바로 입관했습니다."

덕형은 후재의 겨드랑이 밑으로 해서 안으로 뛰어들어갔다. 갑작스러운 행동에 조헌이 얼른 다른 방으로 피신하고 여명이 앞을 막았다.

"상가에서 왜 소란을 피우십니까? 조용히 하세요."

덕형이 그녀를 보고 놀라 소리쳤다.

"아니, 네가 여길 어떡해……"

놀라 어쩔 줄 모르는 덕형을 후재의 부하 둘이 팔짱을 끼고 방안으로 들어갔다. 조헌이 눈앞에 딱 서 있자 놀라 주저앉았다.

"놀랐는가? 내가 아니라 정민이가 당했네."

뒤따라 들어온 김후재가 나직하게 물었다.

"서객주가 염탐하라고 시켰소?"

골목에 숨어서 강원을 엿보고 있는 노랑머리는 윤덕형이 들어가서 나오지 않자 고개를 갸우뚱했다. 조헌의 죽음을 확인하기 위해 들여보내지 않았는가. 그런데 김후재는 밖으로 나왔지만, 윤덕형은 나오지 않았다.

'망할 영감. 왜 안 나오는 거야? 약발이 덜 먹혔나?'

노랑머리는 덕형을 찾아가 들어가서 조헌의 죽음을 확인하라고 시켰다. 서객주가 벼슬자리를 알아봐 주겠다고 했다. 윤덕형은 조헌이 죽었다는 말에 처음에는 놀라고 슬퍼했지만 이내 노랑머리의 제안에 승낙했다.

"이 봐! 여기에 말뚝 박았나? 왜 꼼짝도 안 해?"

고개를 돌려보니 승복 차림의 대패가 능글맞게 웃고 있었다. 노랑머리는 화가 벌컥 났다.

"말뚝이라니? 네놈 눈에는 내가 놀고 있는 것 같이 보이나?"

"흥! 그렇게 보이누만. 조헌이 죽었다는 것이 파다하게 돌았는데 뭐가 못마땅한 거야? 죽은 것을 못 믿겠다는 거야?"

"그래."

대패가 손가락으로 조등을 가리켰다.

"저건 누구를 위한 것인가?"

"조헌이 아닐 수도 있잖아. 강원장이 보이지 않는구먼."

"이정민 말인가? 향월이라는 기생을 찾아갔으니 지금까지 둘이 뒹굴고 있나 보군."

대패의 말에 노랑머리는 헛기침했다. 이정민이 보이지 않은 것을 수상히 여겨 윤덕형을 들여보낸 것이 잘못이라는 생각이 들었다.

"근데 너는 여기 왜 왔냐?"

"두목이 기다리고 있어. 이제 조헌이 죽었는데 떠나야지. 지금 짐을 꾸리고 있어."

"먼저 가. 윤객주를 들여보냈으니 조금 후면 알겠지."

그는 조헌의 생사확인을 핑계로 하고 김후재가 나오기를 기다렸다. 강원의 문이 열리는 것을 보고 목을 길게 뻗었다. 김후재가 나오면 일격에 토막을 낼 것이다. 그러나 나온 사람이 윤덕형이 아니라 건장한 체격의 차바우인 것을 보고 실망했다. 노랑머리가 정신이 팔린 것을 보고 대패가 품 안에서 살며시 단도를 꺼냈다. 뒤척거리는 소리에 몸을 휙 돌린 노랑머리의 가슴에 대패의 칼이 꽂혔다.

"이놈이······"

당황한 대패가 칼을 뽑자 노랑머리가 신음하며 말했다.

"왜, 나를, 죽이려는, 거냐."

"흥! 그걸 몰라서 묻는 거냐? 네놈이 홍천호를 제대로 처리하지 못해 이렇게 일이 꼬인 거야. 그리고 말이야. 두목에게 건방을 떨면 이렇게 돼지는 거야. 톱이 내게 명령을······"

다시 칼로 찔렀지만, 몸을 오른쪽으로 돌리는 바람에 팔과 가슴 사이로 비켜 지나갔다. 그 순간 대패의 다리를 잡아 쓰러뜨렸다. 그리고 칼을 빼앗아 대패의 목을 쿡 찔렀다.

"왜, 날. 나쁜 놈 같으니……"

노랑머리는 숨이 끊어진 대패에게 마구 칼질을 했다. 신민철이 자신을 죽이라고 명령한 것을 믿을 수 없었다. 그렇게 충성을 다 했건만 이렇게 죽임을 당하다니. 피가 솟구치는 것을 손으로 막고 비틀거리다가 쓰러져 눈을 감았다.

북쪽 조강리에 있는 저택에서 일본의 첩자 두목 신민철은 만족했다. 가즈코의 배신만 없었더라면 일본이 침략해 왔을 때 궁궐에 불을 질러 대혼란을 일으킬 수 있었을 것이다. 그래서 동인과 서인 사이를 이간질하고 유언비어를 통해 조선 백성에게 공포와 좌절을 안겨주었다. 줄기차게 일본의 침략에 대비해야 한다고 주장하던 조헌마저 저 세상으로 보냈으니 이제 조선은 속수무책이다.

신민철은 그동안 비변사에서 슬쩍한 첩보기밀 문서를 비롯해 인맥을 통해 수집한 정보를 기록한 문서를 꺼냈다. 행각승, 떠돌이 침구사, 장사꾼으로 변장하고 조선 팔도를 돌아다니며 수집한 내용의 문서와 그림 등을 내놓았다. 상당한 분량의 정보가 왜관을 통해 일본의 첩자 두목 목수에게 넘어갔지만, 이것까지 넘어가면 조선의 사정을 손바닥처럼 들여다볼 수 있다. 조선은 일본에 대해 깜깜이고 일본은 조선에 대해 훤하니 전쟁이 나면 승패는 분명할 것이다.

"조헌을 죽였으니 활빈당 김후재가 가만있지 않을 것이다. 어서 가자."

첩자 중에 누군가 물었다.

"노랑머리와 대패가 안 보입니다."

"이제 곧 돌아올 것이다. 노랑머리는 죽었으니 대패만 올 것이다."

더 묻지 않았다. 그들은 대패가 노랑머리를 죽였을 것으로 짐작했다. 노랑머리만 몰랐지 두목인 톱이 그를 죽이려고 벼르는 것을 다 알고 있었다. 노랑머리가 일본에 갔을 때 목수에게 두목이 공작금을 사적으로 쓴다고 불만을 털어놓았다. 하지만 목수는 대패를 통해 그 사실을 신민철에게 전했다. 이에 톱은 대패를 시켜 노랑머리를 죽이라고 한 것이다.

첩자들은 작은 독에 가득한 기름을 바가지로 퍼서 뿌렸다. 짐을 다 쌌으니 이제 집을 불태우고 도망치려는 것이다. 밖에 우차를 준비했으니 각종 정보가 담긴 짐과 함께 예성강 하구로 가서 배를 타고 서해안을 빠져 일본으로 건너갈 것이다. 신민철은 짐을 싸면서 금부채를 꺼내 보였다. 조선과 명나라의 지도가 그려져 있는 것으로 풍신수길이 가지고 있는 부채를 복제했다. 풍신수길은 이것을 건네주면서 조선을 침략하면 경복궁을 비롯해 대궐 등에 방화해서 혼란에 빠뜨리라고 했다. 그러면서 일본이 조선을 점령하면 십만 석의 영주가 될 것이라고 속삭였다. 밖이 갑자기 시끄러워졌다. 보초를 서고 있던 첩자가 급히 뛰어들어오며 소리쳤다.

"관군이다! 관군!"

퓨웅

화살이 날아들기 시작했다. 놀라서 바라보니 관군들이 저마다 활을 쏘면서 진입하는 것이 보였다. 첩자들은 싸고 있던 짐을 팽개치고 도주하려고 했지만, 사방이 이미 포위되었다.

"젠장, 이게 무슨 일이람!"

요란한 함성과 함께 관군들이 밀려 들어오자 신민철은 얼른 부싯돌을 꺼내 불을 피워 솜에다 붙인 다음 마루에 던졌다. 퍽 하는 소리와 함께 순식간에 불이 붙었다. 그는 불을 피해 도주했고 그의 뒤를 따르던 첩자들은 관군과 대적하다가 죽거나 사로잡혔다. 저택 대부분이 소실되고 첩자 중에 도망친 자는 오직 신민철뿐이었다. 첩자들이 모았던 문서와 그림은 불에 타 없어졌고 내버린 풍신수길의 금부채도 반은 타버렸다.

같은 시각. 강원에서 윤덕형은 팔을 뒤로 해서 묶인 채 방에 갇혀 있었다. 지키고 있는 사람은 대장간에서 일하는 이성찬이었다. 그가 자신이 거짓 고변해서 일가족이 멸문한 시전 상인의 아들 김동주일 줄은 꿈에도 몰랐다.

"이보게, 모두 어디 갔나? 조헌은 어디 있고 김후재는 어디 있어?"

몇 번 되풀이해서 물어보자 성찬이 퉁명스럽게 대꾸한다.

"북쪽 조강리에 간다고 합디다."

덕형은 조헌에게서 서기석 객주가 신민철이라는 이름의 비변사 낭청이며 동시에 일본과 내통한 첩자라는 말을 들었다. 그 말에 혼절할 뻔한 덕형은 자신은 아무것도 몰랐으며 아무 잘못이 없다고 변명했다. 그러나 여명은 그가 서기석을 통해 부정한 거래를 했고 앞잡이 노릇을 했다고 하자 홍인걸이 그를 결박한 것이다.

"나 좀 풀어 주게. 나를 풀어주면 내가 가진 재산을 몽땅 자네에게 주겠네. 부자 되고 싶지? 그러면 나를 풀어 줘."

"풀어주면 그다음에는 어찌할 거요?"

덕형은 나이 어린놈이 반말하는 것이 괘씸했지만 어쩌겠는가. 우선 살고 봐야 한다. 그는 내수사 전수와 인맥을 맺은 후에 시전상이 되기 위해 재산의 대부분을 팔았다. 그것을 여러 장의 어음으로 만들어 자기 집 천장에 숨겨 두었으니 그것의 십 분의 일을 주겠다고 했다. 그러나 거절하자 흥정 끝에 결국 어음의 절반 금액을 주겠다고 했다.

"좋소. 그러면 내가 집 천장에 가서 정말 있나 없나 확인해도 되겠소?"

그러자 덕형이 화를 벌컥 냈다.

"이런 제기, 내가 지금 의금부에 끌려가 목숨을 잃느냐 도망쳐 보존하느냐 갈림길에 있는데 헛소리를 하겠느냐? 지금 가서 확인해 봐!"

성찬은 덕형의 표정에서 그 말이 사실임을 알았다. 그의 얼굴이 갑자기 싸늘해지더니 냉소를 지었다.

"그렇게 목숨이 아까운 놈이 남의 집안을 몰살시켰구나. 네 이놈, 나를 알아보겠느냐?"

덕형은 그 순간 머리털이 삐쭉 섰다. 서기석이 전에 말한 대로 자기 목숨을 노리는 자가 바로 눈앞에 있는 것이다.

"네놈이 거짓 고변해서 우리 아버지와 형들이 죽고 어머니는 목을 매어 자살했다. 어린 나만 간신히 빠져나와 복수의 칼날을 갈다 이제야 만나는구나."

그 말에 덕형이 정신이 아득해지면서 오줌을 지렸다.

"아이구, 아이구. 내가 잘못했네, 잘못했어. 천벌 받을 짓을 했지. 제발 살려주게."

그는 울면서 빌었지만, 이성찬은 굵은 밧줄을 들고 있었다.

"이놈, 용서는 저승 가서 우리 부모님에게 빌어라!"

덕형의 목에 밧줄을 두르고 힘껏 잡아당겼다. 그는 몸부림쳤지만 오른 무릎으로 등을 밀고 있기에 그대로 목이 졸렸다. 눈알이 튀어나오고 혀를 내밀며 윤덕형은 최후를 마쳤다.

비밀리에 차출되었던 군졸들은 먼저 배를 타고 돌아갔고 붙잡힌 일본 첩자들은 밧줄에 꽁꽁 묶여 의금부 이송을 앞두고 있었다. 뒤처리를 끝낸 홍인걸은 조헌, 김후재, 영규, 여명 등과 마주 앉아서 진실을 듣고 있었다. 여명이 노란색의 머리칼을 방바닥에 내려놓자 홍인걸도 머리카락을 내놓았다. 똑같았다.

"천호가 칼을 맞으면서 범인의 머리를 잡아 뜯었소. 이 머리카락이 서림의 아들과 같으니 자객이 누군지 분명해졌소. 그런데 왜 골목길에서 두 명이 죽었을까? 칼은 한 자루인데."

홍인걸이 의아해하자 여명이 대답했다.

"신민철은 서림의 아들을 못마땅하게 생각하고 있었습니다. 제 생각으로는 중봉 어르신이 돌아가셔서 임무를 완수했다고 믿고 대패를 시켜 죽이려다 서로 뒤엉킨 것 같습니다."

그녀의 말에 홍인걸의 머릿속에 두 명의 첩자가 다투는 광경이 그려졌다. 여명의 자백도 있고 증거도 있으니 비변사에서 홍천호를 살해한 것은 일본 첩자로 확인되었다. 그다음은 첩자들을 일망타진하자 김후재는 자신이 조정에서 잡으려는 길삼봉이고 활빈당수라고 자백했다. 영규도 당취가 봉기를 일으키려고 했던 것을 실토했다.

"어명이 있으니 길삼봉의 문제를 그냥 넘어갈 수는 없소. 또 당취도 불온한 움직임을 갖고 있었다는 것을 의금부에서 알게 되면 무사하지 못할 것이오. 나 역시 집권한 동인의 반대편에 있는 서인이라 언제 그들이 휘두르는 칼에 베이게 될지 모르오."

홍인걸은 이렇게 말하고 조헌을 바라보았다. 그의 말에 따라 결정하려는 것이다. 조헌이 입을 열었다.

"이 자리는 충과 역이 모인 것 같소. 나는 내 평생 한 번도 충의의 정신에서 벗어난 적이 없소. 나의 충심이 이 나라 왕실에 있지 않고 백성에 있다는 것은 여러분도 잘 알 것이오. 내가 주상의 마음에 들고자 했다면 어찌 파직에 귀양살이를 전전했겠소."

조헌과 같이 과거에 합격했던 벼슬아치들은 모두 재상의 반열에 올라가 있다. 그가 백성을 위해 계속 바른말을 하지 않았더라면 그 높은 학식과 청렴

함, 수령으로서의 유능함으로 제일 먼저 재상이 되었을 것이다.

"여기 활빈당수요 한때 역적 정여립의 수하였던 김후재 존위도 백성을 위해 거사를 꾀했을 것이고 서산대사를 맨 위로 하는 당취도 백성의 아픔을 알기에 봉기하려 했을 것이오. 이 모든 것을 어찌 반역이라고 하겠소. 내가 힘이 부족해 조정에 들끓는 간신들을 제거하지 못한 것이 한스럽소. 이제 일본의 침공이 눈앞에 왔어도 요행수나 부리고 아무 대비도 않으니 우리만이라도 준비를 하겠소. 김존위는 이곳 대장간에서 무기를 만들어 주고 영규 대사는 서산대사에게 말해 당취들이 전쟁터에 나가 일본의 도적들을 무찌를 수 있게 해 주시오. 자, 어떻소? 오위장."

조헌의 말에 홍인걸은 조금도 망설이지 않고 대답했다.

"좋습니다. 이 두 사람이 반역을 꾀했더라면 어찌 일본 첩자를 잡으려 하고 이 홍인걸의 목을 베려고 하지 않았겠소? 나는 여기 세 사람이야말로 조선의 충신으로 생각하오. 그러니 유성룡 대감을 만나 누가 길삼봉을 보았다, 당취가 반역을 도모한다 하더라도 모두 거짓으로 생각하고 받아들이지 말라 하겠소."

"고맙소, 고맙소."

조헌이 눈물을 글썽거리며 감사함을 표시했다. 김후재와 영규도 홍인걸에게 큰절을 올렸다.

"아니요, 내가 중봉처럼 옳지 않은 걸 옳지 못하다고 나서지 못함을 이해해 주시오. 내가 중봉처럼 강직함을 보이면 나는 당장 내침을 당할 것이고 그러면 당파를 초월해서 서인의 의견을 어떻게 동인에게 전하고 어찌 동인의 주장을 서인에게 알려 타협을 하겠소?"

조헌이 무릎을 치며 말했다.

"맞소. 당파를 이룬 자들은 자기 의견이 옳지 않음에도 당파의 이익을 위해 악착을 떨고 있소. 이럴 때 오위장 같은 이가 있어 다행이오. 내가 오늘 좋은 결과를 보게 된 것은 모두 오위장이 있었기에 가능했던 것이오."

홍인걸의 얼굴이 환해졌다.

"내 마음을 이해해 주는 사대부는 오직 중봉뿐인 것 같소. 무기를 만들기 위해 철편을 사들이려면 돈이 필요하고 의병을 조련하려면 식량이 필요할 것이니 내 재산을 모두 내놓겠소."

김후재가 그의 말을 막았다.

"나으리, 그러실 것까지 없습니다. 저희에게도 군자금이 있습니다."

"군자금?"

되묻자 김후재가 방문을 열었다. 이성찬이 부복하고 있었다.

"이 사람의 본명은 김동주로 부유한 시전 상인의 아들이었습니다. 목을 매어 자살한 윤덕형이라는 자가 거짓 고변을 해서 일가가 몰살했습니다. 덕형이 자살하기 전에 죄를 뉘우치고 자신의 재산 일부를 돌려주었다고 합니다. 이에 성찬은 받은 어음을 의병에 바치겠다고 합니다."

"아, 그렇소? 아주 고마운 일이오."

복수한 이성찬이 어음을 가지고 도망쳤다가 되돌아온 것이다. 조헌에게 어음장을 공손히 두 손으로 바쳤다. 이렇게 해서 조강포에서 일어난 일련의 사건은 모두 해결되었다. 홍인걸은 붙잡은 첩자들과 미처 소각하지 못한 극비 정보를 증거품으로 확보하고 서울로 돌아갔다.

서울에 간 홍인걸은 비밀 상소를 올렸다. 그러나 첩자들의 자백과 해독된 암호문서가 있었지만, 조정의 대비책은 크게 마련되지 않았다. 일본 첩자와 내통한 관리들도 모두 조사받았지만 몰랐다거나 억울함을 호소했다. 여기서도 당파의 비호가 있었으니 몇 명만 처벌당하고 나머지는 풀려났다. 성은 쌓았지만, 방어될만하게 높이 쌓은 것도 아니었고 군 체제도 말로만 정비했지 실제 이루어지지 않고 있었다.

가을 추수가 끝나자 김포의 젊은이들이 공터로 나와 군사조련을 받았다. 김후재의 대장간에서 만든 창날을 박은 창으로 막고 찌르기를 연습했다. 양반들 자제는 말 타고 활쏘기했으며 나이 먹은 이들은 다루기 쉬운 쇠뇌를 가지고 훈련했다. 이들을 조련하는 것은 김후재와 그의 부하들이었다. 조헌은 이들에게 충의를 가르쳤고 사즉생(死卽生) 즉 죽고자 하면 살 수 있다는 정신자세를 불어넣어 주었다. 다른 지역 사람들은 이들을 비웃고 조헌을 전쟁에 미친 사람이라고 불렀다. 하지만 조헌의 가르침이 미치는 곳에 사는 사람들은 노인과 여자도 달랐다. 반드시 일본의 침략이 있고 힘을 합해 싸우면 물리칠 수 있다는 믿음을 가지고 훈련하는 젊은이들을 뒤에서 도왔다.

김포는 김후재에게 맡기고 조헌은 옥천으로 내려가 제자들을 훈련 시켰다. 모래주머니를 차고 험한 산을 오르내리는 것을 반복했다. 전쟁 때에는 달리는 것이 매우 중요했기 때문이다. 겨울의 끝자락에 오위장 홍인걸에게서 편지가 왔다. 내용을 읽어보니 동인들의 외면 속에서 영수인 유성룡만 은밀히 일본 침략에 대비하고 있었다. 그가 홍인걸에게 한 꿈 이야기가 적혀 있었다. 유성룡의 꿈에 경복궁의 연추문(延秋門)이 불에 타서 잿더미가 되었는데 곁에 있던 어떤 사람이 궁궐이 처음 자리 잡을 때 지나치게 아래로 내려갔으니 고쳐 지을 때는 약간 높게 지으라고 했다는 것이다. 그 말은 외적이 쳐들어와서 경복궁이 불에 타지만 다시 짓는다는 뜻으로 나라가 큰 피해는 봐도 망하지는 않을 것이라고 해석했다.

12

천리를 지키다

임진년(1592년) 음력 8월 18일 아침 동이 트기 시작했다. 안개가 살짝 걷히자 총대장 고바야카와 다카가게(小早川隆景)는 자기 눈을 의심했다. 설마 했는데 조헌의 의병 칠백 명이 그들을 기다리고 있었기 때문이다. 조금 전까지만 해도 총대장은 이렇게 생각했었다.

의병이 금산성까지 접근하자 고바야카와는 진지를 구축하기 전에 기습하기 위해 조용히 금산성을 나온다. 삼대로 나눈 일본군은 총 만 오천 명. 조헌의 의병이 오기(傲氣)로 여기까지 왔지만 진지를 구축할 때 엄청난 숫자의 일본군이 홀연히 나타나 깜짝 놀라게 한다. 겁에 질린 그들에게 일제 돌격하면 오합지졸이 혼비백산해서 도망친다. 그러면 뒷모습을 보이고 패주하는 그들의 등을 창으로 찌르고 허리를 칼로 벨 것이다. 그리고도 살아서 도주하는 자에게는 조총의 탄환이 빗발칠 것이다. 그들을 일대가 절반쯤 죽이면 이대가 나머지를 죽이고 삼대는 그들의 수급을 베어 공을 자랑하리라. 그러나 예상이 완전히 빗나갔다. 조선 의병은 일본군의 기습을 기다리고 있었던 것이다.

맨 앞에는 말을 탄 기병들이 늘어서 있었다. 중앙의 붉은 비단옷을 두른

자가 대장인 듯 보였다. 마치 태산이 우뚝 가로막은 듯했다.

"저자가 누구인가?"

총대장이 통역 신민철에게 물었다. 그는 밤새 행군해온 조헌의 부대가 지금쯤 진지를 한참 구축하고 있으리라 판단했다. 금산성을 공격해온 고경명의 부대도 진지를 구축하고 나서야 공격해 왔다. 조헌도 그리할 줄 알고 기습작전을 편 것이다. 그런데 뜻밖에도 진지는 구축하지 않고 전투태세를 갖추고 있었다. 죽음을 각오하지 않고서는 있을 수 없는 일이다.

"조헌입니다."

신민철의 얼굴도 하얗게 질려 있었다. 고바야카와가 고개를 끄덕이고 말했다.

"과연 대장답군."

조헌이 활을 들어 올리자 그는 손짓해서 한 명의 조총수를 불렀다. 명령을 받은 조총수가 의병 쪽으로 뛰어갔다. 그는 무릎쏴 자세로 조헌을 향해 조총을 발사했다.

탕

요란한 총성이 허공에 울렸다. 그러나 조총의 탄환은 조헌에 미치지 못했다. 활시위를 놓은 조헌의 화살이 퍽하고 조총수의 가슴을 꿰뚫었다. 고바야카와의 가슴에서 열불이 치솟았다.

"도스께끼!"

고바야카와의 돌격 명령이 떨어지자 기다란 창을 든 일본군 수백 명이 냅다 앞으로 돌진했다.

피융 피융

젊은 의병들 틈에 끼어 숨어 있던 나이 먹은 쇠뇌꾼들이 쇠뇌를 발사하자 돌격해 오던 일본군들이 픽픽 쓰러졌다. 곧이어 일본군도 조총을 발사했다.

탕탕탕

　앞줄에 있던 기병이 일제히 일본군을 향해 말을 달렸다. 갑작스러운 돌진
에 일본군은 둘로 갈라졌다. 기병들이 조총수들에게 마구 칼을 휘두르자 총대
장의 주위에는 철판을 든 호위들이 빙 둘러쌌다.

　'조헌, 이 자는 정말 천리를 지키기 위해 태어났다는 말인가?'

　고바야카와는 중얼거렸다. 며칠 전 금산성을 향해 조헌의 의병이 행군한
다는 보고에 덧붙여 김포에서는 조헌이 남녘땅 천리를 지키는 인물이라는 예
언이 있다고 했다. 지도를 보니 조헌이 태어난 김포에서 남해안까지 대략 팔
백에서 천 리길이었다. 쉽지 않은 전쟁이 될 것 같았다.

　임진년 음력 2월에 아내 신씨가 사망했다. 원칙대로 하자면 고향인 김포
로 가서 묘를 써야 하나 조헌은 변란이 곧 닥쳐올 것을 예감하고 집 뒤에다 간
략하게 장사를 지냈다. 그리고 3월에 김포에 있는 조상묘에 찾아가서 장차
변란이 있을 것이니 영원히 물러간다는 뜻의 제문을 지었다. 일본이 침략하면
끝까지 싸우다 죽게 됨을 알았기 때문이다. 그리고 4월 요란한 천둥소리로 일
본군이 조선을 침략했다는 것을 알고는 의병을 일으켰다.

　부산에 상륙한 일본군이 곧 동래성을 함락하고 빠르게 북진했다. 보름 후
에 충주 탄금대에서 신립의 군사 8천 명을 몰살하고 이 땅을 밟은 지 스무날만
인 음력 5월 3일 도성인 서울을 점령했다. 일본군의 진격이 번갯불 같다면 조
선군은 허수아비 그 자체였다. 제대로 된 방비가 없었으니 당연한 결과였다.
풍신수길의 계획대로 착착 이루어지는 듯했다. 그러나 한 가지 예상치 못한
것이 있으니 의병이라는 존재였다. 6월에 의령에서 일어난 곽재우의 의병은
처음으로 일본군을 참패시켰다. 또 홍순언을 통해 명나라 군대를 불러오자 다
죽어가던 조선의 기백이 다시 살아났다. 당시 옥천에 머물던 조헌이 제자들과

함께 의병을 일으켰을 때 조강포에 있던 김후재가 두 명의 부하와 함께 찾아왔다.

"나으리, 드디어 놈들이 바다를 건너왔습니다. 이제 저희가 팔다리가 되어 도울 때가 되었습니다."

후재는 조강포에서 훈련을 받았던 일부 의병들이 곧 도착할 것이고 나머지는 임금이 도주한 의주로 향했다는 것이다.

"학봉 김성일은 의병을 모으고 있기에 처벌 대신 초유사로 임명했다고 합니다. 홍인걸 오위장님은 임금님이 의주로 향하는 것을 따라갔습니다. 가다가 고양에서 형조참의가 되었다가 다시 삼척부사로 제수되었습니다. 강원도 쪽으로 오는 일본군을 막으라는 명을 받았다고 합니다. 그런데 오위장님이……"

김후재는 홍인걸이 오위장에서 종3품의 삼척부사로 벼슬이 낮아져 임금의 호종에서 밀려난 것에 음모가 있다고 했다. 서인들이 일본의 침략이 없다고 주장한 동인들을 탄핵하자 동인들이 홍인걸을 지목해 맞불을 놓는 것이라 했다. 명망 높은 송강 정철이나 의병을 일으킨 조헌 대신 도망치는 임금을 호종하던 그가 걸려들었다. 동인이나 서인이나 극단적이고 싸움질 잘하는 이에게 온건한 홍인걸은 만만한 먹잇감이었다. 일본군의 침략으로 나라가 위태로운데도 서로 남 탓을 하는 당쟁은 멈추지 않고 있었던 것이다.

조헌은 눈을 감았다. 일본의 침략에 대비하지 않은 것이 어찌 김성일 한 사람의 잘못뿐이랴. 모든 것은 요행수를 바라며 전쟁을 회피하려는 임금과 조정 대신들에게 책임이 있는 것이다. 후재의 말로는 의주로 몽진하는 도중에 임금의 길을 막고 행패를 부리는 자들이 있었다 한다. 심지어 임금의 행로를 벽에 그려 일본군의 추격을 돕는 자도 있다고 했다. 일본군은 백성의 마음을 사로잡기 위해 부자의 곳간을 헐고 쌀을 빼앗아 나눠주고 있다고 했다.

"음. 이것도 일본 첩자들의 보고로 만든 계획일 것이오."

조헌은 신민철의 얼굴을 떠올렸다. 그는 일본군에 합류해 암약하고 있을 것이다.

"김존위, 아니 지금부터 김선봉이라고 부르겠소. 김선봉은 척후와 정보를 담당해 주어야겠소."

활빈당수 김후재가 잘할 수 있는 것이 무엇인가. 일본군의 진영을 탐색해서 약점을 알아낸 다음 그곳을 의병이 공격하는 것이다.

"알겠습니다. 여명은 벌써 도성에 들어가 일본군의 동향을 탐색하고 있습니다."

"위험하지 않겠소? 신민철이 그곳에 있다면."

"신민철은 고바야카와라는 자의 수하로 남쪽으로 내려갔다는 말을 들었답니다. 조선 첩자의 우두머리로 활약했지만, 마지막에 들켜 부하들을 모두 잃었기에 사형을 당할 것이지만 유예되었다고 합니다."

고바야카와는 서울에 올라갔다가 전라도의 의병이 북상하자 금산성으로 내려와 주둔하고 있는 일본군 장수다. 그 밑의 신민철은 풍신수길에게 금부채까지 받았지만, 실패하고 전쟁터를 떠돌게 되었으니 독이 잔뜩 올라 있을 것이다. 조헌은 몸서리가 쳐졌다.

"이 근처에 있겠구려. 김존위 아니 김선봉이 잘 처리해 주시오. 다만 걱정인 것은 조총에 어떻게 대적하느냐 하는 것이오."

조헌이 일본의 조총에 대해 염려하자 후재가 웃으며 고개를 가로저었다. 그는 곽재우가 일본의 조총을 활로 무찌른 사실을 말했다. 요란한 소리와 함께 총알을 발사하는 조총이 두려움을 주는 것은 사실이다. 그러나 다음 총을 발사할 때까지 보통 스물에서 서른까지 셀 동안이고 아주 능숙한 자도 열을 셀 동안이나 걸리는 것을 파악했다. 커다란 나무 뒤에 숨어 첫 방을 피하고는 이내 활로 공격했다고 했다. 또 화약 무기인 조총의 약점은 비가 오는 날은 전혀 쏠 수 없다고 했다.

"으음, 그런 헛점이 있구려. 그러면 역시 쇠뇌를 크게 쓰게 할 것이오."

"그렇습니다. 활을 잘 다루는 데는 많은 시간이 필요하나 쇠뇌는 아녀자도 쉽게 다룰 수 있고 명중률도 높으니까요."

김후재는 신립 장군이 비록 탄금대에서 패배했으나 쇠뇌로 천여 명의 일본군을 죽였다고 했다. 그래서 일본군은 그 전투를 승리가 아니라고 한다는 말도 덧붙였다.

"나으리, 조선은 여명의 어머니께 고마워하여야 합니다. 부족하나마 유성룡 대감이 대비를 했고 조총을 제작하는 일본군의 장수가 귀순했으니까요."

유성룡은 홍인걸이 가져온 암호문서를 보고 일본군의 침략이 분명하다고 판단했다. 그래서 전략에 능한 권율을 발탁하고 이순신을 특진시켜 거북선을 만들었다. 임진왜란이 일어나기 하루 전에 거북선을 활용한 수군의 훈련이 끝났다는 기적도 있었다. 또 여명이 해독한 대로 풍신수길에 반대하는 세력인 사야가가 부산에 상륙 후 조선군과 싸우지 않고 곧장 부하 삼천 명과 함께 투항했던 것이다. 그는 김충선이라는 이름을 하사받고 조총을 제작해서 조선군에 공급하는 역할을 하게 되었다.

"이순신은 나와 친분이 있는 유능한 장수요. 일본 수군을 반드시 막아낼 것이오."

"만약 여우님이 나으리께 암호문서를 보내지 않았더라면, 또 여우님이 목수에게 붙잡혀 풍신수길을 반대하는 세력을 붙었다면 이런 일은 없었을 것입니다."

정말 다행이었다. 여우 덕분에 첩보기관인 비변사에 침투한 일본의 첩자를 일망타진할 수 있었다. 조선이 그녀를 왜구로부터 지켜주지 못해 끌려가 유린당했지만, 조국을 끝내 잊지 않았던 것이다. 신민철처럼 나라의 기밀을 팔아 영달을 꾀하는 매국노와 우물 안 개구리처럼 아웅다웅하며 싸우는 사대부 벼슬아치들과 분명히 비교되었다.

조헌에게는 아직도 훼방꾼이 있었다. 윤덕형의 사촌 형인 윤국형이었다. 윤선각으로 이름을 바꾼 그는 돈줄인 덕형이 목을 매고 자살했다는 말을 듣고 부리나케 김포로 달려왔다. 물론 죽음을 애도하는 목적이 아니었다. 덕형이 상당한 재산을 처분해 어음으로 바꾸었는데 그 행방이 묘연하다는 것에 의혹을 품었다. 하지만 아무것도 밝히지 못하고 돌아갔다.

"나으리, 아니 대장님. 저는 일본군의 진영으로 가서 동태를 살피고 오겠습니다."

김후재가 떠난 뒤에 조헌이 의병을 일으켰다는 소문이 돌자 옥천 근방의 사람들은 식량을 거둬 가지고 왔다. 하지만 윤덕형의 어음으로 이미 쌀을 비축해 놓았기에 군량미는 부족함이 없었다. 무기도 조강포 대장간에서 만든 창칼과 쇠뇌, 마름쇠가 있어 만반의 준비를 해 놓았다.

조헌이 맨 처음 전투에 나가 승리를 거둔 것은 보은군의 차령(車嶺)이었다. 일본 침략에 대비해서 옥천에서 제자들을 훈련하며 산을 오르내리며 달린 것이 효과가 있었다. 조헌과 제자들이 지형지물을 이용해 그들을 유인한 다음 바위와 나무 뒤에 숨었던 수백 명의 농민이 일제히 일본군에게 쇠뇌를 쏘고 돌을 던졌다. 일본군의 숫자가 월등히 많았지만 험한 고개에서 마름쇠를 뿌려 접근 못 한 상태에서 포위 공격하니 결국 일본군은 반격하지 못하고 퇴각했다. 그 뒤로 일본군은 차령을 넘어 진군하는 것을 포기하고 말았다.

첫 전투에서 승리했지만, 문제는 적군보다 아군 때문에 생겼다. 의주로 도망친 임금은 의병이 일어났다는 말에 감격했다. 그러나 그것도 잠시일 뿐 6월에 이여송이 명나라 군대를 이끌고 들어오자 관군이 의병들을 흡수하라고 명령했다. 명나라 군대가 일본군을 쉽게 물리친다고 믿은 데다 일본군이 물러난 뒤에 남은 의병이 정여립처럼 반역을 꾀하는 사병이 될까 봐 두려웠던 것이다. 임금의 명령은 곧 전국의 관군에게 시달되었다.

충청도 순찰사 윤선각(尹先覺)은 고심했다. 조헌이 차령 전투에서 일본군을 묶어두는 데 성공하자 공주 일대의 청년들이 그에게 몰려드는 것이었다. 그러면 조헌 휘하의 의병 숫자는 점점 많아지고 관군으로 흡수할 수가 없다. 게다가 의병은 목숨을 걸고 일본군과 싸우는데 관군은 겁을 먹고 나가 싸우지 않았다는 것이 들통 나 벌을 받게 될 것이다. 백성을 버리고 도망친 임금 같지 않은 임금에게 말이다. 하긴 윤선각은 삼도근왕병 8만 명을 이끌고 나섰다가 용인에서 일본군에게 대패해 파직된 전력이 있다. 그래도 힘 있는 조정 대신과 끈이 단단한 그는 다시 충청도 순찰사로 등용되었다.

이때 동헌 앞에서 기웃거리던 안세헌(安世獻)이 다가왔다. 그는 성품이 흉악한 전직 무관으로 일본군이 쳐들어오자 벼슬을 얻을 좋은 기회라 여기고 의병을 조직했다. 하지만 싸울 용기가 없던 그는 피난민들을 일본군의 앞잡이로 몰아 목을 베었다. 그러나 조헌에게 들통 나 처벌당할 뻔했으나 윤선각의 비호로 무사했다. 한쪽 구석에 쪼그리고 있는데 서울에서 피난 온 김기호라는 이름의 전직 무관이 그에게 귀띔해 준 것이다. 이리이리 하라고.

"순찰사 나으리, 안세헌입니다."

그는 공손히 절을 하고는 보양하라고 커다란 수탉 한 마리를 바쳤다. 기분이 좋아진 윤선각이 자신의 고민을 털어놓자 안세헌은 주저함 없이 말했다.

"나으리, 지금 백성 사이에서는 조헌이 세운 전공을 칭찬하고 나으리는 움직이지 않는다고 원망하고 있습니다."

"으흠. 알고 있네. 그래서 내가 자네 말을 들으려는 것 아닌가? 제갈량 같은 꾀가 있다면 내게 말해 주게."

"지금 조헌의 밑으로 의병이 모이고 있습니다. 이것은 주상이 의병을 관군에 편입시키라는 명을 어기는 것이 됩니다."

윤선각이 고개를 끄덕였다.

"청양현감 임순이 사졸 백 명을 조헌에게 보낸 것을 아시는지요?"

"으응. 그런 일이 있었나?"

"임순의 죄를 물어 옥에 가두고 여러 고을에 공문을 보내 조헌 밑으로 간 자들의 부모 처자를 가두게 하소서. 그리하면 의병들이 뿔뿔이 흩어질 것입니다."

안세헌의 말에 윤선각은 무릎을 탁 쳤다. 의병이 없어지면 자신의 무능이 조헌의 공훈과 비교되지 않을 것이기 때문이다. 즉각 순찰사의 명령이 여러 고을로 보내지고 시행되었다. 왕명을 어겼다는 죄목으로 가족이 붙잡혀갔다는 말에 의병들은 모두 집으로 돌아갔다. 이에 격분한 조헌은 윤선각에게 항의편지를 보냈다. 싸우지도 않고 진중에서 몇 달 치 군량을 소비하고 방어에만 주력하는 것을 꾸짖는 것이었다. 그리고는 충청우도로 나아가 의병을 모집했다. 이에 천육백 명의 의병이 자원해서 위풍과 기세가 당당했다.

조헌은 다른 지역 의병과 연합해서 금산성을 치기로 했다. 금산성에는 만오천 명의 일본군이 머물고 있다. 총대장 고바야카와 다카카게는 부산에 상륙 후에 호남을 점령하려고 했다. 그러나 부장 안코쿠지 에케이(安國寺惠瓊)가 곽재우에게 패하자 서울에 들어갔던 고바야카와가 다시 남하해서 금산성에 주둔했다. 이곳을 거점으로 전라도 감영이 있는 전주를 점령하려고 했으나 금산에서 전주로 넘어가는 고갯길을 지키고 있던 전라도의 관군, 의병과 혈투를 벌였다. 이 틈을 타서 다른 의병 부대가 금산성의 탈환을 시도했다. 첫 번째 공격은 호남 선비 고경명이 이끄는 호남 의병이 전라도 방어사 곽영, 조헌과 협공을 약속했으나 조헌 부대가 때에 맞춰 도착하지 못했다. 이것이 한 달

전인 음력 7월 8일의 일이었다. 고경명은 9일 성을 기습 공격해서 성과가 있었고 10일에 성을 포위하고 공격했는데 일본군이 먼저 북문의 관군을 집중적으로 공격해 무너뜨리고 이어 의병의 공격을 와해시켰다. 이 과정에서 의병장 고경명이 전사하고 부대는 흩어졌다. 비록 패전이었으나 일본군의 표현에 의하면 아귀처럼 달려드는 의병으로 해서 막대한 손실을 보았고 사기가 극도로 저하되었다 한다. 이치 고개에서 권율에게 패배한 일본군은 금산성으로 돌아가 굳게 지키게 되었다. 고경명 부자의 죽음을 알게 된 조헌은 약속을 지키지 못한 것을 한탄하며 금산성을 치러 가는데 일본군의 염탐을 떠났던 김후재가 찾아왔다.

"대장님, 지금 청주성이 함락되고 영규 대사가 승병들을 이끌고 싸우고 있으니 속히 가서 구원해 주십시오."

"관군은 어찌 되고 승병들이 싸운단 말이오?"

"방어사 이옥과 조방장 윤경기의 군대가 연달아 무너져 달아났지만 영규 대사는 며칠 동안 대치하며 싸우고 있습니다."

조헌은 김후재의 보고에 따라 금산성을 가려던 길을 바꿔 청주성으로 달려갔다. 영규의 승병들 때문에 일본군은 좀처럼 청주성에서 나오지 못하고 있었다.

"영규 대사, 잘 싸웠소. 우리가 도우리다."

"고맙습니다. 대장님. 우선 지도를 보시지요."

영규는 청주성 주변의 지형지물을 그린 지도를 내보였다. 청주성 주변에 있는 초가집들이 일본군의 방화로 많이 소실되었는데 동문(東門)도 불타 공격하기 쉽게 되어 있다.

"일본군들은 아마 우리가 이쪽으로 들어오리라 믿고 이쪽에 몰려 있을 것입니다. 저희 승병이 이쪽을 공격할 것이니 그 틈을 타서 대장께서는 서쪽을 공격하십시오."

이들이 작전을 의논하고 있을 때 도망쳤던 청주 방어사 이옥이 찾아왔다. 그는 중과부적이었다고 변명을 하면서 같이 일본군을 치자고 했다.

"좋소. 그럼 방어사는 북쪽 문에 매복하시오."

"북문에?"

이옥이 난처한 표정을 지으며 주저했다. 매복할 군사의 숫자가 적으니 그냥 조헌의 군대와 합세해 싸우겠다고 주장했다. 그러자 조헌이 벌컥 화를 내며 소리쳤다.

"그대가 도망한 죄과를 묻지 않고 큰 공을 세워 주려 하는데 왜 이러시오?"

이옥이 고개를 푹 숙이며 명령에 따르겠다고 말했다.

깨갱 깨갱 깨갱

먼저 남문 쪽에서 조헌 부대의 꽹과리가 울렸다. 그러자 동문과 서문 그리고 북문에서도 꽹과리를 쳤다.

깨갱 깨갱 깨갱

꽹과리 소리와 함께 북 치는 소리가 요란했다. 둥둥둥

관군이 다 도망치고 영규의 승병만 남아 있을 때는 우습게 여겼으나 차령 전투에서 일본군을 몰아낸 조헌 부대가 왔다는 말에 일본군도 잔뜩 긴장했다. 이들은 변변히 창 한번 내지르지 못하고 조총에 쫓겨 간 관군이나 낫과 죽창으로 달려든 무모한 농민들과 다를 것이다. 작전을 세워 유격전으로 싸우고 전통무기인 활을 위시해서 쇠뇌와 마름쇠를 적절히 사용하고 있었다. 청주성벽 위에서 의병들의 움직임을 살피고 있던 일본군은 의병이 한쪽 문으로 들어올 것으로 짐작했다. 네 문으로 동시에 들어오기에는 의병의 숫자가 너무 적다. 분명히 불타 허물어진 동문으로 들어올 것이다. 그래서 동문 성벽 위에 일

부러 보초 몇 명만 세워놓고 밑에 많은 조총수가 숨어 있게 했다. 동문으로 들어오기를 기다렸다가 일제히 조총을 쏘려는 것이다. 그들은 조총 가설대를 만들고 삼열로 늘어섰다. 총을 발사한 다음에 교대로 바꾸면 연속적으로 총탄이 발사된다. 그러면 일제히 돌격하던 의병들은 미처 후퇴할 시간도 없이 쓰러지고 짓밟히게 될 것이다.

둥둥둥둥

그믐 전날이라 어둠으로 아무것도 보이지 않았다. 성 밖 곳곳에 켜져 있던 관솔불이 하나둘씩 꺼지자 일본군의 공포는 극대화되었다. 그들은 의병들의 움직임을 살펴보기 위해 관솔불을 성 아래로 던졌지만, 그때마다 의병이 물을 뿌려 꺼버렸다.

탕탕탕

북소리가 나는 곳을 향해 조총을 발사했다. 잠시 멈추는가 하더니 곧 다시 울렸다. 그리고는 네 개의 성문 앞에서 꽹과리 소리가 요란했다. 이 때문에 일본군은 잠을 잘 수 없었다. 새벽이 되자 북소리와 꽹과리 소리가 그쳤다. 곧 쳐들어올 것 같더니 의병들은 끝내 들어오지 않았다. 아침이 되자 맨 처음에 일어난 것은 조헌이었다. 의병들은 귀에 솜을 틀어박고 밤새 자고 있었던 것이다.

"고수와 사물 패들은 아침밥을 먹고 푹 자도록 해라."

조헌의 명에 따라 밤새 북과 꽹과리를 치던 사물 패들은 휴식을 취했다. 동네 주민이 소를 잡아 고기를 굽고 양탕을 끓이고 있었다. 쌀밥 냄새가 구수하게 나자 조헌은 의병들에게 교대로 식사하게 했다. 영규가 이끄는 승병도 밥을 먹었는데 고기 대신 콩비지를 먹었다. 피난 갔던 주민이 돌아와 밤새워 만든 것이다. 영규가 조헌을 찾아왔다.

"일본군들은 밤새 잠을 자지 못했을 것입니다."

"오늘 밤도 그리할 것이오?"

"우리 안에 세작이 들어와 있을 것입니다. 어제 성벽을 타고 내려오는 자를 보았습니다."

세작은 첩자를 말한다. 영규는 세작을 통해 거짓 정보를 흘리자고 했다. 즉 오늘 밤에 북문으로 쳐들어간다고 하면 동문에 있던 일본군이 북문으로 가서 침공에 대비할 것이라고 했다. 조헌이 이 말을 흘리자 이것이 세작의 귀에 들어갔다. 의병들은 일본군이 보라는 듯이 성벽 아래에서 훈련을 해 보였다. 성벽에서 내려다보던 일본군 장수는 밤새 잠을 이루지 못했던 군인들에게 취침을 명령하려 했지만 그럴 수가 없었다. 훈련하는 척하다가 언제 성문을 공격할지도 모르기 때문이다.

밤이 되자 밧줄을 타고 다시 성안으로 들어온 세작에 의하면 오늘 밤 아니면 내일 오전에 총공격할 것이라고 하지 않는가. 당연히 잘 수가 없었다. 다시 북이 울리고 꽹과리가 울리기도 했지만 이러다가 공격할 것이라는 생각에 주력부대가 있는 북문은 잔뜩 긴장감이 돌았다. 그러나 아침이 되자 허탕이 된 것을 알았다. 일본군 장수는 안도의 한숨과 함께 일본군에게 휴식을 취하라고 했지만 방어사 이옥이 화포를 가져와 포를 쏘았다. 쾅.

대포가 성안으로 들어와 터지자 의병이 쳐들어올 것으로 판단한 일본군은 곧 전투태세를 갖추었다. 아침부터 오후까지 다섯 발의 포탄이 성안으로 들어오자 잔뜩 쫄았던 일본군은 경계가 게을러지기 시작했다. 잠을 자지 못해 피곤한 데다 의병의 속임수라고 생각했기 때문이다. 저녁이 가까워지자 피곤을 이기지 못하고 쪽잠을 자려 하는데 동문에서 승병들이 함성을 지르자 북문에 있던 조총수들이 급히 동문으로 조총 가설대를 옮기려 했다. 이때 서문 쪽에서 요란한 함성과 함께 문을 부수는 소리가 들리자 일본군들은 당황했다. 급히 달려가 조총을 쏘아대기 시작했다.

탕탕탕

관솔불이 켜진 곳을 향해 총질하던 조총수들은 그것이 허수아비의 손에 쥐어진 것임을 뒤늦게 알았다. 조헌은 빗발치는 총탄 속에서 돌격을 명령했다. 이것을 본 의병들은 일제히 함성을 지르며 서문 안으로 들어갔다. 동문을 뚫고 들어올 것 같았던 승병들도 어느새 와서 합세해 서문 안으로 들어왔다.

우르르 쾅

의병들이 서문에 들어서자 별안간 서북쪽으로부터 소나기가 쏟아져 내리면서 관솔불이 꺼지고 하늘과 땅이 캄캄해졌다. 조헌이 탄식했다.

"옛사람의 말에 성공과 실패는 하늘에 달렸다고 하더니 사실이구나!"

하면서 의병들을 후퇴시켰다. 그러자 일본군은 다시 정렬해서 그들의 시체를 태우고는 의병이 보이지 않는 북문을 열고 밖으로 나갔다. 조헌은 일본군이 북문으로 도망친다는 말에 이옥이 처리해 줄 것을 기대했으나 허탕이 되고 말았다. 갑작스러운 소나기를 피하느라 매복지점에서 이탈했기 때문이다.

화가 난 조헌이 이옥을 찾아 따지려다 꾹 참고서 말했다. 일본군이 버려두고 간 창고에는 율무쌀 몇만 석이 있었고 외양간에는 소 몇백 마리가 매어져 있었다. 조헌이 그것을 백성에게 나누어 주라고 했다. 농사를 짓게 하면 백성이 굶주리지 않고 나중에 군량을 징발할 수 있다. 이옥은 자신이 저지른 잘못을 알았는지 그때는 그러겠다고 하고는 다음날 보니 군량미를 불태우고 있는 것이 아닌가.

"아니, 이게 무슨 짓이요? 이 아까운 쌀을 불태우다니."

조헌이 항의하자 이옥은 코웃음을 친다.

"청주성을 지키는 일본군이 도망쳤으나 또 증원해서 몰려올 것이니 그걸 막으려는 것이오."

"우리 의병이 가져가 먹어도 되고 그럴 여력이 없으면 백성에게 나눠주어도 되는 게 아니오?"

조헌이 따졌지만 이옥은 못 들은 척했다. 안세헌이 비밀리에 사람을 보내 윤선각의 명령이라고 하면서 포획한 군량미를 태우라고 했기 때문이다. 한참을 다투던 그가 의병 진영으로 돌아오니 북문에서 일본군을 처단하지 못한 이옥을 비난하는 소리가 하늘을 찌르고 있었다.

"대장님, 여명이 왔습니다."

영규가 여명과 함께 있었다. 여명이 청주성으로 오는 길에 패주하는 일본군들이 하는 말을 전했다.

"조헌 의병장의 군사는 순찰사나 방어사의 군사에 비교되지 않을 정도다. 죽음을 무릅쓰고 달려들어 조금도 꺾이지 아니하니 그 날카로운 기세를 우리 일본군이 감히 당해낼 수 없다라고 했습니다. 비록 불미한 일이 있으나 일본군의 기세를 꺾었으니 심려치 마옵소서."

그제야 조헌의 성난 얼굴이 좀 누그러지는 것 같았다.

깨깽 깨깽 깨깽

청주성이 수복되자 피난 갔던 백성이 돌아왔다. 그들은 오랜만에 죽음의 공포에서 벗어나 해방의 기쁨을 맛보고 있었다. 여명도 김후재의 명령에 따라 일본군의 진지에 식모 등으로 위장해서 정보를 빼 왔다. 일본어를 알아들을 수 있으니 정보를 쉽게 얻을 수 있었다.

조헌은 청주에서 일본군을 격파한 뒤에 상소문을 지어 아들 완도(完堵)와 제자 전승업을 시켜 총지휘부인 행재소(行在所)에 가서 올리게 했다. 이 소식을 김기호에게서 들은 안세헌은 또 윤선각을 찾아가 일러바쳤다.

"조헌이 올리는 상소문에는 순찰사님을 헐뜯는 내용이 있다고 합니다."

"뭐라고? 그게 사실이오?"

윤선각은 차령전투에도 수수방관했고 청주성을 탈환할 때는 군사도 한 명 보내지 않았다. 전략이랍시고 이옥을 시켜 일본군이 남긴 군량미를 소실시켰다. 이것이 상소문에 적혀 있다면 아무리 조정에 탄탄한 연줄이 있다 한들 파직되거나 귀양을 면할 수 없다.

"이보게, 자네가 그것을 막아보게. 방도가 있나?"

선각의 물음에 안세헌이 음흉한 미소를 짓고 나서 대답했다.

"물론입지요. 순찰사 나으리."

안세헌은 강나루에서 지키고 있었다. 조헌의 제자 전승업이 완도와 함께 행재소로 가는 배를 타려고 하자 단속한다는 핑계로 강을 건너지 못하게 했다. 승업이 그 까닭을 짐작하고 상소문을 내보였다. 윤선각을 험담하는 내용이 없는 것을 확인하고야 배에 올라탈 수 있었다. 조헌은 윤선각의 끈질긴 훼방 뒤에 안세헌이라는 소인배가 있고 그 뒤에 김기호라는 자가 있다는 것을 몰랐다. 오늘도 안세헌은 김기호와 주막의 외진 방에서 만났다.

"이보게, 이번에는 자네 말이 틀렸네. 내가 상소문을 읽어보니 순찰사를 험담하는 내용은 없었다네."

안세헌이 목소리가 높아지자 김기호가 피식 웃었다.

"나으리, 조헌 쪽에서 눈치챈 것 같습니다. 그렇지 않고서야 상소문을 올려보냈는데 왜 조헌이 행재소를 가겠습니까? 글로 쓰면 중간에서 막으니 직접 가는 것입니다."

그제야 안세헌은 이해가 되는 듯했다. 기다렸다는 듯이 상소문을 보여주는 것을 의심했어야 했다.

"큰일이군. 순찰사의 일이 위에 알려지면 목이 날아갈지 몰라."

그 말에 기호는 씩 웃었다. 그리고는 무어라고 속삭였다. 안세헌은 그가 일본의 첩자이자 전 비변사 낭청 신민철이라는 것은 꿈에도 몰랐을 것이다.

다음날. 조헌은 임금에게 충성할 것을 결의하고 의병을 일으킬 것을 촉구하는 격문을 썼다. 그리고는 군사를 정비한 후에 임금이 머물고 있는 의주로 향하는데 온양에 이르렀을 때. 충청도 순찰사가 군량미를 가지고 조헌을 찾는다는 말에 행렬이 잠시 시끄러워졌다.

"중봉, 고생이 많으시오."

윤선각이 환하게 웃는 모습으로 나섰지만 여러 가지 유감이 많은 조헌은 반갑지 않은 손님이다. 그래도 관의 지휘를 받는 의병이니 모른 척 할 수 없어 맞아들였다.

"중봉, 내가 처음에는 그대와 사이가 좋았는데 이제 소인배가 중간에서 이간해 사이가 벌어진 일을 후회하고 있소. 청주에서 중봉이 보여준 충성을 알았으니 앞으로 맹세코 생사를 같이하고 싶소. 서로 오해를 풀도록 합시다. 내가 들으니 금산성에 일본군이 주둔하고 있어 호남의 곡창을 노리고 있다니 서로 힘을 합쳐 그들을 몰아냅시다."

그의 말에 망설였다. 한 달 전 고경명과 약속했으나 시간을 어기는 바람에 고경명이 패배하지 않았던가. 그쪽은 전라도 순찰사 권율이 의병과 함께 지키고 있으니 하루바삐 의주로 가서 임금을 보호하고 싶었다. 그가 망설이자 여러 부장이 조헌에게 말했다.

"호서와 호남의 한쪽 땅만이 적에게 짓밟히지 않고 있는데 이것마저 잃게 된다면 나라가 없는 것입니다. 그러니 먼저 금산과 무주 등지에 있는 일본군을 무찔러 그곳으로 가지 못하도록 하는 것이 상책입니다."

조헌으로서는 안 된다고 할 수도 없다. 그리고 충청도 순찰사가 직접 와서 민관이 연합해 무찌르자고 하니 군량과 무기 공급이 충분할 것으로 판단하고 행렬을 공주로 돌렸다.

우하하하. 공주의 관아에 도착한 윤선각은 크게 웃었다. 이제 의주 행재소로 가는 길을 돌려 공주로 왔으니 조헌은 호랑이굴로 들어온 것이다.

"나으리, 부장과 군교를 모두 가두었습니다."

안세헌은 조헌의 부하들을 또다시 옥에 가두었다. 그러자 이천 명이 넘는 의병들이 죄다 흩어지고 단지 칠백 명만이 남게 되었다. 윤선각의 배신에 조헌은 주먹을 불끈 쥐었으나 의병은 관의 지휘를 받으라는 어명이 있으니 어길수가 없었다. 뒤늦게 김후재가 왔지만, 그도 어쩔 수 없었다. 전라도 순찰사 권율에게 편지를 보낸 조헌은 8월 18일 연합해서 금산성을 치기로 합의했다.

"의로 가는 길을 굳이 막고자 한다면 나라도 혼자 금산성을 가서 칠 것이니 집으로 돌아가고 싶은 이는 돌아가라!"

이렇게 흩어지는 의병들에게 소리쳤다. 그러자 칠백 명의 의병이 남아서 죽음을 무릅쓰고 끝까지 따르기를 맹세하는 것이었다. 조헌은 슬퍼 탄식하면서 이들과 함께 금산으로 향했다.

음력 8월 16일. 금산성을 향해 가는 조헌 이하 칠백 명의 의병들은 비장한 결의를 했다. 이 길은 살아서 돌아올 수 없는 죽음의 길이다. 하루나 이틀의 전투에서 이들은 모두 이승을 떠나야 한다. 맛있는 음식도 먹을 수 없고 흥겨운 노래도 들을 수 없고 사랑하는 연인이나 아내, 가족과도 영영 이별이다. 슬프고 괴로운 길이건만 이들은 웃을 수 있었다. 맨 앞에 기수가 높이 쳐든 깃발의 의(義)자가 이들을 기꺼이 죽음의 길로 들어가게 한다.

"의다, 오직 의만 보고 싸우다 죽자. 저들 일본군은 인간이 아니라 악마이다. 우리는 인간과 싸우는 것이 아니라 악마와 싸우는 정의로운 의병이다."

조헌은 의(義)를 입에 달고 다녔다. 평화로운 이웃 나라 조선을 침략해서 노예로 삼으려는 일본은 불의하고 사악하니 반드시 의로써 막아야 한다고 했다. 그 뒤를 영규가 지휘하는 팔백 명의 승병이 뒤를 따랐다.

둥둥둥둥

멀리서 들려오는 북소리는 금산성에 주둔한 일본군의 진영에서 울리는 것이다. 희미하게 들렸지만, 북소리는 의병들의 심장을 고동치게 했다. 일본군들은 여기서 곡창지대인 호남으로의 진출을 꾀하고 있다. 그것을 막아야 호서, 호남지역의 백성과 식량이 안전해진다.

조헌은 4월에 동쪽과 남쪽 사이에서 크게 천둥 치는 소리를 들었다. 보통 사람들에게는 이것이 천둥소리이지만 조헌의 귀에는 일본이 침략을 위해 바다를 건너는 것을 알리는 하늘의 북소리, 천고(天鼓)였다.

둥둥둥둥

오늘의 저 북소리는 피비린내 나는 살육을 예고하는 것이다.

의병들은 오후에 소의 내장을 끓인 양탕으로 점심을 든든히 먹었다. 배는 채웠으나 초가을에 주룩주룩 내린 비를 맞아 추위에 떨어야 했다. 조헌이 우두커니 금산성을 바라보며 생각에 잠겼을 때 영규가 다가왔다.

"대장님, 아직도 김선봉에게는 연락이 없습니까?"

김선봉이란 전라도 순찰사 권율에게 간 김후재를 말한다. 그는 선봉(先鋒)이라는 직책을 받았는데 활빈당에서 전해 내려오는 첩보 솜씨로 전쟁터를 누비고 있었다. 지역마다 일본군의 움직임을 염탐하는 활빈당원의 보고를 수집해서 의병과 관군에게 전달해 전략을 짜는데 도움을 주었다. 그런데 관군을 지휘하는 권율에게 가서 작전을 지시받겠다고 간 이후 연락이 끊겼다. 그래서 조헌은 애당초 계획대로 8월 18일 금산성에서 만나기로 하고 비를 뚫고 왔는데 막상 와보니 관군은 도착하지 않았다. 날짜가 변경되었다면 김후재가 얼른 와서 보고했을 것이다.

"김선봉에게 무슨 일이 생긴 것 같소."

영규의 얼굴빛이 변했다. 권율의 관군이 없이 만 오천 명의 일본군을 대적하기는 어려운 것이다. 이때 참새가 조헌에게 달려와 보고했다.

"대장님. 적의 장군이 사자를 보내왔습니다."

권율에게 간 김후재와 여명은 뜻밖의 말을 들었다. 군량이 도착하지 않아 지금 출병할 수 없다는 말이었다. 아무리 강군이라도 죽고 사는 결전에 먹지를 못한다면 싸우기 전에 이미 패배하는 것이다. 그래서 의병이 일본군과 직접 대적하기보다는 그들의 식량 보급물자를 공격하는 전술을 펼치는 것이 아닌가. 권율은 보름 뒤에 다시 합쳐 공격하자고 하면서 후재를 보냈다. 여명은 붙잡힌 일본군 포로를 심문하기 위해 남았다.

김후재는 전주 감영을 떠날 때만 해도 크게 염려하지 않았다. 일본군이 주둔한 지역도 태연히 드나드는 실력이었다. 그런 그가 일본군이 없는 논산을 거쳐 공주를 향해 오는 것은 쉬운 일이다. 공주 감영에서 발행한 통행증을 품에 넣고 나루터에서 배를 기다렸다. 시간으로 볼 때 빠듯했기에 서둘러야 했다. 나루터에는 반대편으로 가려는 사람들로 붐비고 있었다.

"어서 타시오. 어서 타시오."

사공이 호객하고 있는 가운데 후재는 여러 척의 배를 살펴보았다. 수상한 자가 있나 조심하는 것이다. 그의 눈에 삿갓을 쓰고 강을 바라보고 있는 스님이 눈에 띄었다. 혹시 영규와 아는 스님인가 싶어 배에 올라탔다. 그가 스님 곁에 갔을 때 옆의 배에 앉아 있던 한 사내가 훌쩍 뛰어 건너왔다. 몸을 돌리는 순간 옆구리에 뭔가 차가운 것이 닿았다. 직감적으로 칼임을 알아챈 그는 사내를 붙잡아 돌렸다. 허리 쪽이 뜨끔했다. 단도는 후재의 허리를 베고 사내의 허벅지를 그었다.

"이놈들이."

후재가 사내를 스님 쪽으로 떠밀자 삿갓이 훅 벗겨졌다. 드러난 얼굴은 신민철이었다. 그가 단도를 휘두르자 후재는 강으로 뛰어들었다. 헤엄을 치자 신민철은 사공을 위협해 승객들을 내리게 하고 배로 쫓아가게 했다.

피융 피융

신민철과 사내가 활을 꺼내 쏘았다. 몇 번 김후재의 등을 맞출 뻔하자 잠수했다. 그리고는 보이지 않았다. 김후재가 얼굴을 드러내기를 기다렸지만 끝내 물 위로 떠오르지 않았다.

금산으로 향하는 길에는 백성이 너도나도 몰려나왔다. 그들은 비록 바가지의 찬물 밖에 줄 수 없는 형편이지만 눈물로 조헌 의병을 맞았다. 그 뒤로 영규 대사가 승병들을 데리고 오자 절에 다니는 신도들은 합장하며 절을 올리며 고마움을 표시했다. 척후로 나갔던 참새가 말을 달려오는 것이 보였다.

"대장님, 의병이 도망쳐 오고 있습니다. 대장의 이름은 이산겸이라고 합니다."

이산겸은 토정 이지함의 아들로 조헌도 잘 알고 있다. 이들은 지치고 피곤한 모습으로 걸어왔다. 나무판 위에 조총에 맞은 의병을 싣고 있는 모습도 보였다. 이산겸은 조헌을 보고 무릎을 꿇고 인사를 올리며 전황을 설명했다.

"선생님, 일본군은 을묘년 호남지방에서의 패전을 복수하겠다고 벼르고 있습니다."

조헌은 그 말에 정신이 아뜩했다. 여우가 끌려가면서 바라보던 그 눈빛이 눈에 어른거렸다.

"을묘왜변에 대한 복수라, 이리 말하던가?"

"네, 지금 금산에 주둔한 적병은 모두 정예일 뿐 아니라 숫자도 이만 명에 가깝습니다. 이치 고개 전투에서 대패했고 고경명 선생과의 전투에서 큰 피해를 보았으나 선생님의 의병으로는 계란으로 바위 치기이니 돌아가셨다 훗날을 도모하심이 옳을까 합니다."

산겸의 충언이 이어졌지만, 조헌은 말없이 금산 쪽을 바라보았다. 그는 아주 오래전에 스승인 토정 이지함이 자신에게 했던 말을 떠올렸다.

'나는 아산에서 죽고 자네는 금산에서 죽을 것이네.'

역점, 사주, 관상 등에 능했던 이지함은 아산 현감으로 있을 때 죽었다. 그의 말대로 이제 조헌은 금산으로 향했으니 이곳이 그의 최후가 될 것임을 알았다. 고바야카와가 보낸 사자에게도 그는 확실히 대답했다. 죽음으로 지킬 것이라고.

둥둥둥

북소리가 들려왔다. 가까이 갈수록 일본군의 북소리는 더욱 커지고 심장을 두근거리게 한다. 만 오천 정예의 일본군을 겨우 칠백 명의 의병과 그리고 승병이 맞서 싸울 수는 없다. 그러나 일본군들은 을묘왜변 때 호남을 짓밟았지만 큰 소득 없이 쫓겨 간 것을 분하게 생각하고 있다 한다. 많은 백성이 죽고 사랑하는 여우까지 빼앗긴 조헌으로서는 도저히 물러날 수 없다. 7월에 만나 협공하기로 했으나 시간을 맞추지 못해 고경명 부대가 패했다는 자책감도 떨쳐버릴 수 없다. 옆에 서 있던 영규가 말한다.

"대장님, 이 분의 말을 고려해 보심이 어떨까 합니다. 권율 순찰사의 관군이 도착할 때까지만이라도."

영규는 정탐을 나갔던 참새에게 정세를 물어보았다. 그는 이산겸의 말이 다 맞고 일본군은 숫자의 우위를 믿고 호남으로의 대대적인 진공을 꾀하고 있다 했다.

"영규 대사, 듣지 않았소? 우리가 관군을 기다린다고 수수방관하고 있으면 이들은 호남을 공격하게 될 것이오. 그때는 방어할 시기를 놓치게 되오."

그렇다. 조헌이 칠백 명의 의병으로 엄청난 숫자의 일본군과 싸우는 것이 무모하게 보일 것이다. 생각해 보라. 변변치 않은 무기를 가진 한 명의 농민이 조총과 칼을 가진 정예의 일본군 열 명, 스무 명에게 둘러싸여 싸운다 하자. 한 명이 대적한다는 것은 어리석은 일이다. 하지만 결사적으로 싸워 온몸에 칼을 맞고 죽더라도 한두 명은 죽일 수 있고 농민의 가족이 있는 곳으로 달려가려는 적들을 잠시나마라도 늦출 수 있다. 적과 대등한 숫자의 관군이 올 때까지 시간을 버는 것이다. 영규는 망설였다. 이건 전투가 아니다. 똑같은 시간에 함께 저승으로 가는 일이다.

"지금 임금은 어디에 계시는가? 임금이 욕을 당하면 신하는 마땅히 죽는 것이니 나는 여기서 죽겠소이다. 영규 대사는 여기서 후퇴해 훗날을 기약해도 좋소이다."

백성을 위한 상소문으로 임금의 눈 밖에 나서 평생 미관말직으로 떠돌아다녔다. 대부분 일본의 조선 침략을 부정할 때 혼자 꿰뚫어보고 지부상소를 하지 않았던가. 그래서 귀양가고 박해를 받았음에도 조선을 대표하는 임금을 위해 죽겠다는 말에 이산겸도 영규도 고개를 숙였다.

영규는 조헌이 지키려는 그 임금은 백성을 버리고 의주로 도망친 비겁한 임금이 아니라 일본군에게 마냥 짓밟히는 힘없는 백성이라는 것을 잘 알고 있다. 현재의 주상은 그저 조선 백성의 대표일 뿐이다. 영규가 무거운 표정으로 입을 뗐다.

"알겠습니다. 제가 어찌 대장님만 사지에 보내겠습니까? 저와 승병은 일체이니 함께 하겠습니다."

조헌은 이산겸에게 이 전투에 참전하지 못하고 청주에 남은 부하들을 모아 의병을 편성해 달라고 부탁했다. 그리고는 '義'자 깃발을 높이 쳐들고 의병들에게 외쳤다.

"우리의 숫자가 일본군에 비교하면 턱없이 적으나 증원군을 기다릴 시간이 없소. 그들이 곧 호남을 칠 것이니 우리의 의기로 상승하는 적의 기세를 꺾어 호남의 백성을 도륙하는 것을 막을 것이오. 여러분에게 묻겠소. 지금 가는 길에서 살아나올 가망은 전혀 없소. 목숨을 보전하고자 하는 이는 돌아가기 바라오."

아무도 움직이지 않았다. 이때 참새가 일행에서 나와 조헌에게 엎드려 큰절을 올렸다.

"오호, 그대는 척후이니 돌아가서 우리의 사정을 권율 순찰사에게 알리도록 하오."

참새가 고개를 번쩍 들었다. 그리고는 울며 말한다.

"대장님, 저는 돌아가지 않겠습니다. 척후의 명을 거두어 주시면 기꺼이 이 한목숨을 바치겠습니다."

조헌의 털북숭이 얼굴에 웃음이 피었다.

"좋소, 그대의 의기가 그렇다면 함께 합시다."

누군가 양산가를 부르기 시작했다. 지부상소가 받아들여지지 않자 옥천으로 내려간 조헌은 신라 김흠운 장군의 양산가(陽山歌)를 가르쳤다. 불퇴의 정신으로 백제와 싸운 장군을 애도하는 노래를 부름으로 죽음을 각오한 것이다. 이들은 다 함께 양산가를 부르며 금산을 향해 떠나갔다.

김후재의 시체를 발견하지 못한 신민철은 부하들에게 조헌의 부대 주변을 감시하도록 하고 금산성으로 돌아왔다.

"장군님, 그자의 시체는 발견하지 못했습니다. 아마도 급류에 떠내려간 듯합니다. 만약을 대비해 제 부하들이 조헌 부대를 에워싸고 있으니 권율의 바뀐 명령이 들어가지 못합니다."

그의 변명에 고바야카와는 냉소를 지었다. 신민철은 조선에서는 매국노이나 일본에서 볼 때는 쓸 만한 첩자이다. 그러나 마지막 고비에서 크게 낭패를 보았다. 몇 년 동안 많은 돈과 첩자의 희생으로 얻은 정보를 **빼앗겼다**. 그것이 온전히 일본군의 손으로 넘어왔더라면 명나라에서 구원병을 보내기 전에 임금을 붙잡았고 조선을 점령했을 것이다. 하긴 고바야카와도 불운하긴 마찬가지다. 부산에 상륙한 후 자신은 서울로 진격하고 부장인 안코쿠지 에케이를 시켜 호남으로 진격하다가 의령 정암진에서 곽재우에게 뒤통수를 맞았다. 할 수 없이 서울에서 금산으로 내려와 호남을 공격하려는데 이번에는 이치 고개에서 권율의 군대에 대패했다. 연합군이 금산성을 쳐들어왔을 때 비겁한 관군을 먼저 공격해 도망치게 한 다음에 고경명 부대와 싸웠기에 간신히 이길 수 있었던 것이다.

　'조선 놈들은 정말 끔찍한 자들이야.'

　고바야카와는 팔다리를 일본도에 잘리면서도 달려들어 이빨로 무는 의병들을 머리에 떠올리며 고개를 가로저었다. 전국시대에 수없이 많은 전투를 겪었지만, 아귀처럼 달려드는 인간들은 처음 보았다. 더군다나 이들은 대부분 농민이 아닌가. 일본에도 잇키(一揆)라는 농민의 무장봉기가 있긴 하다. 그것은 지나친 세금에 항의하는 소동이지 무사들의 싸움에 가담하는 예는 거의 없다. 조선의 임금을 붙잡아 항복 받으면 다 끝나는 전쟁인 줄 알았다. 그런데 관군은 도망쳐도 의병은 끝까지 싸운다. 훈련도 안 된 농민들이 돌멩이를 던지고 죽창이나 낫 등의 빈약한 무기로 조총을 가진 일본군에 죽기 살기로 달려드는 것이 이해가 되지 않았다. 바로 옆에 있는 조선 첩자의 두목은 일본군이 쳐들어오면 선비를 우두머리로 하는 농민 의병이 일어날 것이라는 말은 한마디도 하지 않았다.

　"아무리 용맹해도 겨우 칠백 명으로는 이곳에 오지 못할 것이다. 이 틈을 타서 호남을 공격할 테니 준비를 하자."

고바야카와는 부장들을 모아 관군과 의병의 세가 약한 곳을 지도에 표시
했다. 신민철이 다시 조직한 조선인 첩보조직으로 입수한 정보에 따라 작성한
것이다. 각지에서 조명 연합군, 의병과 싸우는 일본군의 가장 큰 문제는 식량
이다. 일본에서 오는 식량은 이순신에 의해 차단되어 현지 조달을 해야 하는
데 아직 추수도 못 했거니와 농민에게 강압적으로 빼앗기도 힘들었다. 그러나
호남을 공격해 점령하면 가을 추수를 통해 배부르게 먹으며 전투할 수 있다.
그는 이번에 공을 세워 지난 패배를 만회하고 싶었다. 호남으로 진격하는 작
전을 짜려고 할 때 전령이 와 급히 아뢴다.

"장군님, 조헌의 부대가 금산성에 접근하고 있습니다."

"뭐야? 그자들이 물러나지 않았단 말인가?"

고바야카와는 조헌이 오고 있다는 보고에 놀랐다. 지원도 없이 겨우 칠백
명의 군대로 무엇을 할 수 있다는 말인가. 그는 며칠 전 일본군의 군세를 전해
주며 항복을 권유하는 사자를 보냈다. 두 손 들고 항복은 안 해도 물러나기는
할 것이라는 생각에서였다. 그러나 돌아온 대답은 이러했다.

"나는 호남을 지키다가 죽을 것이오. 그러니 겨뤄 봅시다."

말만 그럴 줄 알았다. 고경명 부대의 십 분지 일도 안 되는 칠백 명으로
어찌 정예 일본군과 대적할 수 있겠는가. 하지만 척후는 그들이 오고 있다지
않는가. 급히 작전회의를 열었다. 조헌이 진지를 구축하기 전에, 만 오천 명의
군대를 셋으로 나눠 일시에 쳐부수기로 했다. 음력 8월 18일 안개가 심하게
낀 새벽에 일본군이 조용히 조헌의 진지로 향했다.

피융 피융

쇠뇌가 날아가면서 일본군이 비명과 함께 쓰러졌다. 말을 탄 조선의 기병

들은 갑옷도 입지 않은 상태에서 칼을 마구 휘둘렀다. 정예의 일본군이었지만 악착같이 달려드는 의병에게 기세를 빼앗겼다. 무과를 보기 위해 말타기를 해왔던 양반의 자제들이 휘두른 칼에 일본군이 맥없이 쓰러지고 승병들이 휘두르는 언월도에 조총수의 목이 달아났다.

"후퇴! 후퇴!"

초반에 기세를 빼앗긴 선두 부대가 후퇴했다. 뒤이어 대기하고 있던 이대가 조총을 쏘며 전진했다. 의병 여러 명이 총을 맞고 쓰러졌다.

탕탕

연속적으로 조총이 발사되자 의병들은 일본군과 의병의 시체를 방패로 해서 쇠뇌를 날렸다.

피융 피융

조총의 위력도 대단했지만, 쇠뇌도 이에 못지않았다. 그러나 숫자상으로 워낙 차이 나자 일본군은 물밀 듯이 의병 쪽으로 달려들었다. 그러자 의병들은 마름쇠를 뿌리고 뒤로 물러났다. 마름쇠를 밟은 일본군이 비명을 질렀다. 그 틈을 타서 의병이 활을 쏘자 할 수 없이 후퇴해야 했다. 덩치 큰 차바우가 깃발을 들고 조헌이 그 옆에서 북을 쳤다. 둥둥둥

"오늘은 다만 한 번의 죽음이 있을 뿐이다. 죽든 살든 진격하고 뒤로 물러나도 의(義)자에 부끄러움이 없게 하라!"

멀리 야산에서 혹은 가까운 곳에 구멍을 파고 숨어서 이들의 전투를 지켜보는 동네 사람들은 가슴을 졸였다. 조총 소리와 비명, 함성이 어우러진 아비규환의 지옥이 따로 없었기 때문이다. 치열한 접전이 벌어진 다음에는 양쪽 다 후퇴해서 정렬하고는 다시 공격하기를 여러 번 했다. 죽기를 각오하고 싸우는 의병의 숫자는 점점 줄어갔고 좁은 지형에서 많은 군대가 모여 있어 전투에 지장을 받는 일본군도 피해가 막심했다.

"장군님, 뒤로 물러나십시오."

뒤에서 지휘하는 고바야카와도 하마터면 화살에 맞아 죽을 뻔했다. 그는 고경명 부대의 악착같음이 되풀이되자 한숨을 내쉬었다. 일만 오천 명 정예 일본군이 겨우 칠백 명의 조선 의병을 무너뜨리지 못하고 있는 것이다.

"장군님, 저들의 숫자가 점점 줄어들고 있습니다. 지금쯤이면 화살도 다 떨어졌을 것입니다."

신민철의 말에 고개를 들어보니 날아오는 쇠뇌의 화살이 급격히 줄어들어 있었다. 간간이 돌이 날아오는 것으로 보아 싸움이 끝을 보이는 것 같았다. 그러나 저녁이 되고 해가 져 어두워졌음에도 조선 의병은 살아남았다.

둥둥둥. 북소리가 요란했다. 조헌에게 달려드는 일본군과 싸우다 칼을 맞은 차바우가 피를 흘리면서도 '義'자 깃발을 놓지 않고 있었다. 그 곁에 참새가 조총을 맞고 죽어 있었다. 사방은 어둠으로 잠겼다. 눈앞에는 총을 맞고 쓰러진 의병과 돌격해오다 죽은 일본군 시체가 늘비했다. 어둠으로 전투가 끝나자 온종일 싸웠던 의병들은 바닥에 주저앉아 휴식을 취했다. 이제 다시 일본군과 싸울 힘이 남아 있지 않다.

"잘 싸웠다. 우리도 피해가 심하지만, 일본군의 피해도 막심하다. 최후까지 온 힘을 다해 주기 바란다."

고함을 치느라 목이 쉰 조헌은 말을 타고 돌아다니면 남은 의병들을 독려했다.

둥둥둥

일본군 진영에서 둔탁한 북소리가 울렸다. 말하지 않아도 그것은 총공격을 알리는 소리다. 왼쪽 어깨에 화살이 꽂힌 채 다가온 영규가 조헌의 무사함을 보고 안도했다.

둥둥둥

북소리가 점점 다가왔다. 어둠 속에서 조총이 빗발치듯 쏟아졌다. 조헌의 지휘부가 있는 장막까지 날아와 몇 명의 의병이 쓰러졌다.

"도스께끼!"

공격을 알리는 소리와 함께 기다란 창을 든 일본군이 우레 같은 함성과 함께 몰려왔다. 그러자 부장들이 조헌에게 말한다.

"대장님, 저희가 지킬 테니 도피하십시오. 권율 순찰사와 함께 복수를 해주십시오."

조헌은 말안장을 풀면서 웃으며 대답했다.

"여기가 내가 순절할 땅이요. 대장부는 전쟁에서 구차하게 죽음을 피해서는 안 됩니다. 우리 저 세상에서 다시 만납시다. 고맙소."

조헌은 북채를 들어 북을 울렸다. 둥둥둥

그의 눈에 왜구에게 끌려가며 되돌아보는 여우가 보였다.

'미안해. 너를 지켜주지 못해서. 정말 미안해.'

어린 시절 사랑하는 여우를 왜구에게 빼앗겼으나 이제 다시 빼앗길 수는 없었다. 죽음으로 지키리라 여우를, 죽음으로 지키리라 이 나라 백성과 강토를.

아침이 되자 총대장 고바야카와는 어제의 전쟁터를 둘러보았다. 통역 신민철은 다리에 쇠뇌를 맞아 치료 중이므로 따라오지 못했다. 여기저기 일본군과 의병의 시체가 뒤엉켜 있었다. 화살이 떨어지고 칼이 부러지자 맨손으로 달려들어 육박전을 벌였던 것이다. 친구의 시신을 보고 우는 병졸들이 눈에 띄었다. 그는 명령했다.

"어서 우리 군인들의 시신을 모시도록 해라."

총대장의 명령에 따라 일본군들은 시신을 옮기기 시작했다. 밤새 싸운 전투로 피곤했지만, 권율의 부대가 오고 있다는 말에 바삐 서둘러야 했다. 조헌의 의병을 하루 싸움에서 전멸시켰지만 죽은 일본군의 숫자는 서너 배가 되었으니 결코 승리라고 말할 수 없다. 그것보다 한 명도 도망치지 않고 전원 옥쇄한 조헌의 의병에 대한 두려움으로 일본군의 사기가 극도로 저하되었다. 지금 권율의 관군이 온다면 이치 고개에서 처절하게 패배한 고바야카와 부대는 아예 한 명도 살아남지 못할 것이다.

"우두머리의 목을 가져왔습니다."

조헌의 목을 베어 효수해야 떨어진 사기가 조금이라도 올라갈 것 같아 시신을 찾게 한 것이다. 그 목은 조헌의 큰아들 완기였다. 일본군의 표적을 자신에게 돌리려고 붉은 비단옷을 대신 걸치고 싸웠다. 그를 의병대장 조헌으로 안 일본군의 집중사격으로 온몸이 벌집이 되었다. 시신은 일본군에 의해 처참하게 찢겼다. 고바야카와는 조헌의 목이 맞는가 확인할 시간도 없이 상자 속에 넣고 시신을 수습하기에 바빴다. 본진으로 돌아가는 길에 일본군이 우는 소리가 들판을 진동했다. 고바야카와는 본진으로 돌아가면서 중얼거렸다.

"졌다, 이 전쟁은 우리가 진 전쟁이야."

일본군은 자신들의 시신을 거두기에 바빠 인근의 조선인들이 의병의 시신을 거두는 것을 보고도 모른 체했다. 이들 틈에 조헌의 아우 조범(趙範)이 있었다. 그는 조헌의 시신을 찾아 헤매다가 '義'자 깃발을 보았다. 깃대를 꽉 잡고 죽은 우람한 체격의 젊은이 옆에 여러 명의 의병이 서로 둥글게 모여 베고 엎어져 죽어 있었다. 그 시신을 치우고 보니 조헌이 조총을 맞고 죽어 있는 것이 보였다. 그 얼굴빛이 꼭 살아 있는 사람같이 수염이 엉클어지고 눈은 부릅뜨고 있었다. 조범은 시신을 등에 업고 옥천까지 와서 빈소를 차렸다.

일본군은 사흘 동안 시체를 운반했으나 다 거두지 못하고 한군데에 쌓아

놓고 불태웠다. 그리고는 무주에 주둔한 일본군과 합세해 철수하니 이로써 호서와 호남 지방은 안전하게 되었다. 같은 시각 끔찍한 전투를 보았던 동네 사람들은 죽은 의병들의 시신을 한데 모았다. 이들을 함께 모아 흙을 덮어 무덤을 만들고 칠백의총(七百義塚)이라고 불렀다.

매국노 간첩 신민철은 십만 석 영주의 꿈이 일찌감치 사라졌고 이제는 목숨 하나 부지하기에 급급했다. 첩자 일은 계속했으나 금산전투에서 다리에 화살을 맞은 이후 하는 일마다 신통치 않았다. 자기보다 젊은 조선인 매국노들이 넘쳐 났기 때문에 주로 통역하는 일만 맡게 되었다. 그래도 공을 세우고 싶다고 졸라 겨울에 서울로 잠입했다.

휘잉. 찬바람이 얼굴을 스친다. 겨울이 다가오자 추위에 약한 일본군은 동상에 걸려 죽은 자들이 많았다. 보기 드문 변란을 맞은 조선인들도 마찬가지다. 굶주림과 추위에 죽어갔다.

조선의 수도 한양은 그야말로 폐허가 되었다. 궁궐은 불에 타 없어지고 집은 파괴되어 움막만 즐비했다. 그나마 식량도 부족해서 굶어 죽는 이가 태반이었고 침략군 일본군의 행패가 지나간 자리에 구원병 명나라군의 행패가 되풀이되었다. 위조 통행증을 지닌 신민철은 검문에도 걸리지 않고 자유롭게 다닐 수 있었다. 그가 비변사 낭청이요 일본의 첩자라는 것을 아는 이는 아무도 없다. 낭청일 때 철저하게 얼굴을 숨겼기 때문이다.

'아주 쑥대밭이군. 그래.'

그가 찾은 곳은 비변사 낭청으로 있을 때 거주하던 집이다. 그가 일본의 첩자임이 드러나자 의금부에서 나와 샅샅이 뒤졌으나 아무것도 나온 것이 없었다. 아내와 아들은 첩자가 되기 전에 전염병으로 죽었기에 마음에 걸릴 것이 없었다. 가까운 친척 몇이 의금부에 끌려가 치도곤을 맞았다는 것만 알고 있었다. 그의 집은 얼마 동안 비어 있다가 세도가가 빼앗아 첩에게 주었다. 그러나 지금은 피난 가고 비어 있었다. 대문을 못질해 출입이 어려우므로 그는 담을 넘었다. 집안은 엉망이었다. 방문은 부서져 있었고 집에 남아있는 물건이라고는 눈을 씻고 보아도 보이지 않았다. 그는 등에 진 걸망에서 손도끼를 꺼냈다.

쾅쾅. 손도끼로 마루를 찍어 부수고 마루판을 뜯어냈다. 그리고는 다시 걸망에서 부삽을 꺼내 주춧돌 옆을 팠다. 한참 파고는 그곳에 손을 넣어 사방 한 자쯤 되는 나무 상자를 꺼냈다. 사방을 둘러보고는 상자를 조심스럽게 열자 금괴가 드러났다. 다시 주위를 살폈지만 아무도 그를 보는 이 없었다.

"음. 됐다."

그는 금괴가 든 상자를 넣기 위해 걸망을 내려놓았다. 금괴는 일본 첩자 활동을 하면서 빼돌린 공작금이다. 만약을 대비해서 몰래 숨겨놓았던 것인데 자신의 정체가 탄로 나자 미처 챙기지 못하고 도망쳤다. 역적의 집이라고 해서 부술 줄 알았는데 다행히도 그냥 놔두어 지금 찾게 된 것이다. 그는 금괴를 가지고 명나라로 도망칠 생각을 하고 있었다.

휙. 한 개의 화살이 그의 손을 스치고 마루에 꽂혔다. 놀라 돌아보니 여명이 서서 또 하나의 화살을 날렸다. 이번에는 그의 허벅지에 쿡 박혔다. 다시 눈을 들어 보았을 때 김후재가 칼을 들고 있는 것이 보였다.

"어, 어떻게 네놈이……"

후재가 싸늘하게 웃으며 말했다.

"죽은 줄 알았는데 살아 돌아와서 미안하구나. 정신을 잃고 물에 떠내려 갔지만, 용케 어부의 도움을 받았지. 허리에 칼을 맞은 것이 곪아 며칠 눕는 바람에 중봉에게 권율 순찰사의 말을 전하지 못했다. 그래서, 그래서 중봉은 순절하고 말았다."

"어떻게 내가 이리 올 줄 알았지?"

"네 부하를 이중 첩자로 쓰고 있으니까. 그자가 네가 도성으로 갈 것이라고 말해 주어 며칠 동안 이곳을 지키고 있었다."

신민철은 상자에서 금괴를 꺼내며 애원했다.

"이걸 줄 테니 나를 놓아다오."

"흥! 네 목숨도 금괴와 함께 내어 놓아라."

민철이 얼른 손도끼를 집어던졌으나 후재는 쉽게 피했다. 여명이 활을 잡아당기자 화살이 민철의 가슴을 맞췄다. 그리고 뛰어들어간 후재의 칼이 허공을 긋자 민철은 비명과 함께 토막이 났다. 처참하게 일그러진 얼굴로 죽은 민철에게 침을 뱉고는 중얼거렸다.

"중봉의 복수요, 홍천호의 복수요, 여명 엄마의 복수다. 그리고 조선 백성의 복수다."

여명이 활을 거두고 말했다.

"선봉님. 이제 가지요. 시체라도 더 보고 싶지 않습니다."

김후재는 금괴를 꺼내 자기가 가져온 걸망에 넣었다. 이들은 이 금괴를 권율 순찰사에게 바쳐 군자금으로 쓸 것이다.

"눈이 내리네요."

함박눈이 펑펑 내리고 있었다. 작년 이맘때에 이런 끔찍한 전쟁이 일어날 줄 모르고 아이들은 뛰어놀았을 것이다. 정초에 날릴 연을 만들기에 열중했을 것이다. 반대로 바다 건너 일본에서는 조선을 침략해 재물을 강탈하고 백성을 노예로 만드는 군사훈련에 열중했을 것이다. 김후재는 하늘을 본다. 하늘로 올라간 중봉 조헌의 우렁찬 목소리가 들려오는 것 같다.

"오직 의다. 의만 보고 나가 싸우자."

두 사람은 이렇게 하늘을 올려다보며 하얀 눈을 맞고 있었다.   – 끝 –

(후기)

조헌 선생을 생전에 헐뜯고 위해를 가하던 사대부들은 1592년 8월 금산에서 순절한 후에는 일제히 선견지명과 높은 학식, 강직한 선비정신에 대해 칭송했다. 선생을 간귀(奸鬼)라고 부를 정도로 미워했던 선조는 증직으로나마 높은 벼슬을 내리고 후손들의 생계와 벼슬을 배려했다. 자신들에게 쏟아지는 왜란의 책임을 피하려고 했는지 충의의 선비를 박해한 양심의 가책 때문이었는지는 알려지지 않는다. 조헌 선생의 묘는 옥천 안남면 도농리에 있으며 높은 학식과 순절을 기리는 우저서원이 김포시 감정동 생가터에 있다.

보통 금산전투의 의병은 칠백명의 의병으로 알려있지만, 불교계에서는 영규대사가 지휘하는 팔백 명의 승병들도 합세해 모두 천오백 명이었다고 주장한다. 영규대사는 속성이 밀양 박씨로 계룡산 갑사에 들어가 출가해 서산대사의 제자가 되었고 선장(禪杖)을 가지고 무예를 익혔다고 한다. 임진왜란 때 최초로 승병을 일으켰고 금산에서 조헌 선생과 함께 순절했다. 이후에 전국의 승병이 궐기하는 촉매가 되었고 조정에서 공을 크게 치하했다. 묘는 고향인 공주에 있고 금산 남쪽 진락산 기슭에 그의 영정을 안치한 진영각과 비를 세웠다.

주요 등장인물 홍인걸은 서천군수를 지냈다. 회양부사로 승진해서 떠날 때 백성들이 울부짖으며 유임하기를 바랐다고 할 정도로 선정을 베풀었다. 회양부사 때에도 이임하자 백성들이 송덕비를 세웠다. 서인 영수 정철의 사돈이었기에 삼척부사로 있을 때 죄 없는 백성을 일본군과 내통한 혐의로 살해했다는 동인의 모함을 받았다. 무려 옥에 9년 동안 갇혀 160여 차례의 각종 고문을 받고 1603년 옥사했다. 묘는 현재 김포시 통진읍 옹정리에 있다.

의병장 조헌을 부단히도 괴롭힌 윤선각은 충청도 순찰사로서 용인에서 8만명의 삼도군왕병으로 일본군과 대적하다가 대패했다. 이에 책임을 지고 파직되었으나 다시 충청도 순찰사로 복직했다. 전란이 끝난 후로 중추부동지사, 비변사 당상을 지냈고 광해군 때 공조판서를 지내고 임진왜란이 일어난 지 이십 년 후인 1611년 사망했다.

　　이 세상에 똑같은 성격을 가진 사람은 없다. 그렇지만 지역성, 민족성같이 공통으로 같은 패턴을 보이는 사람들이 있다. 같은 시대, 같은 지역에서 비슷하게 삶을 사는 것 말이다. 우리가 사는 한반도는 지리적으로 해양 세력과 대륙 세력이 맞닿은 곳에 있다. 대륙의 뒤쪽에 있기에 늘 견제받아야 했고 대륙으로 진출하려는 일본의 침략에 시달려야 했다.

　　침략자의 살육과 약탈에서 무엇보다 중요한 것은 '살아남는 것'이었고 살아남기 위해서는 힘을 모아 침략자들을 물리쳐야 했다. 뭉치면 살고 흩어지면 죽는 것이다. 각자 타고난 성품이 다르고 이해가 다른 이들을 한데 모으는 것은 忠(충)이다. 忠은 가운데 中(중)을 心(심)으로 품어 이루어진 글자로 이것은 모두가 옳다고 긍정하는 공동의 가치관을 의미한다. 즉 개인의 이익을 떠나 모두에게 올바르고 공평한 것을 소중하게 여긴다는 것이다. 이러한 가치만이 흩어진 힘을 한데 모아 세력화할 수 있기 때문이다. 충이 있으면 반대로 逆(역)이 있다. 누구나 올바르다고 믿는 가치에 반하여 자기를 내세우고 이익을 추구하는 행위이다.

　　소설 '천리를 지키는 산, 조헌'은 국가 안보를 대하는 충과 역의 인물이야기다. 성리학자로 높은 경지에 오른 주인공 조헌은 벼슬에서 파직당하고 귀양 가는 것이 늘 있는 일이었다. 백성을 위해 좋은 제안을 해도 임금에게 무시당하고 정여립의 반역을 알려도 돌아온 것은 모함꾼 취급이며 일본의 침략을 감지하고 방비를 상소하면 전쟁광이라고 귀양을 보냈다. 같은 시기 벼슬길에 나가 임금의 눈치를 살펴 그 뜻을 따름으로 부귀영화를 누린 벼슬아치와 대조적이다. 조헌은 충신일까 역신일까.

　　대마도를 정벌해 왜구의 뿌리를 뽑은 조선 초기와 달리 선조 때에는 오랜 평화로 군역이 허술했다. 싸울 군사가 없었고 성곽은 튼튼치 못하며 무기는 녹슬었음에도 이들은 당파의 눈으로 일본을 보았다. 일본의 실상을 파악하기 위해 보낸 통신사는 일년 만에 돌아와서 정반대의 보고를 한다. 정사 황윤길이 일본의 지배자 풍신수길은 출신이 미천함에도 실력으로 권력을 잡은 자로 조선을 침략할 징후를 보인다 했다. 반대로 부사 김성일은 풍신수길은 보잘것없는 용모에 조선을 감히 침략하지 못할 것이라고 무시해서 일본의 침략을 걱정하는 백성을 안도시켰다. 이들은 충신일까 역신일까.

　　일본의 침략이 코앞에 닥쳤음에도 자신들 당파와 가문의 영광만을 위해 임금에게

맹목적 충성심을 보이고 상대를 헐뜯는 벼슬아치들과 사대부들이 많았다. 반면 불의에 저항하며 새로운 세상을 만들려는 비밀결사와 승려집단의 반란 음모도 싹 트고 있었다. 이들은 충신일까 역신일까.

조헌이 옥천에서 후학을 양성하며 금산에서 최후를 마쳤지만 실은 김포 사람이다. 그는 선비의 충절이 무엇이며 공동체에 어떻게 책임지어야 하는가 보여주었다. 호가 중봉인 조헌은 당대의 대학자 성혼, 이이, 이지함의 제자로 성리학에 해박했다. 벼슬길에 나아가서는 백성의 편익을 도모하는 유능한 행정관리였고 귀천을 가리지 않고 평등하게 대하며 실질을 따르는 진보적인 선비이기도 했다. 또한, 그가 가진 충의의 정신으로 일본의 침략을 예견하고 지부상소라는 극단의 방법으로 임금의 마음을 돌리려 했다. 그러나 정통성이 부족한 권력을 지키는 데 급급한 임금과 부귀를 쫓아 당쟁에 몰두한 조정의 대신들은 그를 철저히 무시했다. 자력국방이 어려운 것을 알고 명나라, 오키나와 등 이웃 나라와 풍신수길에 반대하는 세력과의 연합도 제의했지만 돌아온 것은 전쟁에 미친 자라는 오명뿐이었다.

예의염치를 모르는 금수와 같은 일본이 감히 조선을 쳐들어오지 못할 것이라는 아집에 사로잡혀 있다가 조헌의 예언대로 침략을 받고 말았다. 16만 명의 대군을 겨우 몇천 명에 불과한 군사로 대적할 수 없었다. 동래성이 함락되고 군사를 이끌기 위해 급히 내려갔던 순변사 이일 장군은 싸워보지도 못했고 탄금대에서는 신립 장군의 기병은 전멸했다. 용인에서도 각지에서 몰려든 관군이 정예 일본군에게 대패했다. 임금은 허둥지둥 의주로 도망쳤고 압록강 건너 요동으로 도망치려고 했다. 풍신수길의 뜻대로 조선이 망하고 일본이 승리할 것처럼 보였다. 그러나 한 가지를 예상하지 못했으니 의병이 일어난 것이다.

의병은 자기 마을을 지켜야겠다는 향토수호 정신, 조선을 대표하는 임금을 지키겠다는 근왕정신으로 일어난 민간 병사이다. 관군과 같은 무기가 있을 리 없으니 농사짓는 데 쓰는 낫과 도리깨, 죽창을 들고 맞섰다. 훈련받지 못한 농민을 이끈 것은 나약하게 여겨졌던 선비들이었다. 옳고 그름을 구분할 수 있고 배운 것을 실천으로 옮기는 선비의 정신이 이들을 전쟁터에 내보내 나라를 지킬 수 있었던 것이다. 관군이 일본의 신식무기 조총에 무력하게 패배할 때 곽재우, 조헌, 고경명 등 선비가 이끄는 의병들은 승리했다. 그리고 마침내 칠백의총이라는 순절의 역사도 쓰였다.

어떤 이들은 만 오천 명의 정예 일본군을 조헌의 칠백 명 의병이 맞서는 것이 무모한 것이었다고 말하는 이도 있다. 그러나 전쟁의 특성상 때를 놓치면 안 될 경우가 있다. 고경명의 연합부대를 이겨 전열을 정비했고 식량을 빨리 확보해야 하는 일본군의 조급한 사정이 있었다. 이러한 일본군의 호남진입을 막기 위해서는 계란으로 바위 치는 금산전투가 조헌에게는 피할 수 없는 선택이었을 것이다. 의병들이 목숨을 던져 막았기에 정예 일본군의 피해가 막심했다. 그 때문에 사기도 땅으로 떨어져 철수했기에 호남의 곡창지대를 지킬 수 있었던 것이다. 같이 싸운 영규대사의 승병들도 목숨 바쳐 싸웠기에 더 큰 살육을 막았다. 이로써 부처님의 자비 정신을 드러내었으니 호국불교의 맥을 이었다고 할 수 있다.

외적을 침입을 막아 생존하는 것이 가장 중요함에도 오랜 평화는 안보의 중요성을 잊게 한다. 우리 역사에서 수백 번에 거친 크고 작은 침략과 왜구의 침입을 받았음에도 한국인 특유의 낙천성으로 해서 망각하기 일쑤였다. 핵무기를 가진 북의 위협이 현재 진행형이고 백 년 전 한반도를 둘러싼 열강들의 각축전이 다시 재현되고 있지만 안보불감증은 계속되고 있다. 물론 전쟁이 일어나서는 안 된다. 하지만 전쟁을 막기 위해서는 적이 넘보지 못할 대비가 있어야 하고 전쟁도 불사한다는 정신이 있어야 한다.

중동지방과 아프리카의 난민과 학살이 강 건너 불이 아니다. 우리에게 절대로 일어나지 않으리라고 확신하지 마라. 평화는 굳건한 안보의지와 철저한 방비에서 비로소 얻어지는 것이다. 조헌은 칠백 명의 의사와 함께 처절하게 싸우다 순절함으로써 임진왜란이 일어난 지 몇백 년 후인 지금까지 우리에게 감동을 주고 있다.

• **1544년 (중종 39년) 6월 28일**

김포 중봉산 아래 감정리에서 출생했다. 현재 우저서원이 있는 자리이다.

• **1555년 (명종 10년) 12세**

김황(金滉)을 스승으로 해서 시서(詩書)를 배우다. 학문을 좋아하여 한 겨울의 강추위에도 다 떨어진 옷과 신으로 추위를 참고 글방에 다녔다. 밤낮으로 책을 손에서 떼지 않고 밭농사 때는 밭두렁에 막대를 걸쳐 서가를 만들어 책을 놓아두고 쉴 때에는 글을 읽었다. 이 해 5월 30일 왜구가 전라도 영암, 강진 등에 출몰해 강탈과 살육했는데 을묘왜변이라고 한다.

• **1561년 (명종 16년) 18세**

영월 신씨 신세성의 딸과 혼인했다.

• **1563년 (명종 18년) 20세**

양천강을 건널 때 큰바람을 만나 배 안의 사람들이 놀라 아우성쳤으나 홀로 태연하게 웃으며 "죽고 사는 것은 천명인데 도망치며 울부짖는다 해서 피할 수 있나?"라 했다. 이를 못마땅하게 생각한 소인배들이 거칠게 대할 때 김후재(金厚載)가 말리며 서로 인사했다.

• **1567년 (명종 22년) 24세**

가을에 소과에 합격하고 겨울에 대과에 급제해서 교서관 부정자로 벼슬길에 나가다.

• **1571년 (선조 4년) 28세**

홍성 향교의 교수가 되다. 토정 이지함을 찾아 가르침을 청하다. 토정은 선생의 학문에 크게 놀라 가르침을 사양하고 대학자들과 연을 맺게 하다. 우계 성혼과 율곡 이이를 스승으로 섬기고 학문이 높은 송익필, 서기와 교분을 가지다.

• **1573년 (선조 6년) 30세**

교서관 종8품 저작(著作)의 지위에 오르다. 다시 향실의 업무를 맡아 향 바치는 것을 반대하는 글을 올렸다가 임금이 진노하여 엄벌에 처해질 뻔 했으나 사헌부, 사간원, 홍문관, 대신들의 만류로 벌을 면하게 된다. 이로부터 선생의 강직함이 널리 알려져 벼슬아치부터 백성에 이르기까지 신망이 두터워졌다.

- 1574년 (선조 7년) 31세

5월에 질정관으로서 명나라로 가는 사신을 따라 가다. 반 년 만에 도성으로 돌아와 명나라의 제도를 배워 개혁하자는 팔조소(八條疏)를 올린다.

※ 질정관(質正官)-글의 음운이나 제도 따위의 의문점을 중국에 질문하여 알아오는 일을 맡은 임시 벼슬. 중국에 사신이 갈 때 함께 갔다.

- 1575년 (선조 8년) 32세

교서관 박사에 오르고 이어 호조좌랑, 예조좌랑, 성균관 전적, 사헌부 감찰을 거쳐 12월에 통진현감에 제수된다.

- 1576년 (선조 9년) 33세

토정 이지함이 찾아오다.

※ 이지함이 조강포의 쑥갓머리산 밑에 초막을 짓고, 두 달간 머물며 밀물과 썰물의 물때표를 만든 것으로 전해진다.

- 1577년 (선조 10년) 34세

통진현감으로 선정에 힘써 백성을 사랑하고 스스로는 검소하여 옛 폐단을 없애기에 힘쓰니 관리와 백성이 편하게 살게 되었다. 그러나 권세를 믿고 횡행하는 궁노비의 작폐를 곤장으로 다스리다가 죽게 되니 간사한 자의 무고로 한 달 동안 구속되었다가 부평으로 귀양 가게 되어 삼년 동안 고초를 치른다.

- 1581년 (선조 14년) 38세

봄에 공조좌랑에 임명되었다가 얼마 안 되어 전라도사로 부임한다. 친교를 맺고 있던 이발 등의 말을 듣고 전라도 관찰사로 부임한 송강 정철을 멀리했으나 성혼, 이이의 권유로 가까이 사귀게 되었다.

- 1582년 (선조 15년) 39세

전라도사의 임기가 만료되어 종묘령(宗廟令)이 된다. 8월에 계모를 모시기 위해 외직인 보은현감이 된다. 부임해서 백성의 질병, 사육신을 칭송하고 널리 드러내는 일, 왕자들의 사치를 막으라는 상소를 올렸다.

- 1583년 (선조 16년) 40세

보은현감에 다시 임명되었다. 경차관 이산보가 민정을 살피고 돌아와 임금에게 보은현

감 조헌의 백성 다스림이 으뜸이라고 보고하다. 겨울에 사간원정언 송순 등이 사감을 품고 선생의 파직을 아뢰나 임금이 거부하다.

• 1584년 (선조 17년) 41세
정월에 스승인 율곡 이이의 죽음을 알고 애도하는 만시(輓詩)를 짓는다. 겨울에 또다시 대간의 모함을 받고 파직되다. 옥천의 안읍 밤티 산속에 후율정사를 지어 세상을 등지고 강론하다.

• 1586년 (선조 20년) 44세
간사한 무리가 나라를 그르침을 고하고 정여립의 흉악함을 따지는 만언소(萬言疏)를 지어 관찰사를 통해 임금에게 올리려 했으나 관찰사 권징에 의해 거부당하다. 6월에서 9월까지 이렇게 다섯 차례 올렸으나 모두 받아들여지지 않았다. 이에 선생은 옥천으로 내려와 제자 양성을 일생을 다 하려 했다. 11월 일본의 사신이 오자 그들의 야욕을 간파하고 배척하고 끊을 것을 상소했으나 또 관찰사가 이를 막았다. 이에 12월에 대궐 앞에 나아가 일본 사신들을 물리치고 이산해(李山海)가 국정을 잘못 이끈다는 것을 상소하자 임금이 크게 노해 옥천으로 돌아왔다.

• 1589년 (선조 22년) 46세
4월 대궐 앞에서 지부상소(持斧上疏)를 해서 함경도 길주 영동역으로 유배를 갔다. 선생의 아우 전(典)이 유배 길에 따라갔다가 병에 걸려 죽었다. 귀양 온 곳에서도 임금에게 상소를 올려 일본에 통신사를 보내지 말 것을 주장하다. 10월에 정여립의 모반 사건이 발각되니 호남 유생들이 임금에게 청해 귀양살이에서 풀려나다. 예조정랑에 추천되었으나 상소를 했기에 임금의 노여움을 사서 취소되었다.

※ 임금에서 올리는 청원서인 상소(上疏) 중에 정면으로 임금을 압박하는 수단이 지부지소이다.
　도끼와 함께 상소를 올리는 것인데 청원을 받아들이지 않으려면 자신의 머리를 도끼로 치라는
　강경한 의미가 담겨 있다.

• 1591년 (선조 24년) 48세
정월에 영남지방에 갔다 돌아오다. 3월에 또 지부상소하여 오만방자한 일본의 사신의 목을 벨 것을 청했으나 임금이 묵살하다. 선생이 승정원 문밖에서 사흘 동안 기다렸으나 비답이 없자 주춧돌에 이마를 찧어 피가 흘렀다. 선생은 주위 사람들에게 내년에 일본군이 쳐들어와서 산중으로 피난 갈 때 내 말을 생각하리라 말했다. 또다시 상소를 올렸으나 받아들여지지 않자 옥천 집으로 돌아왔다. 7월에 금산으로 지인을 만나러 가

서 영벽루에 올랐는데 저녁나절에 갑자기 붉은 기운이 동쪽에서 일어나 북, 서, 서남 간세 갈래로 나누이면서 땅을 비췄다. 선생은 이를 보고 동행인에게 풍신수길의 군대가 출동했으니 내년에 공격해올 것이라 예언했다.

• 1592년 (선조 25년) 49세

2월에 부인 신씨가 죽다. 3월에 김포에 가서 선영에 장차 변란이 되어 영원히 물러간다는 제문을 지어 알린다. 4월 20일 부인 신씨를 집 뒤에 장사지낼 때 갑자기 하늘에서 큰 소리가 들리니 "이곳은 하늘이 울리는 북이다. 왜적이 틀림없이 바다를 건넜으니 다시 어쩔 수 없도다."하고 한없이 눈물을 흘리며 호상하던 친구들에게 빨리 돌아가 피란할 준비를 하라고 말했다. 5월 3일 청주에서 의병을 모집해 수백 명이 보은 차령에서 일본군을 싸워 물리친다.

7월 4일 제사를 지낸 뒤 형강을 건너 고경명의 군과 합세하기로 했으나 이미 전사해 형강에서 추도시를 짓는다. 8월 1일 청주에서 영규의 승병들과 연합해서 청주성을 탈환한다. 16일 승병과 연합해 청주를 떠나 전라도 순찰사 권율이 금산 공격을 늦춘 사실을 모르고 금산에 도착하자 후속 부대가 없는 것을 일본군이 삼대로 나누어 공격해왔다. 중과부적인데다 화살까지 떨어져 맨주먹으로 최후까지 격전하다가 선생과 칠백의병이 한 곳에서 순절했다. 다음 날 아우 조범이 시체를 거두어 옥천에서 빈소를 차리고 옥천군 안읍 도리동에 묘를 만들었다.

• 1603년 (선조 36년)

호남과 호서 유생과 선비가 금산의 순절한 곳에 순의비(殉義碑)를 세우다

• 1604년 (선조 37년)

선무원종공신 일등으로 공신록에 오르다. 이조판서 등의 벼슬을 내리다.

• 1636년 (인조 2년)

10월 21일에 선생의 묘소를 옥천군 안남 미산으로 이장하다.

• 1648년 (인조 26년)

지방 유림의 공론으로 대학자이며 의병장으로 순절한 조헌의 학문과 덕행을 추모하기 위해 창건하여 위패를 모시고 우저서원이라고 이름 지었다.

※ 우저서원은 현재 선생의 생가터인 김포시 감정동에 자리 잡고 있다.

• 1649년 (인조 27년)

시호를 내려 문열(文烈)이라 했다.

• 1883년 (고종 20년)

11월 21일에 관학 유생 및 팔도 유생의 상소에 따라 문묘(文廟)에 배향케 되다.

• 1971년 4월 13일

순절지가 성역화 되다.

〈김포문화원 刊 불멸의 중봉 조헌에서 발췌했음〉

[옛 선비를 기리는 기획을 하면서]

한류가 무서운 기세로 확산 중이다. 드라마 '대장금'에서 K-POP에 이르기까지 한국의 문화가 세계에 전파되었다. 이제는 대중문화뿐 아니라 문학, 미술, 음악, 무용 등 고급문화를 한류로 하자는 움직임이 꿈틀거리고 있다. 한국문화의 핵심을 꿰뚫고 있는 임마누엘 페스트라이쉬 교수는 K-POP이 흥겹지만, 표피적이라고 평가하며 우리의 고귀한 유산인 선비정신을 널리 알릴 것을 주문한다. 민주화된 사회에서 구닥다리라는 이도 있겠지만, 선비정신은 홍익인간 정신에서 시작해 불교와 유교의 철학으로 확립된 우리의 전통 정신이다.

선비정신은 서양의 노블레스 오블리주와 뜻이 같다. 선비는 바른 행실로 남의 모범이 되고 학문을 통해 얻은 통찰력으로 약자의 고통을 이해하고 해결하는 지혜로운 이를 일컫는다. 승자 독식의 경쟁사회에서 협력과 나눔을 실천하는 따뜻한 사람이다. 또 사회 지도층으로 책임감을 가지고 공동체의 수호와 발전을 위해 기꺼이 헌신하고 희생하는 존재이기도 하다.

매국노나 부패한 벼슬아치같이 부끄러운 조상을 둔 후손은 비리를 감추려고 쉬쉬할 것이다. 반대로 이순신 장군같이 나라를 위해 목숨을 바친 분(愛國)이나 가난하고 힘없는 백성의 삶이 나아지는데 헌신한 관리(活貧)의 후손은 조상을 자랑스럽게 여길 것이다. 이렇게 훌륭한 조상을 롤모델로 해서 맑고 곧게 살면서 학업이나 생업에 충실하고 공동체에 헌신하는 애국 시민이 될 것이다.

조선의 건국과 함께 들어온 주자학은 본질이 정치학으로 빛과 어둠이 있다. 신분계급으로 각자 소임을 나누어 맡겨 사회를 안정시켰기에 오백 년을 지탱할 수 있었다. 그러나 이(利)가 아닌 의(義)를 추구하는 정책이 지나쳐 상공업을 억제하는 바람에 국력이 약화 되어 나라를 빼앗긴 것은 유감이다. 하지만 일제 식민지와 민족상잔을 거쳐 짧은 시간에 산업화를 이루고 민주화까지 이룬 것은 밑바탕에 선비정신이 남아 있었기 때문이다.

우리나라에는 훌륭한 선비가 많은데 갓 쓰고 도포 입은 옛 모습을 복구하자는 것이 아니다. 오늘날 선비정신의 계승은 민주시민의 시각에서 재해석해야 한다. 개발 독재 사회에서 쟁취한 민주주의가 개인의 이기심과 대중영합주의로 빠져드는 것을 막고 선비들이 지향했던 공공선(公共善)과 애국심을 회복해야 한다. 민주주의에서 한발 더 나아가 활사개공(活私開公)의 공화주의 나라로 만들자는 것이다.

　　도서출판 활빈당은 부당한 권력으로부터 억압받는 약자를 대변한다. 그래서 소설을 통해 불의에 저항하는 의적(義賊)을 주로 다뤘던 것이다. 그러나 이제 시대 변화에 따라 먼 미래까지 기억될 선비들을 소설화하는 작업도 병행하기로 했다. (소설을 1차 콘텐츠로 하면 그것을 바탕으로 영화, 드라마, 애니메이션, 게임 등 다양한 장르로 발전할 수 있다.)

　　널리 알려지지 않은 분이라도 나라를 위해, 백성을 위해 힘쓴 선비들을 발굴할 것이다. 자랑스러운 선비의 삶을 배우고 본받으려는 독자들의 아낌없는 성원을 바란다.

삼두매 1 도둑왕자

신분차별이 엄격했던 조선시대, 임금의 아들이지만 천한 무수리의 몸에서 태어난 연잉군. 당파싸움의 회오리 속에서 그는 백성을 위해 어떤 선택을 할 것인가.

최영찬 지음 | 신국판 | 값 12,000원

삼두매 2 독도의 비밀

울릉도와 독도를 점령한 사나운 해적들. 그 뒤에는 침략의 야욕으로 똘똘 뭉친 일본이 있다. 연잉군은 박문수와 함께 일본을 드나들며 대활약을 펼친다.

최영찬 지음 | 신국판 | 값 12,000원

삼두매 3 보은단

명나라 유민의 목숨과 청국의 침략 위협 속에서 조선은 무엇을 선택할 것인가. 연잉군의 치밀한 작전과 국경을 뛰어넘은 남녀의 사랑이 있다.

최영찬 지음 | 신국판 | 값 12,000원